일본을 걷는 이유

일본을 걷는 이유

임병식 지음

디오네

우리는 일본을 얼마나 알고 있을까

부산에서 배를 타고 3시간, 우리는 가장 가까운 일본 땅 후쿠오카福岡에 닿는다. 하늘길로는 1시간이 채 걸리지 않는다.

한국 사회에서 일본은 언제나 양가적 존재였다. 증오하고 적대하는 한편으로는 매력적인 여행지이자 문화 소비의 대상이다. 주말마다 후쿠오카와 오사카大阪, 도쿄東京로 향하는 저비용 항공편은 만석이고 일본 애니메이션과 소설, 드라마는 한국의 젊은 세대에게 친숙하다. 반면 일본 신세대는 K팝과 한국의 드라마, 음식에 열광한다. 한국어를 배우는 일본인 또한 상당하다.

우리는 일본을 얼마나 알고 있을까? 반대로 일본은 한국을 얼마나 알고 있을까? 이 글을 쓰는 2년여 동안 일본 총리는 다카이치 사나에高市早苗까지 네 명이나 바뀌었다. 우리는 잦은 총리 교체와 국회 해산을 불안한 눈길로 바라보지만 정작 일본인들은 그렇게 생각하지 않는다. 그들은 극단적인 진영 대결을 반복하는 한국 정치를 오히려 불안하게 여긴다. 양국 인식은 이렇듯 다르다.

노벨상 또한 양국 기술 격차를 확인하는 가늠자다. 과학 분야에서

만 일본의 노벨상 수상자는 27명에 이른다. 문학상과 평화상까지 포함하면 31명이다. 우리는 평화상(김대중)과 문학상(한강) 두 개뿐이다. 일본의 과학 분야 노벨상은 어쩌다 얻어걸린 게 아니다. 장인을 예우하는 풍토와 오랜 시간이 축적된 결과다. 최초 수상 시기와 분야에서 알 수 있다. 첫 수상자 유카와 히데키湯川秀樹는 1949년 노벨 물리학상을 받았다. 1945년 패전 후 불과 4년 만이다. 그러나 우리는 일본이 이룬 성과를 인정하는 데 유독 인색하다. 문화적 우월감에다 식민 지배의 기억 때문이다. 그렇게 정신 승리에만 안주하면 되는 걸까.

두 가지 에피소드는 책을 쓰는 계기가 됐다. 하나는 20여 년 전 초등생 아들과 일본 여행 중 겪었다. TV에서 지진 뉴스를 접한 아이는 "잘됐다. 가라앉아 버려"라고 했다. 어린아이 입에서 흘러나온 저주에 당혹스러웠다. 교육과 문화 콘텐츠가 영향을 미친 탓이다. '나쁜 일본'이라는 반복된 학습과 일본을 악마화한 국뽕 영화가 의식 속에 자리한 것이다. 다른 하나는 고위 공직자 후배와 대화 자리였다. 50대 중반을 넘긴 그는 일본을 한 번도 다녀오지 않았다고 했다. 30년 넘는 공직 동안 기회는 있었으나 일본이 싫어 피했다는 것이다. 초등 3년생이나 50대 중반 고위 공직자나 일본을 대하는 시선은 별반 다를 게 없다는 걸 확인한 순간이었다. 나아가 우리 사회에서 친일과 토착 왜구는 이념과 진영을 가리지 않고 상대를 제압하는 유효한 딱지다.

나는 묻고 싶었다. "언제까지 갇혀 있을 것인가, 이제는 국력에 걸맞은 당당한 대일관을 가질 때 아닌가, 그리고 일본은 우리에게 어떤 존재여야 하는가?"

그 질문에 답을 찾기 위해, 나는 일본 최남단 이부스키指宿에서 최북단 왓카나이稚內까지 긴 여정을 떠났다. 남쪽에서는 가미카제神風 출격지를 찾았고, 북쪽에서는 조선인 노동자 묘지에 참배했다. 또 나가사키長崎와 히로시마廣島에서는 '평화의 도시'라는 표상 뒤에 숨은 피해자 코스프레를 확인했고, 도쿄에서는 혐한에 맞서는 양심적인 일본 시민들을 만났다.

그 길에서 만난 일본은 단편적 얼굴이 아니었다. 일본은 가해자이자 피해자였고, 전쟁을 미화하는 전시관이 있는가 하면, 과거를 반성하는 시민 모임도 있었다.

이 책은 그런 일본의 빛과 그림자를 함께 기록한 여정이다. 단순히 일본을 비판하고 증오를 부채질함으로써 불행한 과거를 증폭하거나, 반대로 덮어 두고 미화함으로써 좋은 게 좋다며 묻어 두자는 게 아니다. 잊힌 기억을 드러내고, 우리가 미처 접하지 못한 현장의 목소리, 그 속에서 미래로 나아갈 단서를 찾으려는 시도다.

이재명 대통령은 "과거를 직시하되 미래로 나아가는 지혜를 발휘할 때다. 일본과 미래지향적인 상생 협력을 모색하겠다"며 한일 관계를 노정했다. 올해 1월 정상회담에서도 "양국은 한때 아픈 과거를 갖고 있지만 한일 협력은 어느 때보다 중요하다. 다시 새로운 60년을 시작한다"며 거듭 의지를 확인했다. 『한일 관계 80년사』에서 강창일 전 주일 대사는 일본이라는 국가의 잘못은 따지되, 개인을 향한 혐오는 멈출 것을 당부했다. 군국주의 일본의 만행은 잊지 않되, 전후 세대가 보인 양심적인 목소리는 균형 있게 평가해야 한다는 평소 인식과 같아 반가웠다. 이제 우리는 일본을 '증오의 대상'으로만 치부할 것인지, 아니면 '만남의 대상'으로 다시 설정할 것인지를 물어야 한다. 이 책이 던지는 화두 또한 여기에 있다.

독자 여러분께 제안한다. 책장을 넘기는 순간, 나와 함께 일본을 걷는다고 상상해 보길. 윤동주가 마지막 삶을 보낸 후쿠오카 구치소부터 왜군이 출진했던 가라쓰, 가미카제 자살특공대가 출격한 치란知覽, 정한론의 발상지이자 라스트 사무라이의 고향 가고시마鹿児島, 그리고 일본 우익의 뿌리 야마구치 하기萩와 윤봉길 의사가 묻혔던 가나자와金澤, 안중근 의사 추도 법회를 여는 미야기현 다이린지大林寺, 홋카이도 강제 동원 현장까지 제국주의가 남긴 그늘을 확인하는 동시에 새로운 미래를 열어 가는 일본 시민들을 만나는 여정을 함께한다고. 그곳에서 우리는 일본을 다시 만날 수 있을 것이다.

그리고 마지막에 도착할 질문은 아마도 이것일 것이다.

"우리가 만나야 할 일본은 어떤 모습인가?" "양국의 미래는 무엇인가?"

그 답은 책 속에 있지만, 독자 여러분의 마음속에도 있다.

여러분과 함께할 여정에 설렌다.

호사카 유지

세종대학교 교수·독도종합연구소 소장

저는 일본에서 태어나 한국에서 공부하고, 지금은 한국 국적 학자로 살고 있습니다. 이 이력은 제게 늘 질문을 던집니다. "나는 어디에 서 있는가." 일본 사회의 일부였던 사람으로서 일본을 어떻게 말해야 하는가, 동시에 한국 사회의 일원으로서 일본을 어떻게 비판해야 하는가. 그 두 질문 사이에서 저는 오랫동안 역사와 정치, 한일 관계를 연구해 왔습니다.

그래서 『일본을 걷는 이유』를 읽는 일은 개인적으로 특별한 경험이었습니다. 이 책은 반갑고도 한편으로는 불편합니다. 반갑다는 건 일본을 너무 쉽게 규정하지 않았기 때문이고, 불편하다는 건 일본을 결코 가볍게 용서하지 않기 때문입니다.

이 책의 가장 큰 강점은 현장성에 있습니다. 저자는 2년여에 걸쳐 일본 최남단 이부스키에서 최북단 왓카나이까지 열도를 종단하며, 과거와 현재를 두 발로 확인했습니다. 책은 책상 위에서 쓴 분석 보고서가 아니라 발로 쓴 기록입니다. 나아가 침략과 식민지 지배, 전쟁 책임과 역사 왜곡의 구조를 분명히 짚는 동시에 문제를 제기하고 성찰을 촉구합니다. 더불어 책은 일본 내부 목소리도 충실히 담았습니다. 저자는 과거사를 부인하는 극우 정서와 이를 비판하는 시민모임, 지역사회가 간직한 기억, 소멸 위기에 놓인 지방 현실까지 일본의 다층적 얼굴을 균형 있게 다뤘습니다.

저는 한일 관계에서 가장 큰 비극은 적대 그 자체가 아니라 '사고의 단순화'라고 생각합니다. 상대를 하나의 얼굴로 규정하고, 단일한 이야기로 고정하는 순간, 대화는 끝나고 정치는 선동만 남습니다. 『일본을 걷는 이유』는 단순화를 거부합니다. 일본을 옹호하지도, 악마화하지도 않으면서 구체적 사례와 인물을 통해 책임을 상기시키고 질문을 던집니다. 현장에서 만난 구체성은 군국주의 시절 자행한 침략과 만행이란 어두운 과거를 소환하는 한편, 길 위에서 만난 시민들과 균형을 시도합니다. 과거의 기억과 현재의 양심이 교차하는 불편함 속에서 진정한 사고는 시작됩니다.

『일본을 걷는 이유』는 설명하는 책이 아니라 질문하는 책입니다. 한일 관계를 사유하게 만드는 문제 제기입니다. 그 질문이 깊을수록 비판은 더 단단해지고, 증오는 설 자리를 잃을 것이라 믿습니다. 그 점에서 기꺼이 일독을 권합니다.

허민

국가유산청장

이제 한류는 음악과 드라마, 영화를 넘어 세계인의 일상 속으로 스며들고 있습니다. 최근 글로벌 플랫폼을 통해 공개된 애니메이션 〈케이팝 데몬 헌터스〉가 한국의 전통적 상상력과 미감을 전면에 내세워 큰 반향을 일으킨 것은 상징적 장면입니다. 세계가 열광하는 K-콘텐츠의 깊은 뿌리에는, 수천 년에 걸쳐 축적된 우리의 국가유산과 생활 문화, 그리고 그 속에 담긴 이야기들이 자리하고 있습니다.

저는 오랫동안 지질과 공룡을 연구하며, '유산'이란 과거에만 머무는 흔적이 아니라 미래로 이어지는 자산이라는 사실을 현장에서 배웠습니다. 돌과 땅, 유적과 풍경은 그 자체로 시간을 품은 기록이며 어떻게 읽고 해석하느냐에 따라 한 사회의 상상력과 문화 경쟁력이 결정됩니다. 그런 점에서 『일본을 걷는 이유』는 국가유산을 다루는 또 하나의 중요한 방식, 곧 '사람을 통한 유산 읽기'를 보여 주는 귀중한 기록입니다.

저자는 일본 열도를 종단하며 만난 평범한 사람들의 삶, 지역의 표정, 역사와 현재가 교차하는 현장을 집요하게 기록했습니다. 책 속에서 일본은 정치와 외교의 대상이 아니라 골목과 항구, 학교와 시장에서 숨 쉬는 구체적 사회입니다. 그렇기에 책은 일본을 쉽게 미화하지도, 단순하게 단죄하지도 않습니다. 대신 그 복합성과 모순, 그리고 우리가 직시해야 할 역사적 무게를 정직하게 드러냅니다.

최근 몇 년 사이 한국과 일본을 오가는 방문객은 연간 1,000만 명을 훌쩍 넘어 꾸준히 증가하고 있습니다. 상대의 문화와 일상에 대한 관심도 그만큼 깊어졌습니다. 새로운 양국 지도자 취임 이후 교류와 협력이 확대될 것이라는 기대 역시 커지고 있습니다. 이런 때 이 책은 관광 안내서도 시사평론도 아닌, '이웃을 이해하는 인문적 지도'로써 특별한 의미를 갖습니다.

국가유산 행정은 보존을 넘어 공감과 연결의 시대로 들어서고 있습니다. 유산은 담장 안에 머무를 때가 아니라, 사람들의 언어와 이야기 속에서 살아 움직일 때 비로소 힘을 얻습니다. 『일본을 걷는 이유』는 그 점에서 미래 한일 관계를 문화와 인간에 대한 이해라는 단단한 토대 위에 올려놓은 책입니다. 이 책이 독자들에게 일본을 새롭게 보게 하는 창이자, 동시에 우리 자신을 돌아보게 하는 거울이 되기를 기원합니다.

김성주

국민연금공단 이사장

일본을 떠올리면 복잡한 감정이 올라온다. 매년 900만 명 넘게 찾는 가장 가까운 이웃이면서 가장 미워하는 나라가 일본일지 모른다.

한일 축구 경기라도 벌어지면 온 국민은 결전을 벌이는 전사가 된다. 다른 나라와 경기에서 패하면 우리는 "졌지만 잘 싸웠다"며 아량을 베풀지만 일본에 패하면 분노를 숨기지 않고 목소리를 높인다.

우리에게 일본은 한때 '앞서가는' 나라였다. 어느 때부터인가 일본은 더 이상 배울 게 아닌, 극복해야 할 나라가 됐다. 이제 한국은 일본이 의식하는 주요 경쟁 상대국으로 올라섰고, 일부 경제 지표에서는 일본을 앞선다.

『일본을 걷는 이유』는 두 개의 시선이 함께하는 '여정'이다. 이 책은 일본 남쪽 끝에서 북쪽 끝까지 훑고 올라간다. 화사한 벚꽃이 피는 봄날 시작한 여행은 키보다 높은 눈이 쌓이는 '설국'을 지나 마른 바람이 부는 북녘 끝 홋카이도에서 끝난다.

여정 속에서 저자는 가해자 일본을 만나고 피해자 일본을 찬찬히 살폈다. 또 침략자 일본과 평화를 추구하는 일본이 공존하는 오늘의 일본과 대면했다. 길을 걷다 저자는 청년 시인 윤동주와 대화하고, 대한 의군 중장 안중근과 조선 침략을 설계하고 실행에 옮긴 이토 히로부미를 만났다. 그리고 반성하지 않는 일본과 참회하는 일본인이 교차하는 현실을 접했다.

로드 무비로 시작한 책은 역사 기행으로 완결된다. 혼란한 전국시대와 임진왜란을 소환하고 메이지유신과 에도막부 몰락을 거쳐 군국주의와 태평양전쟁까지 일본 근대사를 두루 짚는다.

『일본을 걷는 이유』의 미덕은 과장이나 감상에 치우치지 않는 절제된 시선이다. 저자는 일본을 옹호하거나 비난하는 이분법적 태도에서 벗어나, 균형 잡힌 시선을 유지한다. 이는 편견 없이 일본 사회를 바라보도록 하는 동시에 우리에게 새로운 물음을 던진다. 저자는 원폭 피해자라는 인식에 공감하는 한편 가해자로서 일본에 대한 날 선 비판을 감추지 않는다.

여정 속에서 마주한 사람들의 삶, 지역의 역사는 결국 인간과 사회에 대한 보편적 시선으로 이어진다. 책은 '과거와 현재의 끊임없는 대화'를 통해 있는 그대로 일본을 보여 준다. 일본을 좋아하든 싫어하든 꼭 읽어 봐야 할 책이다. 일본의 우익 정서가 어디에서 비롯됐고, 또 오늘을 사는 일본인들은 어디를 지향하는지 호기심 많은 독자들에게 추천한다.

박규섭

LX 한국국토정보공사 상임감사

저자는 관포지교로 맺어진 오랜 벗이다. 저자는 30년이 넘는 언론인 생활 동안 팩트의 무게를 배웠고, 중앙 정치 무대에서는 말 한마디, 문장이 갖는 공적 책임을 체화했다. 그의 시간은 늘 현장에 닿아 있고, 사람에게 머물러 있다. 그 축적된 시간이 이 책의 문장마다 단단한 밀도로 스며 있다.

『일본을 걷는 이유』는 일본의 어제와 오늘을 다룬다. 그러나 독자가 마주하게 되는 것은 단순한 여행기나 국가 비교가 아니다. 이부스키에서 왓카나이까지 이어지는 여정은 공간의 이동이 아니라, 기억을 대하는 한 사회의 태도를 따라가는 사유의 기록이다. 저자는 일본의 어두운 과거를 외면하지 않는다. 동시에 일본 사회를 하나의 얼굴로 단정하지도 않는다. 가해의 역사와 반성의 노력, 침묵과 용기, 왜곡과 성찰이 어떻게 한 사회 안에서 공존하는지를 차분히 보여 준다.

특히 이 책의 미덕은 분노에 기대지 않고, 망각에 안주하지 않으며, 빠른 결론을 유도하지 않는 태도에 있다. 이는 90여 개국, 200여 개 도시를 다니며 세계를 직접 보고, 정치의 중심에서 언어를 다뤄 온 저자만이 가질 수 있는 시선이다. '반일'과 '친일'이라는 경직된 구도로 독자를 재단하지 않고, 대신 질문을 남긴다. 우리는 과거를 어떻게 기억해야 하는가. 혐오를 넘어 미래로 가는 길은 가능한가. 다음 세대에게 어떤 한일 관계를 물려줄 것인가.

감정이 앞서는 시대일수록 관계의 언어는 더 신중해야 한다. 『일본을 걷는 이유』는 그 신중함이 얼마나 중요한 가치인지를 조용히 증명한다. 일본을 이해하기 위해서가 아니라, 우리 사회가 더 성숙해지기 위해 읽어야 할 책이다. 오래 남을 기록이며, 쉽게 닳지 않을 성찰이다.

1부 봄

기억과 만남의 시작

2부 여름

전쟁의 길, 평화의 길

기억과 만남의 시작

아! 윤동주,
그리고 송몽규

벚꽃과 형무소, 두 청년을 떠올리다

눈이 시릴 만큼 맑은 3월, 나는 후쿠오카 구치소 앞에 서 있다. 지금은 구치소로 쓰이는 이곳에, 예전에는 후쿠오카 형무소가 있었다. 80년 전 1945년, 조선 청년 윤동주尹東柱(1917~1945)와 송몽규宋夢奎(1917~1945)는 이곳에서 스물일곱 가장 빛나야 할 나이에 생을 마감했다. 식민지 조선인에게 '형무소'라는 세 글자는 듣기만 해도 몸이 굳는 공포였다.

둘은 동갑내기이자 고종사촌이었다. 윤동주는 2월 16일, 송몽규는 3월 7일, 열아홉 날을 사이에 두고 차례로 세상을 떠났다. 두 사람이 떠난 뒤 한 달쯤 지나 눈부신 벚꽃이 피었고, 반년 뒤에는 그토록 기다리던 광복이 찾아왔다. 너무 서둘러 떠난 죽음이었기에 회한은 깊을 수밖에 없다. 80년이 지난 지금까지도 두 사람의 사인은 병사病死와 생체실험 사망설 사이 어딘가에 걸려 있다.

그들의 흔적을 쫓아 나선 길, 발걸음은 무거웠다. 봄이 되면 꽃들은 약속이나 한 듯 차례차례 피어난다. 그 많은 봄꽃 가운데, 마음을 가장 들뜨게 하는 건 역시 벚꽃이다. 불경스러운 마음일지 모르지만, 나는 벚꽃 그늘에 서면 잠시 현실을 잊고 황홀해진다. 일본인들이 가장 사랑하는 꽃이라는 사실과는 별개다.

벚꽃은 무리를 지어 핀다. 그 꽃구름은 최남단 가고시마에서 시작해 시코쿠四國와 혼슈本州를 타고 북쪽으로 올라가, 홋카이도北海道 어딘가에서야 비로소 흩어진다. 한 달 남짓 이어지는 분홍빛 여정은 꿈결 같다. '죽는 날까지 하늘을 우러러 한 점 부끄럼이 없기를' 바랐던 두 청년을 만나러 가는 길, 사방은 그 몽환적인 벚꽃으로 환했다.

후쿠오카에 갈 때마다 나는 아들 또래 두 청년이 '육첩방六疊房 남의 나라' 감방에서 숨을 거두었다는 사실을 떠올린다. 그 생각이 머리에 떠오르는 순간, 이 도시의 푸른 하늘도 잠시 무거워진다.

한류의 원형, 규슈와 첫 만남

후쿠오카는 규슈九州에서 가장 크고 활기찬 도시다. 통계를 보면, 지난해 일본을 찾은 외국인 관광객 네 명 가운데 한 명은 한국인이었다. 그중에서도 후쿠오카를 찾은 한국인 비중은 압도적이다. 거리 어디에서든 한국어가 들린다. 지리적으로 가깝고, 겨울에도 온화한 기후, 가격 대비 만족도가 높은 맛집, 그리고 서로 닮은 듯한 정서까지. 이 도시가 한국인에게 인기 있는 이유는 분명하다.

규슈와 후쿠오카는 역사적으로도 한반도와 긴 시간을 함께 보냈다. 한반도 문명이 가장 먼저 건너간 관문이자, 백제 멸망 이후 백제 유민들이 대거 이주해 자리를 잡은 땅이다. 야요이 문화 탄생지로 알려진

후쿠오카 모모치 해변

요시노가리吉野ヶ里 유적은 한반도 문명이 바다를 건너와 뿌리를 내린 자리다. 임진왜란 때는 전라도 일대 조선 도공들이 끌려와 규슈 곳곳에 정착했다. 그래서 규슈는 한국인에게는 단순한 관광지가 아니다. 문화적·인류학적·정서적으로 '한류의 원형'을 만나는 땅이다.

　내게도 후쿠오카는 각별하다. 우리는 살면서 수많은 도시를 지나치지만, 유독 몇 곳만은 강하게 남는다. 언제, 어떤 상황에서 만났느냐에 따라 그 도시를 기억하는 방식은 달라진다. 나와 후쿠오카의 첫 만남은 40년 전, 1984년으로 거슬러 올라간다. 대학 1학년 때였고, 그때 나는 일본 해외연수 단원으로 선발되었다. 향한 곳은 도쿄도 오사카도 아닌 후쿠오카였다. 지금처럼 누구나 마음먹으면 항공권을 끊어 떠날 수 있던 시절이 아니었다. '해외여행 자율화'라는 말 자체가 낯선 요

즘 세대에게는 상상이 안 되겠지만, 1980년대 초반만 해도 해외에 나
간다는 건 '특별한 경험'이었다.

갓 스물, 생애 처음 밟은 외국 땅이 바로 후쿠오카였다. '처음'이라
는 말이 주는 힘은 생각보다 크다. 첫사랑, 첫 만남, 첫 키스, 첫아이,
첫눈처럼, 처음 기억은 시간이 흘러도 쉽게 지워지지 않는다. 그 뒤로
수많은 도시를 다니며 여행했지만, 후쿠오카만큼 선명하게 각인된 도
시는 아직 없다. 주변 사람들은 가끔 이런 말을 한다. "당신, 일본에
좀 관대한 거 아니냐." 말끝에는 "친일 아니야?"라는 불편한 질문이
살짝 숨어 있다. 솔직히 말하자면, 내가 일본에 비교적 열린 시선을 갖
게 된 건, 스무 살 시절 후쿠오카에서의 경험과 무관하지 않다고 부인
하기 어렵다.

그때 머물렀던 홈스테이 가족과는 40년 넘게 안부를 주고받는다. 아
버지와 동갑인 후루야 도시키古屋俊毅 씨는 어느덧 여든아홉이 됐다.
지난해 뇌출혈 수술을 받고 예전만큼 건강하진 않지만, 아직도 내 이

홈스테이 가족 후루야 도시키 씨 부부와 함께

름을 기억한다. 소녀 같은 미소를 간직한 에츠코 아주머니는 다도 강사로서 여전히 바쁜 노년을 보내고 있다. 나와 동갑인 큰딸 미키美木는 도쿄에 살며 다국적 기업에서 일하고 있다. 그래서 내게 후쿠오카는 단순한 여행지가 아니다. 20대 시간과 고향 부모님을 동시에 떠올리게 하는 아련한 도시다.

기억의 도시, 두 사람의 궤적

김해공항에서 후쿠오카까지는 비행기로 45분이면 닿는다. 서울~부산 KTX보다도 짧게 느껴지는 거리다. 그럼에도 비행기 문이 열리고 공항에 내리는 순간, 완전히 다른 언어와 풍경으로 다가온다. 여행자들은 대부분 하카타博多역과 캐널시티, 나카스中洲 포장마차부터 찍고 온다. 나는 현지인과 관광객이 섞여 있는 그 풍경 속에서, 이국적인 공기를 감지한다.

한데 어느 순간부터 내게 후쿠오카는 다른 이미지로 다가섰다. 윤동주와 송몽규가 마지막 숨을 내쉰 도시라는 사실을 안 이후부터다. 추억이 가득한 도시라고 해서 마냥 좋아하기도 애매하고, 그렇다고 해서 통째로 등을 돌리기도 쉽지 않은 복잡한 감정이 그때부터 따라붙었다.

윤동주와 송몽규는 태어난 곳도, 자란 곳도, 공부하던 곳도, 죽음을 맞은 곳도, 묻힌 곳도 같다. 중국 용정에서 태어나 서울 연희전문에서 공부하고, 일본으로 유학을 떠났다가 후쿠오카 형무소에서 숨을 거두었다. 죽은 뒤에는 다시 고향 가까운 용정 땅에 나란히 묻혔다.

그들의 인생 궤적은 기구한 역사만큼이나 기구하다. 『윤동주 평전』의 저자 송우혜는 두 사람의 관계를 이렇게 정리했다. "그들은 한 집에서 석 달 간격으로 태어나 대부분 학창 시절을 같이 보냈고, 평생을 동반자로서 살아갔다. 그들은 같이 일본에 유학했고, 같은 도시에서 같은 사건, 같은 죄목으로 얽혀 체포되고 재판을 받았으며, 같은 감옥에서 복역하다 19일 간격을 두고 나란히 옥사했다. 두 사람은 평생을 두고 생과 사를 함께 나누었다."

1943년 7월, 일제는 두 사람을 치안유지법 위반 혐의로 체포했다. 2년 형을 선고받은 둘은 후쿠오카 형무소에 수감, 10개월 남짓 버티다 잇달아 세상을 떠났다. 공식 기록에는 '옥사'라고 남겨졌지만, 많은 이들은 그 단어만으로는 설명되지 않는 불편함을 느낀다.

윤동주의 유해는 중국 용정으로 옮겨졌고, 그해 3월 6일 장례가 치러졌다. 『윤동주 평전』448쪽은 그날의 정황을 이렇게 묘사하고 있다. "장례 날 그날따라 봄을 시샘하는 눈보라가 몹시 날려서 동주의 유골을 땅에 묻는 사람들 마음을 더욱 춥게 했다."

어느 곳보다 벚꽃이 서둘러 피는 규슈는, 이렇게 두 청년의 급작스러운 죽음과 마주해야 하는 장소다. 대한민국 정부는 윤동주에게 1990년 건국훈장 독립장, 송몽규에게 1996년 건국훈장 애국장을 서훈했다. 숨을 거둔 지 50년이 흐른 뒤였다. 너무 늦게 도착한 훈장은 이들의 죽음을 위로할 수 있었을까, 문득 그런 생각에 고개를 떨궜다.

의혹, 기록, 그리고 침묵

스물일곱, 한창 건강하게 살아야 할 나이에 세상을 떠난 두 청년의 죽음 앞에는 풀리지 않는 의문이 따라붙는다. 단지 병이 나서 죽었다고 보기에는 납득하기 어려운 뭔가 있다. 당시 일제는 재소자들을 대상으로 생체실험을 진행했다. 그 과정에서 사망했다는, 이른바 '생체실험 사망설'이 꾸준히 회자하는 이유다.

2016년 개봉한 이준익 감독의 영화 〈동주〉도 이러한 정황을 밑바탕에 깔고 있다. 영화 속에서 우리가 본 그 감옥의 공기와 차가운 복도는, 허구라기보다 '사실'을 시각화한 장면에 가까울지 모른다.

생체실험설에 가장 먼저 불을 붙인 사람은 일본인 연구자 고노 에이치鴻農映二다. 그는 한국에서 한국문학을 전공했다. 1980년 『현대문학』 10월호에 실린 「윤동주, 그 죽음의 수수께끼」라는 글에서, 그는 윤동주와 송몽규가 생체실험 도중 사망했을 가능성을 제기했다.

고노의 주장은 이렇다. 전쟁 말기 일본군은 부족한 피를 대신하기 위해 혈장 대신 생리식염수, 나아가 바닷물을 주입하는 실험을 진행했다. 윤동주와 송몽규가 바로 그 실험 대상이 되었고, 그 과정에서 목숨을 잃었을 것이라는 추정이다.

그는 두 가지 근거를 내놓았다. 첫째는 후쿠오카 형무소가 유족에게 보낸 전보 내용이다. 형무소는 윤동주 사망 직후 가족에게 "시체를 찾아가지 않으면 규슈 제국대학 해부용으로 제공한다"는 전보를 보냈다. 고노는 "실험 도중 숨졌기 때문에 해부용으로 넘기려 한 것 아니겠느냐"고 해석했다. 합리적인 의심이다.

규슈 제국대학에서 실제로 생체실험이 벌어졌다는 정황은 미국 자료에서도 확인할 수 있다. 미국 정부기록보존소(NARA) 기록에 따르면, 1945년 5~6월 규슈 제국대학 의학부에서 미 공군 조종사 8명을 대상으로 생체 해부를 진행했다. 수혈이 필요한 환자에게 피 대신 사용할 수 있는 대용혈장 개발이 목적이었다.

규슈 의과대학 병원

　전쟁이 끝난 뒤 연합군은 규슈 제국대학 의대 교수 5명을 전범 재판에 기소했다. 재판 기록에는 이들이 미군 포로 장기를 적출하고, 혈관에 바닷물을 주입하는 실험을 했다는 내용이 나온다. 고노는 "형무소 전보 문구"와 "규슈 제국대학의 생체실험 기록"을 나란히 세워 놓고, 윤동주·송몽규 역시 이 실험의 연장선에서 죽었을 가능성이 높다고 주장했다.

　관련해 SBS는 2009년 8월 15일, 미국 국립도서관 기밀문서를 바탕으로 후쿠오카 형무소 재소자들을 상대로 바닷물 수혈 실험이 진행됐다고 보도했다. 2015년 4월 6일 자 『조선일보』 기사 「"이 끔찍한 짓을 우리가 했습니다" '미군 생체실험' 규슈의대의 반성」도 같은 맥락의 증언을 싣고 있다. 당시 열아홉 살 의대생으로 실험에 참여했던 증언자는 『마이니치每日신문』 인터뷰에서 이렇게 털어놓았다. "당시 대학은 군을 거역하지 못했습니다. 산 채로 미군의 장기를 적출했습니다. 혈관에 바닷물을 주입하기도 했습니다. 전쟁이 만든 광기였습니다."

규슈대학은 2015년 4월 의학역사관을 열고, 미군 포로 생체 해부 기록을 전시하며 추모 공간을 마련했다. 참혹한 과거를 공식적으로 인정한 것이다.

고노가 제시한 두 번째 근거는 송몽규의 증언이다. 그는 면회 온 윤동주의 부친에게 "매일 이름 모를 주사를 맞느라 피골이 상접해 간다"고 호소했다. 송몽규 역시 비슷한 증세를 보이다 윤동주에 이어 숨졌다. 이 모든 정황을 합치면, 두 사람의 죽음은 단순한 병사가 아니라 생체실험과 관련되었을 가능성이 높다는 결론에 다다른다.

물론 나는 이 주장을 100퍼센트 단정 짓고 싶지는 않다. 다만 앞서 언급한 자료와 기록, 그리고 당시 형무소 사망자 숫자를 고려하면 '합리적인 의심'은 쉽게 지워지지 않는다. 후쿠오카 형무소 옥중 사망자는 1943년 64명, 1944년 131명, 1945년 259명으로 3년 사이 4배 가까이 급증했다. 단순한 질병과 영양실조만으로 설명하기에는 지나치게 가파른 곡선이다.

만약 생체실험설이 과장된 것이라면, 일본 정부는 지금이라도 반박 자료를 제시하고 의혹을 해소해야 한다. 하지만 80년 가까운 세월 동안 그들은 침묵으로 일관하고 있다. 그 침묵은 오히려 의심의 불씨에 기름을 붓는다. 후쿠오카 구치소를 찾을 때마다 내 머릿속에 군국주의 '생체실험'이라는 어두운 그림자가 떠나지 않는 이유다.

최근 난징학살사건을 소재로 한 영화 〈난징 사진관〉을 봤다. 1937년 12월, 난징에 입성한 일본군은 수 주일 만에 10만 명에 달하는 중국인들을 학살했다. 영화에서 강간은 일상이고 누가 더 많은 사람을 참수하느냐를 놓고 시합하는 만행까지 나온다. 믿기 어렵지만 군국주의 일본군의 잔혹함은 상식을 뛰어넘는다. 그들은 집단 학살과 생체실험, 고문 등 온갖 방법으로 한국을 비롯한 주변 국가에 씻을 수 없는 죄악을 저질렀다. 생체실험설 또한 억측은 아니다.

스물셋, 식민지 청년의 고뇌

하카타博多역에서 구치소까지는 자동차로 20분. 거리는 11킬로 남짓 짧지만 마음의 거리는 그보다 훨씬 멀게 느껴졌다. 목적지 근처에서 고속도로 진입 램프와 길이 헷갈려 몇 번을 빙빙 돌다 겨우 구치소 앞에 섰다. 구치소는 주택단지와 인접해 있다. 길을 잘못 들면 그냥 지나칠 만큼 주변 풍경에 파묻힌 곳이다. 80년 전만 해도 이 일대는 허허벌판이었을 것이다. 전후 형무소가 구치소로 이름을 바꾸고, 도시가 팽창하면서 주택가가 들어섰다.

구치소나 교도소는 대표적인 혐오시설로 손꼽힌다. 우리나라였다면 보통은 "혐오시설을 왜 우리 동네에 두느냐"며 이전 요구 민원이 빗발쳤을 것이다. 광주구치소의 경우 2021년 신축 계획 수립 이후 8년째 지역 주민과 마찰을 빚고 있다. 법무부는 전국 네 개 지역 교정청 가운데 광주에만 구치소가 없는 데다가 교도소 수용률이 적정 수준을 넘어섰다며 필요성을 강조하지만, 지역 주민들은 인접한 곳에 대단지 아파트와 학교가 밀집해 있다며 반대하고 있다. 그러나 일본 사람들은

후쿠오카 구치소

주택단지 바로 옆에 구치소가 있어도 묵묵히 일상을 살아간다. 정부와 공공시설에 대한 일본 특유의 '순응'이 읽히는 장면이기도 하다.

구치소 건물을 배경으로 사진을 찍는 순간 이런 생각이 스쳤다. "부끄러워해야 할 쪽은 저들인데, 왜 내가 도둑 찍기하듯 눈치를 보고 있나." 뭔가 뒤집힌 풍경 같았다.

지금 이곳은 직사각형 흰색 건물이 자리 잡은 임시 구류 시설이다. 그러나 식민지 시절 후쿠오카 형무소는 악명 높았다. 이곳에서 벚꽃보다 눈부신 두 청년이 죽음을 맞았다.

내가 윤동주의 시를 처음 만난 건 중학생 때였다. 「서시」를 읽었을 때, 그 깊은 뜻을 다 이해하지는 못했다. 그럼에도 '죽는 날까지 하늘을 우러러'로 시작하는 첫 구절은 어린 마음에도 강한 전율을 일으켰다. 그 떨림은 아직도 선명하다. 이후 「별 헤는 밤」 「자화상」 「새로운 길」 「참회록」 「쉽게 씌어진 시」를 읽으며 우리는 윤동주와 청년 시절을 지나왔다.

죽는 날까지 하늘을 우러러

한 점 부끄럼이 없기를,

잎새에 이는 바람에도

나는 괴로워했다.

별을 노래하는 마음으로

모든 죽어 가는 것을 사랑해야지

그리고 나한테 주어진 길을

걸어가야겠다.

오늘 밤에도 별이 바람에 스치운다.

윤동주는 연희전문에 다니던 스물세 살, 식민지 지식인으로 고민과 부끄러움, 결심을 「서시」에 담았다. 나라를 빼앗긴 울분, 청년으로서 불안과 결기가 한 편의 시 안에서 팽팽하게 맞부딪힌다.

그는 1941년 9~11월, 서울 북아현동 하숙집에서 시집 『하늘과 바람과 별과 시』를 묶었다. 완성된 시집을 직접 필사해 친구 정병욱(훗날 서울대 국문과 교수)과 은사 이양하 교수, 그리고 자신이 나눠 가졌다.

『하늘과 바람과 별과 시』가 지금까지 온전한 형태로 남을 수 있었던 건 기적에 가깝다. 1944년 정병욱은 학도병으로 징집되기 전, 시집을 고향 전남 광양에 사는 어머니께 맡겼다. 그의 어머니는 시집을 마루 깊은 곳에 숨겼고, 광복 후 1948년 이 필사본을 바탕으로 초판이 세상에 나왔다.

초판 표지를 보면, 굵은 활자를 배경으로 어스름한 하늘과 앙상한 나무가 배치되어 있다. 시인의 결연한 의지와 어두운 시대 분위기가 동시에 느껴진다. 우리가 지금 '한 점 부끄럼 없는' 윤동주의 시를 만날 수 있는 건, 친구와 친구 어머니가 지켜 낸 덕분이다.

『하늘과 바람과 별과 시』
초판 표지(1948년)

윤동주와 송몽규의 삶은 짧았지만 절대 가볍지 않았다. 중국에서 태어나 조선에서 자라고, 일본에서 공부하며 생을 마감했다. 시대가 이들을 국경과 도시 사이로 이리저리 흔들어 놓았다.

윤동주는 1941년 12월 일본 유학길에 올랐다. 도쿄 릿쿄立教대학에서 한 학기를 보낸 뒤 교토 도시샤同志社 대학 영문과로 옮겼다. 송몽규는 교토 제국대학 사학과에서 공부했다.

어떤 이들은 윤동주의 창씨명 '히라누마平沼'를 두고 친일 증거라고 몰아붙이기도 한다. 연세대 홍성표 교수는 이러한 주장을 강하게 반박했다. 그의 설명은 이렇다.

1940년, 일제는 조선인에게 창씨개명을 강요했다. 마감일이었던 8월 10일까지 신고율은 80.3퍼센트, 미신고는 19.7퍼센트였다. 취업과 입학, 일상 곳곳에서 차별을 피하기 위해 대부분 어쩔 수 없이 창씨를 선택했다. 나머지 19.7퍼센트에게는 일괄적으로 일본식 성을 부여했다. 선택 여지는 사실상 없었다는 얘기다.

윤동주의 조부 윤하현은 호주 자격으로 집안의 창씨명을 '히라누마'로 정했다. 윤동주는 1942년 1월 29일 일본 유학을 위한 도항증명서를 받으면서 '히라누마 동주平沼東柱'로 적었다. 홍성표 교수는 "윤동주

의 창씨는 할아버지가 법적 마감일 이전에 선택한 이름일 뿐, 유학이
나 친일과는 별개"라고 설명한다. 시대의 칼날 아래에서 살아남기 위
해 선택한 이름을, 오늘 기준으로만 잘라 판단할 수는 없는 노릇이다.

전후 세대의 참회, 두물머리에서 빛으로

군국주의 일본이 저지른 잘못을 잊지 않는 동시에 전후 일본 세대
가 보인 성찰 또한 균형 있게 바라보는 일은 중요하다. 양심 있는 일본
시민과 지식인들은 꽤 오래 윤동주를 기억하는 작업을 이어 왔다. 이
들은 일본어 번역 시집을 내고, 1995년 서거 50주기에는 그가 공부했
던 도시샤대학 교정에 추모비를 세웠다. 또 '윤동주 시를 읽는 모임'은
30년 넘게 활동을 이어 오고 있다.

앞서 말했듯, 생체실험 사망설을 처음 제기한 이는 일본인 고노 에
이치였다. 윤동주의 묘를 가장 먼저 찾아 세상에 알린 이 역시 일본
인 학자 오무라 마스오大村益夫 전 와세다대 명예교수다. 그는 1985년
5월, 연변대학에서 조선문학을 공부하던 중 용정 동산교회 묘지에서
윤동주의 묘를 발견했다. 우리가 용정에 있는 윤동주 묘에 참배할 수
있는 건 그 덕분이다. 오무라 교수는 2023년, 90세 일기로 세상을 떠
났다. 생전에 그는 『윤동주와 한국문학』 『조선의 혼을 찾아서』 등 윤
동주 관련 논문과 저서를 통해, 시인 윤동주를 일본과 세계에 알렸다.
오무라가 없었다면, 윤동주가 우리 곁으로 돌아오기까지 더 오랜 시간
이 필요했을지 모른다.

일본 지식인들로 이뤄진 '윤동주 시를 읽는 모임'은 1994년 이후 매
년 2월 16일, 후쿠오카 구치소 옆 작은 뜰에 모여 윤동주의 시를 낭독

한다. 그들은 시를 한 편씩 읽으며 군국주의 시절을 반성하고, 잘못을 반복하지 않겠다는 약속을 조용히 되새긴다.

또 다른 인물, 니시오카 겐지西岡健治 후쿠오카현립대 명예교수도 빼놓을 수 없다. 그는 10년 가까이 후쿠오카 구치소 주변에 윤동주 시비를 세우기 위해 뛰어다녔다. 관할 지자체인 사와라早良 구청에서 허가를 내주지 않아 무산됐지만, 그가 한국과 일본을 오가며 쏟아부은 시간과 마음은 간단치 않다. 겐지 교수는 2023년 '후쿠오카에 윤동주 시비를 세우는 협의회'를 해산하며 이렇게 말했다. "제 인생의 마지막 시간과 모든 힘을 바쳤으나 시비를 세우지 못했습니다. 면목 없고 부끄럽습니다."

후원금을 돌려주는 자리에서 그는 덧붙였다. "식민 지배 가해자인 일본인들이 윤동주를 기려야만 과거사에 대한 진정한 반성이 이뤄질 수 있습니다. 후쿠오카는 윤동주의 마지막 숨결이 머문 곳입니다. 이곳에 그가 존재했다는 사실이 잊힐까 두려워 시비 건립을 추진했습니다." 일본 사회에는 겐지 같은 양심적인 사람들이 적지 않다.

오무라 마스오 교수는 생전에 이렇게 말했다. "윤동주와 김학철은 세계유산입니다. 한국문학에서 세계에 내놓을 수 있는 작가는 시인 윤동주와 소설가 김학철입니다." 그가 윤동주와 함께 언급한 김학철(1916~2001)은 '독립군 최후의 분대장'으로 불린 인물이다. 북간도 항일 투쟁을 다룬 『해란강아 말하라』의 작가이기도 하다. 일제에 누구보다 치열하게 맞섰던 그는, 그럼에도 "제국주의 침략자 일본 군부와 평범한 일본인을 구분해야 한다"고 말했다.

김학철의 이 한마디를 떠올리면, 우리 시선도 조금은 달라진다. 조선 청년을 죽음으로 내몬 군국주의 일본과 윤동주를 기억하고 참회하는 일본 시민을 동일 선상에 놓을 수는 없다. 분노를 불쏘시개 삼아 증오와 적개심을 키우는 건 누구나 한다. 하지만 그 감정을 넘어서 균형을 찾는 건 쉽지 않다. 후쿠오카에서 나는 김학철의 균형을 곱씹었다. "국가와 사람을 분리해 미래지향적인 한일 관계를 열어야 한다"는 강창일 주일 대사의 주문도 다르지 않다.

후쿠오카 구치소 앞에서 아부라야마油山강과 무로미室見강은 하나로 합쳐져 동해로 흘러간다. 이 두물머리에서 바다까지 거리는 1킬로도 되지 않는다. 80년 전 일제는 이곳에서 조선 청년을 가두고, 심문하고, 고문하고, 죽음으로 몰아넣었다. 반대로 전후 일본 시민과 지식인들은 같은 장소에서 윤동주 시를 읽고, 과거를 반성한다.

역사에는 완전한 선도, 완전한 악도 없다. 깊은 어둠이 있는 만큼, 언젠가 그 끝에는 빛이 있다. 우리가 서 있어야 할 자리 역시 어둠이 아닌 빛 쪽임을 믿는다. 인간은 완벽하지 않지만 그래도 조금씩 앞으로 나아간다고 믿는다면, 우리의 태도도 그 믿음에서 출발해야 한다.

윤동주와 송몽규는 차가운 감방 안에서 파도 소리를 들으며 어떤 생각을 했을까. 돌아갈 수 없는 고향 하늘을 떠올렸을까, 아니면 아직 태어나지도 않은 우리 세대를 떠올렸을까. 내게 후쿠오카는 그래서 조금 특별하다. 첫 해외 도시이자, 두 청년의 마지막 도시. 벚꽃과 형무소, 추억과 부끄러움, 분노와 고마움이 뒤섞여 있는 도시. 그 복잡한 감정들 사이에서, 나는 한 편의 시를 떠올린다. "오늘 밤에도 별이 바람에 스치운다."

나고야 성터에서 떠올린
전쟁의 기억

바다와 역사로 향하는 가라쓰

오늘은 규슈 북서부, 사가佐賀현 가라쓰唐津로 간다. 후쿠오카를 빠져나와 가라쓰로 향하는 길, 차창 밖으로 흩날리는 벚꽃잎이 눈부시다. 조선, 중국과 가까운 가라쓰는 지리적 이점을 살려 오래전부터 교역으로 흥했다. '외국'을 뜻하는 당唐 자가 지명에 박힌 것도 그런 흔적이다. 지금 가라쓰는 예전의 영화는 한발 물러나고, 어딘가 애잔한 분위기가 감돈다. 그렇다고 쇠락한 도시의 쓸쓸함은 아니다. 정갈하게 정돈된 시가지를 걷다 보면, 비록 가세는 줄었어도 기품만큼은 놓치지 않는 종갓집 인상이 스민다. 한때 철강과 무역, 항만 건설로 번성했던 부촌이었다는 사실을 기억하면 이 도시가 달리 보인다.

가라쓰에 들러야 할 이유는 하나둘이 아니다. 우선, 이름부터 동화 같은 '무지개 솔밭' 니지노 마쓰바라虹の松原를 걷고 싶은 욕심이 크다. 가라쓰에 가면 일본 안에서도 손에 꼽히는 명품 해안 송림, 니지노 마쓰바라는 꼭 걸어야 할 산책로다. 둘째 이유는 프랑스 몽생미셸 수도

원을 닮았다는 가라쓰성. 성 위에 올라 주변 풍광을 내려다보는 순간, 이 도시를 바라보는 시선은 한층 넓어진다. 마지막으로, 임진왜란 전초 기지였던 히젠 나고야 성터와 사가현립 나고야성 박물관을 보기 위해서다. 이 나고야성에서 임진왜란 7년 전쟁의 서막이 올랐다.

성 맞은편에 자리한 사가현립 나고야성 박물관은 더 특별하다. 일본 곳곳의 박물관이 대체로 일본 중심의 역사 인식을 반복하는 데 비해, 이곳은 그 틀에서 한 발 비켜 서 있다. 임진왜란을 침략 전쟁으로 규정하고, 반성의 토대 위에서 한일 관계를 모색한다는 점에서 시선이 머문다. 나고야성 박물관 관람을 특히 권하고 싶은 이유다. 성터에서 보낸 반나절과 박물관에서의 몇 시간은, 새로운 한일 관계를 고민하는 내게 '역사란 무엇인가'를 다시 묻는 시간이었다. 불행했던 과거를 곱씹는 동시에 미래를 향한 새바람이 부는 땅. 그곳을 향해, 오늘 나는 가라쓰로 향한다.

벚꽃 해안도로와 무지개 솔밭

후쿠오카 도심을 빠져나와 오른쪽 해안도로로 접어든 순간 풍경은 확 달라진다. 바다를 옆에 끼고 달리는 봄날 해안도로는 말 그대로 눈부시다. 교통 체증으로 숨이 막히는 후쿠오카와 달리, 가라쓰로 향하는 길은 한결 느긋하고 낭만적이다. 흐드러진 벚꽃이 터널처럼 드리운 편도 1차로를 달렸다. 50킬로, 약 1시간 남짓 달려 드디어 가라쓰에 접어들 즈음, '니지노 마쓰바라' 솔숲이 눈에 들어왔다.

니지노 마쓰바라는 '무지개 솔밭'이라는 매혹적인 이름을 가진 송림이다. 차 안에서 스치기만 해서는 진가를 알 수 없다. 반드시 두 발로 걸어 들어가 온몸으로 솔향과 바람을 맞아 봐야 한다. 솔밭을 보고 아름답다고 느꼈던 건 이때가 처음이었다. 송림은 해안을 따라 폭 1킬로, 길이 5킬로에 이르는 울창한 숲이다. 100만 그루에 달하는 해송이 바람을 맞으며 파도처럼 일렁이는 모습은 그 자체로 장관이다. 송림은 활시위를 둥글게 당긴 듯한 모양으로 가라쓰 시가지를 병풍처럼 감쌌다.

한 걸음 숲 안으로 들어서면, 풍경은 또 다르다. 솔숲 안은 숨소리까지 또렷이 들릴 정도로 고요하다. 반대로 숲 밖에서는 거친 바닷바람이 우우 아우성친다. 소나무 사이를 구름 위를 걷듯, 폭신폭신한 흙길을 따라 천천히 걸었다. 솔숲은 처음부터 경관 목적이 아니었다. 바람과 파도로부터 마을을 지키고 모래 유실을 막기 위해 조성한, 말하자면 인공 숲이다. 솔밭 곳곳엔 작은 오솔길이 나 있다. 그 길을 걷는 사람들은 자연스레 걸음을 늦추고, 솔향에 깊게 젖는다. 깊은 산중에서 힐링하는 것과 다르지 않다.

젊은 날 다녀왔던 호주 블루마운틴과 브라질 아마존 열대우림에서도 비슷한 감흥을 맛보았다. 사춘기였던 아이들과 함께 울창한 블루마운틴 숲길을 걸으며 평소 못 나눈 이야기를 이어 갔다. 사람의 손길이 닿지 않은 아마존 우림에서는, 인간이라는 존재가 얼마나 왜소한지 절감했다. 니지노 마쓰바라에서 느낀 감흥은 그 두 경험과는 또 다른 느낌이었다. 공터에 차를 세우고 숲길로 들어서, 걷는 내내 솔향에 취하고 바닷바람에 몸을 맡겼다. '이런 송림을 삶의 배경으로 사는 가라쓰 주민들이 참 부럽다'는 생각이 들었다.

무지개 소나무 숲과 가라쓰 시가지

400년 솔숲이 지켜 낸 마을의 시간

니지노 마쓰바라는 일본인들에게도 각별하다. 일본 국영방송 NHK
가 자국민을 대상으로 '21세기에 남기고 싶은 일본 풍경'을 조사했을
때, 솔밭은 당당히 5위에 올랐다. 일본 열도 곳곳에 있는 숱한 명승
지를 제치고 거둔 성적이다. 얼마나 아름답고 인상적인 곳인지, 굳이
말을 보태지 않고 상상에 맡긴다. 개인적으로도 주저 없이 1위를 주고
싶다.

일본 정부는 니지노 마쓰바라를 특별 명승으로 지정해 국가 차원에
서 관리하고 있다. 솔밭의 역사는 400여 년 전으로 거슬러 올라간다.
17세기, 가라쓰 번주 데라자와 히로타카가 황무지를 개간하기 위해 소
나무를 심기 시작하면서다. 참고로 번藩은 일본 에도시대(1603~1868)
의 행정 명칭으로, 지방 영주인 다이묘大名가 통치한 영지를 뜻한다.
당시 260~300개에 달하는 번이 있었다. 번은 자체적으로 군대를 보
유하고, 세금을 징수하며, 법을 집행했으나 막부에 종속된 반 자치 형
태였다.

숲이 형성된 뒤, 가라쓰번에서는 벌목을 금지하고 땔감용 낙엽을 줍
는 것까지 제한했다. 뒤늦게 주민들도 솔숲 보존에 힘을 보탰다. 그렇
게 세월이 흘러, 니지노 마쓰바라는 지금처럼 그림 같은 해안 송림으로
변모했다. 여행자들은 무지개 솔밭을 거닐며 그들의 노고에 감사한다.

소나무를 귀하게 여기는 우리나라에도 이름 난 솔밭은 많다. 부안
고사포 솔숲, 서산 안면도 솔숲, 강릉 초당동 솔숲, 남해 상주해수욕
장 솔숲이 대표적이다. 공통점은 모두 바다와 인접해 있다는 점이다.
해안 송림은 바닷바람을 막아 주는 방패 역할을 하면서, 동시에 일출

과 일몰 때 믿기 힘들 만큼 멋진 풍경을 선물한다.

대학 시절, 부안 고사포 해수욕장 솔숲에 텐트를 치고 친구들과 야영했던 기억이 있다. 해가 기울 무렵 바라본 노을은 지금도 강렬한 잔상으로 남아 있다. 솔숲 사이로 떨어지는 낙조는 하늘과 땅, 바다를 붉게 물들이며 단번에 경계를 지웠다. 우리는 소나무 아래서 밤늦도록 이문세의 〈붉은 노을〉을 목이 터져라 불렀다. 다시는 그 시절로 돌아갈 수 없다는 걸 알기에, 그 밤은 더없이 소중한 추억으로 남아 있다.

나무를 심는다는 건 결국 미래 세대를 향한 깊은 배려다. 어쩌면 나무 심기는 자신을 희생하는 마음이 수반되는, 꽤 숭고한 행동일지 모른다. 대나무로 유명한 전남 담양에도 '관방제림官防堤林'이라는 숲이 있다. 관에서 제방 위에 조성한 숲이라는 뜻이다. 이 또한 많은 사람의 정성과 손길이 모여 완성됐다. 1648년, 담양 부사 성이성成以性은 수해를 막기 위해 제방을 쌓고 나무를 심었다. 그로부터 350여 년이 흐른 지금, 관방제림은 참나무와 느티나무로 무성한 숲을 이뤘다.

한여름, 관방제림을 따라 걷는 것은 그 자체로 기분 좋은 경험이다. 이상기후로 폭염이 일상이 된 요즘, 이 숲 그늘은 말 그대로 '생명 같은' 그늘이다. 한때 700그루에 달한 나무는 개발 과정에서 320그루로 줄었지만, 지금 남아 있는 것만으로도 충분히 고맙고 감사하다.

개인이 조성한 숲으로는 전남 장성 축령산 편백나무 숲을 들 수 있다. 성씨에 '나무 두 그루(林)'가 들어가는 임종국林種國(1915~1987)은 이곳에 평생 440만 그루에 이르는 삼나무와 편백 나무를 심었다. 아이들이 어릴 적, 아내와 함께 그 숲길을 걸으며 마냥 행복했다. 더구나 임종국이 나와 같은 수풀 임씨라는 사실에 뿌듯했다.

제주에 갈 때마다 찾는 '사려니 숲'이나 '치유의 숲'도 아끼는 곳이다. 이런 숲길은 한낮에도 볕이 잘 들지 않을 만큼 적요하다. 사색하거나 멍하니 몽상에 잠기며 걷기에 딱 좋다. 이렇게 보면, 나무를 심는 일은 자신을 위한 행동이라기보다, 아주 먼 후대까지 이어지는 배려다. 오늘 우리가 누리는 그늘과 숲의 축복은, 바로 이런 마음 씀씀이 결과다.

보랏빛 등나무 아래, 가라쓰성을 오르다

무지개 솔밭에서의 여운을 뒤로하고 시동을 걸었다. 일부러 속도를 늦춰 가며 솔숲을 천천히 빠져나왔다. 자동차로 5분 거리, 가라쓰성에 이르렀다. 가라쓰성은 높지 않다. 평지에 솟은 평지돌출 성이라 어디서든 한눈에 들어온다. 그만큼 일대를 조망할 수 있는 입지 조건이 뛰어나고, 전쟁이 벌어지면 방어에도 유리했다.

이 성이 가장 아름답게 빛나는 계절은 보랏빛 등나무꽃이 흐드러진 5월이다. 물론 꼭 5월이 아니어도 좋다. 하지만 5월이면 가라쓰성은 만개한 등나무 꽃향기로 진동한다. 일본에서 보랏빛 등나무꽃은 고귀함을 상징한다. 그래서인지 일본 성씨 가운데 등나무(藤)가 들어간 이름이 유독 많다. 사토佐藤, 이토伊藤, 가토加藤, 사이토斎藤, 엔도遠藤 등이 그 예다.

성씨에 등나무가 들어가면, 대개 후지와라藤原 가문의 방계를 의미한다. 후지와라는 일본 고대·중세 시기를 통틀어 가장 영향력 있는 귀족 가문이었다. 헤이안 시대平安時代(8~12세기) '섭정'과 '관백' 직위를 독점하며 천황가 외척으로서 군림했다. 일본 정치에서 귀족 독점 체제가 본격화된 건 후지와라 가문에서부터다. '보랏빛 등꽃이 핀 넓은 들

(고귀함과 평온함이 공존하는 풍경)'을 뜻하는 성씨인 만큼, 어감부터 고급스럽다. 결국 성씨에 '후지'를 쓰는 사람들은 자신들이 후지와라 가문과 피로 이어진 고귀한 집안이라는 메시지를 담고 있는 셈이다. '돕는다(佐)'와 '등나무(藤)'가 결합한 사토佐藤는 대표적이다.

가라쓰성 위에서 내려다보는 무지개 솔숲과 시가지는 한 폭의 수채화다. 성으로 오르는 길, 눈송이처럼 흩날리는 벚꽃과 보랏빛 등나무꽃 아래서 사색에 잠긴 행복한 사람들과 마주쳤다. 5층 천수각에 오르자 아담한 마을과 푸른 바다가 한눈에 들어왔다. 조금 전 지나온 니지노 마쓰바라 송림은, 위에서 보면 마치 미인의 눈썹처럼 부드러운 곡선을 그린다.

멀리서 바라본 가라쓰성은 프랑스 몽생미셸 수도원과 닮았다. 두 곳을 놓고 어느 쪽이 더 아름다운지 우열을 가리려는 사람도 있지만 별 의미가 없다. 가라쓰성은 그 자체로 아름답고, 몽생미셸 수도원 역시 그 자체로 매력적이다. 굳이 차이를 따지자면, 가라쓰성은 아담하고 다정한 느낌에 가깝고, 몽생미셸은 웅장하고 시원스러운 인상을 준다. 또 하나 차이는, 몽생미셸은 썰물 때 드러나는 바닷길을 걸어 들어가야 하는 반면, 가라쓰성은 무지개 솔숲을 지나 도달한다는 것이다.

두 곳은 모두 낭만적인 풍광을 자랑하면서도, 동시에 마을을 지키기 위해 세운 방어용 거점이라는 공통점도 있다. 미카엘 대천사가 지킨다는 몽생미셸 수도원은 한때 감옥으로도 쓰였다. 가라쓰성의 역사에도 치열한 싸움과 긴장감이 스며 있다. 나는 등나무 꽃향기가 가득한 성 마당에서 잠깐 이곳이 전쟁터였다는 사실을 잊었다.

가라쓰성

조선 침략의 전초기지 나고야성

가라쓰성에서 내려온 뒤, 임진왜란 전초기지였던 히젠肥前 나고야 名護屋 성터로 향했다. 히젠肥前은 지금은 쓰이지 않는 규슈 서부 지역을 가리키던 예전 행정 명칭이다. 우리나라로 치면 호남, 영남, 호서 정도에 대응하는 개념으로 보면 된다.

히젠 나고야名護屋성은 혼슈 나고야名古屋에 있는 나고야성과는 이름만 비슷할 뿐, 완전히 다른 성이다. 한자부터 다르다. 히젠 나고야성은 '지킬 호護' 자를 쓰고, 혼슈 나고야성은 '옛 고古' 자를 쓴다. 히젠 나고야성은 조선을 침략한 도요토미 히데요시豊臣秀吉(1537~1598)와 직접 연결된다. 도요토미는 임진왜란 직전 조선을 침략할 목적에서 이곳에 성을 쌓았다.

지금은 폐허로 남은 나고야 성터는 오징어 요리로 유명한 요부코항과 가깝다. 가라쓰성에서 히젠 나고야 성터까지는 자동차로 20분 거리다. 엎어지면 코 닿는 거리라는 표현이 딱 맞는다. 요부코 대교 아래 식당에서 오징어 요리로 간단히 점심을 해결했다. 몸통은 회, 다리는 튀김으로 먹는 요부코항 오징어 요리는 워낙 유명해 기대가 컸다. 하지만 유명세가 조금 과장된 것 같다는 느낌을 지울 수 없었다. 오징어회는 달착지근하고 싱싱했지만 양은 아쉬웠다. 무엇이든 푸짐해야 제대로 먹었다는 포만감을 느끼는 우리와 달리, 일본 음식은 늘 조금 부족한 듯 아쉬움을 남긴다.

가라쓰는 14~15세기, 왜구가 기승을 부리던 해적 근거지였다. '왜구'로 불린 일본 해적들은 이곳을 텃밭 삼아 우리나라 동해안 일대를 오가며 노략질을 일삼았다. 가라쓰가 본격적으로 역사에 등장한 건 임진왜란(1592년) 전후다. 도요토미 히데요시는 조선 침략을 앞두고 이곳에 나고야성을 쌓고 진영을 구축했다.

궁벽한 해안 마을에 대규모 성을 축성한 이유는 오직 하나였다. 조선을 치기 위해서였다. 가라쓰는 조선과 가장 가까운 해안으로 조선 침략에 적합한 곳이었다. 가라쓰에서 부산까지 직선거리는 약 140킬로. 지금도 쾌속선을 타면 2~3시간이면 닿는다. 1592년 4월 13일, 가라쓰에서 출격한 왜군은 다음 날 부산항에 도착했다. 또 가라쓰 인근 바다는 수심이 깊고 리아스식 해안 지형이라, 배를 숨기기에 좋은 조건을 갖추고 있었다. 가라쓰 앞바다 가베시마加部島와 가카라시마加唐島는 천연 방파제였다. 수백 척에 달하는 함대를 숨기기에 이만한 장소는 드물었을 것이다.

도요토미는 명나라로 가겠다며 조선에 길을 터 달라고 요구했다. 하지만 이는 어디까지나 명분일 뿐, 실상은 조선 침략까지 포함된 계획이었다. 전국을 통일한 뒤, 그가 마주한 현실은 각지에서 쏟아지는 내부 불만과 잠재된 반발 세력이었다. 에너지를 외부로 분출시킬 출구가 필요했고, 조선은 그에게 '좋은 먹잇감'처럼 보였다. 임진왜란은 그런 의미에서 내부 갈등을 외부 전쟁으로 돌리기 위한 출구였다.

도요토미는 전국 각지에서 사무라이를 모아 부대를 편성하고, 고니시 유키나가小西行長에게 1·2·3군 선봉을 맡겼다. 왜군은 모두 9군, 15만 8,000명에 달하는 대규모 군단이었다. 이들은 가라쓰 일대에 머물며 전열을 가다듬고 출정을 준비했다. 성을 쌓고, 전쟁을 준비하는 동안 가라쓰는 무기와 물자를 공급하며 이른바 '전쟁 특수'를 누렸다. 전국에서 몰려온 영주들은 나고야성 주변에 130여 개의 진영을 꾸렸다. 현대식으로 말하자면, 갑자기 대규모 산업도시가 뚝 떨어진 것과 크게 다르지 않았다.

그렇게 군인과 말, 무기와 물자가 넘쳐 났을 나고야성은 400여 년이 지난 지금 황량한 폐허로 남아 있다. 당시 인구 10만 명을 넘기며 오사카에 이어 제2의 도시 역할을 했던 곳이라는 사실을 떠올리면, 빈터는 덧없다. 나고야성은 면적 50만 평, 둘레 6킬로에 달하는 거대한 규모였다. 이제는 성터만 남아 그 시절을 온전히 상상하기조차 쉽지 않다.

최신 병기였던 조총으로 무장한 왜군은 파죽지세로 북상해 단 3주 만에 한양을 점령했다. 선조는 의주로 피난했고, 수도는 20여 일 만에 함락됐다. 의병과 이순신 장군의 활약 덕분에 가까스로 나라를 보존했지만, 시기와 질투에 사로잡힌 선조는 오히려 이순신을 가두고 고문하며 죽이려 했다. 풍전등화에서 나라를 구한 장군을 대접하기는커녕 제거 대상으로 삼았으니 무능한 왕이었다.

그래서 역사는 선조를 어리석고 무능한 군주로 기록하고 있다. 선조는 인조, 고종과 함께 조선 500년 역사에서 가장 무능한 세 명의 왕 가운데 한 명이다. 이들은 백성을 뒤로한 채 도망쳤고, 나라도 빼앗겼다. 중국의 속국을 자처하며 망명을 시도했던 선조의 비겁함은 부끄러운 기록으로 남아 있다. 무능은 선조에서 그치지 않고 관료 사회 전체로 번졌다. 파당을 지어 싸우는 일은 일상이었다.

도요토미는 명나라 정벌에 협조하라며 조선을 협박했다. 당시만 해도 일본에 대해 문화적 우위를 자부하던 조선은 일본을 '오랑캐'라 헐뜯으며 단칼에 거절했다. 문제는 그다음이었다. 당파 싸움에 깊게 빠져 있던 조선 조정은 냉정한 판단력을 잃었다. 국가 존망이 걸린 문제

까지도 당파 입장에 따라 갈라 대립한 것이다.

선조는 전쟁 1년 전인 1591년, 서인 황윤길과 동인 김성일을 일본 사신으로 보냈다. 그러나 두 사람은 전혀 다른 보고로 조정을 혼란에 빠트렸다. 황윤길은 "반드시 왜군이 침입할 것"이라며 일본에 대한 경계를 촉구한 반면, 김성일은 "사려 깊지 못한 허풍에 가깝다"며 위협을 무시했다. 도요토미에 대한 인물평도 극단적으로 엇갈렸다. 황윤길은 "눈빛이 반짝이며 담과 지략이 있다"며 도요토미를 결코 우습게 볼 인물이 아니라고 했지만, 김성일은 "쥐새끼 같은 몰골에 두려워할 위인이 못 된다"며 깎아내렸다.

무능한 선조는 임진·정유재란 7년 전쟁을 자초했다. 훗날 유성룡은 『징비록』에서 당파 싸움의 폐해를 경계했지만, 고질적인 진영 싸움은

히젠 나고야 성터

오늘날까지 이어지고 있다. '나와 내 편만 옳다'는 확증편향은 합리적인 목소리마저 배신으로 몰아가며, 소모적인 갈등을 키운다. 400여 년 전 조선 정치와 21세기 대한민국 정치를 나란히 떠올리면, 씁쓸하다.

도요토미 사후 권력을 잡은 도쿠가와 이에야스德川家康(1603~1867)는 히젠 나고야성을 허물었다. 조선과 국교 회복을 내건 그는 조선통신사를 요청하고 포로를 돌려주는 방식으로 화해를 모색했다. 나고야성을 파괴한 것도 그 연장선에 있다. 당시 기준으로 엄청난 규모였던 히젠 나고야성을 허문 또 다른 이유는, 다른 영주들이 이곳을 근거지로 반란을 일으킬 가능성을 차단하기 위해서였다. 나고야성에서 나온 건축 자재는 앞서 다녀온 가라쓰성을 쌓는 데 재활용했다. 도쿠가와 정권이 들어서면서 가라쓰는 서서히 잊혔고, 다시 한적한 어촌으로 돌아갔다.

일본 정부가 나고야 성터를 국가 사적지로 지정한 건 1926년이다. 폐허로 방치된 지 400여 년 만이었다. 현재까지도 건축물은 복원하지 않은 채 성터만 보존하고 있다. 역설적으로 텅 빈 성터가 더 많은 이야기를 들려준다. 성터에 서자, 가라쓰 앞바다에서 불어오는 바람에 몸이 휘청였다. 거센 바람은 주춧돌과 성터를 감싸며 성난 파도처럼 일렁였다. 그 바람 소리 사이로 왜군들의 함성, 동인과 서인으로 갈라져 서로를 공격하던 날 선 목소리, 무능한 선조의 탄식이 겹쳐 들렸다.

그때 조선이 정파 싸움을 멈추고 지혜를 모았다면, 임진왜란을 막을 수 있었을까. 역사에서 '만약'은 부질없지만, 아쉬움이 남는 건 어쩔 수 없다. 역사에서 교훈을 얻지 못하면 비극은 언제든 반복된다. 정유재란이 끝난 지 320년 뒤, 대한제국은 다시 일본에 나라를 통째로 빼앗겼다. 역사의 교훈을 자기 것으로 만들지 못한 우리가 자초한 비극이었다. '지금은 달라졌는가'라고 자문해 보지만 "그렇다"고 자신 있게 대답하는 게 쉽지 않다.

화해를 도모하는 나고야성 박물관

성터 맞은편에 있는 나고야성 박물관으로 향했다. 1993년 개관한 박물관은 '미래지향적인 한일 관계'를 고민하는 공간이다. 자국 중심의 역사 서사에 취한 박물관들과 달리, 나고야성 박물관은 비교적 균형 잡힌 시선으로 한일 관계를 바라본다.

박물관 설립 목적부터 한일 문화 교류에 초점을 맞췄다. 일방적으로 일본의 우위와 치적을 강조하는 박물관이 아닌, 침략 전쟁을 반성하며 새로운 미래를 제시하는 곳이다. 안으로 들어서자 가장 먼저 거북선 모형과 이순신 장군 영정이 눈에 들어왔다. 고려 불화 수월관음도, 금 동미륵보살반가사유상, 장승, 제주 돌하르방도 함께 전시돼 있다.

무엇보다도, 임진왜란을 '침략 전쟁'으로 규정하고 반성하는 설명문 이 인상 깊다. 임진왜란 전초기지였던 가라쓰에서 이 같은 역사적 성 찰을 마주한다는 건, 솔직히 충격에 가깝다. 나고야성 성터에서 느꼈 던 답답함이 박물관에서 조금은 풀리는 기분이었다.

사가현은 전시 테마를 임진왜란 자체에 한정하지 않고, '일본 열도 와 조선 반도 교류사'를 중심으로 기획했다. 과거사 부정에 익숙한 일 본의 전반적인 분위기 속에서 보면, 꽤 사려 깊은 선택이다. 유홍준은 『나의 문화유산답사기』에서 "만일 이곳을 그네들의 '영광의 역사 기념 관'으로 만들었다면 과거사 문제는 크게 불거졌을 것이다. 그러나 조선 반도 교류사를 중심으로 전시 테마를 잡음으로써 상대 국가에 대한 배려를 잊지 않았다"고 긍정적으로 평가했다.

민족주의에 과하게 기대는 '국뽕'은 정도 차이만 있을 뿐 어느 나라 나 있다. 국뽕은 자기 합리화와 정치적 결집을 이끌어 내기엔 편리한 도구다. 특히 동아시아 국가들에서 이런 경향이 두드러지는 건, 민주 주의가 아직 성숙하지 않았다는 방증이다. 중국이 그렇고, 일본 역시 세계에서 둘째가라면 서러워할 정도다. 걸핏하면 불거지는 혐한·반일· 반중 감정의 밑바닥엔 값싼 국뽕이 깔려 있다.

성찰 없는 국뽕은 종종 극단적인 참극으로 이어진다. 보스니아 내전 (1992~1995) 당시 민족주의에 자극받은 세르비아계 주민들은 하루아 침에 돌변해 학살에 가담했다. 그들은 라도반 카라지치가 민족주의에

사가현립 나고야성 박물관

불을 지르자 서슴지 않고 어제까지 음식을 나눴던 보스니아계 이웃을 죽이는 데 앞장선다. 언론인 피터 마쓰는 『네 이웃을 사랑하라』에서 국뽕(민족주의)이 순식간에 집단 학살로 치닫는 인간 본성에 대한 근본적 질문을 던졌다.

중국인들 역시 종종 국가주의 깃발 아래 덮어놓고 흥분한다. 중화사상에 젖어 주변 나라를 변방 취급하고 침략 야욕을 감추지 않는다. 군국주의 일본이 동아시아 주변 국가를 침략하고 학살한 배경에도 대일본제국이라는 국뽕이 작용했다. 이 때문에 국뽕 시각에서 벗어나 전시물과 설명문에서 최대한 중립적 태도를 유지하려 애쓰는 나고야성 박물관은 반갑다.

이곳에서 도요토미 황금 다실은 화려함으로 시선을 잡아끌지만, 내 눈길은 거북선과 이순신 장군 영정에 더 오래 머물렀다. 10여 년 전 방문 당시 운 좋게 홍호연(1582~1657) 유묵전을 볼 수 있었다. 경남 산청 출신 명필 홍호연은 12세에 일본으로 끌려가 그곳에서 72세에 생을 마쳤다. 국립진주박물관은 2010년 11월, 나고야성 박물관과 함께 〈조선 포로의 기억〉 교류전을 열고 홍호연을 조명했다. 2014년 4월에는 그의 유작 88점이 한국으로 돌아왔다. 작지만 꾸준한 교류가 쌓여 의미 있는 결과로 이어진 셈이다.

가라쓰는 조선을 침략한 전초기지인 동시에 우리와 깊게 얽혀 있다. 이곳 나고야성 박물관은 불행한 역사를 넘어 새로운 미래를 제시하며, 화해의 손길을 내미는 상징적 장소다. 히젠 나고야 성터가 우리에게 쓰린 역사 현장이라면, 나고야성 박물관은 미래를 향한 화해의 공간이다. 과거에서 배우지 못한 채 그 안에만 머문다면, 불행은 계속된다. 한일 국교 정상화 60주년을 맞아 양국에 필요한 건 솔직한 사과와, 사과를 받아들이는 넉넉한 품이다. 볕 좋은 봄날, 나고야 성터와 박물관을 다녀오길 권한다. 그 길 위에서 우리는 두 나라가 어떻게 손을 잡아야 할지, 조금은 더 구체적으로 생각할 수 있다.

포로가 되어 일본에 기여한
조선 도공

도자기 메카에서 시작된 길

오늘 향하는 곳은 아리타有田와 이마리伊万里. 일본 도자기 산업이 시작된, 말 그대로 '도자기 메카'다. 유럽을 비롯한 서구에서 일본 도자기가 고급 브랜드로 통하는 이유도 따지고 보면 이 두 마을에서 출발했다. 일본 도자기는 자포니즘 열풍을 타고 우키요에浮世絵(전통 판화), 공예품과 함께 서구 사회에 일본을 각인시킨 문화 상품이었다. 자포니즘은 19세기 중반부터 20세기 초, 대략 1850년대 후반에서 1910년대까지 이어진 '일본 문화 덕질 붐'이다. 네덜란드 화가 빈센트 반 고흐 그림에 일본 우키요에 느낌이 남아 있는 것도, 그가 자포니즘에 푹 빠져 있었음을 보여 준다.

아리타와 이마리, 그리고 인근 다케오武雄에는 임진·정유재란 때 포로로 끌려온 조선 도공들의 발자취가 수두룩하다. 이곳을 찾는 건 단순히 예쁜 도자기 구경을 넘어, 조선 도공들이 일본 근대화에 어떤 방식으로 기여했는지 살피는 작업이기도 하다. 그래서 더 각별하다. 요

다케오 도서관

즘 '핫 플레이스'로 떠오른 다케오 도서관 역시 빼놓을 수 없다. 다케오시는 "도서관은 조용히 책만 보는 곳"이라는 고정관념을 깨 버렸다. 책 읽고, 수다 떨고, 커피 마시고, 지역 토산품까지 살 수 있는 멀티유즈 공간으로 뒤집어 놓은 것이다. 인구 5만 명 소도시에 있는 도서관을 보기 위해 연간 100만 명이 찾아온다니, 숫자만 놓고 보면 믿기 힘들다. 지방 소멸 시대에 다케오 도서관은 충분히 주목할 만한 실험이자 모델이다.

메이지유신의 주역은 변방

일본이 근대화와 산업화의 문을 연 건 모두가 알다시피 1868년 메이지유신이다. 흥미로운 건 유신을 밀어붙인 세력이 도쿄나 오사카가 아니라, 사쓰마薩摩(현 가고시마)와 조슈長州(현 야마구치), 사가 등 변방이었다는 사실이다. 이 세 곳은 일본 열도 기준으로 보면 거의 변두리다. 에도江戸(현 도쿄) 권력 중심에서 멀찍이 떨어져 있다는 게 공통점이다. 그럼에도 메이지유신 주역으로 역사에 이름을 올렸고, 근대화 초석을 놓았다는 자부심을 공유한다. 한마디로, 촌놈들이 마음먹고 한 판 뒤집기에 나선 게 메이지유신이다. 변방이 중심을 덮친 것이다.

오늘날 일본 정치를 좌우하는 핵심 정치인들 역시 이 세 지역 출신이 유난히 많다. 사가현은 사쓰마·조슈에 비해 주목도는 낮지만, 메이지유신을 실제로 밀어 올린 주요 거점이었다. 사가현은 유신 세력에게 '돈과 무기'를 공급하는, 실질적인 역할을 맡았다.

사가 안에서도 아리타·이마리·다케오는 혁명 자금을 댄 '금고'였다. 이 지역은 도자기 산업으로 막대한 부를 쌓았고, 그 부가 곧 종잣돈이자 총알이 됐다. 당시 도자기 산업은 오늘날 반도체에 버금가는 하이테크 산업이었다. 그 도자기 산업을 일으킨 이들이 바로 포로로 끌려간 조선 도공들이었다. 일본 도자기 산업의 엔진이 조선 도공이었고, 그 산업이 메이지유신을 움직인 연료였다는 사실을 떠올리면, 역사는 정말 아이러니하다.

도자기로 축적한 자본을 바탕으로 사가현은 총과 대포, 군함을 사들였다. 칼과 조총이 전부이던 막부 시대에 대포와 증기선, 군함은 핵무기에 가까운 비대칭 전력이었다. 일본 역사학자들은 당시 사가현 경제력이 전국 260개 번 가운데 1위였다고 말한다. 에도막부와 최후 결전을 앞둔 메이지 신정부가 사가현을 끌어들이기 위해 안달했던 이유다. 사가현의 군사력과 경제력은 신정부군과 막부군 사이 승패를 가른

'절대 반지'였다.

하지만 사가현은 메이지유신 막판에 머뭇거리다가 중심에서 밀려나는 자충수를 두었다. 메이지 신정부와 막부 사이에서 눈치를 보다 기회를 날려 버렸다. 충분히 주연 역할을 할 수 있었음에도 조연에 머물렀고, 그래서 메이지유신 이후 나눠 가질 수 있는 떡도 줄었다. 메이지유신을 공부하다 보면 "인생은 결국 선택"이라는 말을 새삼 실감한다.

일본 도자기 산업의 주춧돌, 조선 도공

사가현 아리타·이마리·다케오는 일본에서 처음으로 제대로 된 도자기를 구운 곳이다. 이전까지 일본 도자기 수준은 조선·중국과 비교하면 크게 뒤처졌다. 막사발에 가까운 투박한 그릇이 고작이었다. 판을 뒤집은 건 임진왜란이었다. 일본 군대는 7년 전쟁을 치르는 동안 조선 도공 10만여 명을 포로로 끌고 갔다. 특정 시기에, 고급 인력 10만 명이 한 나라에서 다른 나라로 통째로 이주한 셈이다.

지금도 그렇지만, 그때도 기술 인력을 누가 얼마나 확보하느냐가 힘의 크기를 가르는 기준이었다. 당시 첨단산업이던 도자기 산업은 조선에서 일본으로 '산업 전체 이전'이 일어났다. 일본에 건너온 조선 도공들은 이곳에 정착해 도자기 산업에 불을 지폈다. 일본은 비로소 찻잔과 생활용품을 고급 도자기로 생산해 낼 수 있게 됐다. 신분 높은 사무라이들에게 도자기는 눈이 번쩍 뜨이는 고급스러운 명품이었다.

세 지역에서 만든 도자기는 일본 전역에서 불티나게 팔렸다. 곧 유럽 수출길에도 올랐다. 네덜란드 동인도회사는 1650년부터 조선 도공이 구운 일본 도자기를 유럽으로 실어 날랐다. 유럽인들 눈에는 일본 도자기가 에르메스, 구찌 못지않은 초호화 아이템이었다. 말 그대로 "재주는 곰이 부리고 돈은 되놈이 버는" 상황이 만들어졌다. 에도막부는 조선 도공들 덕분에 빈약한 곳간을 채울 수 있었다.

유럽 박물관에서 명품 도자기를 볼 때마다 감탄했는데, 그 원류가 조선 도공에서 비롯됐음을 알고 나면 느낌이 달라진다. 돈으로 값을 매기기 힘든 도자기 상당수가 이 시기 일본에서 유럽으로 건너갔다. 유럽 왕족과 귀족들에게 일본 도자기는 최고 사치품이었다. 크고 화려한 중국 도자기에 비해, 일본 도자기는 감각적이고 세련돼 눈 높은 유럽 취향에 더 잘 맞았다.

이렇게 쌓은 부로 사가현은 총과 대포, 증기선, 군함을 사들였다. 칼과 조총이 전부이던 시대에 신무기는 월등한 게임 체인저였다. 훗날 이야기지만, 메이지유신에 성공한 일본은 이 힘을 감당하지 못했다. 청일전쟁, 중일전쟁, 러일전쟁, 태평양전쟁까지 줄줄이 전쟁에 뛰어들며 중국·러시아·미국을 상대로 총부리를 겨눴다. 이어 조선과 필리핀, 대만 등 주변국을 차례로 집어삼켰고, 동남아 각국은 강제 동원과 수탈의 고통을 겪었다.

한 문장으로 정리하면 이렇다. 도자기가 대포와 군함으로 변신했고, 그 힘이 메이지유신과 일본 군국주의를 촉발했다. 그리고 그 첫 단추를 조선 도공이 꿰었다. 조선 도공은 일본 도자기 산업을 일으킨 주역이었고, 동시에 근대 일본을 만들어 낸 데 기여한 '보이지 않는 주인공'이었다. 도자기를 둘러싼 역사에서 가장 아이러니한 지점이다(조용준, 『메이지 유신이 조선에 묻다』, 도도, 2018. 참조).

조선 도공을 대하는 일본과 한국

"물을 마실 때는 그 물이 시작된 근원을 떠올려라." 음수사원飲水思源이라는 말이다. 이 말대로라면 일본은 조선에 감사해야 마땅하다. 그러나 근대 일본은 한국에 감사는커녕 깊은 상처를 남겼다. 지금도 일부 우익 정치인들은 틈만 나면 망언을 쏟아 낸다. 그럼에도 아리타·이마리·다케오에서 도자기 산업을 이끈 주역이 조선 도공들이었음은 부인할 수 없는 역사적 사실이다.

사가번은 조선 도공들을 전략 자산으로 인식하고 깍듯이 예우했다. 그리고 도자기를 번의 '전략산업'으로 키웠다. 조선 도공들은 낯선 땅에서 뜻밖의 처우에 감동했다. 그들은 가마에 불을 지피고, 더 나은 유약과 무늬를 연구하며 온 힘을 쏟았다. 의도하지 않았지만, 이들의 노력은 일본 근대화에 필요한 마중물이 됐다.

역사학자들은 임진·정유재란을 "도자기 전쟁"이라고 부른다. 일본인에게 조선 도공과 도자기는 그만큼 전략적이었고, 운명을 바꾸는 존재였다. 앞의 책에서 조용준은 "조선 도공이 일본 도자기 산업을 일으킨 주역이고, 그 도자기가 메이지유신에 종잣돈을 대었다는 건 역사적 아이러니"라며 안타까움을 드러냈다. 역사는 가끔, 우리가 전혀 의도하지 않았던 방향으로 흘러간다. 아리타·이마리·다케오의 도자기는 그 역설을 압축해서 보여 주는 상징이다.

이삼평·백파선이 남긴 유산

아리타~이마리~다케오를 잇는 '도자기 루트'는 전형적인 시골이다. 봄이면 벚꽃이 흩날리고, 초여름에는 신록이 눈부시다. 400여 년 전,

조선 도공들도 이 길을 따라 들어왔을 것이다. 낯선 산골 마을에서 봄바람을 맞으며 가마에 불을 지피던 그들의 뒷모습이 어렴풋이 떠오른다.

아리타는 대도향大陶鄕에 걸맞은 도자기의 고향이라는 자부심으로 가득하다. 일본 도자기의 뿌리가 여기다. 이들이 '도조陶祖'라 부르는 이삼평李參平(?~1655)은 150여 명의 조선 도공과 함께 아리타에 뿌리를 내렸다. 1616년, 그는 아리타에서 일본 최초 백자 도자기 굽기에 성공한다. 거친 막사발만 보던 일본인들에게 우윳빛 백자는 그야말로 충격이었다. 이렇게 탄생한 아리타 야키는 높은 명성을 얻으며 날개 돋친 듯 팔렸다. 막부는 아리타 야키를 '도자기 중의 도자기'로 대우했다.

아리타 야키는 1650년부터 이마리항을 거쳐 유럽으로 나갔다. 최초 수출 이후 30여 년 동안 무려 70만 점에 달하는 아리타 야키가 유럽 각지로 퍼져 나갔다고 한다. 몇 해 전 튀르키예 이스탄불 톱카프 궁전에서 본 일본 도자기도 알고 보니 400년 전 아리타에서 건너간 도자기였다. 아리타 야키는 사가현에 엄청난 부를 안겼다. 한창때 아리타에서 가마를 돌리던 집만 180가구에 달했다니, 산 전체에서 연기가 피어오르던 장관이 눈앞에 그려진다.

아리타에 가 보면, 이삼평을 얼마나 공경하는지 알 수 있다. 주민들은 그를 도조로 부르며 신사와 비석까지 세워 모시고 있다. 옛 가마터와 고령토 채굴지는 국가 사적으로 지정, 말 그대로 신줏단지처럼 관리하고 있다. 인근 석장신사에는 결가부좌를 튼 이삼평 조각상을 백자로 구워 안치했다. 한복 옷고름까지 살린 조각상은 놀라울 만큼 섬세하다. 주민들은 틈날 때마다 신사를 찾아 기도한다. 내가 찾은 날에도 한 중년 남성이 조용히 두 손을 모으고 있었다.

아리타 주민들은 마을 근처에 도잔신사를 세우고, 산 정상에는 '도조 이삼평 비'를 세웠다. 백자 탄생 300주년이 되던 1917년, 식민 지배가 한창이던 시기였다. 조선인을 '조센징'으로 부르며 멸시하던 그때 조선인을 기리는 신사를 짓고 비석을 세운다는 건 쉽지 않았다. 그들은 비석에 이삼평의 공로를 적고 '큰 은인'이라고 새겼다. 또 그의 기일이 돌아오는 매년 5월 4일에는 도조제를 개최한다. 100년 넘게 이어진 도조제는 아리타 최대 축제다.

일본 도자기 시조, 아리타 이삼평 신사

이삼평을 모신 도잔신사와 비석은 마을에서 가장 높은 곳에 있다. 마을 주차장에 차를 세우고, 가파른 계단을 오르고, 철길을 건너 또 한 번 계단을 올라야 닿는다. 신사 입구 도리이鳥居(문)는 청자다. 도자기로 도리이를 세운 신사는 일본에서 이곳이 유일하다. 다시 10여 분을 걸어 렌게이시야마蓮花石山 정상에 오르면, 마을 전체가 한눈에 들어오는 자리에 이삼평 비가 서 있다. 가장 높은 곳에 누군가를 모신다는 건 그만큼 존경한다는 뜻이다. 성당이나 교회를 언덕 위에 짓는 이유도 같다.

일본 전역에서 조센징이라는 멸칭이 난무하던 시절, 아리타 주민들

도자기로 만든 도잔신사 정문

은 조선 도공을 극진히 모셨다. 그들의 생계가 도자기에 달려 있었기 때문이다. 아리타가 잘나가던 시절에는 1,300가구, 5,500여 명이 도자기 굽는 일에 매달렸다 한다. 도시 전체가 도자기를 중심으로 돌아갔다. 울산에서 현대중공업이 지역경제를 좌우했다면, 아리타에서는 도자기가 그 역할을 했다. 현재 아리타 주민 2만여 명 가운데 상당수는 조선 도공 후손이다.

물론 신사와 비를 세우는 과정에 반대가 없었던 건 아니다. 식민 지배 시절, 조선인을 신사에 모신다는 건 쉽게 용납되지 않았다. 아리타 주민들은 '이씨 송덕회'를 조직하고, 지역 명망가를 전면에 내세우는 전략을 썼다. 사가현 출신으로 두 차례 총리를 지낸 오쿠마 시게노부 大隈重信를 후원회장으로 추대하고 신사 건립 명분을 확보했다. 그 과정

한적한 아리타 도자기 마을

에서 이삼평의 일본 이름 '가나가에 산페이金ヶ江 三兵衞'도 본래 이삼평
으로 되돌렸다. 300여 년 만의 복원이었다.

오늘날 아리타는 쇠락의 길 위에 서 있다. 도자기 산업은 다른 지역
으로 확산했고, 아리타는 꺼져 가는 촛불처럼 빛을 잃었다. 마을 중심
의 도자기 상점 대부분은 개점휴업이나 폐업 상태였다. 반나절 동안
골목을 걸었으나 한때 번성했던 마을이라는 흔적조차 찾는 게 쉽지
않았다.

죽어서야 망향의 한을 달래는 도공무연탑

아리타가 일본 도자기 본거지로 자리 잡기까지, 여성 도공 백파선의
역할도 빼놓을 수 없다. 조선 도공 김태도의 아내였던 백파선은 다케

이마리 오카와치야마 도자기 마을

오에서 도자기를 굽다가 남편이 세상을 떠나자 조선 도공 906명을 이끌고 아리타로 이주했다. 그곳에서 이삼평과 함께 도자기 클러스터를 만들며 아리타 야키 역사를 이끌었다. 평생을 도자기와 함께한 그는 이삼평이 세상을 떠난 이듬해, 96세로 생을 마무리했다. 아리타 주민들에게 백파선은 이삼평과 함께 국적을 뛰어넘어 존경하는 인물이다.

아리타를 뒤로하고 이마리로 향한다. 이마리에서 들러야 할 곳은 나베시마鍋島 가마가 있는 '비요의 마을秘窯の里'. 이름 그대로 '비밀 가마 마을'이다. 백자 기술이 외부로 새는 걸 막기 위해 만든 곳으로, 번주 나베시마는 이마리로 가마를 옮긴 뒤 관영 가마를 설치하고 감시했다. 오늘의 기준으로 보면, CCTV가 잔뜩 설치된 첨단산업 보안 구역 같은 곳이었다. 그때나 지금이나 첨단 기술은 생존과 직결된 문제였고, 기술 유출을 막기 위한 전쟁은 치열했다. 나베시마 가마는 200여 년 동안 천황과 쇼군에게 도자기를 납품하며 독보적인 위상을 누렸다. 그래서인지 이마리 도자기 중에는 수백만 원, 수천만 원을 호가하는 작품이 적지 않다.

마을 입구 주차장에 차를 두고 개울을 건너면 도공무연탑이 나온다. 피라미드 형태 이 탑에는 이름 없이 세상을 떠난 조선 도공의 묘비 880기가 차곡차곡 쌓여 있다. 뒷면에는 '비밀스러운 기술을 이어 온 조선 도공, 가마와 인연을 맺은 이들, 그리고 고려인을 모셨다'는 내용이 새겨 있다. 말 그대로 이름 없이 사라진 도공들이 한데 모여 어깨를 기대고 누워 있는 곳이다. 고향으로 돌아가지 못한 이들이 죽어서야 비로소 망향의 한을 조금이나마 달래는 자리다.

도공무연탑을 내려와 개울을 다시 건너면 산을 향해 난 오르막길 양옆으로 도자기 가게들이 줄지어 있다. 세월의 흔적이 묻어나는 상점마다 고풍스러운 분위기가 감돌았다. 진열장 위 도자기 가격은 수백 엔짜리 소품부터 수십만 엔짜리 예술품까지 천차만별이다.

내가 사지 않을 것이란 걸 알면서도 점원들은 친절한 설명을 이어 갔다. 몇 점 사 볼까 순간 고민했다. 스마트폰으로 비교적 저렴한 도자

오카와치야마 조선 도공무연탑

기를 찍어 아내에게 보냈다. 돌아온 답은 단호했다. "그 정도는 한국에도 많아. 눈으로만 보고 와." 살림을 책임지는 사람 눈에는 내 안목이 영 못 미쳤던 모양이다.

장인을 예우하는 풍토

아리타와 이마리에서 조선 도공의 흔적을 좇다 보면, 마음 한편에서 다른 질문이 슬며시 고개를 든다. "우리는 왜 그들처럼 장인을 존중하고 배려하지 못했을까?" 조선 도공들은 일본에서 최고 대우를 받았다. 사무라이 계급을 받고 군역도 면제됐다. 조선에서는 천민 취급을 받으며 수탈 대상이었던 이들이, 일본에서는 '번의 핵심 인재'로 우대를 받았던 것이다.

이런 차이는 단순히 개인 대우 문제에 그치지 않는다. 일본에 수백 년 '가업'이 많은 것도 장인을 존중하는 문화 덕분이다. 교토에는

1,000년 역사를 자랑하는 만듯가게까지 있다. 장인을 하대하고 재능을 썩히는 풍토는 국가 경쟁력까지 갉아 먹는다. 조선 도공들은 고국으로 돌아갈 기회가 있었지만 일본 잔류를 택했다.

도자기 생활 소품

조선에서는 천대받으며 부역에 시달렸으나 일본에서는 실력 있는 기술자로 존중받았으니 굳이 돌아갈 이유를 느끼지 못했을 것이다.

에도막부는 도공들의 거주지에 '경제특구' 지위를 부여했다. 조선 도공에게 해를 끼치면 엄벌에 처했고, 조선말과 옷차림뿐만 아니라 관습까지도 허용했다. 고급 두뇌를 유치하기 위한 파격적인 인센티브였다. 많은 도공이 일본 이름을 받고 그곳에 뿌리를 내렸다. 오늘 기준으로 이들을 비난할 수는 없다. 만약 우리가 장인을 제대로 대접했다면, 그들은 조선 근대화에 기여했을지도 모른다.

우리 사회에는 예술인과 장인을 가볍게 보는 시선이 여전히 남아 있다. 과거 연예인을 '딴따라'라 부르며 무시했던 정서, 손으로 일하는 사람을 낮잡아 보던 분위기가 완전히 사라졌다고 말하기 어렵다. 발레를 전공한 아들을 둔 까닭인지 아내는 종종 "예술만이 우리를 구원한다"며 "예술과 장인을 존중하는 사회야말로 제대로 된 문명사회"라고 열을 올려 말한다.

다른 한편으로 성공한 한인을 무리하게 '한국인'으로 해석하는 보도 행태는 어색하다. 이따금 3·4세 재외동포를 소개하면서 핏줄을 근거로 "자랑스러운 한국인"이라고 강조하는 보도를 접하노라면 민망하다. 혼혈 3세 스포츠 스타나 정치인에게 "한국인" 딱지를 붙이는 것도 마찬가지다. 본인이 스스로 어떻게 인식하는지가 더 중요하지 않을까.

사무라이 신분과 함께 '가네가와 신페이金江三兵衛'라는 일본 이름을 받았던 이삼평을 두고 우리는 "일본에 선진 문물을 전해 준 증거"라고 자랑하고 싶어 하지만, 과연 그게 타당한 태도인지도 고민이 필요하다. 유홍준은 "조선 도공의 후손은 더 이상 조선인이 아니다. 한국계 일본인으로 살아갈 뿐이다. 그들은 외국에서 성공한 재외동포이자 일본에 정착한 귀화인"이라는 것이다. 그러니 일본에 도자기를 전해 줬다는 문화적 우월감에 취할 필요도, 일본 도자기 역사를 한국인이 썼다고 고집할 이유도 없다. 있는 그대로를 인정하고, 세계 시민의 한 사람으로 보는 편이 더 건강하다.

아리타 지역 역사지는 "대포도, 군함도 결국 아리타 도자기가 가져온 것"이라며, 주민들에게 "이 사실을 명심하라"고 강조한다. 조선 도공이 일본 도자기 산업에 결정적인 영향을 끼친 건 움직일 수 없는 역사적 사실이다. 그렇다고 해서 그 역사를 일본보다 우월하다는 증표로 소비하는 건 별개 문제다.

아리타와 이마리, 다케오에서 만난 조선 도공과 이삼평을 신으로 모신 도잔신사는 우리에게 묻는다. "우리는 장인과 예술인을 어떻게 대하고 있는가?" 나아가 조선 도공이 일본 근대화에 젖줄이었다는 아이러니가 주는 시사점은 무엇인가. 한적한 도자기 가마에서 시작된 이 질문은 오래도록 계속됐다.

유네스코 세계유산의
빛과 그림자

해묵은 갈등의 풍경

한국과 일본 사이 갈등은 바닷가 조약돌처럼 여기저기 널려 있다. 모양도 크기도 다 다르다. 독도 영유권, 역사 교과서 왜곡, 위안부, 강제 동원……. 이슈만 던지면 금세 불붙는다. 일본 관련 이슈는 우리 사회에서 휘발성이 아주 높은 편이다. 정치인들 입장에선 이런 '불쏘시개' 같은 소재를 정치적으로 이용하기에 좋다. 자극적인 말 몇 마디에 여론이 금방 들끓는다. 근본적인 갈등의 뿌리는 가해자로서 일본이 보여 온 불성실하고 모호한 태도에 있다.

독도 문제는 사실 '논쟁거리' 자체가 안 된다. '분쟁'이라는 말도 어딘가 어색하다. 둥근 네모, 차가운 불, 검은 백조 같은 말장난에 가깝다. 당연한 걸 굳이 분쟁으로 포장하는 셈이다. 그런데 한국 정치인들조차 때로는 독도를 오남용한다. "독도는 우리 땅"이라는 너무 당연한 사실을 마치 특별한 선언인 것처럼 외치면서, 불필요한 말과 행동으로 오히려 일본이 원하는 판을 깔아 주기도 한다. 이럴수록 일본은 독도를 '분쟁 지역'인 것처럼 국제사법재판소로 끌고 가기 쉽다. 그들의 전략에 힘을 실어 주는 꼴이다.

다른 문제들도 마찬가지다. 일본이 역사적 사실을 솔직하게 인정하고 책임 있는 조치를 했다면 이미 상당 부분 봉합됐을 이슈들이다. 하지만 과거사를 부인하거나 축소하는 일본 우익 정치인들은 여전히 갈등의 '발원지'로써 역할하고 있다. 강제 동원만 봐도 수십 년째 제자리걸음이다. 인정은커녕, 유네스코 세계유산 등재 과정에서 한국을 자극하는 방식으로 대응했다. 일본 전역에 산재한 강제 동원 현장을 찾은 이유는 "도대체 어디까지 부인할 수 있는지, 현장에서 확인해 보자"는 심정이었다.

미이케 탄광으로 향하는 길

도자기 마을 다케오에서 오무타大牟田 미이케三池 탄광까지는 차로 약 1시간 40분. 거리로는 90킬로 정도인데, 생활권으로 보면 거의 한 묶음이다. 미이케 탄광은 후쿠오카 오무타와 구마모토 아라오荒尾에 걸쳐 있는 강제 동원 현장이다. 이곳은 2015년 유네스코 세계유산으로 등재됐다.

오무타는 앞서 들렀던 아리타와 함께 조선인에게는 고통스러운 기억을 지닌 장소다. 400년 전에는 조선 도공들이 끌려왔고, 100년 전에는 탄광 노동자로 끌려왔다. 같은 지역, 다른 시대에 반복된 강제 동원. 그 시간 속엔 회한과 한숨이 깊게 스며 있다.

오무타로 향하는 국도를 달리며 본 풍경은 담백했다. 벚꽃은 이미 절정을 지나 중년의 머리숱처럼 듬성듬성 남아 있었다. 미이케 탄광을 찾은 이유가 있다. 군함도로 불리는 하시마端島 탄광처럼 강제 동원을 부정하는 다른 곳과 달리, 미이케 탄광은 그나마 한 걸음 나아간 역사 인식을 보여 주기 때문이다.

1940년대 미이케 탄광의 연간 채탄량은 400만 톤. 일본 최대 규모였다. 미이케 탄광은 나가사키 하시마 탄광, 홋카이도 유바리夕張 탄광, 니가타 사도佐渡 광산, 시마네島根 이와미石見 은광과 함께 일본 근대화에 필요한 에너지원 역할을 했다. 어느 나라든 자기 땅에서 나는 자원을 활용해 경제성장을 도모하는 건 자연스러운 일이다. 문제는 이웃 국가 사람들을 강제로 데려와 값싼 노동력으로 쓰고, 인간다운 대우조차 하지 않았다는 것이다.

유네스코 등재의 그늘

미이케 탄광과 미이케항은 2015년 7월 유네스코 세계유산에 이름을 올렸다. 당시 유네스코 세계유산위원회는 미이케를 포함 일본 전역에 흩어진 근대산업시설 23곳(제철·제강·조선·석탄 산업)을 세계유산으로 지정했다. 특이한 건 이 중 16곳이 규슈에 몰려 있다는 점이다. 규슈가 일본 근대화의 심장부이자, 동시에 주변국에 큰 상처를 남긴 전쟁·산업 현장이었다는 뜻이다.

일본인에게 세계유산 등재는 자랑거리다. 관광자원으로도 활용할 수 있으니 '일석이조'다. 하지만 식민 지배를 겪은 나라 입장에서는 고통의 현장에 금테를 두르는 것처럼 느껴지기도 한다. 일본은 이 시설들을 운영하면서 전쟁 중 주변국 국민에게 엄청난 피해를 줬다. 그렇다면 최소한, 과거의 잘못을 인정하고 책임을 다하는 태도가 필요하다.

그러나 일본 정부는 등재 과정에서부터 책임을 피하려 했다. 한국 외교부 자료에 따르면 하시마 탄광 등 강제 동원 현장 7곳에서 부당한 노동에 시달린 조선인은 약 5만 8,000명. 한국 정부는 세계유산 심사 과정에서 일제에 의한 강제 동원 사실을 명시하라고 요구했다. 그러자 일본은 등재 시기를 1850~1910년으로 한정하는 '꼼수'를 꺼냈다. 1940년대 조선인 강제 동원 시기를 아예 프레임 밖으로 밀어내는 방식이다. 유네스코는 우리 측 문제 제기를 받아들여, 역사 전체를 기술하라고 권고했다. 일본 정부는 겉으로는 "권고를 따르겠다"고 했지만, 결정이 나온 지 하루 만에 말을 바꿨다.

기시다 후미오岸田文雄 당시 외무상은 "메이지 산업혁명 시설에서 조선인 강제노동은 없었다"고 부인했다. 스가 관방장관도 "강제 동원이라는 표현은 부적절하다"며 말을 돌렸다. 마치 "술은 마셨지만 음주 운전은 아니다"라는 변명과 다를 바 없었다.

한국 내 여론이 들끓자 일본 정부는 한발 물러나는 듯 보였다. "강제노동 피해 사실을 알리고 희생자를 기리는 조치를 하겠다"고 하면서 말이다. 하지만 실제 이행은 미미했다. 하시마 탄광은 "한국인 강제 동원은 없었다" "한국인 차별은 없었다"는 식 안내로 역사를 부정했다.

사도 광산 역시 비슷했다. 2024년 6월, 유네스코 자문기구 이코모스 ICOMOS는 사도 광산 전체 역사에 대한 설명과 전시를 요구했다. 우리 정부도 조선인 노동자의 근로 환경·동원 실태 전시, 추도식 약속 등을 이끌어 냈다. 그러나 일본은 정작 강제 동원 사실은 빼고 이야기했다. '안 했다고는 안 했는데, 했다곤 말하지 않는' 애매모호한 회피였다.

하시마 탄광 등재 과정에서도 일본은 유네스코가 요구한 "'자기 의사에 반해(against their will)' 동원되어 '강제로 노역(forced to work)'했다"는 문장을 의도적으로 빠뜨렸다. 대신 "결정과 권고를 명심하겠다(bearing in mind)"며 두루뭉술한 표현으로 피해 갔다. 무엇을 명심하겠다는 건지, 핵심은 비껴간 셈이다.

결국 일본은 가해자로서 책임을 회피한 채, "한국이 사사건건 발목을 잡는다"며 우리에게 책임을 돌렸다. 과거 잘못을 인정하고 다시 태어나려 했던 독일의 태도와는 대조적이다. 잘못을 인정하면 국격이 떨어진다고 생각하는 건지, 일본 우익 정치인들의 좁은 역사 인식은 비판받아 마땅하다.

군함도와 일본 전범 기업의 그림자

미이케 탄광에서 앞서 논란이 됐던 하시마 탄광부터 살펴보자. 하시마 탄광은 나가사키항에서 18킬로 떨어진 해상 탄광이다. 섬 모양이 군함을 닮아서 '군함도'라는 별칭을 얻었다. 이곳은 조선인 강제노동과 인권 침해로 악명 높다. 피해자 증언에 따르면, 이 섬은 말 그대로 '지옥도'였다.

하시마 탄광은 지하 1킬로 아래까지 파고 들어간 해저 탄광이다. 노동자들은 45도를 웃도는 고온과 유독가스에 상시 노출됐다. 육지와 완전히 분리된 섬에서, 징용자들은 죄수 취급을 받았다. 식사는 턱없이 부족했고, 매질과 폭력은 일상이었다. 탈출을 시도하다 숨진 사람도 많았다. 조선인 사망자는 122명에 이르는 것으로 알려져 있다.

이 잔혹한 현장이 '세계유산'이라는 이름으로 포장돼 있다. 그럼에도

일본 정부와 전범 기업들은 강제 동원 책임을 인정하지 않는다.

하시마 탄광을 운영한 미쓰비시三菱 중공업은 태평양전쟁 당시 전투기와 전함 등 군수물자를 납품하며 급성장한 기업이다. 가미카제 특공대가 몰았던 제로센零戰 전투기와 초대형 전함 무사시武蔵를 제작한 주체가 바로 이 회사다.

미이케 탄광을 운영한 미쓰이三井 역시 군수산업을 기반으로 몸집을 불린 전범 기업이다. 전성기에는 산하 계열사만 270개에 달해 미쓰비시나 스미토모住友보다 컸다. 이런 회사들이 남겨 놓은 근대산업시설이 바로 지금의 유네스코 세계유산이다.

패전 후 미군정은 일본 재벌을 해체하려 했지만, 한국전쟁과 베트남전쟁을 거치면서 전략적 이유로 사실상 부활을 허용했다. 일본을 '반공 전초기지'로 삼는 대신 전범 기업의 부활은 눈감아 준 것이다. 한국

미이케 탄광 만다갱 유적

재벌이 개발독재 특혜로 컸다면, 일본 재벌은 전쟁 특수로 다시 일어
난 셈이다.

미쓰이는 미이케 탄광과 미이케항을 통해 막대한 부를 쌓았다. 기록
에 따르면 이곳에 동원된 조선인 노동자는 9,300여 명, 이 중 32명이
숨졌다. 탄광 현장은 말 그대로 석탄과 목숨을 맞바꾼 공간이었다.

탄광이 호황일 때 오무타시는 지금보다 훨씬 큰 도시였다. 하지만
1945년 패전, 1997년 폐광 이후 지금은 한적한 소도시로 남았다. 도
심 한가운데 있던 탄광 부지는 공원처럼 꾸며져 있다. 안내판만 없다
면 그저 평범한 동네 공원으로 느껴질 정도다.

5월, 민들레와 야생화가 핀 미이케 탄광에서 서울 잠실 올림픽공원
을 떠올렸다. 5월이면 올림픽공원은 민들레꽃으로 지천이다. 80년 전
미이케 탄광에도 노란 민들레가 피었을 것이다. 아마 조선인 노동자들

은 고향에서도 봤던 그 꽃을 보며 눈물로 밤을 지새웠을지 모른다. 고향은 눈앞 바다 건너에 있었지만, 갈 수 없는 곳이었다.

강제 동원 판결과 한일 관계 절벽

강제 동원 문제를 법적인 측면에서 짚어 보자. 2018년 10월, 한국 대법원은 일본제철을 상대로 한 소송에서 피해자에게 1인당 1억 원씩 위자료를 지급하라고 최종 판결했다. 이 판결은 지금의 갈등을 촉발한 도화선이었다.

그동안 일본 법원은 일관되게 자국 기업의 배상 책임을 부정해 왔다. 논리는 두 가지였다. 당시 한반도는 일본 영토였고, 조선인은 일본 국민이었기 때문에 동원은 '합법'이라는 주장이다.

즉, 국민징용령에 근거한 징용이었으니 불법 행위가 아니라는 논리다. 실제로 일본 재판부는 과거에 "1910년 8월 22일 한일병합조약으로 대한제국은 일본에 병합되었고, 조선 반도는 일본 통치 아래 놓였다. 당시 법제하에서 국민징용령에 따른 징용은 불법이라고 볼 수 없다"고 판결했다. 이 논리대로라면 식민 지배도, 강제 동원도 모두 '합법'이다. 이런 주장을 한국 국민이 받아들일 리 없다.

2018년 한국 대법원은 일본 사법부 논리를 정면으로 뒤집었다. 일제의 한반도 지배와 강제 동원 자체를 '불법'으로 규정하고, 일본 기업의 배상 책임을 인정했다.

대법원은 2012년 5월에도 "일본 판결은 일제강점기 강제 동원을 불법으로 보는 우리 헌법 가치와 정면충돌한다"고 지적한 바 있다. 즉, 식민 지배도 그 위에서 이뤄진 강제 동원도 모두 불법이라는 점을 분명히 한 것이다.

또 1965년 한일청구권협정으로 개인 청구권이 모두 소멸됐다는 일본 측 주장도 받아들이지 않았다. 가해자가 불법 행위와 배상 책임을 인정하지 않는 상태에서, 피해자가 위자료 청구권을 포기하는 협정은 상식에 맞지 않는다고 본 것이다.

일본은 이 판결에 반발하며 수출규제 카드를 꺼냈고, 한국 사회에서는 '노 재팬' 운동과 소재·부품·장비(소부장) 국산화 움직임이 확산됐다. 문재인 정부 시기 한일 관계는 내내 냉랭한 평행선을 그렸다.

윤석열 정부 들어 관계 복원을 시도했지만, 민감한 이슈는 건들지 못했다. 윤석열은 2023년 3월 기시다 총리와 정상회담을 앞두고 『워싱턴포스트』 인터뷰에서 "100년 전 역사 때문에 일본에 계속 사과만 요구할 수는 없다"는 취지의 메시지를 내기도 했다. 또 '일제강제동원피해자지원재단'을 통한 제삼자 변제 방안을 제시했다.

피해자와 시민단체는 "가해자가 책임지고 사과·배상해야 한다"는 원칙을 들어 강하게 반발했다. 일본 정부는 2024년 외교청서에서 "한국 대법원 판결은 수용할 수 없다"는 입장을 재확인했다.

뒤이어 등장한 이시바 시게루, 다카이치 사나에 총리는 "한국과 일본은 같은 마당을 쓰는 중요한 이웃"이라고 말하며 손을 내밀었지만, 한일 관계는 여전히 언제 폭발해도 이상하지 않은 활화산 상태다.

일본이 강제 동원을 부인하는 이유

일본 정부가 강제 동원과 배상 책임을 그렇게까지 부정하는 이유는 의외로 간단하다. 돈과 책임의 규모가 너무 크기 때문이다.

현재 소송에 참여한 강제 동원 피해자는 일부지만, 판결의 파급력은 일본 입장에서 감당하기 어려운 수준일 수 있다. 연구에 따르면 국내에서 피해자로 인정된 강제 동원 인원은 21만 8,000명. 1인당 1억 원씩만 계산해도, 위자료만 22조 원 규모다. 여기에 중국·대만·필리핀·싱가포르 등 주변국 피해 책임까지 연쇄적으로 이어질 가능성이 있다. 일본 정부와 전범 기업이 강제 동원을 부인하는 핵심 이유가 바로 여기에 있다.

1965년 한일청구권협정 해석을 두고도 양국은 여전히 맞서 있다. 조항 내용은 "일본은 5억 달러를 경제협력 자금으로 제공하고, 양국 간 청구권 문제는 완전히 최종적으로 해결된 것으로 한다"는 것이다.

일본은 이를 근거로 "모든 배상 문제는 끝났다"고 주장한다. 반면 한국 정부는 국가 간 청구권 문제와 개인 위자료 청구권은 별개라는 입장이다. 피해자가 살아 있고, 불법 행위가 명확한 상태에서 일방적으로 '다 끝났다'고 선언하는 일은 가해자 편의에 맞춘 해석일 뿐이라는 것이다.

사실 논리는 단순하다. 일을 시켰다면 그에 맞는 대가를 치르는 게 문명사회의 기본 상식이다. 강제로 데려다가 혹독한 환경에서 일을 시켰다면, 그 책임을 나중에라도 지는 것이 맞다.

우리 역시 베트남전에서 저지른 과오를 돌아보지 않을 수 없다. 일제 만행과 베트남 양민 학살을 기계적으로 비교하자는 게 아니다. 하지만 가해자와 피해자라는 구조는 같다. 국회의장 정무비서관으로 있던 시절, 국회의장의 베트남 방문 때 진솔한 사과 메시지를 내자는 의견을 냈다. 그러나 "베트남 정부가 문제 삼지 않는데 굳이 우리가 먼저 끄집

어낼 필요가 없다”며 반대하는 바람에 무산된 기억이 있다.

양민 학살 유가족들은 양국의 외교적 결정과는 관계없이 평생 상처를 안고 산다. 그들의 상처를 외면한 채 일본을 비판한다면, 우리는 과연 무엇이 다른가라는 질문 앞에 서게 된다.

우리는 안다. 양심과 보편적 정의에 응답할 때, 개인도 국가도 존중받을 수 있다는 사실을. 나는 대한민국이 베트남 문제에서도 진솔하게 잘못을 인정하고 사과하는 날, 비로소 진짜 선진국이 된다고 믿는다.

일본 역시 마찬가지다. 일본은 청일전쟁, 러일전쟁, 중일전쟁, 태평양전쟁, 한국전쟁을 거치며 전쟁 특수로 성장했다. 이 과정에서 이웃 나라 사람들을 강제 동원해 노동력을 충당했다. 설령 누군가는 생계를 위해 지원했다고 해도, 차별적이고 비인간적인 대우를 받았다면 배상 책임은 사라지지는 않는다.

피해자들에 대한 배상은 늦어도 해야 할 사과이고, G7 국가라면 마땅히 보여야 할 최소한의 책임 있는 태도다. 아리타 주민들이 도자기 산업에 공헌한 조선 도공을 인정하듯, 강제 동원 조선인 노동자의 희생 역시 인정해야 한다. 강제 동원 희생자들은 ‘노동력’이 아니라, 소중한 생명이자 전쟁 피해자였다.

오무타시의 노력과 미래의 길

미이케 탄광을 둘러보는 내내 마음이 무거웠다. 화려한 ‘세계유산’ 타이틀 뒤에 조선인 노동자의 눈물이 겹쳐 보였기 때문이다. 탄광 입구에는 유네스코 세계유산임을 알리는 현수막과 안내물이 잔뜩 걸려 있었다.

미이케 탄광에서 안내하는
일본인 자원봉사자

관광안내소에 들어서자, 나이 지긋한 자원봉사자들이 다가와 반겼다. 그중 80대 초반 노인은 자신이 이 탄광에서 일했었다고 입에 침을 튀기며 설명했다. 일본어를 잘 못 알아듣는다고 했지만 그는 개의치 않고 말을 이어 갔다. 아마 자신이 일했던 미이케 탄광이 세계유산으로 등재됐다는 사실이 자랑스러운 것 같았다.

그럼에도 이곳에는 다른 탄광과는 다른 점이 하나 있었다. 강제 동원 사실을 감추지 않고, 공식 안내문에 분명히 적어 놓았다는 것이다. 안내문에는 이렇게 쓰여 있다. "1940년대 제2차 세계대전 중 일본 정부의 징용 정책에 의해 자신의 의사에 반해 끌려와 혹독한 환경 아래 노동을 강제당한 많은 조선인 노동자 및 그 외 사람들이 있었다." 강제 동원 자체를 부인하는 하시마 탄광과는 전혀 다른 태도다.

오무타시는 조선인 강제 동원 사실을 솔직하게 드러내고, 이를 추모하는 사업도 꾸준히 이어 가고 있다. 1995년에는 미이케 탄광 인근 아마기 공원에 조선인 노동자 위령비를 세웠다. 비문에는 "제2차 세계대전 당시 이 땅에 강제로 징용되어 가혹한 노동에 시달리다 돌아가신 분들의 넋을 위로한다"고 새겨 있다.

위령비는 양국이 함께 만든 결과물이다. 비석은 경기도 여주시가 제작했고, 부지는 오무타시가 제공했다. 비용은 미쓰이 석탄광업, 미쓰

미이케 탄광

이 동압화학, 전기화학공업이 부담했다. 일본 지자체, 시민, 전범 기업이 함께 과거를 인정하고 추모에 동참한 사례는 매우 드물다.

오무타시는 1995년 이후 매년 시장·시의원·관련 기업이 함께하는 추모제를 이어 오고 있다. 한일 관계가 최악으로 치닫던 2019년에도 거르지 않았다. 미이케 탄광에서 본 이 장면은 "미래지향적인 한일 관계란 무엇인가"에 대한 하나의 답처럼 느껴졌다.

오구라 전 주한 일본대사는 『주한국대사일지』에 이렇게 썼다. "김대중-오부치 공동선언에서 양국은 미래지향적 관계를 약속했지만, 과거사 논란은 계속되고 있다. 진정한 미래지향이란 양국이 국제사회에서 어떻게 함께 공헌할 것인가를 보여 주는 것이다." 사실 한일 문제는 방법을 몰라서가 아니라, 풀 의지가 없어서다. 미이케 탄광을 떠나며 다

미이케 탄광 미야하라갱 유적

시 한번 확인한다. 잘못된 과거와 정면으로 마주하는 용기가, 생각보다 훨씬 중요한 자산이라는 사실을. 강제 동원을 부인하는 일본 정부에 일본 시민들은 그런 용기와 의지를 촉구한다.

청년 윤봉길과
시게미쓰 마모루

독립운동 결기와 오늘의 부끄러움

일제강점기 독립운동가들의 행적을 따라가다 보면, 가끔 멍해진다. 평범한 나로서는 도무지 흉내조차 내기 어려운, 고난을 자처하고 감당한 행적들 때문이다. 그들의 결단과 의지를 떠올리면 존경심이 먼저지만 동시에 부끄럽다. 특히 눈에 들어오는 건 '나이'다. 독립운동에 뛰어든 이들 가운데 20대, 30대 초반이 유독 눈에 뜨인다. 지금 20·30세대라면 한창 세상 재미를 만끽하고 연애와 결혼, 커리어를 고민하며 "내 인생 어떻게 꾸밀까"를 설계할 시기다. 그런데 식민지 시절 20·30대는, 인생의 가장 파릇한 때를 통째로 독립운동에 던지고 벼랑 끝으로 걸어 들어갔다. 시대가 영웅을 낳는다고는 하지만, 그럼에도 놀랍고 경이롭다. '도대체 어떤 힘이 그들을 조국 독립이라는 제단 위로 이끌었을까. 그 나이에 나는 무엇을 했을까' 생각하니 저절로 고개가 숙여진다.

윤동주와 송몽규가 세상을 떠난 나이는 스물일곱. 안중근은 중국

뤼순 감옥에서 서른한 살에 형장의 이슬이 됐다. 그는 이토 히로부미伊藤博文의 심장에 총탄을 쏘아 넣고도 의연하게 죽음을 향해 걸어갔다. 윤봉길은 스물네 살, 일본 가나자와 육군 9사단 연병장에서 생을 마쳤다. 짧았지만 누구보다 굵은 삶이었다. 그가 두 살배기 아이를 두고 압록강을 건널 때는 겨우 스물두 살이었다. 유관순은 서울 서대문 형무소에서 열여덟, 꽃도 다 피우지 못한 나이에 생을 마감했다. 그 나이면 사실, 거창한 독립 의지보다 꿈과 설렘이 더 많을 시기다. 하지만 이들은 거사를 앞두고 이미 수년 전부터 독립운동의 길에 들어섰다. 다시 말해 스무 살 전후부터 험난한 여정을 시작한 셈이다. 그 나이 때는 피가 뜨거워서였을까. 인생을 막 시작하는 시기에 자신의 목숨과 가족의 안위를 통째로 독립운동 제단에 바친다는 것, 말처럼 쉽지 않은 선택이다. 그 결기가 놀랍고, 그 나이에 나는 대체 무엇을 했나 돌아보면, 부끄러움이 줄줄 따라온다.

가나자와의 풍경과 질문들

오늘 향하는 이시카와石川현 가나자와金澤는 윤봉길尹奉吉(1908~1932) 의사와 깊이 얽힌 도시다. 윤 의사를 떠올릴 때 중국 상하이 홍커우虹口 공원(현 루쉰魯迅 공원)과 함께 반드시 언급되는 장소다. 가나자와는 윤 의사가 총살당한 곳이자, 그의 유해가 한동안 잠들어 있던 곳이다.

윤 의사는 1930년 2월, 차가운 압록강을 건너 상하이로 향했다. 그곳에는 김구가 이끄는 대한민국 임시정부가 있었다. 윤 의사가 숨을 거둔 중국 상하이에서 일본 가나자와까지 거리는 약 1,300킬로. 문득

◀ 가나자와 히가시차야 전통거리
▶ 전통거리에서 만난 기모노 차림 일본 여성들

궁금해진다. 일제는 왜 굳이 가나자와에서 사형을 집행했을까? 사건이 벌어진 중국이 아니라 일본 본토로 압송한 이유는 무엇일까? 일본 안에서도 하필 가나자와였던 이유는 뭘까? 또 윤 의사 유해는 왜 몰래 묻었으며, 유해가 서울로 돌아오기까지 어떤 드라마가 있었을까? 여기에 더해 가나자와에서 900킬로 떨어진 오이타大分현 기쓰키杵築에서 만난 시게미쓰 마모루重光葵(1887~1957)와 윤 의사는 어떤 인연으로 엮여 있을까? 오늘은 이러한 질문을 품고 발자취를 따라가 본다.

도쿄에서 500킬로 떨어진 인구 45만 명 규모 가나자와는 겨울이면 눈이 많이 내리는 도시다. 경주나 전주처럼 옛 정취를 잘 간직하고 있다. 전주시와는 자매결연 도시이기도 하다. 가나자와가 고도古都 풍광을 유지할 수 있었던 건, 전쟁 때 공습 피해를 거의 입지 않았기 때문이다. 덕분에 가내수공업 공방과 옛 건물, 옛 거리가 고스란히 남아 있다. 지역정서는 대체로 보수적이고, 우익 성향도 강한 편이다. 그럼에도 음식은 좋고, 볼거리도 많아 여행자에게는 꽤 매력적인 도시다. 에도시대 건축물이 줄지어 늘어선 히가시차야東茶屋 일대는 교토와 비슷한 분위기다. 21세기 미술관 등 문화 자원도 풍부하다. 이곳 겐로쿠엔兼六園은 일본 3대 정원 중 하나로 이름나 있다.

　내가 처음 가나자와를 찾은 건 30여 년 전 봄이다. 고마쓰小松 공항에서 시가지로 들어오며 봤던 풍경은 지금까지도 선명하게 남아 있다. 도심 곳곳에 흐르던 작은 개울, 차분하고 단아한 도시 분위기. 공식 만찬 자리에서 만난 가나자와 시장은 70세가 훌쩍 넘은 6선 정치인이었다. 우리 일행보다 10여 분 늦게 도착한 그는 "죄송하다"며 무릎을 꿇고 연신 머리를 숙여 사과했다. 시장이라는 자리는 늘 바쁜 법인데, 백발 시장의 행동은 과하다 싶었다. 지금 돌이켜 보면, 보수 색채가 짙은 가나자와에서 사무라이식 예법과 정신을 간직한 일본인의 전형을 본 건 아니었나 싶다.

암장지와 '상하이 의거' 파장

　이 정갈하고 단정한 도시에 한때 윤봉길 의사 유해가 묻혀 있었다. 윤 의사 유해는 이곳에 13년 동안 방치됐다가 1946년 3월 발굴돼 그해 7월 서울 효창공원에 안장됐다. 처음 가나자와를 찾았던 30여 년 전에는 이곳에 윤 의사 암장지가 있는 줄도 몰랐다. 그저 겐로쿠엔 정원과 가나자와성, 히가시차야, 21세기 미술관을 둘러보며 "문화 수준이 참 높다"며 감탄했을 뿐이다. 그러다 두 번째 방문에서야, 가나자와에 윤 의사 암장지가 있고 '암장지 보존회'까지 활동하고 있다는 사실을 알게 됐다. 우익 정서가 강한 이곳을 수십 년째 지켜온 사람들이 있다는 사실에 숙연했다. 일본 우익들은 가나자와에 '대동아성전기념비'를 세우고, 군국주의도 식민 지배도 없었다고 강변하고 있다.

‘암장暗葬’이란 말 그대로 ‘몰래 묻는다’
는 뜻이다. 보통은 사람이 죽으면 묘를 만
들고 봉분을 올린다. 하지만 암장은 봉분
없이 평평하게 흙만 덮는 평토장이라, 곁
에서 보면 어디에 묻혀 있는지 알기 어렵
다. 이렇게 묘를 숨겨야 할 때는 그만한
이유가 있다. 풍수지리상 명당이라 몰래
묻는 경우가 있었다. 『조선왕조실록』에는
남의 선산에 몰래 묻었다가 송사가 벌어
진 사례가 적지 않게 기록돼 있다. 또 다
른 이유는, 죽인 쪽에서 떳떳하지 못해 남
의 눈을 피하고 싶을 때다. 윤 의사 암장
은 후자에 가깝다.

가나자와 대동아성전기념비

　일제는 윤봉길이라는 이름이 불러올 파장을 두려워했다. 그래서 유
해를 몰래 묻고, 어디에 묻었는지도 알리지 않았다. 왜 그렇게까지 숨
기려 했을까. 잠시 상하이 의거를 되짚어 보자.

　한인애국단원 윤봉길은 1932년 4월 29일, 중국 상하이 훙커우 공
원에서 거행된 천황 생일 행사장에서 폭탄을 던졌다. 우리가 잘 아는
‘도시락 폭탄’ 의거다. 연단에는 상하이 파견군 사령관 시라카와 요시
노리白川義則 대장과 주중 공사 시게미쓰 마모루를 비롯한 군·정 수뇌
부가 앉아 있었다. 폭탄이 터지고 현장은 순식간에 아수라장이 됐다.
시라카와 대장과 여러 수뇌부는 즉사했고, 훗날 외무대신이 되는 시게
미쓰는 오른쪽 다리를 절단해야 할 만큼 부상이 심했다. 다음 날 중국

신문들은 '상하이 의거'라며 대서특필했고, 이 사건은 국제사회에도 파장을 낳았다.

상하이 의거가 남긴 의미는 여러 겹이다. 우선, 소원했던 한국과 중국 사이 연대를 다시 잇는 계기가 됐다. 윤 의사 의거를 기점으로 임시정부는 중국에서 입지를 되찾았다. 당시 중국은 일본에 연패하며 자존감이 바닥까지 떨어진 상태였다. 그런 상황에서 한국 청년의 의거로 일본군 수뇌부가 궤멸되자 중국인들은 열광했다. 국민당 장제스蔣介石 총통이 "중국군 30만 명이 하지 못한 일을 한국 청년 한 명이 해냈다"며 치켜세울 정도였다.

상하이 의거는 국내외 동포들에게도 큰 울림을 던졌다. 임시정부 존재 이유와 필요성을 새삼 확인하는 계기가 됐다. 의거 이후 임시정부를 향한 재정적·정신적 지원은 줄을 이었고, "나도 독립운동을 하겠다"며 투신하는 이들도 늘어났다. 국민당 정부는 중국군 사관학교에 한국인을 받아들여 장교 양성을 도왔다. 이들은 훗날 광복군과 조선 의용대 창설 과정에서 핵심으로 활약하게 된다.

무엇보다도, 윤 의사 의거는 일본 제국주의에 치명적 상처를 입혔다. 상하이 의거에 놀란 일본은 확전을 미루고 중국과 협상 테이블에 마주 앉았다. 나아가 이 사건은 국제사회에 '한국 독립'이라는 화두를 선명하게 각인시켰다. 윤 의사는 일본 헌병대 조사에서 "민족적 각성을 촉구하고, 국제사회에 한국을 알리기 위해 의거를 결심했다"고 진술했다. 국제사회가 한국의 독립 문제를 진지하게 보기 시작한 배경에는 바로 그의 희생이 있었다.

처형, 암장, 그리고 극적인 '귀환'

윤 의사 유해 발굴 과정은 말 그대로 한 편의 드라마다. 1945년 광복 직후, 임시정부 인사들과 함께 귀국한 김구는 가장 먼저 '해외에서 숨진 독립운동가 유해 발굴'을 지시했다. 이때 윤봉길, 이봉창, 백정기 의사의 유해가 발굴돼 돌아왔다. 서울 효창공원에는 안중근, 윤봉길, 이봉창, 백정기 의사의 무덤이 어깨를 나란히 하고 있다. 4의사 묘다. 하지만 안중근 의사의 묘는 아직 유해를 찾지 못해 가묘 상태다. 언젠가 안 의사 유해를 안장하는 날, 비로소 '4의사 묘'는 완성될 것이다.

윤 의사 유해는 1946년 3월 4일, 가나자와에 살던 재일교포들에 의해 기적처럼 발굴됐다. 암장 13년 만이었다. 암장지 보존회 박현택 회장이 들려준 유해 발굴·송환 과정을 알고 나면 절로 숙연해진다.

그렇다면 왜 윤 의사는 중국이 아닌 일본 가나자와에서 총살됐을까. 또 유해는 어떻게 찾았을까. 힌트는 윤 의사가 남긴 일곱 글자에서 찾을 수 있다. '장부출가 생불환丈夫出家 生不還.' "사내가 큰 뜻을 품고 집을 나서면, 뜻을 이루기 전에는 살아서 돌아오지 않겠다"는 다짐이다. 이 글귀는 상하이 루쉰 공원 '매헌정梅軒庭'에 걸려 있다. 거사를 앞두고 윤 의사가 쓴 친필 휘호다. 휘호를 배경으로 찍은 사진 속 윤 의사는 양손에 수류탄과 권총을 쥔 채, 두 눈을 부릅뜨고 결연한 표정을 짓고 있다. 콧대 높은 중국이 루쉰 공원의 매헌정을 허락할 만큼 윤 의사가 남긴 역사적 울림은 컸다.

윤 의사는 스물두 살 나이에 '장부출가 생불환'이라는 일곱 글자를 남긴 채 압록강을 건넜다. 사랑하는 아내와 두 아들을 두고 떠나는 발걸음이 어땠을지 상상해 보면 마음이 저며 온다. 그는 두 아들에게 "너희도 만일 피가 있고 뼈가 있다면 반드시 조선을 위하여 용감한 투사가 되어라. 태극 깃발을 높이 드날리고 나의 빈 무덤 앞에 찾아와 한 잔 술을 부어 놓으라. 그리고 너희들은 아비 없음을 슬퍼하지 말라"라는 편지를 남기고 떠났다.

20대 초반에 죽음을 각오하고 이런 글을 남긴다는 것, 그 깊이를 떠올리면 숨이 막힌다. 일제는 홍커우 공원에서 윤 의사를 체포한 뒤, 두 가지 이유로 중국이 아닌 일본에서 사형을 집행하기로 한다. 첫째, 국제사회의 비난 여론을 피하기 위해서였다. 둘째, 감정적인 보복 때문이다. 상하이 의거 이후 국제사회는 한국 청년의 거사에 동정적이었다. 일제는 윤 의사를 공개 처형했다가는 국제 여론이 악화하고 조선 민심이 폭발할 수 있을 것으로 우려했다.

상하이를 떠난 윤 의사는 일본 오사카 육군형무소를 거쳐 가나자와로 이송됐다. 가나자와성에서 하룻밤을 보낸 뒤, 윤 의사는 1932년 12월 19일 제9사단 연병장에서 처형됐다. 압록강을 건넌 지 2년 9개월, 상하이 의거를 일으킨 지 8개월 만이었다. 체포된 뒤 사형이 집행되기까지 8개월 동안, 그는 무슨 생각을 하며 버텼을까. 예정된 죽음을 앞두고 하루하루를 어떻게 이겨 냈을지, 상상만으로도 가슴이 먹먹하다.

그렇다면 왜 '하필' 가나자와였을까. 단서는 윤 의사의 폭탄으로 다친 9사단장 우에다 겐키치 중장에게 있다. 우에다는 의거로 불구가 되었고, 그가 지휘하던 9사단은 체면을 구겼다. 제9사단 본부가 있던 곳이 바로 가나자와였다. 일제는 '눈에는 눈, 이에는 이'라는 보복 심리로, 9사단 근거지 가나자와를 처형지로 택한 것이다. 윤 의사를 처형

윤봉길 의사 암장지 보존회 박현택 회장

한 뒤에는 동포 사회에 알리지 않고 9사단 인근 육군 묘지 주변에 몰래 묻었다. 묘비도 봉분도 없는 암장이었고, 주변에는 쓰레기 소각장까지 있었다.

10년 전 박현택(81) 회장 안내로 처음 암장지를 찾았을 때, 윤 의사께 죄송했다. 암장지는 일본군 육군 묘지로 가는 길목에 있다. 일본인 참배객들은 13년 동안 윤 의사 유해 위를 아무렇지 않게 밟고 지나갔다. 평토장이다 보니, 그 아래에 한국의 청년 독립운동가가 묻혀 있을 거라고 상상조차 하지 못했을 것이다. 최소한의 예우도 없었다. 그런 생각에 미치면 누구라도 분노하지 않을 수 없다.

임시정부 유해발굴단도 한동안 윤 의사 유해를 찾지 못했다. 그러다 암장 당시 현장을 지켜봤던 일본인 여승을 어렵게 찾았다. 발굴단은 여승이 지목한 자리를 파 암장지를 확인하고 유해를 수습했다. 1946년 3월, 나흘 동안 이어진 발굴 작업은 박현택 회장의 큰아버지 박동조와 부친 박승조가 주도했다.

그해 3월 6일, 가나자와를 떠난 유해는 3개월 뒤인 6월 16일 서울역에 도착했다. 유해를 실은 운구 행렬 뒤로 김구와 시민들이 따라 걸었다. 윤 의사와 백범은 거사 직전 서로 손목시계를 바꿔 차고 저승에서 다시 만나자고 약속했다. 긴 시간이 흘렀지만, 두 사람이 나누었던 시간은 지금도 우리 곁에서 계속 흐르고 있다.

가나자와 재일교포들은 이후 암장지를 정비하고 보존회를 결성했다. 이들은 1992년 12월 이후 매년 윤 의사를 추모하고, 한국에서 온 여행객들에게 암장지를 설명하며 윤 의사를 기리고 있다. 박 회장은 "암장지 조성 당시 일본 우익의 반대가 상당했다. 그럼에도 250만 엔(약 2,500만 원)을 모금해 기념 공간을 만들었고, 2008년에는 가나자와시와 영구 임대 계약을 맺어 암장지를 보존하고 있다"고 말했다.

처음 만났을 때 박 회장은 70대였고, 생계를 위해 밤에는 대리운전까지 한다고 했다. 그 이야기를 듣는 순간 울컥했다. 독립운동에 몸 바친 후손과 그들을 기억하기 위해 일생을 바치는 이들까지 여전히 고단한 삶을 살아가고 있다는 사실이 죄스러웠다.

윤 의사 암장지 비문에는 이렇게 적혀 있다. "24세 6개월이란 짧은 생애가 형장의 이슬로 사라졌다. 유해는 형법 절차를 무시하고 비밀리 암장돼 묘비도 없이 많은 사람의 발에 짓밟혔다."

생전에 윤 의사는 "사랑스러운 부모 형제와 애처, 애자와 따뜻한 고향 산천을 버리고 쓰라린 가슴 부여잡고 압록강을 건넜다"고 썼다. 그 또한 누구보다 가족을 소중히 여겼던 평범한 가장이었다. 그러나 스물넷 윤봉길은 기꺼이 가족과 자신을 조국 독립의 제단 위에 바쳤다.

기쓰키와 시게미쓰, 인연과 시간의 교차

이제 발길을 오이타현 기쓰키로 옮겨 보자. 에도시대 정취가 고스란히 남아 있는 이 소도시는, 바로 시게미쓰 마모루의 고향이다. 그는 윤의사의 폭탄 투척으로 오른쪽 다리를 잃은 일본 외무대신이다.

에도시대 기쓰키는 구니사키國東 반도에서 가장 활발한 정치·경제 중심지였다. 지금은 인구 3만여 명, 지방 소멸 위기에 놓인 평범한 소도시지만 화려한 기억을 품고 있다. 온천으로 유명한 벳푸, 유후인과는 한달음 거리다. 도시 분위기는 '작은 도쿄'를 연상케 한다. 시끄럽지 않고, 고요하며 단아하다.

이곳 사무라이 무사거리는 전주한옥마을이나 서울 북촌과 비슷한 분위기다. 요란하지 않고 가지런하다. 마치 정갈하게 쪽을 진 여인처럼 단아하다. 예 거리는 큰 도로를 기준으로 상인마을과 무사마을로 나뉘어 있다. 신분 질서가 철저하던 시절, 무사와 상인은 사는 곳이 달랐다.

걷는 동안 기모노 차림 여행객을 여러 차례 만났다. 가파른 언덕마다 기모노 차림 젊은 여성들로 물결쳤다. 무사거리를 배경으로 기모노를 입고 찍은 사진을 인스타그램에 올리는 게 요즘 일본 젊은이들 사이에서 유행이다. 일본 소도시를 소개하는 여행 책자들이 이곳 사진을 앞다퉈 실은 이유를 알 것 같다. 기쓰키 무사마을을 걷노라면 시간은 과거로 후퇴한 느낌이다.

무사마을을 나와 20분쯤 걸으면 기쓰키성이 나온다. 성은 일본 성들 가운데 가장 작은 축에 속한다. 하지만 도시를 상징하기에는 충분하다. 강과 바다가 만나는 지점에 우뚝 서 있어, 방어에도 유리했을 것

기쓰키 무사마을 전경

으로 짐작한다. 3층 천수각에 오르자 너른 들판과 강줄기, 그리고 벳푸만 쪽으로 뻗어 나간 풍경이 한눈에 들어왔다. 강바람인지 바닷바람인지 모를 바람이 온몸을 휘감고 지났다.

시게미쓰 마모루는 이곳 기쓰키 출신이다. 그는 상하이 천장절 행사장에서 윤봉길 의사의 폭탄 투척으로 중상을 입었다. 그가 역사에 또 한 번 이름을 올린 이유는 따로 있다. 1945년 8월 15일, 일본의 항복 문서에 서명한 장본인이기 때문이다. 그는 미국 전함 미주리호에서 열린 항복 조인식에 일본 대표로 나섰다. 목발에 의지해 함정에 오른 시게미쓰는 맥아더 사령관이 지켜보는 앞에서 항복 문서에 서명했다. 자존심이 바닥까지 내려가는 순간이었을 것이다. 조선시대 병자호란 때, 최명길이 청나라에 항복 문서를 쓸 때도 그랬으리라. 최명길은 "우선 나라를 보존해야 훗날을 도모할 수 있다"며 치욕을 감내했다. 역사에서 누군가는 수치를 온몸으로 떠안고라도 다음 세대를 위해 결정을 내려야 할 때가 있다. 상황은 달랐으나 시게미쓰의 처지 또한 다르지 않았다.

항복 조인식을 기록한 당시 영미권 뉴스 영상은 시게미쓰의 불구를 이렇게 설명한다. "They are headed by Agent Mamoru Shigemitsu, Foreign Minister of the Japanese surrender Cabinet, who was wounded by a Korean patriot in Shanghai years ago and walks on an artificial leg(조인식을 이끄는 항복 내각의 외무상 시게미쓰 마모루는 몇 년 전 상하이에서 한 한국 애국자에 의해 부상을 입었고, 오른쪽 다리는 의족이다)." 이 장면은 영화 〈암살〉에도 그대로 재현됐다.

기쓰키성 전시물 사이에 한동안 피 묻은 누더기 제복 한 벌이 있었다. 상하이에서 폭탄이 터지던 그날, 시게미쓰가 입고 있었던 제복이다. 안내문을 읽고 소름이 돋았다. 상하이에서 울려 퍼진 폭발의 잔향이 일본 소도시 기쓰키성까지 이어졌다는 사실이 놀라웠다.

시게미쓰는 외교관이자 정치인으로서는 유능했던가 보다. 두 차례 외무대신과 내각 부총리를 지냈고, 특히 외교관으로서 발자취를 남겼으니 그렇게 평가할 만했다. 미군 점령기에는 맥아더를 설득해 일본에 대한 간접 통치를 이끌어 냈다. 그가 아니었다면, 일본 현대사는 지금과는 꽤 다른 모양새였을지도 모른다. 이후 정치에 뛰어들어 일본민주당 부총재를 지냈고, 하토야마 이치로 내각에서는 부총리 겸 외무대신(1954~1956)을 지냈다.

기쓰키시가 시게미쓰 유물을 관광객이 많은 기쓰키성에 전시한 의도는 분명하다. 자랑스러운 '출향 인사'임을 알리기 위해서였을 것이다. 그런데 언제부터인지 피 묻은 제복은 사라졌다. 지난해 기쓰키성을 찾았을 때, 다른 전시물로 대체돼 있었다. 시게미쓰의 얼굴 사진과 훈장, 업적을 정리한 책자만 있었다. 한국인 관광객이 늘어난 현실을 의식한 것인지, 다른 의도가 있는지는 알 수 없었다. 어쨌든 상하이에서 시작된 윤봉길과 시게미쓰의 악연은 기쓰키에서 다시 교차하고 있었다.

2025년 4월 29일, 가나자와에는 '윤봉길 의사 추모 안내관'이 문을 열었다. 윤봉길 의사 추모사업회가 재일교포 독지가의 도움을 받아, 가나자와역에서 500미터 떨어진 곳에 개관했다. 이제 가나자와에서는 암장지와 더불어, 윤 의사를 만날 수 있는 공간이 하나 더 늘었다.

우리의 몫 – 기억, 연대, 그리고 책임

우리는 윤봉길 의사를 비롯한 독립운동가들과 박현택 회장 같은 분들에게 빚지고 있다. 독립을 위해 모든 걸 던진 이들을 기억하는 일은 우리 몫이다. 박 회장은 온갖 협박과 불이익에도 굴하지 않은 채 윤 의사 암장지를 지키고 있다. 또 우리말과 우리 이름을 고집하며 일본 국적을 거부한 채 '한국인'으로 살고 있다. 한동안 연락을 주고받았으나 2~3년 전부터 연락이 끊겼다. 고령 탓에 통화가 어려운 것이라 믿으면서도, 마음 한편에는 불길한 예감이 가시지 않는다. 아직도 대리운전으로 생계를 이어 가는지, 건강은 문제가 없는지 문득문득 떠오른다.

"너희도 만일 피가 있고 뼈가 있다면 반드시 조선을 위하여 용감한 투사가 되어라. 태극 깃발을 높이 드날리고 나의 빈 무덤 앞에 찾아와 한 잔 술을 부어 놓으라. 그리고 너희들은 아비 없음을 슬퍼하지 말라." 가나자와를 떠나며 윤 의사가 남긴 글을 다시 떠올렸다. 과거를 기억하고, 그 기억 위에서 우리는 앞으로 나아간다. 우리 세대가 그 숙제를 어떻게 풀어가느냐에 따라, 독립운동가들이 남긴 시간은 과거에 머물지 않고 계속될 것이다.

기쓰키성에 전시된
시게미쓰 마모루 외상 유물

2부

여름

전쟁의 길,
평화의 길

변방의 반란,
가고시마 사무라이

남쪽 나라 난코쿠의 첫인상

규슈 남단 가고시마는 1년 내내 햇살이 넘실거리는 남쪽 나라다. 거리 분위기부터 다르다. 이름처럼 '난코쿠南國'라는 말이 딱 맞는다. 이국적이고 환하다. 도시 전체에는 느긋한 여유가 강물처럼 흐른다. 그래서 가고시마는 여름이 가장 잘 어울리는 도시다. 7월에 만난 가고시마의 여름은 장난이 아니다. 불볕더위가 기운을 쫙 빼놓는다. 한겨울에도 영상 10도는 기본으로 찍는 동네라, 같은 일본임에도 느끼는 질감은 확연히 다르다.

도심에는 늘씬한 야자수가 줄을 서 있고, 사람들은 다감하다. 불을 뿜는 활화산이 떡 버티고 있으며, 땅속에서는 온천수가 쉴 새 없이 솟는다. 한마디로 가고시마는 '불의 섬'이다. 이곳에서는 모든 걸 허락할 것 같다. 공기부터 가볍다. 몸짓마저 한결 느슨하고, 발길 닿는 대로 걸어도 전혀 불안하지 않다. 그냥 '남쪽 어딘가를 걷고 있다'고 생각하는 것만으로도 마음은 홀가분하다.

재미있는 건 '난코쿠'라는 단어가 여기서는 생활어라는 점이다. 음식점 간판부터 골프장 이름, 시내버스 회사, 택시 회사 이름까지 '난코쿠 ○○'가 줄줄이 나온다. 동시에 가고시마는 참나무 뿌리처럼 굵고 질긴 역사를 품은 땅이다. 개명 군주가 인재를 키우고, 근대 문물을 들여와 일본 근대화의 스타트 버튼을 누른 곳. 메이지유신을 이끌어 냈다는 자부심이 워낙 강해, 가고시마 사람들 말투에는 사무라이 기운이 배어 있다. 따뜻한 남국 이미지와 칼을 든 사무라이는 잘 연결되지 않을 것 같지만, 가끔은 극단적인 조합이 절묘하게 맞물린다.

영화 〈라스트 사무라이〉의 모델인 사이고 다카모리西鄉隆盛를 향한 이곳 사람들의 자긍심은 대단하다 못해 집요하다. 사이고는 메이지유신의 핵심 주역이었으나 신정부군과 맞서다가 자결로 생을 마침으로써 자신의 서사를 완성했다. 다른 한편으로 가고시마는 정한론征韓論이 불붙은 곳이고, 군국주의 상징인 가미카제 특공기지가 있던 불편한 땅이다. 임진왜란 때 끌려온 조선 도공 심수관과 박평의는 이곳에서 가마에 불을 지폈다. 남국의 낭만과 군국주의의 그림자가 묘하게 겹치는, 가고시마로 간다.

변방의 힘, 사쓰마의 기질

일본 열도 남쪽 끝, 가고시마는 위치만 놓고 보면 도쿄보다 서울에서 더 가깝다. 도쿄 하네다 공항에서 가고시마까지 비행기로 약 1시간 30분. 그런데 만약 자동차를 타고 간다면? 각오를 단단히 해야 한다. 도쿄역에서 가고시마 중앙역까지는 1,370킬로, 쉬지 않고 달려도 16시간 정도 걸리는 거리다. 반면 인천공항에서 가고시마 공항까지는

1시간 20분 남짓. "도쿄에서 가는 것보다 인천에서 가는 게 낫다"는 말은 허투루 나온 게 아니다. 교통과 통신이 지금처럼 발달하지 않았던 시절에 이 '거리감'은 훨씬 더 크게 느껴졌을 것이다.

당시 가고시마는 혼슈와는 따로 떨어진, 거의 다른 나라에 가깝게 인식됐다. 그런 환경 덕분인지 이곳 사람들의 기질은 혼슈 사람들과 미묘하게 다르다. 성격은 호방하고 적극적이다. 돌려서 말하면 좀 거칠고, 쉽게 물러서지 않는다. 우리는 일본을 흔히 '가깝고도 먼 나라'라고 부르는데, 그 이미지가 가장 잘 맞는 지역이 가고시마다. 중앙의 눈치를 덜 보는 거친 기질은, 역으로 말하면 중심을 향해 돌진할 수 있는 에너지이기도 하다. 가고시마는 사무라이 비중이 가장 높았던 지역이다. 이 말 한마디로도 이 지역 사람들이 어떠했을지 충분히 짐작할 수 있다. 변방에 살면서도 스스로를 '주인'으로 세우는 데 주저하지 않는 기질.

술 문화만 봐도 다르다. 일본 대부분 지역에서는 알코올 도수 6도 안팎의 순한 술, 그러니까 우리가 아는 '사케(정확히는 니혼슈日本酒)'를 즐겨 마신다. 그런데 가고시마에는 25~30도짜리 고구마 소주가 버티고 있다. 전형적으로 독한 술은 잘 마시지 않는 일본에서 고구마 소주는 꽤 이질적이다. 이런 독한 술을 기꺼이 마시는 기질, 어떻게 보면 사쓰마 사무라이의 성격과 닮았다. 거칠지만 외부를 향해 열린 시선, 개방적인 성향. 변방의 조건은 이들에게 약점이 아니라 중앙으로 돌진할 수 있는 동력이었다. 가고시마를 한 줄로 요약하면 '변방의 힘'이다.

사쓰마와 조슈, 유신을 추동한 동맹

메이지유신을 추동한 양대 세력은 사쓰마번과 조슈번이다. 오늘날 행정구역으로 바꾸면 각각 가고시마와 야마구치다. 지명은 바뀌었지만, 두 지역의 정치적 무게는 여전하다. 일본 정치를 자세히 들여다보면, 두 곳 출신들이 중요한 포스트를 잡고 있다는 걸 어렵지 않게 발견할 수 있다.

둘 사이의 힘을 굳이 저울질하자면 야마구치가 약간 앞서 있다는 평가가 많다. 하지만 그건 바깥 사람들이 하는 얘기일 뿐, 가고시마 사람들은 '우리가 진짜 주역'이라는 생각에 조금도 흔들림 없다. 두 지역은 에도에서 멀리 떨어진 변방이다. 메이지유신은 한마디로 말해 '깡촌 출신' 사쓰마와 조슈 사무라이가 일으킨 반란이다.

두 번藩의 사무라이들은 1866년 '삿초薩長 동맹'을 맺고 막부의 숨통을 서서히 조여 갔다. 동맹을 맺은 2년 뒤 1868년, 메이지유신은 공식적으로 막이 올랐다. 혁명의 주역은 신분 높은 상급 사무라이가 아니었다. 바로 사쓰마와 조슈의 하급 사무라이들이었다. 변방 출신에 계급까지 낮다 보니, 잃어버릴 것도 없고 지킬 기득권도 없었다. 그런 사람들이 상황을 뒤집겠다고 마음먹으면, 역사가 움직인다. 세상을 뒤엎어야 비로소 자신에게도 새로운 세상이 열린다고 믿는 사람들이다. 혁명은 언제나 '잃을 게 없는 사람들'의 어깨 위에서 완성됐다.

사이고 다카모리(1828~1877)와 오쿠보 도시미치大久保利通(1830~1878)는 가고시마를 낳은 인물로서 '유신 3걸'로 불린다. 나머지 한 명, 기도 다카요시木戸孝允(1833~1877)는 야마구치 하기 출신이다. 이 삼각 편대가 사실상 유신을 완성했다고 봐도 무방하다.

아베 신조安倍晋三(1954~2022)와 외할아버지 기시 노부스케岸信介(1896~1987) 총리 역시 야마구치 출신이다. 자민당 핵심 정치인들, 특히 '파벌 보스' 상당수가 야마구치에 뿌리를 두고 있다. 도쿄 기준에서 보면 가고시마는 야마구치보다 더 변방이다. 하지만, 가고시마는 그 열세를 오히려 에너지로 바꿔 냈다.

가고시마는 지리적으로 땅끝에 있다 보니 서양 세력과 가장 먼저 맞닿았고, 신문물을 빠르게 받아들이는 창구였다. 일본에서 가장 먼저 조총과 기독교를 받아들인 건 이 때문이다. 이곳은 제철과 도자기 산업으로 경제력을 키웠고, 그 바탕 위에서 대포와 증기선 같은 신식 무기를 도입했다. 변방이었기 때문에 가능했던 이점들이다.

센간엔, 산업혁명의 씨앗을 뿌린 정원

센간엔禪巖園은 일본 산업혁명의 출발점이다. 일본 최초 근대식 산업 단지가 시작된 곳. 처음에는 영주의 별장 겸 정원으로 조성됐지만, 여기서 근대산업의 불씨가 피어올랐다. 가고시마 중앙역에서 불과 5.4킬로. 택시를 타면 금방 도착할 수 있는 거리다. 센간엔에 가면 두 가지를 동시에 볼 수 있다. 하나는 사쿠라지마櫻島를 마주한 풍경, 다른 하나는 일본 근대화에 기초 체력을 제공한 산업 유적이다. 이곳은 국가 명승으로 지정된 정원이기도 하다. 사쓰마 번주는 센간엔을 베이스캠프 삼아 근대 문물을 받아들이고 인재를 키웠다.

그는 센간엔에 일본 최초 반사로(용광로 기능을 하는 화로)를 설치하고, 고품질 철을 뽑아냈다. 제철·제강 기술은 과거에도, 현재에도 한 나라의 힘을 보여 주는 전략산업이다. 2025년 미국 정부가 자국 철강 기업 유에스스틸(USS)의 일본 매각을 허락하지 않은 것도, 제철산업 자체를 국가 안보와 연결된 전략 자산으로 인식했기 때문이다. 작은

사쿠라지마가 보이는 가고시마 시가지 전경

어촌에 불과하던 포항이 세계적인 공업 도시로 성장한 것 또한 제철·제강 산업이 가진 힘 덕분이다. 일본 역시 제철·제강 기술을 앞세워 군국주의 시절, 전쟁 수행 능력을 키워 갔다.

사쓰마는 센간엔에서 축적한 제철·제강 기술을 토대로 당시 최고 화력 무기인 대포를 만들었다. 칼과 조총이 전부였던 시절에 대포는 두말할 나위 없는 '게임 체인저'였다.

센간엔을 처음 조성한 주인공은 19대 당주 시마즈 히사미쓰島津光久다. 그는 1658년, 활화산 사쿠라지마가 한눈에 보이는 이곳에 정원을 조성했다. 5만 제곱미터에 달하는 센간엔은 정원에 문외한이라도 "이건 뭔가 다르다"를 직감할 수 있는 빼어난 공간이다.

센간엔의 하이라이트는 사쿠라지마와 조합이다. 일본 정원의 미학은 정원 안 풍경만이 아니라, 주변 자연을 끌어들여 하나의 그림으로 완성할 때 꽃을 피운다. 이를 '차경借景', 즉 경치를 빌린다고 표현한다. 센간엔은 바다 건너 사쿠라지마를 과감하게 끌어들였다. 가고시마 사람들에게 사쿠라지마는 정신적 기둥이다. 가고시마 어디에서든 보이고, 태어나서 죽을 때까지 함께하는 신령스러운 영산이다. 도심에서 불과 4킬로 떨어진 거리에 아직도 연기를 뿜는 활화산이 버티고 있으니, 늘 존재감을 느끼며 살아갈 수밖에 없다. 사쿠라지마가 분화하면 잿빛 화산재가 금세 도시를 덮는다. 외지인에게는 언제 폭발할지 모르는 활화산이 불안 요소겠지만, 현지인들은 의외로 덤덤하다. 우리가 휴전선을 코앞에 두고도 무감각한 것처럼, 이들에게 사쿠라지마는 일상이다.

물론 큰 폭발 사고가 없었던 건 아니다. 1914년 대분화 때는 사쿠라지마 주변 세 마을이 화산재와 용암에 통째로 묻혔다. 지금도 자동차로 섬을 돌다 보면 당시 흔적을 마주치게 된다. 화산재에 파묻힌 높이 2미터에 이르는 신사 도리이는 윗부분만 삐죽 올라와 있다. 신사는 흔적조차 찾기 어렵다. 이 정도면 당시 폭발 위력이 어느 정도였는지 굳이 설명이 필요 없다.

흥미로운 건 이때 쏟아져 나온 용암이 사쿠라지마와 가고시마 사이 바다를 메워, 두 곳이 육지로 이어졌다는 점이다. 사쿠라지마는 더 이상 섬이 아니다. 그럼에도 이곳 사람들은 여전히 사쿠라지마를 '섬'이라고 부른다. 그래야 그럴듯한 스토리텔링이 완성되기 때문이다.

센간엔 찻집 '고텐御殿'에 앉아 사쿠라지마를 바라보면, 화산섬 실루엣이 바다 위에 그림자처럼 드리운다. 그 풍경은 하나의 완성된 동양화 같다. 시마네현 아다치足立 미술관 역시 차경 예술의 끝판왕으로 손꼽는다. 이곳은 미술관이지만, 솔직히 말해 작품보다 바깥 정원이 더 강한 인상을 남긴다. 아다치 미술관 이야기는 뒤에서 다시 이어 가기로 한다.

개명 군주 나리아키라와 사쓰마 근대화

시마즈 가문을 대체 불가 존재로 끌어올린 인물은 28대 당주 시마즈 나리아키라島津齊彬(1809~1859)다. 그는 조선의 정조에 견줄 만한 개혁 군주였다. 이탈리아 피렌체에서 메디치 가문이 확고한 위상을 차지하고 있듯, 가고시마에서는 시마즈 가문이 메디치 가문에 버금가는 대접을 받는다.

그는 센간엔을 중심으로 근대산업을 일으키고 인재를 길렀다. 막부가 쇄국 정책을 고집하던 당시, 나리아키라는 오히려 서양 문물을 앞장서 받아들였다. 센간엔에 제철·조선·방직 산업을 유치했고, 유능한 젊은이들을 발탁해 외국으로 유학 보냈다.

센간엔 부지에 있는 쇼코슈세이칸尙古集成館은 조총과 대포를 제작한 산실이다. 정원 한복판에서 중공업이 싹튼 셈이다. 정원과 산업단지 조합은 얼핏 보기엔 어색하지만, 센간엔에서는 자연스러운 풍경이다. 사쓰마가 메이지유신의 주연으로 나설 수 있었던 이유가 여기에 있다.

나리아키라는 1865년 사쓰마 출신 인재 17명을 선발해 영국으로 보냈다. 유학생 중 가장 나이 어린 학생은 13세, 가장 나이가 많은 이는 34세였다. 이들은 훗날 사쓰마 근대화의 핵심 인력으로서 활동했다. 가고시마 중앙역 광장에 서 있는 '젊은 사쓰마의 군상' 동상은 그 17인을 기린 상징물이다. 인물상은 4단으로 나뉘어 배치되어 있는데,

가고시마 중앙역 앞 '젊은 사쓰마의 군상'

맨 위 두 사람은 "더 넓은 세상으로 가자"고 손짓하는 듯한 포즈를 취하고 있다. 숙소가 중앙역 바로 옆이라 호텔을 들고 날 때마다 동상 앞을 지났다. 그때마다 이런 생각을 하지 않을 수 없었다. "이들이 세계 무대에서 근대 문물을 받아들일 때, 우리는 무엇을 하고 있었을까."

같은 시기 조선의 고종과 대원군은 '오랑캐를 막는다'며 전국에 척화비를 세우고 껍질 속으로 파고들었다. 그때부터 조선과 일본이 걷는 길은 완전히 달라졌다. 고종(1852년 9월~1919년 1월)과 메이지 천황(1852년 11월~1912년 7월)은 공교롭게도 동갑내기다. 즉위 시점도 엇비슷하다. 고종은 열한 살이던 1864년 1월, 메이지는 열다섯 살이던 1868년 10월에 즉위했다. 출발선은 같았다. 그런데 반세기도 지나지 않아, 조선은 메이지 일본의 식민지로 전락했다. 동갑내기 두 지도자 아래에서 두 나라는 전혀 다른 궤도를 달린 것이다. 마침내 1910년, 조선은 일본 식민 지배 아래 들어갔고, 일본은 중국·러시아·미국을 상대로 전쟁을 치르며 '욱일승천'했다.

센간엔은 지도자 한 사람의 안목과 결단이, 한 나라의 흥망성쇠까지 좌우할 수 있다는 사실을 보여 주는 생생한 현장이다.

심수관, 박평의 가문의 서로 다른 길

시마즈 가문은 지금도 가고시마와 일본 전체에서 상당한 존재감을 유지한다. 가문과 관련된 시마즈공업은 '기초 제조업' 분야에서 세계 최고 수준 기술력을 자랑한다. 정밀기계·계측기·의료기기·항공기 부품 분야에서 이름값을 톡톡히 한다. 2002년 이 회사 연구원 다나카 고이치田中耕一가 노벨 화학상을 수상했을 때, 많은 이들이 놀라면서 동시에 고개를 끄덕였다. "역시 시마즈공업"이라고.

센간엔에서 시작된 기초과학의 뿌리가 시마즈공업으로 이어지면서 일본 제조업은 탄탄한 기반을 갖췄다. 일본 제조업이 쉽게 무너지지 않는 이유가 여기에 있다. 우리는 2018년 일본의 수출규제에 분노해 뒤늦게 '소부장(소재·부품·장비)'의 중요성을 깨달았다. 일본은 그보다 훨씬 앞서 이 분야에 투자해 왔다. 격차를 인정하지 않을 수 없다. 과학 분야 노벨상 수상자 27명이란 배경에는 시마즈 가문에서 시작된 200년 뿌리가 있었다.

센간엔에서 나오는 길, 수학여행을 온 중학생 또래 아이들과 마주쳤다. 그들은 교사의 설명을 진지하게 들으며 메모장을 채웠다. 일본 박물관이나 유적지를 갈 때마다 느끼는 점이지만, 일본 학생들이 보이는 집중도는 인상적이다. 그들은 센간엔에서 무엇을 보고, 무엇을 얻어 갈까. 아마 '미래를 대하는 열린 생각' '인재 육성의 중요성' '기본기의 힘'을 배워 갈 것이다.

시마즈 가문과 개명 군주 나리아키라는 우리에게는 '불운'이었다. 첫 번째 불행은 17대 당주 시마즈 요시히로島津義弘에서 시작됐다. 그는 임진왜란에 참전해 조선을 유린한 사무라이이자 전략가였다. 칠천량 해전에서 원균이 이끄는 조선 수군을 궤멸시킨 장본인이며, 사천성 전투에서는 병력 7,000명으로 4만 명에 이르는 조선·명나라 연합군을 격파했다. 노량해전에서는 이순신에게 패했지만, 포위망을 뚫고 일본으로 돌아가 85세까지 장수했다. 이순신 장군이 노량해전에서 전사한 걸 떠올리면, 두 번째 불행은 더욱 선명하다. 퇴각 과정에서 그는 남원성에서 붙잡은 조선 도공 80여 명을 끌고 갔다. 이것이 세 번째 불행이었다.

조선 도공들이 처음 발을 디딘 곳은 가고시마 구시키노串木野 반도였다. 센간엔에서 구시키노까지는 34킬로, 자동차로 40분 거리다. 1597년 8월 16일, 남원성이 함락된 뒤 요시히로는 박평의와 심당길 등 조선 도공을 포로로 끌고 갔다. 17개 성씨, 80명에 달하는 포로 가운데는 내게는 먼 조상인 임林씨도 포함되어 있었다.

조선 도공들은 구시키노 미야마美山에서 새로운 삶을 시작했다. 이름 그대로 '아름다운 산'에 둘러싸인 평화로운 마을이다. 그들은 고향과 최대한 닮은 곳을 골라 둥지를 틀었다. 끌려가는 길에는 유약과 고향의 흙을 챙겼다. 연해주 고려인들도 중앙아시아로 강제 이주할 때 볍씨를 챙겼다. 고려인들에게 볍씨가 그랬듯 조선 도공들에게 유약과 흙은 곧 정체성과 같은 존재였다. 내가 누군지 잊지 않게 해 주는 '혼'이었다.

구시키노에는 심수관 도예전시관이 있다. 이곳에 전시된 '히바카리火計リ' 찻잔은 첫 결과물이었다. 이름에는 '불만 너희 것'이라는 자부심이 담겨 있다. 당시 도자기 산업은 오늘날로 치면 최첨단 산업이었다. 사쓰마 번주는 조선 도공들을 극진히 예우했다. 사무라이 신분을 부여하고 군역과 부역도 면제했다. 하지만 메이지 신정부가 들어서면서 상황은 달라졌다. 1872년, 호적 재정비 과정에서 메이지 신정부는 조선 도공의 사무라이 신분을 일괄 박탈했다. 하루아침에 평민으로 전락한 심당길·박평의 가문은 전혀 다른 길을 걸었다.

심당길 후손은 대대로 도자기를 빚으며 도자기 명가를 이뤘다. 13대 심수관은 교토대 법학과를 졸업하고 총리 비서를 지냈음에도 가업을 이어받았다. 14대 심수관 역시 와세다대학 졸업하고 가마로 돌아왔다. 12대 심수관은 1873년 비엔나 만국박람회에서 명성을 얻으며 사쓰마

야키의 유럽 수출길을 연 장본인이다. 15대까지 이어진 심수관 가문은 '우리 뿌리는 조선인'이라는 자각을 잃지 않은 채, 지금도 도자기를 굽고 있다. 일본 국민 작가 시바 료타로司馬遼太郎(1923~1996)는 『고향을 어이 잊으리까』에서 이들의 400년을 깊이 있게 조명했다.

　반면 박평의 후손은 도자기를 내려놓고 전혀 다른 길을 걸었다. 외교 명문가로써 방향을 튼 것이다. 박평의의 12대 후손 박수승에게는 유난히 공부를 잘하는 아들이 있었다. 바로 '박무덕朴茂德', 일본 이름으로는 도고 시게노리東鄕茂德였다. 박수승은 사무라이 신분이 박탈되자, 아들을 위해 도고東鄕라는 일본 성씨를 사고 일본 국적을 택했다. 아들 박무덕, 도고 시게노리는 기대를 저버리지 않았다. 외무고시에 합격해 제국주의 일본에서 두 차례 외무대신을 지냈다. 승승장구하던 커리어는 태평양전쟁에서 막을 내렸다. 그는 A급 전범으로 20년형을 선고받고 옥중에서 생을 마쳤다. 일본은 그를 야스쿠니 신사에 합사했다. 조선 도공의 후손이 야스쿠니 신사에 봉안됐다는 사실은 아이러니하면서도 씁쓸하다. 그렇다고 외면할 수 있는 역사도 아니다. 시게노리 후손들은 지금도 일본 외교가에서 왕성하게 활동하고 있다.

　심수관 가와 가까운 곳에 도고 시게노리 기념관이 있다. 기념관을 둘러보다 문득 프로스트의 시, 「가지 않은 길」을 떠올렸다. 만일 박평의 가문이 다른 선택을 했다면 어떤 길을 걸었을까. 삶에서 좋은 선택, 나쁜 선택은 없다. 각자 길에서 최선을 다할 뿐이다. 두 가문은 각자 길에서 일가를 이뤘으니 어느 길이 낫다고 평가하는 건 쉽지 않다. 430년에 가까운 두 집안의 궤적을 한 문장으로 정리한다는 건 애초에 불가능한 일인지도 모르겠다.

기라성 같은 인물들이 쏟아진 가지야초

구시키노에서 시내로 돌아와, 가고시마 중심 가지야초加治屋町에 들어섰다. 이 동네는 메이지유신 전후로 기라성 같은 인물들이 폭발적으로 쏟아진 곳이다. 그중에서도 가장 빛나는 별은 단연 사이고 다카모리다. 가고시마 어디를 가든 사이고를 만나게 된다. 도시 곳곳에 서 있는 동상만 8개다. 과자 패키지부터 티셔츠, 머그잔 캐릭터까지 온통 사이고 얼굴로 도배했다. 시내 한복판 시로야마 공원에 서 있는 사이고 동상은 가고시마 시내 어느 곳에서든 눈에 들어온다.

영화 〈라스트 사무라이〉에서 톰 크루즈와 와타나베 켄이 연기한 '마지막 사무라이'의 실제 모델이 바로 이 사람이다. 사이고의 삶은 한 편의 드라마였다. 그는 메이지유신이라는 새로운 시대를 열어젖힌 유신 3걸 중 한 명이었다. 하지만 정작 혁명이 성공한 후에는 반란을 일으켰다는 이유로 쫓기다가 자결로 생을 마쳤다.

사이고는 칼을 찬 사무라이 시대에서 총을 든 메이지 신정부로 변화하는 길목에서 사무라이를 대신해 칼을 들었다. 그는 쇠락한 사무라이들의 불만을 외부로 돌리기 위해 정한론을 주장했다. 반면 친구이자 동지였던 오쿠보 도시미치와 이토 히로부미는 "아직은 때가 아니다"며 조선 정벌에 반대했다. 결국 사이고는 고향 가고시마로 내려와 불만에 찬 사무라이들과 함께 반란군을 일으켰다. 신정부는 이들을 반동 세력으로 규정하고 토벌에 나섰다. 최신식 무기로 무장한 신정부 군대와 칼을 든 사무라이와의 싸움 결과는 뻔했다. 결국 사이고는 자결로 생을 마치며 사무라이 시대를 마감했다.

가고시마 중앙공원의 사이고 다카모리 동상

오쿠보와 사이고는 같은 동네, 같은 강가를 뛰놀던 소꿉친구였다. 집이 가난했던 오쿠보는 종종 사이고 집에서 밥을 얻어먹었다. 하지만 메이지 신정부에서 둘의 운명은 크게 갈렸다. 한 사람은 반란군, 한 사람은 진압군이 되어 정적으로 갈라섰다. 어쨌든 사이고가 죽음으로써 한 시대가 저물고, 메이지라는 새 시대가 열렸다. 일본인들은 지금도 사이

유신의 고향 산책로 입구

고를 '의리의 화신'으로 추앙한다. 지난여름 도쿄 우에노 공원에 들렀다 사이고 동상을 봤다. 이 나라에서 그는, 죽어서 더 빛나는 별이다.

가지야초와 고쓰키가와甲突川 주변 고라이초, 우에노소노초 일대는 '인물 밭'으로 통한다. 특히 가지야초에서만 사이고와 오쿠보를 포함해 총리대신 2명, 육군 대장 3명, 해군 대장 6명이 나왔다. 고쓰키가와 강변 '유신의 길'에는 이 동네 출신 인물 18명을 소개하는 안내판이 서 있다. 반경 500미터 안에서 걸출한 인물들이 무더기로 쏟아진 사실 자체가 경이롭다.

고쓰키가와 주변을 걸었다. 걷다 보면 '갑돌천' '고려교' '고려마을' 같은 친숙한 이름이 눈에 띈다. 임진왜란 때 끌려온 조선인들이 집단 거주했던 흔적이다. 고라이초는 그 흔적을 이름에 담고 있다. 이곳에

가고시마 오쿠보 도시미치 동상

서 쏟아진 인물 중에는 조선인도 적지 않을 것으로 짐작한다.

야마구치 하기는 '유신의 태동지'라는 자부심이 강하다. 야마구치와 쌍벽을 이루는 가고시마는 '유신의 고향'을 자부한다. 두 지역은 우열을 가리기 어려운 메이지의 주역이다. 막부 말기 260개 번 가운데 하나에 불과했던 이들 지역에서 쏟아진 인물들은 근대 일본의 향배를 좌우했다. 그리고 그 한가운데 서 있는 이름, 사이고 다카모리는 지금도 꺼지지 않는 불꽃이다. 개혁 군주 시마즈 나리아키라, 유신의 불꽃 사이고 다카모리, 도공으로서 외길을 걸은 심수관, 그리고 조선인 피가 흐르는 야스쿠니 신사에 합사한 제국주의 일본 외교관 도고 시게노리가 활동한 가고시마는 애증의 땅이다.

조작된 애국,
가미카제 자살특공대

해남 땅끝마을의 추억

땅끝을 향해 간다. 일본 최남단 이부스키指宿와 치란知覽은 말 그대로 일본 열도 남쪽 끝이다. '땅끝'이라는 말에는 묘한 힘이 있다. 호기심, 설렘, 약간의 흥분까지 여러 감정이 한꺼번에 어룽댄다.

아이들이 초등학교에 들어가기 전이었으니 어느덧 20여 년 전으로 기억한다. 어느 해 봄날, 특별한 계획도 없이 해남 땅끝마을에 갔다. 해남에 들어서자 '우리나라 최남단'임을 알리는 표지판이 눈에 들어왔다. 땅끝까지 갔는데 그냥 돌아올 수 없었다. 내친김에 다산초당과 김영랑 생가, 청산도까지 둘러본 여행이었다.

주말 내내 우리 가족은 아직 겨울 기운이 채 가시지 않은 남도 땅끝을 쏘다니며 즐거운 한때를 보냈다. 나른한 봄날 여행에 흠뻑 취한 우리 가족은 아지랑이처럼 들떴다. 20여 년이 지난 지금도 그때를 떠올리면 절로 미소가 번진다. 성인이 된 아이들도 해남과 강진, 청산도 여행을 종종 입에 올린다. 그들에게도 그해 봄날의 땅끝 여행은 특별한 기억으로 남아 있나 보다.

건조하게 말하면 지구는 둥글기에 땅끝을 따지는 일은 애초부터 부질없다. 어디든 땅끝이고, 어디든 시작점이다. 땅끝은 결국 우리 관념 속에서만 존재하는 허상이다. 우리가 임의로 경계를 긋고, 거기에 의미를 부여할 뿐이다.

인간은 원래 경계 짓고 이야기를 만드는 존재다. 이야기를 좋아하는 인간은 의미를 부여하고, 또 그 의미를 토대로 새로운 이야기를 세운다. 평범한 장소도 '땅끝'이라고 명명하는 순간 전혀 다른 느낌으로 다가온다. 일본 열도 남단으로 간다는 생각에 들뜬 것도, 이 같은 이유다.

검푸른 파도가 넘실대는 이부스키는 땅 밑으로 뜨거운 불과 용암이 흐르는 곳이다. 어디를 파도 뜨거운 용암 수가 무시로 솟구치고, 해변을 뒤덮은 모래는 죄다 새까맣다. 오랜 세월 파도가 용암을 잘게 잘게 부수어 검은 모래를 만들었다. 검은 모래 온천 찜질은 이부스키에서만 누릴 수 있는 특별한 경험이다.

검은 화산석이 흔한 이부스키는 무엇보다 '이야기'를 품고 있는 땅이다. 한일 정상회담 개최지, 최남단 기차역, 가미카제 자살 특공기지, 국보급 도자기 전시관, 신화의 땅까지 손가락으로 헤아리기 벅찰 정도다. 불의 땅, 이부스키는 어떤 얼굴을 지니고 있을까.

지방 소도시, 소멸과 축복 사이

가고시마 중앙역에서 이부스키까지는 40킬로, 지도만 보면 가까운 거리다. 그러나 실제로 달려 보면 얘기가 달라진다. 도로 사정은 그다지 좋은 편이 아니다. 1시간 넘게 걸리는 데다 편도 1차로라 초행 운전자는 긴장할 수밖에 없다. 잠시만 방심해도 아슬아슬한 구간이 이어진다.

한국이나 일본이나 지방 소도시 현실은 비슷하다. 천덕꾸러기다. 도로를 비롯한 사회간접자본은 늘 부족하고, 인구 유출은 좀처럼 멈출 줄 모른다. 개발론자들은 효율을 앞세운다. "인구가 많이 몰린 곳부터 투자해야 한다"는 논리다. 지역민들은 동의하지 않는다. "인구 유출과 지방 소멸을 막으려면 오히려 쇠락한 지방부터 투자해야 한다"며 정반대 주장을 편다.

표가 중요한 정치인들 시선은 자연스레 유권자가 많은 곳으로 쏠린다. 그래야 '폼'도 나고, 표도 얻을 수 있기 때문이다. 그러다 보니 대도시는 갈수록 비대하고, 지방 도시는 비정상적으로 야위어 간다.

그럼에도 소도시를 여행하다 보면, 문득 이런 생각이 들 때가 있다. '이 정도 소외라면 오히려 축복이 아닐까.' 그들에게는 미안한 말이다. 그러나 덕분에 훼손되지 않은 풍광과 인심을 고스란히 만날 수 있으니 고맙다.

인구 4만 명에도 못 미치는 이부스키 또한 소멸에 가까운 도시다. 하지만 때 묻지 않은 자연 풍광만큼은 축복이다. 이부스키에 들어서자 맑은 바람과 푸른 바다가 온몸을 감쌌다. 많은 이들이 바로 이러한 자연 풍광에 취해 이부스키를 찾는다.

운전대를 잡은 지 1시간여 만에 드디어 '땅끝 이부스키'에 도착했다. 투박한 환영 입간판마저 묘하게 정겹다. 오는 길에 스쳐 지나온 마을들은 당장이라도 스러질 듯 애잔했다. 빈집이 더 많아 보이는 을씨년스

최남단 이부스키 니시오야마역

러운 풍광은 우리 농촌과 다르지 않았다.

계속 도시로, 더 큰 도시로만 향하는 행렬을 멈추지 못한다면 어떻게 될까. 안타까운 마음이 끊이지 않는다. 더불어 이곳에서 태어나고 자란 이들이 느낄 상실감은 또 어떻게 할 것인가. 생각은 꼬리를 물었다. 어린 시절 뛰놀던 고향이 사라져도 우리는 과연 행복할 수 있을까. 그 질문이 땅끝 바람 사이로 긴 여운을 남겼다.

특공평화회관이라는 이름의 광기

먼 길을 달려 이부스키를 찾은 이유가 있다. 이곳에 있던 가미카제 특공기지, 군국주의 광기의 실체를 확인해 보고 싶었다. 이부스키 곳곳에는 음울한 군국주의 유산이 적지 않다. 그 가운데서도 이름부터 아이러니한 '치란특공평화회관'이 있다. 전혀 평화스럽지 않은데 '평화'라는 이름을 내건 의도가 수상쩍다. 태평양 전쟁 말기, 광기에 휩싸인 일본 군부는 이곳에 가미카제 특공기지를 건설했다.

치란특공평화회관은 겉으로는 '평화'를 말하지만, 실상은 평화와 거리가 멀다. 가미카제 자살특공대를 기리며 피해자 흉내를 내는 곳이다. 다크투어리즘 출발점으로 삼아 부끄러워해야 마땅할 곳을 오히려 선전장으로 활용하고 있다.

2014년 미나미규슈시는 엉뚱한 일을 벌였다. 자살특공대원이 남긴 유서와 일기, 편지를 유네스코 세계기록유산으로 등재하겠다고 나선 것이다. 당시 미나미규슈 시장은 이렇게 말했다. "종전 70년을 맞아 특공대원 메시지를 알림으로써 전쟁의 비참함을 돌아보는 계기를 만들고 싶다. 편지와 일기 333점을 등재 신청한다."

애꿎은 청년들을 죽음으로 내몬 엽기적 흔적을 세계기록유산으로 올리겠다는 발상은 황당했다. 일본 내 지식인들은 물론, 주변 국가들은 격하게 반발했다. 치란특공평화회관은 이름만 보면 평화 박물관 같지만, 전혀 평화롭지 않은 이유다. 일본 군부가 생명을 폭탄으로 이용한 섬뜩한 현장을 미화하는 공간이다. 20여 년 전 처음 방문했을 때 온몸을 휘감던 음산한 기운을 아직도 잊지 못한다.

특공대원들은 출격을 앞두고 유서와 일기, 편지를 남겼다. 유서 대부분은 강요에 의한, 조작된 충성 맹세였다. 편지 또한 검열을 의식하며 쓴 글이다. 그러니 유서와 편지가 온전한 속마음을 담고 있다고 보기 어렵다. 정상적인 감정을 가진 사람이라면 가미카제 유산을 부끄러워하는 게 당연하다. 그러나 그들은 세계기록유산 등재를 시도했으니 어처구니없다. 종전 70년이 지났음에도 여전히 태평양전쟁 말기 광기에서 벗어나지 못한 유아기적 사고의 결과였다.

세계기록유산은 인류가 후손에게 남길 가치 있는 기록물을 말한다.

지금까지 등재된 세계기록유산은 300여 건. 우리나라 기록물로는 훈민정음, 조선왕조실록, 승정원일기, 난중일기, 동의보감, 5·18민주화운동, 새마을운동 등 11건이 있다. 전쟁 관련 기록물 가운데는 '안네의 일기'가 있다. 유네스코는 '안네의 일기'를 전쟁의 비참함을 일깨우는 기록물이라고 판단한 것이다.

가미카제 자살특공대원의 일기와 유서를 '안네의 일기'와 같은 선상에서 비교한 건 망상에 지나지 않았다. 세계기록유산 신청 여부는 각국 자유지만, 자살특공대원이 남긴 유서와 일기가 그만한 가치가 있는지는 의문이다. 유서와 편지 대부분은 조작되고 강요된 만큼 오히려 전쟁 범죄를 입증하는 증거물이라는 점에서 부끄럽게 여겨야 한다.

제로센과 가이텐, 미화된 자살 병기

일제는 전쟁 막바지에 제로센零戰 전투기와 가이텐回天 어뢰정을 실전에 투입했다. 둘 다 비인간적인 병기라는 공통점이 있다. 가미카제 조종사와 가이텐 승조원은 폭탄을 안고 적함을 들이받는, '인간 폭탄'이었다.

제로센과 가이텐에는 구명 장치가 없다. 한 번 출격하면 '돌격 앞으로'와 죽음만 있을 뿐이다. 제로센 전투기는 편도 기름만 주유하고, 가이텐 어뢰정은 내부에서 해치를 열 수 없게 설계됐다. 사실상 죽음을 강요한 것이다. 특공대원들은 출격이 마지막 길이라는 사실을 알았다. 이들이 남긴 유서와 편지, 일기의 진정성을 의심할 수밖에 없는 이유다. 강요된 죽음 앞에서 스스로 죽음을 정당화하는 글을 쓴다는 건 상상하기 어렵다. 출격을 미화하고 독려한 주체는 일본 군부였다.

‘신이 돕는 바람’이라는 뜻의 가미카제神風와 ‘형세를 뒤집는다’는 뜻의 가이텐回天은 말장난에 지나지 않는다. 이름은 그럴듯하나 실상은 잔혹한 자살 병기를 미화한 것이다. 가미카제 특공대원 대부분은 10대 중반에서 20대 중반 나이에 불과했다. 이들은 폭탄을 적재한 채 출격한 뒤 돌아오지 못했다.

유인 어뢰정 가이텐 승조원은 해치가 닫히는 순간부터 공황 상태에 빠져, 작전을 수행하기도 전에 자멸했다. 초라한 명중률은 조롱거리였다. 처음 가미카제는 미군을 공포로 몰아넣었지만, 시간이 갈수록 효과는 떨어졌다.

1944년 8월 21일 첫 출격 이후, 총 3,300기에 달하는 가미카제가 비행에 나섰으나 명중률은 11.6퍼센트에 그쳤다. 가이텐은 그보다 더 형편없었다. 가이텐 어뢰정이 격침한 함선은 미군 유조선을 포함해 단 2척에 불과했다. 반면 전사자는 87명에 달했다. 무모한 죽음을 자초한 자살 폭탄의 결말은 이토록 허망했다.

사죄는 없고 선동만 남은 전시관

치란특공평화회관은 가미카제 특공기지가 있던 자리에 세워졌다. 전시실에 들어서 오른쪽으로 돌면 제로센 동체가 보인다. 바다에 추락한 제로센 전투기를 건져 올린 것인데, 부식이 심하다. 전투기 앞에 서면 바다에 가라앉았을 앳된 청년의 얼굴이 겹쳐 떠오른다.

전시관 내부는 숨진 특공대원의 얼굴 사진과 유서, 일기장, 유품으로 빼곡하다. 사진 밑에는 출신 지역과 나이가 적혀 있는데 대부분 10대 후반에서 20대 중반이다. 그 가운데는 17세 소년과 조선인 청년

가미카제 특공대원을 소개한 치란특공평화회관

도 있다. 이들은 조작된 애국심과 강요된 충성을 믿고 죽음으로 내몰렸다. 유서와 편지는 '지원병' 자격으로 썼지만 사실상 강제징용임을 어렵지 않게 알 수 있다.

출격을 앞두고 쓴 편지와 일기에는 죽음에 대한 공포와 생명에 대한 집착이 동시에 담겨 있다. "이제 한 달밖에 남지 않았다. 초시계 바늘만 돌아간다. 한 달 남은 내 생애에서 자신을 찾아내려는 나의 몸부림." 한 대원의 일기다. 또 다른 대원은 "한 번도 효도를 못했다. 내일 일본을 위해 죽는다"며 가족에게 마지막 편지를 썼다.

언젠가 일본 TV에 출연한 가미카제 특공대원 생존자의 증언은 생명에 대한 집착을 보여 줬다. "출격 당일 내 비행기가 활주로 맨 끝에 있어 기뻤다. 가능한 천천히 활주로를 걸어가며 새소리에 귀를 기울이고, 뺨을 스치는 바람의 감촉을 느꼈다." 그는 단 몇 분이라도 더 살아 있고 싶었던 심경을 담담히 토로했다.

지난해 20년 만에 다시 찾은 치란특공평화회관은 여전히 스산했다. 밖은 폭염으로 뜨거웠으나 실내 공기는 음산했다. 안내인은 "학생들과 일반인들이 많이 찾는다"며 자랑스럽게 말했다. 그 말에 '그게 과연 자랑할 일인가'라고 반문하고 싶었지만 참았다.

기념관 어디에도 참회와 사죄를 담은 문구는 없다. 오히려 가미카제를 미화하는 선전장처럼 느껴졌다. 부끄러운 과거를 참회하는 대신 청년들의 '영웅 서사'로 포장하고 있었다. 전시관에서 일본 중년 여성과

청년들을 죽음으로 내몬 제로센

단체 학생 관람객을 마주쳤는데, 눈물을 훔치는 이들도 적지 않았다. 나이 든 여성들은 아들 또는 손자 또래 청년들이 남긴 유서와 일기 앞에서 슬픔에 잠겼다. 그 슬픔을 이해하면서도, 죽음을 포장한 이면의 진실을 보지 못하는 게 안타까웠다.

회관 내부에서 촬영은 금지하고 있어 몰래 찍었다. '평화회관이라는 명칭에 걸맞게 떳떳하다면 왜 촬영을 막을까'라는 생각을 했다. 그나마 부끄러운 줄은 아는 걸까, 씁쓸했다.

독일과 일본의 판이한 역사 교육

반성하지 않는 일본을 이야기할 때마다 비교 대상으로 독일을 거론한다. 독일의 역사 교육은 근현대사를 외면하는 일본과 달리 근현대사에 무게를 두고 있다. 독일 학교에서는 1차, 2차 세계대전 당시 독일이 어떤 만행을 저질렀는지 반복해 가르친다. 독일 정치인들은 틈만 나면 사죄하고 자신들이 침략한 국가에 고개 숙인다.

독일에서 나치를 칭송하는 언행은 처벌 대상이다. 이런 이유로 독일에서는 나치 만행을 미화하거나 전쟁의 정당성을 입에 올리는 사람을 찾기 어렵다. 최근 이민자 유입으로 독일 정치 역시 우경화 조짐을 보이고 있지만 보편적인 국민 정서는 나치 시절 행위를 범죄로 인식하고 있다.

반면 일본은 근현대사를 제대로 가르치지 않는다. 대학 졸업 때까지 체계적인 역사 교육을 받지 못한 이들이 허다하다. 이러니 자신들이 무엇을 잘못했는지 자각하지 못한다.

독일 아우슈비츠·비르케나우·다카우 수용소에서는 나치의 만행을 '날 것' 그대로 마주할 수 있다. 그곳에서는 다시는 반복해선 안 될 역사를 가르친다. 아우슈비츠 수용소와 다카우 수용소 두 곳에서 나치의 만행을 확인하고 독일 사회의 성숙함을 접했다.

뮌헨 근교 다카우 수용소는 속죄와 반성을 모토로 삼는다. 연합군이 다카우를 접수한 1945년 4월 29일, 수용소는 정원의 6~7배를 초과한 인원이 수용된 상태였다. 앙상한 뼈만 남은 유대인들 사진에서 당시의 참혹한 수용소 상황을 짐작할 수 있었다.

신영복 성공회대 교수는 『감옥으로부터의 사색』에서 여름철 동료

재소자의 체온은 살의를 느낄 만큼 참기 어려웠다고 고백했다. 정원보다 6~7배를 넘는 다카우 수용소에서, 한여름 같은 동족끼리 느꼈을 살의를 떠올리면 암담하다.

다카우 수용소 입장료는 무료다. 잘못된 역사를 알리고, 더 많은 이들이 찾도록 하기 위해서다. 수용소는 가스실과 화장터까지 개방했다. 부끄러운 현장이지만 가감 없이 보여 줌으로써 되풀이하지 않겠다는 다짐이다. 과거 청산을 향한 독일인들의 노력은 이토록 지독하다.

2014년에는 다카우 수용소에서 간수로 일했던 87세 남성이 기소됐다. 전쟁이 끝난 지 70여 년 지났건만 뮌헨 검찰은 "다카우에서 근무한 사람은 누구든 살인 공범(종범)"으로 기소한다는 법까지 만들었다. 전쟁이 끝난 지 수십 년 흘렀어도 독일 정부 의지는 단호하다.

반면 일본은 과거사를 인정하지 않을 뿐 아니라 스스로에게 면죄부를 준다. 일본이 주변국으로부터 존중받지 못하는 이유다. 독일 사회에는 '강요된 부역'이었더라도 다시 되풀이해서는 안 된다는 사회적 합의가 있다. 다카우 수용소에 걸린 'Never Again(절대 반복하지 말자)'은 그런 의지를 상징한다.

김대중과 노무현의 일본 인식

외눈박이 역사 교육은 비극을 되풀이한다. 수년 전, 아우슈비츠 수용소에서 불안한 징후를 목격했다. 관람을 마치고 수용소 정문을 나서다 다윗별이 새겨진 이스라엘 국기를 앞세우고 통성 기도하는 이스라엘 청년들을 만났다. 순간 그들이 겪은 역사적 고난을 동정했다. 더불어 선조가 당한 비극을 통해 '다시는 반복하지 말자'는 교훈을 얻어 가

길 바랐다.

그러나 팔레스타인에 대한 일방적 학살을 접하곤 이스라엘에 대한 측은지심은 분노로 바뀌었다. 2023년 10월 이스라엘·팔레스타인 전쟁 발발 이후 2년 넘는 동안 이스라엘 공습으로 숨진 팔레스타인 사망자는 6만 9,000~7만 명에 이른다. 매일 100명가량이 목숨을 잃었고, 이 가운데 어린이는 최소 30퍼센트를 넘는 것으로 추정한다.

이스라엘은 막강한 화력을 앞세워 가자지구를 무차별 폭격했다. 하마스와 민간인을 구분하지 않는 일방적 학살이었다. 트럼프 대통령의 중재로 가까스로 휴전에 합의했지만, 언제 다시 폭격이 재개될지 알 수 없다. 잿빛으로 변한 가자지구 사진은 많은 것을 말한다. 이·팔 전쟁을 '정의로운 전쟁'이라고 부를 사람은 없다.

현장 기자 시절 가자지구에서 만났던 팔레스타인인들의 선한 눈빛을 기억한다. 그들이 무참히 학살됐다고 생각하면 이스라엘의 폭력에 분노하지 않을 수 없다. 그동안 아우슈비츠를 다녀간 이스라엘 청년은 수만 명에 달할 것이다. 그들이 기성세대로 성장해 또 다른 학살을 반복하고 있으니 헛된 교육이었다. 이스라엘 청년들은 아우슈비츠와 다카우에서 사랑과 용서를 배운 것이 아니라, 증오와 적대를 배운 것이다. 이스라엘과 나치는 무엇이 다른가. 그리고 과거사를 부인하는 일본 정부는 또 무엇이 다른가. 질문은 여기까지 이어진다.

치란특공평화회관 역시 그릇된 역사 인식을 강화하는 공간이다. 과거를 부정하고 혐오 발언을 서슴지 않는 일본 극우주의자들은 이런 교육 환경 속에서 자랐다. 전시관에서 본 특공대원 사진 속 얼굴은 하나같이 밝았다. 스무 살 안팎 청년들이 죽음을 앞두고 정말 저렇게 웃었을까. 연출된 사진일 가능성이 크다.

숨진 가미카제 특공대원은 조선인 11명을 포함해 모두 1,036명에 이른다. 남의 나라 땅에서 벌어진 전쟁에서 조선 청년들은 무슨 명분으로 숨졌을까. 회관 정원에는 조선 반도 출신 특공대원을 기리는 기념비가 있다. 비문은 "아리랑 노랫소리를 먼 조국에 남겨 놓고 간 조선 반도 출신 특공대원 11명의 영혼을 위로하기 위해 비를 세운다"고 새겨 있다. 누가 세웠는지는 분명하지 않다. 한국인일까, 일본인일까. 문득 궁금해진다.

정원에는 고이즈미 전 총리가 세운 '지순至純'이라는 비석도 있다. 고이즈미는 무슨 생각으로 특공평화회관에 비석을 세웠고, 어떤 심정이었을까. 일본 우익 정치인들은 강제 동원과 위안부 실체를 부정하고, 고노 담화를 재고하라고 목소리를 높인다. 어쩌면 평화는 없고 '특공'만 남은 치란특공평화회관에서 성숙한 시민 의식을 논한다는 자체가 허무한 일인지도 모르겠다.

조선인 특공대원을 기린 기념비

고이즈미 준이치로 총리 친필 기념비

정상회담 장소였던 최고급 료칸 하쿠스이칸白水館으로 향했다. 2004년 노무현 대통령과 고이즈미 총리는 이곳에서 한일 정상회담을 가졌다. 하쿠스이칸은 객실만 205실에 달하는 현대식 료칸으로, 조망은 압도적이다. 객실에서는 사쓰마 만이 한눈에 들어온다. 노송이 빼곡한 정원 또한 멋지다.

일본 정부가 이곳을 회담 장소로 정한 데는 계산이 있었다. 의식은 공간에 지배받기 마련이다. 도서관에서는 정숙해야 하고, 나이트클럽에서는 마음껏 떠들어야 한다. 일본 정부가 남쪽 이부스키를 택한 건 허심탄회하게 논의하자는 의도였을 것이다. 남국의 햇살이 쏟아지는 이부스키에서는 누구라도 마음을 열듯 싶다. 동시에 고이즈미는 선친의 고향에서 손님맞이를 최고 예우라고 생각했을지도 모른다. 올해 1월 다카이치 사나에 일본 총리가 고향 나라奈良현에서 정상회담을 개최한 이유도 같다. 이재명 대통령은 이에 대한 화답으로 고향 안동을 한국에서의 회담 장소로 제안했다니, 회담 장소가 갖는 의미는 이처럼 중요하다.

양국은 적지 않은 성과를 냈다. 중단됐던 셔틀 외교 복원, 김포~하

네다 노선 증편 등 결과물
은 굵직했다. 결과적으로
이부스키와 하쿠스이칸을
정상회담 장소로 선택한
건 탁월한 선택이었다.

하지만 우여곡절이 숨
어 있다. 일본 이야기만
나오면 목소리부터 높이
는 우리의 편협함이 발목

노무현 대통령과 고이즈미 총리가
정상회담을 가진 하쿠스이칸

을 잡은 것이다. 이부스키를 정상회담 장소로 결정했다는 소식이 전해
지자 우리 정치권은 발끈했다. 정한론 발상지이자 가미카제 특공기지
가 있던 곳에서 정상회담은 안 된다는 논리였다. 한국인의 정서상 이
해할 만하다. 다만 이를 정치적으로 활용하려는 의도가 문제였다. 사
전에 검토하고 걸러 내지 못한 우리 책임도 있었다.

회담 장소는 관례상 초청국이 정하는 것이니 일본 측 결정을 따라
야 했지만, 우리 정부는 장소 변경을 요구했다. 당시 회담 장소 변경을
조율했던 라종일 전 주일 대사의 후일담을 소개한다. 그는 후쿠다 외
상을 만나 한국 여론을 전달하고 장소 변경을 요구했다. 그러자 후쿠
다 외상은 일본 지도를 펼쳐 놓고 "한국이 원하는 곳을 찍으면 고이즈
미 총리와 상의해 변경하겠다"고 했다. 파격에 가까운 양보였다.

그러나 정상회담은 결국 처음 정해진 장소에서 열렸다. 일본 땅 어디
를 찍어도 우리에게 불편하지 않은 곳은 없었기 때문이다. 게다가 노무
현 대통령은 "내가 욕먹으면 되지"라며 더 이상의 논란을 잠재웠다. 가

하쿠스이칸에서 운영하는 박물관 덴쇼칸

까스로 타결됐으나 옹졸함만 드러낸 꼴이 됐다.

라 대사는 언론 인터뷰에서 아쉬움을 털어놓았다. "근본적 잘못은 일본에 있지만 우리 대응도 노련하지 못했다. 당시 일본에서 한국에 대한 호감은 높았다. 우리 대통령이 가미카제 기념탑과 자살특공대원 위령비에 들러 '국가가 잘못해 젊은이들이 희생됐다'며 군국주의를 비판하고 참배하는 계기로 삼았다면 어땠을까 싶다."

한일 관계에서 우리는 매번 비슷한 패턴을 반복한다. 쉽게 흥분하고 쉽게 분노한다. 일본 보수 언론과 우익 정치인들로부터 징징대기만 한다는 인식만 심어 주고 끝나기 일쑤다. 지엽적인 문제에 집착하다 실속도 챙기지 못한 채 졸속 협상으로 마무리한다는 비판은 이 같은 감정적 대응에서 비롯된다.

국보급 도자기를 모아 둔 덴쇼칸 내부 전시실

　김대중 대통령은 1998년 일본 국빈 방문 당시 일본 천황을 두 차례나 "천황 폐하"로 호칭했다. 일본 국민들조차 놀랐다. 김 대통령은 "호칭은 그 나라 국민들이 부르는 대로 불러 주는 것이 예의"라며 대범했다. 일본 국민들은 감동했고 김 대통령은 반발을 무릅쓰고 일본 문화 개방을 결정했다. 훗날 문화강국, 한류의 토대는 이때 마련됐다.

　우리에게 필요한 건, 깊은 안목과 당당한 역사 인식이다. 감정만으로는 아무것도 바꿀 수 없다. 땅끝에서 만난 이부스키와 치란은 이렇게 묻고 있다. "우리는 어떤 기억과 태도로 역사를 다음 세대에 건넬 것인가."

나가사키가
과거를 기억하는 방식

카스텔라와 짬뽕의 도시, 나가사키

다양한 문화가 겹겹이 쌓인 '카스텔라'와 '짬뽕'의 도시, 나가사키에서는 느린 걸음이 잘 어울린다. 번잡한 후쿠오카와 달리 나가사키는 도시 공기부터가 말랑말랑하다. 후쿠오카에서 자동차로 2시간밖에 떨어지지 않았는데, 이곳에 도착하는 순간 모든 풍경은 희미한 과거로 회귀하는 느낌이다. 나가사키를 처음 찾은 이들은 대개 이국적인 첫인상에 압도된다. 일본인데 일본 같지 않은, 묘하고도 낯선 감각이 도시 전체를 감싼다.

눈길을 잡아끄는 건 한 량짜리 노면전차다. 한 줄짜리 전차는 덜컥덜컥 소리를 내며 도심을 느릿느릿 가로지른다. 철도 강국 일본에서도 이제 이런 노면전차는 흔치 않다. 여기에 유럽풍 건물이 곳곳에 박혀 있어 도시 분위기는 한층 더 이국적이다.

거리를 걷다 보면 영국과 네덜란드, 포르투갈, 스페인, 중국까지 서로 다른 건축 양식이 한 화면에 보인다. 구라바엔 글로버 저택, 오란다

자카의 서양식 건물, 오우라 천주당, 히라도 네덜란드 상관, 하우스텐 보스까지 지명만 나열해도 머릿속에 작은 세계지도가 펼쳐진 것 같다. 여기에 신치新地 중화거리까지 더해지면 도시의 공기는 더욱 다채롭다. 나가사키가 이렇게 글로벌한 얼굴을 갖게 된 건, 오래전 이곳이 외부 세계와 만나는 통로였기 때문이다. 16~17세기 나가사키는 유럽 문물 을 받아들이는 창구였다. 과거로 떠나는 시간 여행의 관문, 나가사키 는 과거와 현대가 공존하는 도시다.

'시간여행축제'로 익숙한 전북 군산은 나가사키와 120여 년 시간을 공유하고 있다. 식민 지배 시절인 1907년, 나가사키 18은행長崎十八은 군산에 지점을 열었다. 인천·목포·대구 등 전국 주요 도시에 지점을 개 설했는데, 군산은 일곱 번째였다. 그들이 군산에 지점을 연 목적은 일 본인 미곡상에게 금융자본을 지원하기 위해서였다. 일제는 군산항을 통해 호남평야 쌀을 실어 날랐다. 그 유통 구조 중심에는 일본인 자본 가들이 자리 잡고 있었다.

군산과 나가사키의 인연은 유쾌하지 않다. 그럼에도 두 도시는 질긴 역사적 끈으로 연결돼 있다. 군산시는 나가사키 18은행 건물을 비롯 해 강점기 건축물을 묶어 관광자원으로 재단장했다. 많은 이들이 이 길을 따라 걷는다. 군산에서 어린 시절을 보낸 일본인들도 종종 군산 을 찾는다. 그들은 국내 유일한 일본식 사찰 동국사와 옛 세관, 나가사 키 18은행을 둘러보고 유년을 더듬으며 감상에 젖는다.

메이지유신 숨은 실력자, 토마스 글로버

나가사키에 갈 때마다 예사롭지 않다는 걸 실감한다. 언덕 곳곳에 있는 유럽식 건물을 보면, 숨 가빴던 에도막부 말기 상황이 자연스럽게 상상된다. 그 상징적인 공간이 바로 나가사키항을 한눈에 내려다볼 수 있는 미나미야마테南山手 언덕이다. 조망이 탁월한 이 언덕에 토머스 글로버 저택이 있다.

글로버는 나가사키를 무대로 활동한 영국 스코틀랜드 상인이다. 그는 에도막부 말기 사쓰마번과 조슈번에 무기를 팔아 막대한 부를 축적했고, 동시에 메이지유신 세력에게 상당한 영향력을 행사했다. 장사꾼으로서 수완도 탁월했다. 증기기관차를 들여와 일본 최초 철도회사를

세우고, 미쓰비시조선소 전신인 조선소를 설립했다. 기린 맥주 탄생에
도 관여했다. '일본 최초 서구식'이라는 수식어가 붙는 거의 모든 것에
는 글로버의 그림자가 어른거린다.

글로버는 장사꾼에 그치지 않고, 메이지유신 막후에서 중요한 역할
을 했다. 조슈번과 사쓰마번 청년들의 영국 유학을 주선하고 인맥과
정보, 자금을 동시에 쥔 인물이 됐다. 메이지유신에 필요한 돈과 무기,
사람을 모두 그가 댔다고 해도 과언 아니다. 메이지 신정부는 이런 공
로를 인정해 훈장을 수여했다. 서양인으로서는 처음이었다.

나가사키 야경

나가사키를 쥐락펴락하던 글로버는 미나미야마테 언덕에 영국식 저택을 짓고 무대로 삼았다. 예나 지금이나 조망권은 부와 권력에 비례한다. 전망 좋은 저택에서 나가사키항을 내려다보는 삶, 글로버는 이곳에서 자신이 최고 권력자라는 사실을 숨기지 않았다. 지금도 저택 테라스에 서면 아름다운 나가사키항이 한눈에 들어온다. 글로버는 밤마다 이 풍경을 배경 삼아 와인 잔을 기울이며 흐뭇했을 것이다. 나가사키는 여러 얼굴을 가진 도시인 동시에 토머스 글로버의 도시이기도 하다.

〈나비부인〉의 비극, 사랑과 제국이 겹치는 서사

봄날 글로버 저택에서 내려다보는 나가사키항은 그림엽서와 같다. 푸른 바다 위로 흰 구름이 떠 있고, 항구를 오가는 배들은 잔잔하게 움직인다. 글로버 저택은 푸치니의 오페라 〈나비부인〉 무대로도 널리 알려졌다. 〈나비부인〉은 미국 해군 장교와 일본 게이샤의 사랑 이야기를 담은, 근대화 일본을 노래한 작품이다.

사랑 이야기 자체만 보면 국적과 시대를 초월한 스토리텔링의 고전으로 꼽을 만하다. 그것이 봄날 꿈처럼 허망하게 흩어진 사랑이라면, 감상은 더 짙다. 미 해군 장교 핑커튼은 나가사키에서 게이샤 쵸쵸상을 만나 결혼한다. 하지만 미국에 이미 아내가 있었다. 핑커튼에게 쵸쵸상은 잠시 머물다 떠나는 항구였지만, 쵸쵸상에게 핑커튼은 인생 전체를 걸어도 아깝지 않을 유일한 사랑이었다.

핑커튼은 쵸쵸상에게 "3년 뒤 돌아오겠다"는 말을 남기고 미국으로 떠난다. 쵸쵸상은 나가사키 항구가 내려다보이는 언덕에 올라, 언제 돌아올지 모를 남자를 하염없이 기다렸다. 불장난처럼 시작된 사랑이었지만, 쵸쵸상은 그것을 진짜 사랑이라고 믿었다. 그러나 현실은 잔인했다. 사랑은커녕 쵸쵸상은 핑커튼과 사이에서 태어난 아이마저 빼앗겼다. 결국 절망 끝에 스스로 목숨을 끊는다.

오페라 아리아 〈어느 개인 날〉은 자신을 나비라고 불러 주던 핑커튼이 돌아올 것이라고 믿는 쵸쵸상이 부르는 노래다. 알고 보면 부질없는 기다림이지만, 믿음이 깨지는 순간이 너무도 처절해 더 강렬하게 다가온다. 〈나비부인〉은 단순한 멜로드라마가 아니다. 서양에 머리를 조아렸던 에도막부의 현실과 자연스럽게 포개진다. 당시 네덜란드와 영국, 스페인, 포르투갈, 미국, 프랑스 등 열강은 일본을 '간접 지배'하는 형식으로 접근했다. 핑커튼이 필요에 따라 쵸쵸상을 이용하고 떠난 것처럼, 일본 역시 서구 열강에 이용당했다. 그리고 일본은 훗날 주변 국가를 침략하면서 이때 배운 방식을 그대로 실행에 옮겼다.

유럽으로 통하는 '근대의 창', 데지마

글로버 저택이 지배와 피지배, 권력과 욕망을 축약한 공간이라면 데지마出島는 유럽으로 열린 '근대의 창'이었다. 네덜란드는 나가사키 데지마에서 200여 년 동안 독점적 지위를 누렸다. 에도막부는 데지마를 경제특구처럼 운영하며, 네덜란드에 독점 무역권을 부여했다.

1636년 바다를 메워 조성한 데지마는 축구장 두 개를 나란히 붙여 놓은 정도 크기의 인공섬이다. 이곳은 사실상 치외법권 지역이었다. 일본 안에 있으면서도 일본 바깥 세계와 연결된 특수한 공간이었다. 일본에 처음 발을 들인 서양 세력은 포르투갈 상인들이었다. 1543년 가고시마 다네가시마種子島에 상륙한 포르투갈 상인들은 에도막부에 조총과 기독교를 전했다. 도요토미 히데요시는 50년 뒤 1592년, 바로 그 조총으로 무장한 왜군을 이끌고 조선을 침략했다(임진왜란).

조선에도 기회가 있었지만 제대로 활용하지 못했다. 임진왜란 2년 전, 1590년 일본에 다녀온 통신사 일행은 선물로 조총을 가져왔다. 그러나 선조는 군기시 창고에 처박아 두고 활용하지 않았다. 2년 후 왜군은 조총으로 무장한 채 조선은 유린했다. 임진왜란 후에도 또 기회가 있었으나 역시 흘려보냈다. 1653년에는 네덜란드 동인도회사 소속 하멜 일행 36명이 제주에 표류했다. 이들은 13년 동안 조선에 머물다가 일본으로 탈출했다. 선조는 하멜 일행을 전주·남원·순천·여수 등지에 분산 배치하고 구경거리로 취급했다. 그들로부터 새로운 기술이나 지식을 받아들일 생각을 하지 않았다. 임진왜란 때 왜군의 조총에 혹독하게 당했음에도, 또 기회를 날려 버린 것이니 무능한 군주였다.

물론 일본이라고 해서 서양 문물에 마냥 관대했던 것은 아니다. 에도막부는 포르투갈 상인들에 의해 급속히 확산한 '기리시탄(크리스천)'을 위협으로 간주하고, 이들을 추방했다. 네덜란드 상인들은 포르투갈 상인이 떠난 빈자리를 파고들었다. 네덜란드는 독점 무역권을 받는 대신, 유럽의 최신 정보를 에도막부에 제공했다. 그 결과물이 '풍설서風說書'였다. 풍설서는 섬나라 일본이 세상 돌아가는 이야기를 접하는 창구였다. 에도막부는 네덜란드를 통해 서구 사회와 소통한 것이다.

네덜란드와 교류는 '난학蘭學(네덜란드 학문)'으로 이어졌다. 에도막부 시기 지식인들은 서양 의학과 과학에 깊이 빠져들었다. 이종찬은 『난학의 세계사』에서 "난학자들은 기본적으로 번역가였다. 번역을 통해 낯선 언어인 네덜란드어를 그들 언어로 재창조했다. 이 과정에서 중국 한자의 굴레에서 벗어나 일본식 한자를 새롭게 발명하게 됐다”고 설명했다.

네덜란드와 교류 흔적은 미술 작품에도 나타난다. 일본인들이 가장 좋아하는 서양화가는 빈센트 반 고흐다. 고흐는 일본 전통 판화 우키요에를 모사한 작품을 여러 점 남겼다. 또 도쿄 우에노 국립서양미술관, 하코네 폴라미술관, 나리타 DIC가와무라 미술관, 나오시마 지추 미술관 등 내로라하는 일본 미술관들은 고흐 작품을 소장하고 있다. 일본 기업들은 네덜란드 암스테르담 반 고흐 미술관 건립에도 거액을 후원했다. 유럽 화단은 앞다투어 우키요에를 모사하며 ‘일본풍’에 올라탔다. 우키요에는 하나의 독립된 유파로 굳어졌다.

나가사키에는 포르투갈의 흔적이 곳곳에 있다. 나가사키 명물 카스텔라가 대표적이다. ‘빵パン’이라는 단어는 포르투갈어에서 비롯됐다. 카스텔라 전문점 분메이도文明堂 앞은 연중 관광객들로 북적이는데, 유심히 살펴보면 한결같이 분메이도 빵 봉투를 들고 있다. 나가사키에서는 너나없이 분메이도 카스텔라를 산다. 우리나라에서 가장 오래된 빵집 군산 이성당 주변도 주말이면 노란 빵 봉투가 물결친다. 나가사키에서는 분메이도 카스텔라가 이성당을 대신한다.

신치 중화거리에 있는 사카이로四海樓는 짬뽕으로 유명하다. 영국·네덜란드·포르투갈·중국까지 뒤섞인 나가사키의 다문화 정체성과 사카이로의 진득한 짬뽕 국물은 묘하게 닮았다. 사카이로 짬뽕 메뉴 가운데 사라다 우동은 독특하다. 짜장면처럼 국물이 없는 해산물 우동인데, 개인적으로는 훨씬 맛있었다. 여러 가지 재료를 섞은 사라다 짬뽕은 다문화를 상징한다. 나가사키와 짬뽕, 우동 한 그릇은 이렇게 절묘한 조합을 이룬다.

◀ 나가사키 카스테라 원조 분메이도 본점
▶ 신치 중화거리 입구

원폭을 기억하는 두 가지 방식

이토록 매력적인 도시에 1945년 8월 9일, 원자폭탄이 떨어졌다. 그날 오전 11시 2분, 나가사키 우라카미浦上 상공 500미터에서 터진 원자폭탄 한 발에 도시는 아수라장이 됐다. 사흘 전 8월 7일, 히로시마에 첫 번째 원폭이 투하된 데 이어 두 번째였다. 도시는 불바다가 되었고, 한순간 잿더미로 변했다. '팻맨Fat Man'으로 불린 원자폭탄은 일시에 7만여 명에 달하는 목숨을 앗아 갔다. 반경 수 킬로 이내 모든 생명체가 사라졌다. 누구도 경험하지 못한 참혹한 광경 앞에서 일본인들은 말을 잃었다. 달달한 카스텔라와 끔찍한 원폭은 도저히 어울리지 않는 한 쌍이었다.

나가사키 원폭자료관은 원폭 희생자 숫자를 매일 업데이트한다. 2024년 8월 9일 이곳을 찾았을 때, 안내판 사망자는 19만 8,785명이었다. 그로부터 1년 넘게 흘렀으니 얼마나 더 많은 이들이 희생자 대열에 합류했을지 알 수 없다. 과거와 현재가 공존하는 나가사키는 이렇게 여러 겹 상처를 품고 있다.

도시는 집단의 기억으로 완성된다. 한 도시가 과거를 어떻게 기억하느냐에 따라 역사는 여러 모습으로 각인되고 규정된다. 나가사키에는 원폭의 상처를 기억하고 원폭 희생자를 기리는 원폭기념관과 추모비가 각각 두 개씩 있다. 원폭을 기억하고 희생자를 위로하려는 의도는 같지만, 전하고자 하는 메시지는 서로 다르다. 먼저 원폭기념관, '나가사키 원폭자료관'과 '나가사키 인권 평화자료관'은 어떻게 다른지 살펴보자. 두 곳은 2.6킬로 거리에 있지만 기억하는 방식은 극명하게 갈린다.

나가사키 원폭자료관은 나가사키시와 일본 정부가 건립한 공공 기념관이다. 전시장에서 가장 먼저 마주치는 전시물은 우라카미

일본 정부가 건립한 나가사키 원폭자료관

천주당 벽체다. 피폭 중심지와 가까웠던 우라카미 천주당은 피폭 당시 흔적도 없이 사라졌다. 겨우 남은 벽체 일부를 통해서 원폭의 위력을 짐작할 뿐이다. 히로시마 원폭 돔과 마찬가지로, 우라카미 천주당 벽체는 원폭 참상을 알리는 상징물이다.

벽체만 남은 우라까미 천주당

전시물은 다양하다. 오전 11시 2분에 멈춘 괘종시계는 시간을 잃어버린 도시를 상징한다. 불에 탄 옷과 도시락, 숟가락과 장난감, 숯덩이로 변한 희생자 사진, 후유증에 시달리는 피폭자 모습, 피해자 증언 영상이 이어진다. 누구라도 이런 전시물을 보고 나면 탄식과 함께 깊은 연민을 느끼지 않을 수 없다. 전시관 안팎에서 가장 자주 만나는 단어는 "뜨겁다"와 "물"이다. 고열에 몸이 타들어 간 피폭자들은 마지막 순간까지 물을 찾았다. "뜨겁다"와 "물"은 살기 위해 발버둥 친 흔적이다. 원폭자료관 광장에 분수대를 만든 것도 그 때문이다.

원폭자료관은 "나가사키가 마지막 피폭지가 되기를 바란다"는 메시지를 발신한다. 하지만 어딘가 공허하다. 피해자 일본 입장만 부각하기 때문이다. 일본 경시청 자료에 따르면 당시 나가사키에는 7만 명에 달하는 조선인이 살았다. 최초 폭발로 7만 4,000여 명이 숨졌는데, 이 가운데 조선인 사망자는 10퍼센트 수준으로 대략 수천 명에서 1만여 명에 이르는 것으로 추산된다. 그런데도 일본 정부는 조선인 원폭 피해자를 공식적으로 인정하지 않는다. 상당수 조선인 피폭자가 강제 동원 노동자였기에, 인정하고 싶지 않은 것이다. 그러나 인정하지 않는다고 해서 역사적 사실마저 사라지는 건 아니다. 우리가 일본을 상대로 인정과 반성을 끊임없이 요구하는 이유도 여기에 있다.

가해자 일본을 고발하는 평화자료관

이와 달리 나가사키 인권 평화자료관은 가해자 일본에 초점을 맞춘다. 동시에 조선인 피해자들을 적극 조명한다. 평화자료관은 '재일조선인 인권을 지키는 모임'이라는 일본 시민단체가 건립했다. 그 중심에는 목사이자 시민운동가였던 오카 마사하루岡正治(1918~1994)가 있다. 그는 시의원을 지냈고 평생 시민운동에 헌신했다. 특히 조선인 원폭 희생자를 알리는 일을 소명으로 삼았다. 생전에 그는 『원폭과 조선인』이라는 책을 네 권이나 펴냈다.

오카 목사는 조선인이 어떤 과정으로 강제 동원됐는지, 조선인 피폭자들이 어떤 차별을 겪었는지 집요하게 파헤쳤다. 『원폭과 조선인』은 일본의 역사 왜곡에 맞서는 기억과 증언의 보고서다. 책에서 피폭 생존자 서정우 씨는 강제 동원 과정, 미쓰비시조선소에서 겪은 혹독한 중노동과 피폭 경험을 적나라하게 증언했다. 일본 정부가 끝내 인정하지 않자, 오카 목사는 '재일조선인 인권을 지키는 모임'을 결성했다. 전후 일본은 일본인 중심으로 보상 정책을 설계했다. 오카 목사는 이런 부조리와 부당함에 맞서 싸웠다.

1994년 그가 세상을 떠나자 일본 시민들이 그 뜻을 이어받았다. 이들은 일본의 전쟁 범죄와 전후 무책임을 알리는 데 힘을 쏟고, 사죄와 보상을 촉구하고 있다. 1995년 10월 1일 평화자료관을 건립한 것도 이런 노력의 연장선이다. 평화자료관은 조선인 원폭 피해뿐 아니라 강제 동원·강제노동, 조선 침략, 군함도, 위안부 문제까지 한데 껴안고 있다. 모임은 정치적 간섭을 받지 않기 위해 정부나 기업 후원은 받지 않는다. 오직 회원들 회비와 시민 후원으로만 운영한다. 평화자료관 또한 시민 성금으로 건립했다. 이곳에서 일하는 안내자와 봉사자도 모두 자발적으로 참여하는 시민들이다. 시민의 힘으로 세우고 시민이 운영하는, 일본 내 유일한 '가해 역사 자료관'이라 불릴 만하다.

평화자료관을 이야기할 때 일본의 양심, 다카자네 야스노리高實康稔 (1939~2017) 교수도 빼놓을 수 없다. 그는 서울에서 태어나 규슈대학을 졸업한 뒤 나가사키대학 강단에 섰다. 다카자네 역시 오카와 함께 조선인 강제 동원과 원폭 피해 실태를 조사하며 일본 정부의 책임과 보상을 촉구하는 데 일생을 바쳤다. 그는 『흔들림 없는 역사 인식』에서 "히로시마와 나가사키 피폭자 중 10퍼센트는 조선인이다. 일본 국민이 이러한 사실을 모르는 것도 문제지만, 더 큰 문제는 이들이 일본의 조선 침략에서 비롯된 희생자라는 역사 인식이 부족하다는 점"이라며, 가해 역사를 날카롭게 고발했다.

'나가사키 재일조선인 인권을 지키는 모임' 사무국장을 역임한 다카자네는 "조선인 피폭자는 아무런 전쟁 책임도 없는데 원폭 지옥에까지 내던져진 완전한 피해자다. 조선인 원폭 피해는 강제 연행의 직접적인 결과"라고 강조하며 일관되게 조선인 편에 섰다. 그는 하시마 탄광을 비롯한 여러 현장을 다니며 조선인 강제 동원과 원폭 피해 실태를 조사한 뒤 오카 목사와 함께 『원폭과 조선인』도 펴냈다. 책에서 그는 하시마 탄광에서 1925~1945년 동안 1,295명이 숨졌고, 이 중 조선인 사망자는 122명에 이른다는 구체적인 수치까지 제시했다. 조선인 사망자가 1943~1945년 3년 사이 급증한 사실도 거론했다. 전쟁 막바지에 이르러 석탄 증산에 혈안이 된 일제가 혹독한 노동을 강요한 결과라는 점을 객관적인 자료로 밝힌 것이다.

다카자네는 위안부 문제를 둘러싼 일본 정부의 이중적 태도를 비판하고, 각성을 촉구하는 데도 앞장섰다. 나아가 일본 정부와 전범 기업을 상대로 사죄와 배상을 요구하는 법정 소송에도 참여했다. 일생을 바쳐 일본 평화주의의 허구를 드러낸, 대단한 용기였다.

나가사키 인권 평화자료관 설립 취지문은 오카 목사와 다카자네 교수의 역사 인식을 집약하고 있다. "가해자가 피해자에게 사죄도, 보상도 하지 않는 무책임한 태도만큼 국제적 신뢰를 배신하는 행위는 없다. 자료관을 찾는 시민들이 진실을 알고 피해자의 아픔을 생각하며, 전후 보상 실현과 비전非戰의 맹세를 실천하는 데 헌신하길 바란다." 2022년 11월, 한국 사회는 이러한 외로운 목소리에 응답했다. '임종국기념사업회'는 제16회 임종

시민단체가 건립한 나가사키 인권 평화자료관

국상 사회 부문 수상자로 나가사키 인권 평화자료관을 선정했다. 오카 목사와 다카자네 교수, 그리고 시민들이 건립한 평화자료관의 지난 역사를 공식적으로 평가한 것이다.

앞서 말했듯 일본 정부가 운영하는 나가사키 원폭자료관은 일본이 피해자라고 주장하는 선전장에 가깝다. 반면 시민이 설립한 나가사키 인권 평화자료관은 일본의 책임을 고발하고 반성과 참회를 촉구하는 공간이다. 두 자료관은 원폭이라는 공통된 사건을 다루지만, 전하는 메시지는 정반대에 가깝다. '나가사키 재일조선인 인권을 지키는 모임'은 지금도 전범 기업을 상대로 반성과 보상을 요구하고, 피해자 차별 철폐와 정부 차원의 배상을 촉구하고 있다. 극우 세력이 판치는 일본 사회에서 보기 드문 용기다.

민단에서 건립한 한국인 원폭 희생자 위령비

분단이 갈라놓은 두 개의 추모비

나가사키가 기억하는 두 번째 풍경은 '추모의 방식'이다. '원폭 조선인 희생자 추도비'와 '한국인 원폭 희생자 위령비'는 얼핏 비슷해 보이지만, 서로 다른 명칭과 배경을 지닌다. 추도비는 '조선인'을, 위령비는 '한국인'을 기린다. 조선인과 한국인은 다른가. 두 비가 세워진 이유를 알고 나면 마음 한쪽이 무거워진다. 추도비와 위령비라는 단어는 영혼을 추도하고 위로한다는 점에서 비슷한 의미를 지닌다. 하지만 '조선인'과 '한국인'이라는 호칭에 담긴 역사적 뉘앙스는 가볍지 않다.

조선인과 한국인은 남북 분단의 결과물이다. 여기에 이념이 개입되면서 재일교포 사회는 극단적인 대결 구도로 나뉘었다. 조선인 추도비와 한국인 위령비는 분단과 이념 대립이 빚어낸 결과물이다. 패전 이후 일본에 잔류한 조선인들은 어느 한쪽에 서기를 강요받았다. 대한

위령비 내용

▲ 조총련에서 건립한 원폭 조선인 희생자 추도비
▼ 추도비 내용

민국을 지지하는 이들은 '민단', 조선민주주의인민공화국을 추종하는 이들은 '조총련' 깃발 아래 모였다.

재일본조선인총련합회, 줄여서 '조총련' 소속 조선인들은 북한 정권을 지지하며 조선민주주의인민공화국을 조국으로 여긴다. 반면 대한민국을 지지하는 이들은 재일본대한민국민단, 즉 '민단'을 중심으로 뭉쳐 북한 정권을 부정한다. 우리 대법원 판례 또한 조총련을 반국가 단체로 규정하고 있다. 남북 분단으로 인한 후유증은 일본 땅에서 민단과 조총련 대결 구도로 계속되고 있다. 비극이지만 부인할 수 없는 현실이다.

두 단체는 모국 방문사업과 북송 사업을 놓고도 첨예하게 대립했다. 조총련은 북한을 '지상낙원'으로 선전하며 재일교포를 북으로 보내는 북송 사업을 추진했다. 민단은 한국을 방문하는 모국 방문

사업으로 맞불을 놓았다. 이념 대결은 일본 땅에서 또 다른 남북전을 치르는 모양새였다. 조선인 추도비와 한국인 위령비는 이런 대립 구도 속에서 탄생한 상징물이다.

추도비와 위령비는 직선거리로 따지면 불과 20~30미터 거리에 있다. 등을 돌리면 바로 보일 만큼 가까운 거리지만, 두 비석 사이에 놓인 심리적·이념적 거리는 아득하다. 조선인 추도비를 불편해하던 재일본대한민국민단 나가사키 본부가 2021년 11월, 별도로 한국인 위령비를 세웠다. 그 결과 같은 원폭 희생자를 추모하는 비석은 두 개가 됐다. 이념은 결국 죽음까지 갈라놓았다. 죽어서마저 남과 북으로 나뉘어 각기 다른 추도와 위령을 받는 셈이니, 그 자체로 슬픈 역사다. 원폭 희생자를 기억하는 방식마저 갈라진 나가사키에서 우리는 거듭 남북 분단이라는 현실과 마주하게 된다. 분단 상황이 계속되는 한, 추도비와 위령비의 어색한 동거는 쉽게 끝나지 않을 것이다.

죽음을 초월하는 이념은 무엇인가

지난가을, 나가사키에 갔을 때 두 추모비에 참배했다. 두 곳은 나가사키 원폭자료관에서 지척이다. 주변에는 한국인 위령비와 조선인 추도비 외에도 일본 기업과 단체들이 세운 여러 추모비로 빼곡하다. 일본인들이 세운 추모비는 철저히 '일본인 피해자'를 위로하는 데 초점이 맞춰져 있다. 그 사이에서 한국인 위령비와 조선인 추도비는 또다시 '누구를 위로할 것인가'를 두고 갈라서 있다.

한쪽은 민주주의 대한민국 국민을, 다른 한쪽은 공산주의 조선민주주의인민공화국 인민을 위로한다. 죽은 자는 말이 없고, 이념을 고집하지 않는다. 원폭이 떨어지던 당시, 그들은 모두 ‘조선인’이라는 하나의 이름으로 불렸다. 살아남은 자들이 이념과 체제라는 잣대를 들이대며, 그들의 의지와 상관없이 ‘조선인’과 ‘한국인’으로 다시 갈라놓았을 뿐이다. 여기에 그치지 않고, 서로 다른 방식으로 따로 위로하고 따로 추도하는 것이다.

그래서 묻게 된다. 도대체 이념이란 무엇인가. 인간의 삶과 죽음, 그리고 기억의 방식까지 가를 만큼 절대적인가. 나가사키를 거닐다 보면, 겹겹이 쌓인 도시의 과거와 상처가 오늘을 사는 우리에게 이렇게 묻고 있는 듯하다. “죽음마저 갈라놓는 이념의 벽을, 우리는 어디까지 감당해야 하는가.”

가이텐 신화를 쓴
시모노세키

토목기술의 결정체, 세토대교

규슈를 떠나 혼슈 시모노세키下關로 넘어왔다. 규슈와 혼슈는 간몬關門해협과 간몬대교를 사이에 두고 마주 본다. 두 섬을 잇는 다리가 간몬대교다. 규슈 쪽에는 고쿠라小倉와 모지門司, 다리를 건너 혼슈 쪽에는 시모노세키가 있다.

시모노세키는 세토나이카이瀬戸内海 입구에 자리한 도시다. 세토瀬戸는 '좁은 물길', 나이카이内海는 '안쪽 바다'라는 뜻이다. 규슈와 혼슈, 시코쿠가 세토나이카이를 둘러싸고 내해를 만들었다. 세토나이카이는 동서 450킬로, 남북 15~55킬로에 이르는 상상보다 큰 바다다. 1934년 일본 최초 국립공원으로 지정된 이 바다에는 3,000여 개에 달하는 섬이 점처럼 떠 있다. 아찔한 폭염을 뚫고, 얼굴을 스치는 바람을 벗 삼아 간몬대교를 건넜다. 입추는 지났는데 더위는 물러날 기미가 없다. 먼 산과 바다가 포개진 풍광만큼은 더위를 잠시 잊게 했다.

혼슈에서 시코쿠로 가려면 세토나이카이를 북에서 남으로 가로질러

오카야마현과 가가와현을 잇는 세토대교

야 한다. 혼슈와 시코쿠를 잇는 교량은 히로시마 오노미치와 오카야마 구라시키, 고베 타루미까지 세 개다. 지난해 봄에는 구라시키에서 세토대교를 건너 시코쿠로 들어갔다. 세토대교를 처음 건너는 순간, '인간의 능력은 어디까지인가' 하는 생각이 들었다. 말 그대로 토목기술이 만든 괴물 같은 구조물이다.

2층 구조로 설계돼 위층에는 왕복 4차로 자동차 전용 도로가, 아래층에는 JR 열차가 달린다. 총연장 13.1킬로, 철도와 자동차가 동시에

지나는 다리로는 세계에서 가장 길다. 다리는 다섯 개 섬을 여섯 개 구간으로 엮었고, 현수교·트러스교·사장교 등 모든 공법이 동원됐다. 우리나라 거가대교, 청담대교, 서해대교, 이순신대교, 성산대교, 광안대교, 울산대교를 모아 종합 선물 세트로 묶어 놓은 느낌이다. 1988년 4월 개통 당시 우리 돈으로 12조 원이 투입됐다. '천문학적'이라는 표현은 과장이 아니다. 지진 규모 진도 7에도 버틴다고 하니, 인공위성 발사와 맞먹는 토목기술의 결정체라 불러도 손색이 없다.

규슈·혼슈의 관문 도시, 시모노세키

시모노세키와 고쿠라, 모지는 규슈와 혼슈를 오가는 관문이다. 규슈에서 혼슈로 가든, 혼슈에서 규슈로 오든 세 도시를 피해 갈 수 없다. 후쿠오카와 시모노세키를 찾는 여행자는 자연스레 이 세 도시를 묶어 둘러본다. 이들 도시는 크지 않아도 이야깃거리가 많다. 태평양전쟁 당시 고쿠라는 히로시마와 함께 원폭 투하 예정지였다. 그러나 그날 아침, 하늘이 흐려 폭격을 피할 수 있었다. 미군은 시야가 확보되지 않자 고쿠라 대신 나가사키로 기수를 돌렸다. 역사는 전혀 다른 방향으로 흘렀다. 나가사키에는 비극이지만 고쿠라는 다행이었다. 덕분에 옛 도시는 파괴되지 않았다.

세 도시 가운데 시모노세키가 가장 활기차다. 일본인에게도 시모노세키는 각별하다. 우익 정치인들은 야마구치 하기와 시모노세키를 정신적 고향이라고 말한다. 하기는 그들이 정치적 비조로 떠받드는 요시다 쇼인吉田松陰이 유신지사를 길러낸 곳이고, 시모노세키는 꺼져 가던 메이지유신의 불씨를 다시 지핀 무대다. 아베

하기 다카스기 신사쿠 동상

하기 다카스기 신사쿠 생가

신조 전 총리의 지역구가 바로 시모노세키였다.

막부의 반격으로 궁지에 몰린 조슈(야마구치)는 시모노세키에서 '회천의거回天義擧'로 판세를 뒤집고 메이지유신을 완성했다. '가이텐回天신화'의 주인공은 다카스기 신사쿠高杉晋作(1839~1867)였다. 신사쿠는 소수 병력으로 막부 정규군을 격파했다. 이후 조슈 세력은 메이지 신정부 핵심을 장악하며 근대 일본화의 문을 열었다. 이러니 시모노세키를 향한 일본인의 시선이 남다를 수밖에 없다. 이 도시는 계란으로 바위를 깨뜨린 한 사나이에게 바친 도시다. 가고시마가 사이고 다카모리에게 헌정된 도시라면, 시모노세키는 다카스기 신사쿠에게 바친 도시다. 시모노세키를 걷다 보면, 신사쿠를 거치지 않고는 어디에도 도달하기 힘들다.

연합함대의 포격, 존왕양이에서 존왕토막으로

시모노세키는 간몬해협 길목이라는 지리적 특성 때문에 오래전부터 서양 세력과 마찰이 잦았다. 그 절정은 1864년 8월, 영국·프랑스·네덜란드·미국 4개국이 조슈번을 상대로 벌인 연합함대 포격이었다. 조슈는 끝까지 맞섰지만, 연합함대의 융단 폭격 앞에 속수무책이었다. 화력 격차는 넘기 어려운 벽이었다. 이 참패를 통해 조슈는 '서양을 배척하는 것만으로는 부국강병에 이를 수 없다'는 냉혹한 현실과 마주했다. 그때부터 조슈는 서양을 받아들이되, 천황을 중심으로 한 새로운 질서를 꿈꾸기 시작한다. '서양을 몰아내자'던 존왕양이尊王攘夷에서 '막부를 무너뜨리자'는 존왕토막尊王討幕으로 방향을 튼 것이다. 막부 타도는 조슈가 오래 품어 온 숙원이었다.

가라토唐戸 시장 인근에는 4개국 연합함대와의 전투를 기념하는 기념물이 있다. 그 앞에 서니 160년 전 포연이 자욱했을 시모노세키 전투가 눈앞에 펼쳐지는 듯했다. 기념물은 단순한 전투 표식이 아니다. 일본이 스스로를 돌아보게 만든 근대화의 전환점이자, 메이지유신의 도화선이라 할 수 있는 장소다. 조슈 지도층은 연합함대와의 전투에서 완패한 뒤, 막부를 쓰러뜨릴 실질적인 힘을 키우는 데 모든 역량을 쏟았다. 그 결실이 메이지유신이었다. 오늘날 시모노세키가 일본 근대사에서 유난히 강조되는 이유가 여기에 있다.

지금 가라토 시장은 싱싱한 스시와 해산물을 값싸게 맛보려는 사람들로 붐비는 먹거리 명소다. 하지만 조금만 시선을 달리하면, 여기저기서 옛 전장의 이미지가 스쳐 지나간다. 해산물 냄새와 웃음소리 뒤로, 일본 근대화의 초석을 놓고 조슈의 숙원을 완성했던 신사쿠와 동지들이 뛰어다니던 도시가 겹쳐 보인다. 그렇게 시모노세키 속으로 한 걸음 더 깊이 들어간다.

동아시아 패권을 뒤흔든 시모노세키 조약

학창 시절, 역사는 늘 지루했다. 역사를 '살아 있는 이야기'가 아니라, 연표와 연도를 외워야 하는 시험 과목으로만 받아들였기 때문이다. 연표를 달달 외우는 게 전부였으니, 세계사와 국사 시간은 늘 뒷전으로 밀렸다. 아무리 외워도 머릿속에서 겉돌기만 하는 지명과 인물 이름, 숫자들 앞에서 쉽게 질렸다. 그런데 아이러니하게도 지금 내가 가장 관심 있게 파고드는 분야가 역사다. 인생이란 참 알 수 없다.

'시모노세키 조약'과 이토 히로부미(1841~1909), 리훙장李鴻章(1823~1901) 정도는 누구나 한 번쯤 들어 봤을 것이다. 시모노세키 조약은 일본과 청나라가 맺은 불평등 조약이다. 그때까지만 해도 아시아의 맹주는 단연 중국이었다. 그런 중국이 섬나라 일본에 패한 것도 모자라 치욕적인 협상장에 끌려 나왔다. 중국인에게 시모노세키 조약은 지워 버리고 싶은 흑역사에 가깝다.

청나라와 일본이 칼을 맞댄 직접적 계기는 동학농민혁명이다. 1894년 동학군은 반외세·반봉건 기치를 내걸고 전국에서 들불처럼 타올랐다. 고종은 청나라에 진압군 파견을 요청했고, 일본은 이 틈을 놓치지 않았다. 일본과 청나라는 조선 땅에서 정면충돌했다. 우리는 스스로 외세 개입을 요청했고, 우리 땅을 전쟁터로 내줬다. 이름은 청일전쟁이지만, 속을 들여다보면 쓸쓸한 역사다.

시모노세키 조약은 청일전쟁의 뒷수습, 설거지에 가까운 협상이었

하기의 이토 히로부미 동상

다. 청나라 전권대사 리훙장과 일본 전권대사 이토 히로부미는 1895년 4월 27일, 시모노세키 슌반루春帆樓 료칸에서 마주 앉았다. 한 달 넘는 기싸움 끝에 협상은 일본의 완승으로 끝났다. 중국은 협상 내내 물먹은 흙담처럼 힘없이 무너졌다. 일본은 조선의 완전한 독립, 은화 2억 냥 배상, 랴오둥遼東 반도와 타이완臺灣 할양을 손에 넣었다.

당시 치열한 협상장이었던 슌반루는 지금 복요리를 잘하는 요정으로 변신했다. 이곳이 130년 전 동아시아 질서를 통째로 바꾼 현장이라는 사실을 떠올리면, 평범한 음식점으로만 보이지 않는다. 시모노세키 조약은 '중국은 더 이상 동아시아 주인공이 아니다'라는 공식적인 선언이었다. 동시에 일본이 자신을 새로운 주인공으로 국제사회에 선보인 데뷔 무대이기도 했다. 이후 일본은 러일전쟁, 중일전쟁, 태평양전쟁까지 거침없이 내달렸다. 군국주의는 국가 정책으로 굳어졌고, 그 출발점 한가운데 시모노세키 조약이 있다.

지금도 일본 우익 정치인들은 "우리가 청나라로부터 조선의 독립을 인정받았다"며 억지를 부린다. '고양이 쥐 생각한다'는 속담을 떠올리게 하는, 염치없는 말장난이다. 일본이 시모노세키 조약에 '조선의 독립'을 명기한 이유는 단 하나, 나중에 집어삼키기 편하도록 길을 닦은 것이었다. 일본은 조약 체결 15년 뒤인 1910년, 조선을 강제 병합했다. 그러니 '조선 독립을 위해서였다'는 주장은 앞뒤가 맞지 않는 거짓말이다. 그럼에도 일본인에게 시모노세키는 중국을 무릎 꿇렸던 '좋았던 시절'을 떠올리게 하는 곳이다.

조선통신사부터 관부연락선까지

시모노세키는 에도로 향하던 조선통신사가 일본 본토에 첫발을 디딘 곳이었다. 부산에서 출발한 조선통신사는 이곳에 도착해 비로소 육로에 올랐다. 시모노세키 인근 구레呉와 토모노우鞆の浦라에는 조선통신사 흔적이 곳곳에 남아 있다. 시모노세키에 상륙한 통신사 행렬은 히로시마, 오사카, 교토, 나고야, 시즈오카, 요코하마를 거쳐 최종 목적지 에도로 향했다. 조선통신사는 문화 사절단이었고, 시모노세키는 일본이 조선과 처음 만나는 최전선이었다. 청일전쟁 때 시모노세키는 조선을 집어삼키는 군국주의 통로로 쓰였다. 일본군은 시모노세키에서 출발해 조선으로 건너갔다. 은혜를 원수로 되갚은 길이 된 셈이다.

부산과 시모노세키를 잇는 항로에는 크고 작은 사연들이 켜켜이 쌓여 있다. 부산과 시모노세키를 오가는 관부연락선이 처음 운항을 시작한 건 1905년 9월이다. 그 무렵 조선인들은 관부연락선을 타고 현해탄을 건넜다. 독립운동가, 유학생, 강제 동원 노동자, 위안부 등 목적과 신분은 달랐지만 모두 같은 배에 몸을 실었다. 광복 후에는 그 길을 되짚어 돌아왔다.

관부연락선에는 희로애락이 함께 실려 있다. 조선 최초 소프라노 윤심덕과 극작가 김우진이 동반 자살을 택한 곳도 이 배 위였다. 〈사의 찬미〉를 부른 윤심덕과 유부남 김우진은 1926년 8월, 귀국길 관부연락선에서 현해탄으로 몸을 던졌다. 자유연애가 쉽게 받아들여지지 않던 시절이었다. 유부남과 연애, 그리고 동반 자살이라는 사실이 알려지자 조선 사회는 큰 충격에 빠졌다. 『신여성 신문』은 "조선의 청년 남녀야. 신여성아, 신남성아 다 와서 두 사람의 죽음에 채찍질하자. 조선 사람의 명부에서 영원히 그들의 이름을 말살해 버리자"고 성토했다. 지금 같았으면 인권 침해 소송감이겠지만, 당시에는 이런 문장이 지면에 실리던 시절이었다.

태평양전쟁으로 한동안 끊겼던 부산~시모노세키 항로는 한일수교 이후 1970년 6월 다시 열렸다. 이 항로는 지금도 중요한 뱃길이다. 부산항에서 밤배를 타면, 다음 날 아침 8시쯤 시모노세키항에 도착한다. 소풍 가듯 일본을 다녀오는 사람들에게 부관페리는 딱 맞는 교통수단이다. 나 역시 대학 시절 일본 해외연수를 마치고 돌아올 때 시모노세키에서 페리에 올랐다. 떠나는 날, 정들었던 이들과 눈물로 이별했다. 관부연락선이 다닌 시절이라면 그 감정은 한층 더 무거웠을 것이다. 〈돌아와요 부산항에〉가 이 항로를 배경으로 만들어졌다는 이야기를 들으면, 노래에 밴 애잔함이 조금 더 깊게 느껴진다.

정치인들도 이 항로를 상징적으로 활용해 왔다. 문재인 정부 시절 문희상 국회의장은 "문 대통령 지역구는 부산, 아베 총리 지역구는 시모노세키다. 두 지역을 오가는 부관페리에서 정상회담을 여는 건 어떠냐?"라는 아이디어를 내놓기도 했다. 정말 그렇게 됐다면 한일 관계사에 남을 장면이었겠지만, 안타깝게도 그 시기 한일 관계는 최악이었다.

열린 군대 기헤이타이로 막부 정규군 격파

이제 다카스기 신사쿠와 시모노세키를 조금 더 들여다보자. 신사쿠가 태어난 곳은 시모노세키에서 800킬로 떨어진 야마구치 하기다. 그는 시모노세키를 무대로 활동하며 메이지유신에 불을 지폈고, 결국 이 도시에서 생을 마감했다. 그의 유해는 시모노세키 청수산에 묻혔다. 앞에서도 언급했듯이 신사쿠는 조슈 세력이 메이지유신을 완성하는 데 초석을 놓은 인물이다.

시모노세키 시민들은 '가장 좋아하는 역사 인물'을 꼽으라면 대개 주저 없이 신사쿠를 말한다. 실제로 시모노세키 어디를 걸어도 신사쿠의 흔적을 피하기 어렵다. 가이텐 의거가 펼쳐진 코진자功山寺, 신사쿠가 잠든 도교안東行庵, 신사쿠가 전투를 벌인 간몬해협과 단노우라壇の浦 포대까지 도시 곳곳이 신사쿠의 무대다. 일본 우익 정치인들은 요시다 쇼인과 함께 신사쿠를 정신적 지주로 떠받드는데, 쇼인은 신사쿠의 스승이다.

신사쿠는 쇼인이 길러 낸 수제자 4명 가운데 최고로 평가받는다. 그는 대업을 완수하고 스물아홉 나이로 세상을 떠났다. 요시다 쇼인도, 다카스기 신사쿠도 짧은 생을 살았지만 그래서 더 영웅으로 기억된다. 히요리야마日和山 공원, 코진자, 도교안에는 저마다 다른 신사쿠 동상이 서 있다. 아베 신조安倍晉三와 부친 아베 신타로安倍晉太郎는 대를 이어 신사쿠를 흠모했다. 두 사람 모두 자신의 이름에 신사쿠晉作의 '신晉' 자를 넣었다. 아베는 재임 중 평화헌법 개정을 시도하며 '전쟁할 수 있는 나라'를 꿈꿨다. 그 잠재의식 깊숙한 곳에는 군국주의 초석을 놓은 신사쿠의 그림자가 겹쳐 있는지 모른다.

메이지유신 무렵 일본 정치 상황은 말 그대로 혼돈이었다. 크게 둘로 갈라진 세력이 정면충돌했다. 막부는 개항을 시대 흐름으로 인정하고 서양을 받아들이자는 입장이었다. 반면 조슈는 개항에 반대하며 천황을 옹립하는 존왕양이를 내세웠다. 하지만 연합함대와 전투를 겪은 뒤, 조슈는 '천황은 지키되, 막부는 무너뜨리자'는 토막討幕으로 방향을 틀었다.

조슈와 에도막부 사이 악연은 훨씬 전부터 이어져 왔다. 도요토미 히데요시 사후 1600년 9월, 일본은 역사상 가장 큰 내전인 세키가하라関ヶ原 전투를 치렀다. 도요토미 가문을 지키려는 서군과 새로운 권력으로 떠오른 동군의 싸움이었다. 도쿠가와 이에야스가 이끄는 동군이 승리하면서 역사는 크게 꺾였다. 조슈번과 모리毛利 가문은 서군에 가담했다가 패해 대부분 처형됐고, 살아남은 세력은 야마구치 하기로 쫓겨났다. 하기가 반막부 진영의 본거지가 된 것은 이런 역사적 악연 때문이다.

모리 가문은 하기를 발판 삼아 언젠가 반전을 이루겠다는 꿈을 품었다. 이런 분위기에서 자란 신사쿠가 막부 타도의 선봉에 선 것은 어찌 보면 당연한 선택이었다. 조슈 세력은 메이지유신을 '260년 묵은 한을 풀 기회'로 삼았다. 그 결과 메이지유신은 조슈 입장에서 보면 숙원을 이룬 대역전극이었다. 이토 히로부미를 비롯한 조슈 인맥은 메이지 신정부의 요직을 줄줄이 차지했다. 그들 대부분이 요시다 쇼인의 제자였다. 그들은 신사쿠를 영웅으로 떠받들며 메이지유신의 정당성을 강화했다. 하지만 동시에 조슈 세력은 군국주의를 기획했고, 오늘날 일본 우익의 사상적 뿌리를 만들었다.

메이지유신 직전 조슈는 사실상 벼랑 끝으로 내몰렸다. 막부가 주도한 1차 조슈 정벌과 금문禁門의 변에서 조슈는 괴멸에 가까운 타격을 입었다. 모두가 절망하던 그때, 신사쿠는 '계란으로 바위 치기'를 결심한다. 그는 민병대 기헤이타이奇兵隊를 조직해 정규군에 맞섰다. 기헤이타이는 평민이 주축이 된 게릴라 부대였다. 사무라이로 구성된 막부 정규군과 정면 승부를 벌이기엔 역부족이었다.

다카스기 신사쿠와 이토 히로부미가
유년시절 공부한 학당

그러나 기헤이타이는 기존 군대와 완전히 다른 조직이었다. 신사쿠는 하급 사무라이와 평민을 받아들여 조총으로 무장시켰다. 스승 요시다 쇼인이 쇼카손주쿠松下村塾에 평민·천민 자녀까지 받아들여 교육했듯, 신사쿠도 신분을 따지지 않았다. 기헤이타이는 80명에 불과했지만, 막부군 4,000명을 상대로 승리를 거뒀다. 한순간에 형세를 뒤집은, 말 그대로 '회천回天'이었다. 신사쿠의 결단 덕분에 조슈는 다시 살아났고, 그 에너지로 메이지유신까지 완주했다.

이광훈은 『조선을 탐한 사무라이』에서 "더 이상 잃을 게 없는 자들의 결기와 신분 상승 욕망이 맞물린 결과"가 기헤이타이 승리의 원동력이라고 분석했다. 기헤이타이는 출신을 가리지 않았다. 더 내려갈 곳이 없는 이들에게 기헤이타이는 마지막 희망이었고, 그래서 죽기 살기로 싸웠다. 기헤이타이는 훗날 일본 육군의 모체가 됐다.

시모노세키역에서 10킬로 떨어진 코잔지로 발길을 옮겼다. 절 마당에는 말을 박차고 뛰쳐나가는 신사쿠 동상이 서 있다. 당시 신사쿠는 회의적인 시선을 뒤로한 채 홀로 말에 올랐다. 동상은 그 순간을 영원히 붙잡아 두고 있다. 동상 아래에는 '일편회천 명치유신一鞭回天 明治維新'이라 새겨져 있다. 한 번 채찍을 휘둘러 형세를 뒤집고 메이지유신을 이뤄 냈다는 뜻이다. 옆에는 '회천의거回天義擧'라는 동판 글귀도 보인다. 이 글씨를 쓴 사람은 기시 노부스케岸信介(1896~1987) 전 총리다. 그는 아베 신조의 외조부이자 태평양전쟁 A급 전범이다. 조슈, 야마구치, 자민당 우익 정치인들의 정신적 뿌리가 어디에서 비롯했는지 짐작되는 상징물이다.

신사쿠는 사람 보는 눈도 뛰어났다. 그는 이토 히로부미와 야마가타 아리토모山縣有朋(1838~1922)를 기헤이타이 장교로 기용했다. 두 사람은 메이지 신정부에서 가장 눈에 띄는 인물이다. 이토는 근대 교육제도를, 야마가타는 군제 개편을 주도했다. 교육과 군대는 근대 일본을 떠받치는 양대 축이다. 보통교육과 열린 군대는 신분 상승 사다리를 누구에게나 열어 주었다. 이토와 야마가타 역시 하급 무사 출신이었지만, 신분에 얽매이지 않았던 신사쿠 덕분에 기회를 잡았다. 두 사람은 조선 침략의 주역으로 역사에 이름을 남겼다.

기헤이타이에서 활약했던 인물 가운데 미우라 고로三浦梧樓도 빼놓을 수 없다. 그는 명성황후 시해 당시 행동대장을 맡았다. 요시다 쇼인에서 다카스기 신사쿠, 이토 히로부미, 야마가타 아리토모, 이노우에 가오루, 미우라 고로로 이어지는 악연의 계보는 이렇게 깊고도 질기다.

신사쿠는 우익 정치의 뿌리

다카스기 신사쿠는 1867년 4월, 폐병으로 세상을 떠났다. 그가 잠든 청수산 도교안은 1934년 국가 사적으로 지정됐다. 도교東行는 그의 아호다. 이곳에는 신사쿠와 게이샤 오우노의 순애보가 있다. 오우노는 신사쿠가 죽은 뒤 머리를 깎고 비구니가 되어 42년 동안 그의 묘를 지키다 숨을 거뒀다. 말 그대로 영웅호걸에게 어울리는 여인이었다.

조선에도 신분을 뛰어넘는, 비슷한 사랑 이야기가 있다. 선조 때 기생 홍랑洪娘과 문인 최경창崔慶昌이 주인공이다. 관기였던 홍랑은 최경창과 인연을 맺은 뒤 평생 곁을 지켰다. 최경창이 한양에서 병으로 누워 있을 때는 7일 동안 밤낮을 걸어 올라와 그를 간병했다. 그가 45세 나이로 세상을 떠나자, 홍랑은 6년 동안 시묘살이를 했다. 임진왜란이 터졌을 때는 최경창의 문집을 품에 안고 피난길에 올랐다. 해주 최씨 문중은 이런 헌신을 인정해 최경창 부부 묘 앞에 홍랑의 무덤을 조성했다. 기생을 천대하던 조선 사회에서 기적에 가까운 예우였다.

'묏버들 가려 꺾어 보내노라 / 님에게 자시는 창밖에 심어 두고 보소서 / 밤비에 새잎 나거든 나인 줄 여기소서.' 내가 아끼는 홍랑의 시다. 짧은 시 속에는 흠모하는 이와 헤어져야 했던 슬픔과 그리움이 고스란히 담겨 있다. 신사쿠와 오우노, 최경창과 홍랑은 모두 세상에 없다. 하지만 그들이 남긴 사랑 이야기는 오늘도 누군가의 가슴을 뜨겁게 데운다.

아베 신조는 총리 재임 시 도교안을 찾아 "다카스기 신사쿠상 내각총리대신 아베 신조高杉晋作像 內閣總理大臣 安倍晋三"라는 글을 남겼다. 외할아버지 기시 노부스케는 코진자에, 외손자 아베 신조는 도교안에 각각 신사쿠를 기리는 글을 새긴 셈이다. 두 사람이 얼마나 신사쿠를 정신적 스승으로 여기고 있는지 알 수 있는 대목이다. 이토 히로부미 또한 1919년 하얼빈으로 향하던 길에 도교안을 찾아 "움직이면 바람, 일어서면 산"이라는 글씨를 남겼다. 이토는 한 달 뒤 안중근 의사에게 저격당해 세상을 떠났다. 도교안 비문은 마지막 작품이 됐다.

유신 대업을 이룬 신사쿠는 일본에서는 영웅이지만, 우리에게는 군국주의 토대를 놓은 장본인이다. 그래서 그의 이름은 늘 복잡한 감정과 함께 소환된다. 김종필 전 총리는 생전에 "한일 역사를 넘나들면 영웅이 역도逆徒가 되고, 역도가 영웅이 된다"고 말했다. 우리에게 다카스기 신사쿠, 이토 히로부미, 미우라 고로는 원흉이지만 일본에서는 영웅이다. 거꾸로 안중근과 윤봉길은 우리에게는 영웅이지만 일본에서는 테러리스트로 불린다. 역사는 결국 특정 집단이 함께 공유하는 기억의 산물이라는 말이 실감 난다.

도교안을 떠나 가라토 시장 인근 조선통신사 상륙 기념비 앞에 섰다. '조선통신사 엄류(오래 머물다)비'는 2001년, 한일의원연맹 회장이었던 김종필 전 총리가 썼다. 날카로운 필획은 사무라이 검 끝처럼 서

야마토 뮤지엄에서 유인 어뢰정 가이텐을 살펴보는 외국인 관람객

늘한 기운을 풍긴다. 조선통신사의 객관으로 쓰였던 아카마赤間 신궁
도 이곳에서 멀지 않다.

시모노세키에서 120킬로 떨어진 슈난周南시 오쓰시마大津島에는 가
이텐 기념관이 있다. 오쓰시마는 태평양 전쟁 당시 자살 어뢰정 '가이
텐'이 출격한 기지였다. 일본군은 자살 어뢰정 이름을 신사쿠의 '회천
의거'에서 따왔다. 형세를 뒤집어 전세를 역전하겠다는 의지를 담았으
나 결과는 정반대였다. 일본은 태평양전쟁에서 패망했다. 자살 폭탄
특공대 가미카제와 유인 어뢰정 가이텐은 군국주의 광기가 낳은 엽기
적 산물이다.

조선통신사가 첫발을 내디뎠고, 회천의거로 뜨거웠고, 청나라를 무
릎 꿇린 세토나이카이 바다는 고요했다. 역사는 뜨겁게 달아올랐다 식
었지만, 바다는 아무 일도 없었다는 듯 잔잔하다.

쇼카손주쿠의
소나무 그늘

조슈, 일본 정치와 근대화의 핵심 엔진

유신의 태동지 야마구치 하기로 향한다. 이 길에 접어서는 순간 공기부터 다르다. 습한 것도 맑은 것도 아닌, 묘하게 응축된 기운. 눈에 보이지 않는 결이 손끝을 스치는 듯하다. 하기는 가고시마와 함께 이 책이 다루는 핵심 무대 중 하나다. 지도 위에서는 그저 평범한 시골 마을 한 점일 뿐인데, 알고 보면 이 작은 땅에서 메이지유신과 신정부를 움직인 거물들이 폭발적으로 쏟아져 나왔다. 일본 근대화 서사를 웬만큼 꿰고 있는 사람이라도, 하기에 발을 디디면 이 마을이 품은 비범함 앞에서 살짝 기가 죽는다.

여러 차례 언급했듯 1868년 메이지유신을 기점으로 에도막부는 막을 내렸다. 이후 천황을 정점으로 한 새로운 체제가 출범했다. 겉으로는 제법 근대국가 같았다. 그러나 서양식 제도를 받아들였어도, 속내를 들여다보면 허약한 형식에 가깝다. '근대국가' 간판은 걸었지만 내부는 구체제 그림자, 천황제로 회귀했다. 근대화라는 문을 활짝 여는 듯하더니 왕정복고라는 낡은 사고로 되돌아간 것이다. 군국주의자들은 천황을 앞에 세운 채 뒤에서 실권을 움켜쥐었다. 칼을 찬 사무라이는 물러났지만, 서양식 제복을 걸친 신군부가 권력의 한가운데로 들어왔다. 이 장면, 어디서 본 듯하지 않은가. 박정희 사후 한국에 등장한 신군부의 실루엣과 겹쳐 보인다. 시대와 배경은 다르지만, 권력이 움직이는 방식과 본질은 묘하게 닮았다.

이 변화의 중심에 있던 인물들을 따라가다 보면 결국 조슈에 닿는다. 일본 열도에 260개 번이 할거하던 시절, 조슈(야마구치)와 사쓰마(가고시마)는 유신의 쌍두마차였다. 메이지유신 3걸(사이고 다카모리, 오쿠보 도시미치, 기도 다카요시) 역시 이 두 지역에서 태어났다. 초반에는 사쓰마가 주도권을 쥐었지만, 사이고가 물러난 뒤 판도는 조슈 쪽으로 기울었다. 이후 조슈 인맥은 자민당에 깊숙이 뿌리내리며 일본 현대 정치에서 골간을 형성했다. 이토 히로부미, 야마가타 아리토모는 대표적이고 기시 노부스케, 아베 신조까지 계보를 거슬러 올라가면 모두 조슈다. 도쿄를 중심으로 돌아가는 것처럼 보이지만, 실제 권력의 뿌리는 조슈에 있다.

숫자는 더 솔직하다. 메이지 이후 지금까지 총리에 오른 63명 가운데 조슈 출신은 9명, 도쿄 출신은 8명이다. 도쿄 인구 1,400만, 야마구치 인구 140만. 단순 계산으로도 두 지역은 10배 차이다. 이 격차를 뚫고 조슈가 더 많은 총리를 배출했다는 건 '우연'이라는 말로만 포장하기 어렵다. 일본 열도 변방, 조슈가 일본 정치와 근대화를 움직이는 핵심 엔진이었다는 뜻이다. 그 엔진의 실체를 가장 선명하게 보여 주는 무대, 그 중심에 하기가 있다.

2015년 CNN 선정 '일본에서 가장 아름다운 장소 31선'으로 소개된,
하기 가는 길에 만난 나가토 모토노스미 신사

하기, 조선 침략을 설계한 정신적 토양

조슈 네트워크와 하기라는 작은 도시의 힘은 다른 자료를 봐도 비슷하다. 1910년 한일병합 무렵까지 지역별 일본 육군 장성을 분류한 통계를 보자. 이에 따르면 조슈 출신 장성 비율은 상식을 벗어난다. 당시 조슈 인구는 일본 전체 인구의 60분의 1에 불과했다. 그런데 원수 7명 중 3명, 대장 24명 중 8명, 중장 83명 중 25명, 소장 119명 중 28명이 조슈 출신이었다(조명철, 「명치기 통계로 본 육군의 파벌」, 일본역사연구 제22집, 2005. 11.). 단순히 '많았다'로 끝낼 수 있는 수치가 아니다. 특정한 시기, 특정한 장소에 거대한 힘이 한꺼번에 솟구쳐 인물들을 연달아 밀어 올린 듯한 인상이다.

일본 근대화와 군국주의의 구조를 떠올려 보면 이 숫자는 더 묵직하다. 당시 권력의 꼭대기에 오른 이들 상당수가 조슈 출신이고, 그중에서도 적잖은 수가 하기라는 작은 도시와 연결돼 있다. 인구 4만 남짓한 시골 마을에서 총리 5명, 대신, 육군 대장, 군부 핵심 인물들이 줄줄이 배출됐다는 건 '현실판 어벤져스 히어로'에 가깝다. 보통 한 도시의 인재 배출은 경제 규모, 산업, 교육 인프라와 비례한다. 하기는 이 공식에서 가볍게 비켜 서 있다. 조용한 골목에 스민 역사만으로는 설명이 모자란, 밀도 높은 정신적 토양이 존재했다는 뜻이다.

게다가 이 마을에서 자란 이들은 하나같이 조선 침탈의 전면에 섰다. 하기는 단순히 '유신의 고향'이 아니라, 조선 침략을 사상적으로 설계하고 정치적으로 실행한 진원지였다. 이 지점을 정면으로 파고든 책이 『조선을 탐한 사무라이』다. 저자는 1894년 청일전쟁부터 1910년 한일병합까지 일본 권력 정점, 즉 총리·조선공사·통감·총독·군부 핵심 인물 10명을 추렸다. 이 가운데 무려 8명이 조슈 출신이다. 고무라 주타로(미야자키)와 하야시 곤스케(후쿠시마)를 제외하면 나머지 8명은 모두 조슈에서 나고 자랐다. 그중 5명은 같은 마을, 하기 출신이다.

저자 이광훈은 이렇게 말한다. "워낙 쟁쟁한 인물들이라 일본 전역을 훑고 다녀야 그들의 족적을 밟을 수 있을 것으로 생각했다. 그러나 야마구치에 가면 다 만날 수 있다는 사실에 허탈한 기분이 들었다. 야마구치에서 왜 이렇게 조선 침탈의 주역들이 무더기로 쏟아졌을까 하는 의문에서 출발했다." 그가 책을 집필하게 된 동기도 여기에 있다.

이 문장을 읽는 순간, 하기는 하나의 도시가 아니라 '역사적 현상'에 가깝다. 한 시대의 결이 어느 지점에 응축됐다가 터져 나온 것 같은 기이함. 이 기이함의 실체를 확인하고 싶었다. 책을 덮자마자 자연스럽게 떠오른 여행지, 그곳은 하기였다.

조슈 군벌이 입체적으로 드러나는 도시

하기의 첫인상은 각별했다. 무사마을, 성터, 골목, 내로라하는 인물들까지 도착하는 순간부터 다른 질감이었다. 과장된 연출 없이 조용히, 그러나 분명하게 독특한 기운을 내뿜었다. 도시 자체가 과한 제스처 없이 "나는 이런 곳이다"라고 말하는 느낌이었다. 하기는 빠르게 훑고 지나가는 여행지가 아니다. 일부러 속도를 늦춰 여유 있게 걸으며 생각을 정리하기에 알맞은 도시다. 더구나 일본 근대사를 관통하는 핵심 인물들이 무더기로 쏟아진 곳이라는 사실을 떠올리면 발걸음 하나하나가 긴장과 호기심, 그리고 묘한 설렘을 동반한다.

하기성 아래 무사마을은 에도시대의 흔적을 거의 손대지 않았다.

골목, 담장, 상가, 주택까지 모든 것에 시간이 켜켜이 내려앉았다. 빛바래고 낡았지만, 고혹적이다. 일부러 '옛날 분위기'를 흉내 낸 어설픈 테마파크식 복원과는 결이 다르다. 이곳 시간은 억지로 연출된 과거가 아니라, 실제 삶을 이어 가는 일상의 누적이다. 골목을 천천히 걷다 보면 나무 문짝은 세월을 견디느라 생긴 작은 틈 사이로 빛을 흩뿌리고, 흙 담장은 낮은 햇볕을 받아 눅진한 그림자를 만들었다. 이런 풍경은 '역사 마을 세트장'이 아니라, 사람이 사는 현재진행형 공간이라는 걸 상기시킨다. 과거와 현재가 따로 놀지 않는다.

성 아래는 조슈번의 상급 사무라이 거주지였다. 그 중심에 모리 가문이 있다. 모리 가문은 원래 간사이 지역 최강자로, 히로시마를 근거지로 한 집안이다. 그러나 1600년 세키가하라 전투에서 패하면서 하

이토 히로부미가 유년을 보낸 하기 마을

기로 밀려났다. 앞서도 언급했듯 모리 가문은 도요토미 히데요시 사후, 도요토미 가문을 지키는 서군에 가담했다가 도쿠가와 이에야스가 이끄는 동군에 패했다. 패배의 기억은 보통 잊고 싶은 상처로 남는다. 모리 가문과 조슈는 이 기억을 내면화해 다른 에너지로 전환했다. 하기가 훗날 메이지유신의 발화점이 된 건 이런 역전의 스토리가 있었기 때문이다. 패배를 경험한 집단의 긴장감, 마음속에 숨겨 둔 언제든 반격할 수 있는 에너지가 폭발한 게 메이지유신이다. 서군 모리 가문과 동군 에도막부의 결전이 메이지유신으로 발현된 것이다. 하기의 공기가 유난히 단단하게 느껴지는 이유다.

하기성은 메이지 신정부에서 폐성된 이후 지금은 잡초만 무성한 터가 됐다. 그럼에도 황량한 공간에서 한 시대가 명멸한 흔적을 감지할 수 있다. 무릎까지 올라온 풀숲을 헤치고 정상에 도착하자 병영 터가 나타났다. 이곳에서 마을을 내려다보면 메이지유신의 불씨가 어디에서 어떻게 피어올랐는지, 굳이 설명이 없어도 어렴풋이 보인다. 이 작은 마을이 새로운 세상을 준비하고 있을 즈음, 조선은 당파 싸움에 매몰됐다.

마을 골목을 걷다 다카스기 신사쿠와 기도 다카요시 생가를 만났다. 둘은 하기에서도 손꼽는 상급 사무라이 집안 출신이다. 이곳에서 조금 더 가면 동쪽 끝자락에 이토 히로부미 생가가 있다. 히로부미는 천민 출신으로, 상급 사무라이와 같은 곳에 살 수 없었다. 지도에서 보면 얼마 안 되는 거리지만, 이 짧은 간격은 견고한 신분제의 골을 보여 준다. 이들은 같은 시대를 살고, 같은 스승 밑에서 공부했으나 출발선은 전혀 달랐다. 쇼인은 신분의 장벽을 깨부수고 상급 사무라이든 천민이든 가리지 않고 받아들였다. 이 파격적인 개방성, 바로 이것이 메이지유신의 핵심 에너지였다. 이토 히로부미와 야마가타 아리토모는 천민이었지만 이런 풍토 속에서 혁명적 사상을 접했다. 혁명은 결국 개방과 다양성에서 출발한다.

사쓰마와 조슈는 동맹을 맺고 메이지 신정부에서 폐번치현廢藩置縣 같은 굵직한 개혁을 밀어붙였다. 그 궤적 속에서 하기는 '조슈 군벌 인맥도'가 입체적으로 드러나는 도시다. 신사쿠와 다카요시, 조슈 군벌을 대표하는 26대 총리 다나카 기이치가 태어난 곳이 5분 거리에 있다. 마을 중앙에는 구사카 겐즈이, 다카스기 신사쿠, 야마가타 아리토모 동상이 나란히 서 있다.

세 동상은 시대의 변주를 한 화면으로 보여 준다. 신사쿠와 겐즈이는 전통 사무라이 복장을 한 젊은 시절 모습이다. 검을 쥐고 서 있는

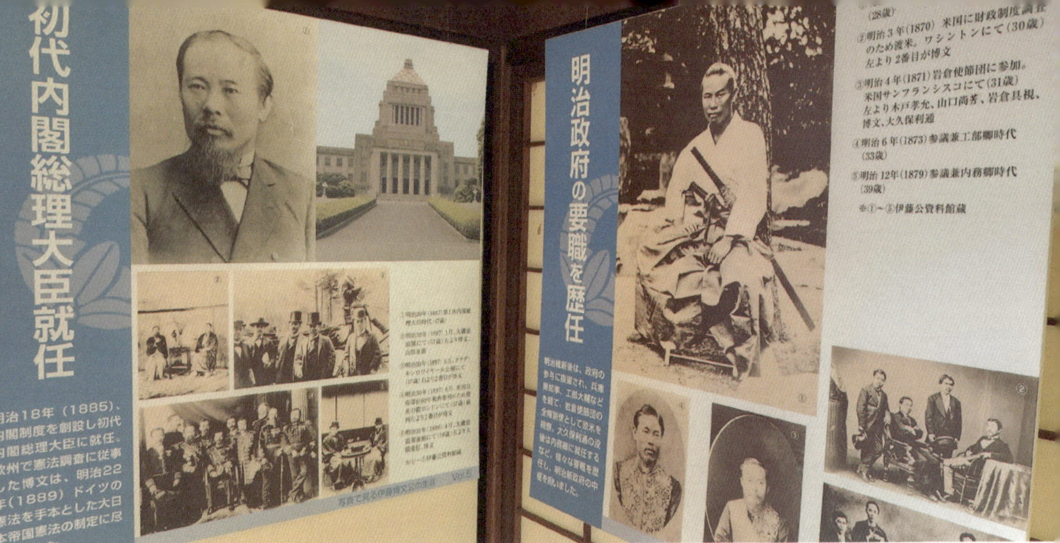

이토 히로부미 생가 전시물

자세에는 결연한 기운이 선명하다. 반면 아리토모는 서양식 군복을 입고 말을 타고 있다. 단단하게 주름 잡힌 군복과 역동적인 말의 실루엣은 일본이 전통에서 근대로 갈아타던 궤적을 압축해 상징한다. 히로부미가 문민정치와 관료 집단을 대표한다면, 아리토모는 조슈 군벌의 꼭짓점이었다. 조선과 질긴 악연을 남긴 가쓰라 다로, 데라우치 마사타케, 하세가와 요시미치 모두 아리토모 그늘에서 자랐다. 이들이 한데 모여 있는 중앙공원의 공기는 일본 근대사의 단면을 압축한 것처럼 차갑고 묵직하다.

쇼카손주쿠 그늘과 요시다 쇼인

요시다 쇼인이 강론했던 명륜 소학교 '쇼카손주쿠'로 발길을 옮겼다. 이름만 들으면 한국의 성균관 명륜당이 떠오르지만, 두 공간이 품은 공기는 전혀 다르다. 조선의 명륜당에서 부패한 관료가 나왔다면, 하기의 명륜당에서는 시대를 흔든 지사들이 쏟아졌다. 불편한 비교일 수 있지만 당시를 기록한 서양인의 눈에는 그렇게 보였다.

구한말 조선을 네 차례나 찾은 영국 여행가 이사벨라 비숍은 조선이 무너진 이유를 한 단어로 정리했다. '부패.' 비숍은 『조선과 그 이웃 나라들』에서 조선 남성들의 무기력함에 실망했다고 적었다. 그러나 연해주와 북간도에서 만난 조선 이주민들에게서는 전혀 다른 에너지를 봤다. 눈빛은 살아 있고, 어깨는 당당하고, 말투에는 진취성이 묻어 있었다. 같은 민족인데, 왜 이렇게 달랐을까.

비숍이 도달한 결론은 단순했다. 정당한 땀의 대가를 보장하는 제도와 정치에 답이 있었다. 착취와 수탈이 일상인 조선에서는 개인이 아무리 성실해도 세상을 바꿀 수 없다. 땀 흘려 거둔 결과물을 정당한 보상 없이 빼앗는 사회는 절망적이다. 이런 구조에서는 적대가 먼저 싹튼다. 성균관 명륜당은 그러한 부패 구조를 공급하는 온상이었다.

2024년 노벨 경제학상을 수상한 대런 애쓰모글루와 제임스 로빈슨는 이런 통찰을 반복한다. 두 사람은 『국가는 왜 실패하는가』에서 국가의 흥망은 인종·지리·기후가 아니라 제도와 통치 방식에 의해 갈린다고 단언했다. 이들은 같은 이름을 쓰는 미국 쪽 노갈레스(애리조나)와 멕시코 쪽 노갈레스(소노라)가 국경선을 사이에 두고 삶의 질·소득·치안이 다른 이유로 제도와 통치 방식을 들었다. 미국과 멕시코 전쟁 전 두 도시는 같은 언어와 문화, 풍습을 공유했다. 그러나 전쟁 이후 다른 체제와 통치 아래서 격차는 벌어졌다. 저자들은 남한과 북한 역시 자신들의 논리를 증명하는 또 다른 사례로 제시하고 있다.

조선과 일본이 다른 길을 걷게 된 근본 원인 역시 이 틀 안에서 읽힌다. 제도와 구조가 만들어 낸 갈림길이다. 하기의 골목을 걸을수록 생각은 더욱 분명해졌다. 쇼인은 신분과 계급을 뛰어넘어 인재를 모았고, 그렇게 길러진 인재들은 일본 근대화를 밀어붙였다. 이 작은 학당에서 시대의 방향이 바뀌었다. '일본 명륜당에서는 선각자를 길렀다'는 비유는 과장된 게 아니다.

신사쿠는 하기를 대표하는 얼굴이다. 생가와 그가 공부한 엔세이지円政寺 절, 그의 이름을 딴 광장과 동상까지 마을 곳곳에 흔적이 널려 있다. 그 이름은 단순히 '영웅'이 아니라, 판을 뒤집는 결단과 돌파력의 아이콘이다. 모두가 "안 된다" "불가능하다"고 할 때 신사쿠는 판을 통째로 흔들었다. 그리고 29세에 짧은 생을 마감하며 자기 서사를 완성했다. 스승 요시다 쇼인 또한 29세에 삶을 마감함으로써, 스승과 제자는 한 시대를 화려하게 장식했다.

조금 떨어진 곳에 가쓰라 다로의 생가가 있다. 이 이름 또한 가볍지 않다. 미국과 일본이 손잡고 조선과 필리핀을 나눠 가지기로 한 '가쓰라·태프트 밀약'의 한 축이다. 그는 아리토모가 이끈 조슈 군벌의 핵심이었고, 총리를 세 번이나 지내며 일본 외교와 군사정책에서 굵직한 업적을 남겼다. 영일동맹, 러일전쟁, 한일병합. 일본 근대사에서 굵은 선들은 대부분 그의 손을 거쳤다. 그는 개인이면서 동시에, 시대를 밀어올린 구조적 힘의 매개자였다.

하기의 거리와 골목, 오래된 집과 신사에 스민 기운에는 공통된 단어가 있다. '시대를 거스른 혁명적 사상.' 이 모든 것이 어떻게 한 도시에서 발화될 수 있었을까. 굳이 이유를 찾으려 하지 않아도, 하기는 조용히 답을 건넨다. 한적한 골목의 그림자 하나에도 누군가의 발자국, 어떤 결심, 어떤 모의가 시간의 층을 밟으며 지나간 흔적이 배어 있다.

하기를 걷는다는 건 단순한 여행이 아니라, 일본 근대의 심장 밑바닥을 손으로 더듬는 일에 가깝다.

쇼인의 그림자는 이 도시 어디서나 보인다. 그는 조슈번의 사상적 중심, 일본 우익의 원류, 메이지유신의 정신적 토대였다. 제자들은 메이지의 문을 열었고, 그의 사상은 근대 일본을 움직였다. 그 사상은 밝은 방향과 어두운 방향을 동시에 품고 있다. 하기라는 도시는 빛과 그림자를 지금까지도 고스란히 간직하고 있다.

메이지유신의 빛과 그늘

요시다 쇼인의 유산과 이토 히로부미, 야마가타 아리토모는 하기라는 공간에서 한 몸이다. 요시다 쇼인은 이곳에서 신분을 가리지 않고 가르쳤다. 이 때문에 쇼카손주쿠에서는 고급 사무라이 집안 출신 다카스기 신사쿠와 천민 출신 이토 히로부미, 야마가타 아리토모가 함

요시다 쇼인 신사와 쇼카손주쿠 학당

께 공부할 수 있었다. 쇼카손주쿠 강의실 내벽에는 쇼인과 그가 기른 열두 제자의 초상화가 걸려 있다. 일부러 의도했는지는 알 수 없지만, 그 구도는 묘하게 예수와 십이 사도를 떠올리게 한다. 다다미 여덟 칸 남짓인 이 작은 시골 학당에서 일본 근대사의 심장부를 만들었다. 이런 사실을 알고 보면, 초상화 하나하나는 단순한 인물 사진이 아니다. 맨 윗줄 왼쪽에는 구사카 겐즈이와 다카스기 신사쿠, 오른쪽에는 마에바라 잇세이와 기도 다카요시가 자리한다. 그 아래 줄에는 이토 히로부미, 야마가타 아리토모, 노무라 야스시, 시나가와 야지로, 야마다 아키요시가 나란히 서 있다. 이 조합 자체가 하나의 '정치 지도'다. 쟁쟁한 이토와 야마가타도 아랫줄에 랭크될 정도이니 쇼카손주쿠의 위상을 가늠할 수 있다.

다다미 여덟 칸짜리 시골 학당에서 총리 5명, 장관급 이상 고위직만 9명이 나왔다. 상상해 보자. 시골 마을에 있는 작은 공부방에서, 훗날

쇼카손주쿠가 배출한 인물 사진

한 나라의 운명을 좌우할 별들이 동시에 공부한 것이다. 이들은 근대 일본을 설계하고, 조선을 흔들었다. 이름 하나하나가 시대의 빛과 그림자를 동시에 품고 있다.

쇼인은 이곳에서 고작 1년 2개월 동안 90명에 달하는 제자를 길렀다. 불꽃처럼 살다 생을 마쳤지만, 그의 사상은 메이지유신의 원류다. 이 학당에서 어깨를 맞대고 공부한 제자들은 별자리처럼 서로 연결되어 일본 근대화를 설계했다. 스승과 제자들 대부분은 30대 전후에 요절했다. 히로부미와 아리토모만 천수를 누렸다. 스승과 제자가 앞서거니 뒤서거니 떠난 시간 속에서 하기는 비극과 번성, 이상과 폭력의 에너지를 동시에 품은 명소가 되었다.

하기 외곽 쇼인 신사와 쇼카손주쿠 입구에는 '메이지유신태동지'라는 비석이 서 있다. 이 문구를 쓴 사람은 아베 신조의 외종조부이자 총리를 지낸 사토 에이사쿠다. 기시 노부스케, 사토 에이사쿠, 아베 신조는 조슈의 후예이자 쇼인 사상을 정치적 자산으로 삼았다. 이 비석 하나만 봐도 일본 우익 정치의 뿌리가 어디서 시작됐는지 선명해진다. 하기는 단순한 관광지가 아니라, 사상이 층층이 퇴적된 거대한 지층이다. 그 위에 오늘날 일본 정치와 역사 인식이 올려져 있다.

쇼카손주쿠 학당에서 좁은 골목을 지나면 이토 히로부미 생가다. 마당 한가운데 서 있는 히로부미 동상은 의외로 작다. 이 작은 체구의 남자가 조선을 집어삼켰다고 생각하니 허탈했다. 히로부미는 천민 출신이었지만 쇼인의 개방적 교육 덕분에 상급 사무라이 자제들과 함께 공부할 수 있었다. 영국 유학을 다녀왔고, 메이지 신정부가 들어선 뒤에는 이와쿠라 사절단에 참여해 서구 10여 개국을 돌아보며 시야를 넓

했다. 사이고 다카모리가 정한론을 외
칠 때, 그가 "우선 부국강병"을 주장하
며 반대했던 식견은 이때 길러졌다. 히
로부미는 일본이 충분히 강해진 뒤 조
선 침략을 지휘했다. 한 사람 안에 빛
과 그늘이 겹겹이 새겨져 있는 셈이다.

유신 3걸이 차례로 세상을 떠나면
서 히로부미와 야마가타 시대가 열렸
다. 히로부미는 초대 총리가 되어 내각
제도를 정비하고, 국회를 열고, 제국헌
법 제정을 주도했다. 일본에서는 '원훈
元勳'으로 기린다. 우리에게 히로부미는

요시다 쇼인 신사 입구에 있는
사토 에이사쿠가 쓴 메이지유신태동 기념비

원훈이 아니라 원흉이다. 비석과 동상만으로는 담기 어려운 복합적인
역사가 그의 이름에 얽혀 있다. 메이지유신을 떠받친 두 기둥(히로부미
의 제도 개편과 아리토모의 군제 개혁) 모두 쇼인 학당에서 출발했다. 두
사람은 쇼인과 신사쿠의 '신분을 넘는 교육'과 '능력 중심 발탁 구조'
안에서 자랐다. 훗날 이들은 자신들이 누렸던 사다리를 보통교육과 국
민개병제를 통해 평민에게 확장했다. 이전까지 사무라이만 칼을 차고
교육받을 수 있었으나 평민에게도 기회가 주어졌다. 이 변화는 일본 근
대화의 기초가 된 동시에 군국주의로 이어졌다. 근대화의 빛과 군국주
의의 그늘이 같은 뿌리에서 자라난 것이다. 다시 생각해도 하기는 일본
근대사의 그늘과 빛이 응축된 장소다.

이 모든 역사적 악연을 잠시 제쳐 두고 보더라도, 하기는 매력적인 도시다. 에도막부의 정취가 남아 있고, 골목마다 서사와 스토리텔링 밀도가 높다. 자전거로 한 바퀴 돌기 적당한 크기, 조용하면서도 품격 있는 분위기, 곳곳에 스민 문화 향기까지. 도시는 바다와 강이 만나는 삼각주 위에 있다. 이탈리아 베네치아가 인공적인 물의 도시라면, 벨기에 브루게는 자연스러운 물길 도시다. 하기는 브루게에 가깝다. 바다와 연결된 지형 덕에 해수온천도 풍부하다. 하기의 지형과 물길은 '사람을 키우는 토양'이 되었다고 짐작해 본다.

의사와 테러리스트, 원흉과 원훈

이토 히로부미, 소네 아라스케, 데라우치 마사타케, 하세가와 요시미치, 그리고 야마가타 아리토모까지 수많은 인물이 하기를 출발점으로 삼았다. 이 도시가 단지 예쁜 풍경을 가진 여행지가 아니라, 역사를 움직인 '발생지'였음을 말해 준다. 『상투를 자른 사무라이』에서 저자는 "조선은 일본이라는 나라에 망한 것이 아니라 야마구치와 어촌 마을에게 패배했다"고 썼다. 다소 자극적인 표현이지만, 하기를 돌아보고 나면 고개가 끄덕여진다.

저녁 식사 후 마을을 걸었다. 하기는 낮과는 또 다른 얼굴을 보여 줬다. 낮에는 담담한 역사 교과서였다면, 밤에는 잔향이 긴 영화 같았다.

며칠 뒤, 폭우가 쏟아지는 날 다시 쇼인 신사를 찾았다. 굵은 빗줄기 사이로 쇼인의 글귀 하나가 눈에 들어왔다. "뜻을 지닌 선비는 시신이 도랑에 버려질 것을 두려워하지 않고, 무사는 자기 머리를 잃을 것을 피하지 않는다." 요즘 말로 옮기면 "마음먹었으면 끝까지 가라"쯤 될까. 젊은 세대를 흔들기 충분한 문장이다. 쇼인의 삶과 죽음, 그의 사상과

이토 히로부미가 조선 통감 당시 영친왕 이은과 찍은 사진

제자들의 행적이 이 한 줄에 압축된 듯했다. 아베 총리는 2015년, 메이지 시대 근대산업시설을 유네스코 세계유산으로 신청하면서 쇼카손주쿠 학당을 끼워 넣었다. 히로부미가 초대 공부성工部省(우리의 산업통상부)을 지냈다는 이유를 들었지만, 요시다 쇼인과 쇼카손주쿠의 짙은 그늘을 의미한다.

이토 히로부미 저택 전시물 가운데 영친왕 이은과 함께 찍은 사진이 있다. 일본 제복을 입은 이은은 꼭두각시였다. 고종에서 시작한 무기력함과 무능은 식민 지배를 불렀다. 바로 옆 사진은 안중근 의사의 이토 히로부미 저격을 테러로 설명하고 있다. 일본어 안내문은 안중근을 '테러리스트'라고 적었다.

의사와 테러리스트. 원흉과 원훈. 두 쌍의 단어 사이에 한국과 일본이 있다. 그 간극은 단순한 역사 해석의 차이가 아니라, 지금까지 화합하지 못한 기억의 균열이다. 일본 우익의 뿌리, 하기는 그 균열의 출발점이자 동시에 미래를 다시 상상하게 만드는 도시다.

기억의 그늘,
시민의 빛

조선통신사,
평화의 길을 열다

전쟁의 길에서 평화의 길로

가을빛이 하루가 다르게 짙다. 먼 산들은 살짝 홍조를 띠기 시작했고, 아침저녁 공기는 제법 서늘하다. 이런 계절에 조선통신사가 지났던 토모노우라에 왔다. 앞서 다녀온 시모노세키~하기가 군국주의와 정한론을 잉태한 '전쟁의 길'이었다면, 시모노세키~토모노우라는 조선통신사가 오간 '평화의 길'이다.

앞에서 확인했듯 메이지 시대 주역들은 시모노세키와 하기를 무대로 활약했다. 그들은 요시다 쇼인 밑에서 군국주의 신념을 다졌고, 조선 침탈의 선봉에 섰다. 칼과 화약 냄새가 짙게 밴 시모노세키~하기 루트와 달리, 시모노세키에서 이와쿠니岩國, 구레, 토모노우라로 이어지는 조선통신사 행로에서는 '평화'라는 단어가 떠오른다.

조선통신사는 단순하게 외교 문서를 전달하고 답장을 받아 오는 사절단이 아니었다. 그들은 소통과 친선을 목적으로 움직인, 말 그대로 평화 사절단이었다. 통신사는 1607년부터 1811년까지 200여 년 동안 무려 열두 차례 일본을 오가며 문화와 문명을 건넸다. 시모노세키~구레~토모노우라로 이어지는 길에는 서로 이해하고 소통을 다지려 했던 흔적이 촘촘하다. 지금 한일 양국이 지향해야 할 길도, 사실은 이 루트 위에 있다.

구레와 토모노우라는 한국인들에게 생소한 곳이다. 유명 관광지가 아닐뿐더러 이름난 유적지도 없다. 나 역시 구레와 토모노우라는 처음 접하는 도시였다. 일본 외무성에 근무하는 일본인 지인과 이야기를 나누던 중, 히로시마 취재를 계획 중이라는 말에 그는 두 곳을 추천했다. "히로시마에 가면 구레랑 토모노우라에도 꼭 들리세요. 한일 우호의 역사가 살아 있는 도시들입니다." 히로시마가 고향인 그는 두 곳을 추천하며 "절대 후회하지 않을 것"이라고 덧붙였다. 막상 현지에 와 보니 그 말은 과장이 아니었다. 토모노우라는 조선통신사가 머물렀던, 우리와 오래된 인연을 공유한 땅이었다. 또 구레는 태평양전쟁 당시 군수물자를 공급한 병참기지였다.

비단 띠를 두른 긴타이교와 섬진강의 추억

일정은 이와쿠니 긴타이교錦帶橋에서 시작했다. 이와쿠니~구레~토모노우라로 이어지는 일정은 빠듯했다. 첫 목적지 긴타이교는 이름 그대로 '비단 띠를 두른' 다리다. 긴타이교는 일본 3대 명교 가운데 하나로, 보는 순간 고개가 끄덕여질 만큼 미학적으로 완성도가 높다.

수년 전 히로시마를 여행하다 이곳을 처음 방문한 뒤, 니시키 강변 풍경과 긴타이교에 반해 그 뒤로도 여러 번 찾았다. 이와쿠니는 바다와 강을 낀 소박한 소도시다. 긴타이교와 이와쿠니성은 유장한 니시키

홍수로 불어난 물에 잠긴 긴타이교

강과 함께 오랜 시간을 공유했다. 니시키강을 가로지르는 긴타이교는 1673년에 처음 개설됐다. 대략 350년 세월을 버텨 온 셈이다.

지금 걷는 긴타이교는 1950년 대홍수 때 유실된 뒤, 1953년에 복원했다. 그렇다고 해서 '가짜'는 아니다. 옛 방식대로 못 하나 쓰지 않고 고증에 따라 재건했다. 일본 정부가 중요 문화재로 지정한 긴타이교는 350년 전 모습 그대로다.

이와쿠니를 처음 찾았을 때, 니시키 강변 풍경은 이상하리만큼 친숙했다. 한참을 생각하다가 떠올린 건 섬진강이었다. 니시키강과 섬진강은 지리적으로는 떨어져 있지만, 눈부신 백사장과 강변 포플러는 묘하게 겹쳤다.

학창 시절, 섬진강 백사장은 대학생들에게 MT 명소였다. 우리는 그곳에서 텐트를 치고 낡은 버너에 불을 지펴 밥을 지었다. 어설픈 찌개를 끓이느라 비지땀을 쏟았고, 밤이 되면 모닥불을 가운데 두고 둘러앉았다. 밤이 늦도록 우리는 박인희의 〈모닥불〉과 윤형주의 〈긴 머리

야마구치현 이와쿠니 긴타이교

소녀〉〈조개껍질 묶어〉를 부르며 섬진강과 하나가 됐다.

사회생활에 치여 섬진강은 희미한 기억 저편으로 밀려났다. 그러다 2000년 개봉한 이창동 감독의 영화 〈박하사탕〉을 보다가 다시 섬진강을 떠올렸다. 영화 속에서 주인공 김영호(설경구 분)는 자책감과 죄책감에 시달린다. "나 다시 돌아갈래!"라고 절규하는 장면에서 섬진강이 떠올랐다. 그만큼 두 곳 풍경은 흡사했다. 이 대사는 영화 오프닝과 엔딩에서 반복되는, 가장 중요한 메시지다. 대사는 순임(문소리 분)을 사랑했던 그 순수한 시절로 돌아가고 싶다는, 하지만 도달할 수 없는 절규였다.

생각해 보면 우리는 모두 "나 다시 돌아갈래"를 마음 한구석에 품고 산다. 지난 시간에 대한 그리움과 연민은 삶을 아름답게 수놓는 재료다. 영화 촬영지는 충북 제천 백운면 애련리 진소마을이다. 내가 그곳을 섬진강이라고 착각한 건, 그만큼 내 기억 속 '순수의 원천'에 섬진강에 자리하고 있기 때문이다. 내 잠재의식 속 섬진강 압록유원지는 언제든 돌아가고 싶은 호우시절好雨時節이었다. 이와쿠니 니시키 강변에서 다시 섬진강을 떠올렸다는 사실은, 그 자체로 묘하고도 반가운 인연이었다.

그날 긴타이교 아래 백사장은 풋풋한 여고생들로 반짝였다. 수학여행이라도 나온 모양이었다. 그들은 인생에서 가장 빛나는 순간 한가운데 있다는 걸 알까. 눈부신 가을 햇살, 유려한 아치형 다리, 바람에 흔들리는 포플러, 허공으로 흩어지는 여고생들의 수다까지 모든 것이 싱그러운 하루였다.

다섯 개 아치로 구성된 긴타이교는 폭 200미터에 이르는 니시키강

긴타이교와 주변 마을

을 잇는다. 강 건너 깃코吉香 공원과 마을은 녹음 속에 잠긴 채 평온했다. 로프웨이를 타고 이와쿠니성이 있는 시로야마白山 정상에 올랐다. 계절은 여름에서 가을로 넘어가는 중이었다. 늦더위와 강한 햇볕으로 땀은 쉴 새 없이 흘렀다. 로프웨이에서 내려 10여 분을 걸어 정상에 닿자, 맑은 바람이 이마를 스쳤다. 호흡을 가다듬고 발아래 니시키강과 긴타이교, 이와쿠니 시가지를 한눈에 담았다. 이와쿠니를 찾는 여행자들은 긴타이교를 건너기 위해 이곳에 온다. 다녀온 지 반년이 흐른 지금도, 이날 강변 풍경은 선명한 기억으로 남아 있다.

아름다운 다리는 도시의 얼굴

교토 근교 아라시야마嵐山에도 운치 있는 나무다리가 있다. 가쓰라 강을 가로지르는 도게츠교渡月橋다. 봄꽃이 흐드러진 봄날, 또는 물 아지랑이가 피어나는 가을이면 도게츠교 일대는 한 폭의 수채화처럼 아름답다. 북적이는 교토 시내를 벗어나 이곳을 찾는 사람들은 한적한 풍광을 마음에 담고 돌아간다.

도게츠교 아래 흐르는 강물을 아무 생각 없이 바라보고 있으면, 지나온 시간이 한꺼번에 떠오른다. 누군가는 석양 무렵 강 위에 떨어지는 노을을 보며 눈시울을 붉혔다고 했다. 지금은 도게츠교를 찾는 관광객이 너무 늘어나 예전 분위기를 온전히 느끼기 어렵다. 그래도 일대는

교토 아라시야마의 도게츠교

여전히 아름답다. 얼마 전 교토에 가는 아들에게 이곳을 추천했는데, 다녀와 돌아온 한마디가 이랬다. "사람이 너무 많아." 그 말 한 줄로 번잡한 풍경이 머릿속에 그려졌다.

언론인 생활을 할 때, 『전주천에 미라보 다리를 놓자』라는 책을 썼다. 천년고도 전주에 걸맞은 '명품 다리'를 놓자는 제언이었다. 당시 전주에는 도심을 잇는 다리가 30여 개에 달했으나 하나같이 볼품없는 콘크리트 구조물에 불과했다. 자동차가 지나가기에는 충분했지만, 그 위에 이야기를 얹기에는 부족한 다리였다. 먹고 살기 급급하던 시절, 기능만 생각한 채 마구잡이로 콘크리트 다리를 놓은 결과였다.

해외, 특히 유럽을 여행할 때마다 나는 다리를 배경으로 사진을 찍

으며 늘 같은 생각을 했다. "우리는 왜 이런 다리가 없을까." 여행자들
은 체코 프라하 카를교나 파리 퐁네프와 미라보 다리, 이탈리아 피렌
체 베키오 다리에서 추억을 담는다. 시와 소설, 영화 배경이 되는 다리
도 수없이 많다. 반면 서울이나 전주를 떠올려 봐도, 쉽게 떠오르는 상
징적인 다리는 없다. 단지 통과 기능에만 충실한 교량들뿐이다.

그나마 다행인 건, 전주시가 '전주다운 다리'를 만들자는 내 제안을
받아들여 전주천 한옥마을 인근에 청연루清煙樓라는 한옥 누각을 얹
은 오목교를 놓았다는 것이다. 홍예교 형태의 오목교는 금세 관광객들
에게 사랑받는 핫스폿이 되었다. 전주에 갈 때마다, 이 다리 탄생에 조
금이나마 기여했다는 생각에 뿌듯하다.

그런 의미에서 수백 년 역사를 견뎌 온 긴타이교나 도게츠교는 말할
것도 없다. 산과 강이 수려한 우리나라에도 아름다운 다리는 많았다.
다만 우리가 가치를 모른 채 아무 생각 없이 허물었을 뿐이다. 옛 다리
를 복원하고 스토리텔링을 입힌다면, 훌륭한 관광자원이자 지역의 얼
굴이 될 수 있으리란 생각이다.

야마토 전함의 향수와 불편함

긴타이교를 뒤로하고 70킬로 떨어진 구레로 향했다. 이름만 들으면
전남 구례가 연상돼 시골 도시를 상상하기 쉽지만, 전혀 아니다. 구레
는 한때 번성한 군사도시이자 산업도시였다. 태평양전쟁 시기 이곳 해
군공창에서는 무려 133척에 달하는 전투함을 건조했다.

그 가운데 압도적인 건 전함 야마토大和다. 길이 263미터, 폭 39미터
에 이르는, 당시로써는 세계 최대급 전함이었다. 구레 시민들은 지금도

야마토 뮤지엄에서 야마토 전함 제원을 살펴보는 관람객

"야마토를 건조한 도시"라는 사실에 자부심을 느낀다. 병참기지로써 태평양전쟁 시기 구레는 전국 10대 도시에 들 정도로 번성했다.

1945년 패전과 함께 구레도 급격하게 쇠퇴했다. 그러나 뜻하지 않았던 한국전쟁과 베트남전쟁을 계기로 다시 몸을 일으켰다. 군수물자를 공급하는 병참기지로 중요한 역할을 담당하면서 부활의 발판을 마련한 것이다. 태평양전쟁 때는 해군공창, 한국전쟁 때는 병참기지, 지금은 조선산업의 거점으로써 구레는 계속 간판을 바꿔 달며 생명을 이어가고 있다.

한창때 40만 명에 달했던 인구는 지금은 21만 명 수준으로 줄었다. 시가지를 걷다 보면 유독 가파른 계단이 눈에 띄는데, 도시가 팽창하던 당시 산비탈까지 집을 빽빽이 지으면서 놓았던 계단들이다.

구레에 들어설 즈음, 가을비는 장대비로 바뀌었다. 가을에 이 정도면 폭우나 다름없었다. 기후 위기 시대, 집중호우는 이제 일상이 됐다.

소형 특공 잠수함 카이류 실물

이런 혹독한 시대를 살아갈 미래 세대를 떠올리면 마음 한구석이 무겁다. 빗줄기를 헤치고 가장 먼저 야마토 뮤지엄을 찾았다.

2005년 문을 연 이곳의 정식 명칭은 '해사역사과학관'이지만, 사람들은 그냥 '야마토 뮤지엄'으로 부른다. 1층 전체가 야마토 전함을 위한 공간이다. 실물 크기 10분의 1로 축소한 길이 26미터 모형은 놀라울 정도로 정교하다. 당시 최첨단 기술을 쏟아부은 야마토 전함은 막강한 화력을 갖추고 승무원만 2,800명에 달했다. 야마토는 일본 해군의 자존심이었다. 하지만 실제 전과는 초라했고, 결국 1945년 4월 7일 미군의 집중 포격을 맞고 격침됐다.

그럼에도 '비운의 전함' 야마토에 대한 일본인들의 향수와 자긍심은 여전히 강렬하다. 야마토를 소재로 한 애니메이션과 영화가 수없이 만들어졌다. 야마토 전함을 이용한 캐릭터도 허다하다. 관람객들은 뮤지엄에서 상영하는 13분짜리 영상 '야마토 씨어터'를 숨죽여 본다. 이

10분의 1로 축소한 야마토 전함

영상은 야마토 전함의 탄생부터 침몰, 그리고 격침된 선체를 인양하기까지를 담은 다큐멘터리다. 나는 군국주의의 유물로 인식했지만, 일본인 관람객들의 눈빛은 진지했다.

영상의 마지막은 전사자의 출신 지역을 소개하는 자막으로 끝났다. 어느 지역 출신이 더 많은 전사자를 냈는지를 놓고 경쟁하는 게 아닌가 하는 느낌을 받았다. 고향 출신이 전사자 명단에 들어 있고, 또 많을수록 자랑스럽게 생각하는 분위기였다. 전시물 가운데 가미카제 제로센 전투기와 유인 어뢰정 가이텐도 눈에 뜨였다. 군국주의 상징물을 버젓이 전시하는 것에서, 이들이 여전히 군국주의 향수를 버리지 못하고 있음을 확인했다.

일본 곳곳에 있는 전쟁 박물관과 전시관 상당수는 이런 식이다. 군국주의를 은근히 미화하거나, 일본을 피해자로 포장하는 데 집중한다. 과거사를 직시하기보다는 슬쩍 외면하는 태도는 주변국을 자극하기 충분하다. 야마토 뮤지엄에는 한국어 오디오 가이드도 있다. 그들이 어떤 시선으로 야마토 전함을 기억하는지 확인하는 것도 의미 있겠다.

태평양전쟁 당시 구레는 군사도시라서 여러 차례 공습을 받았다. 히로시마·나가사키·도쿄를 제외하면, 공습으로 가장 큰 피해를 입은 도시가 구레다. 그래서인지 구레 시가지에서는 오래된 건물을 찾아볼 수 없었다. 시가지 건물 대부분은 전후에 지은 콘크리트 건축물이다.

오늘날 구레는 대형 상선과 유조선을 건조하며 현대중공업 조선소가 있는 울산과 경쟁 중이다. 도시 분위기는 해군과 해병대 사령부가 있는 경남 진해와 비슷하다. 먹거리, 마실 거리, 기념품까지 온통 '해군' 콘셉트로 도배돼 있다. 전후 80년이 지난 지금도 구레에서 해군은 지역경제를 떠받치는 든든한 존재다.

야마토 뮤지엄 맞은편에 해상자위대 역사관이 있다. 이 건물 야외 광장에는 퇴역 잠수함 '아키시오' 실물을 전시하고 있다. 2004년 3월 퇴역한 잠수함이다. 비록 퇴역 잠수함일망정 군사 무기를 도시 한복판

에 세우고 전시하는 행태를 좀처럼 공감하기 어려웠다. 그러고 보니 서울 용산 전쟁박물관도 야외에 전투기와 탱크를 전시 중이다.

폭우를 헤치고 '역사가 보이는 마을' 언덕에 올랐다. 언덕 위에서 바라본 조선소 도크에는 거대한 글씨가 있었다. "야마토의 고향", 그리고 그 아래 "구레의 바다에서 세계의 바다로". 빗물에 옷이 젖어 무거운 몸을 끌고 언덕을 내려오면서, 마음속으로 기원했다. "세계의 바다로"가 전쟁의 바다가 아닌 진짜 평화의 길이 되기를.

조선통신사가 머문 구레와 시모카마가리

군사도시 구레는 다른 얼굴도 지녔다. 조선과 오랜 친교 역사를 공유하는 도시라는 점이다. 시모노세키에 도착해 에도로 향하는 조선통신사들은 구레 앞바다에 있는 시모카마가리섬下蒲刈島에서 숙박했다.

통신사 일행이 시모카마가리에 머무는 동안 다양한 문화 교류가 이뤄졌다. 시모카마가리섬 주민들은 지금도 조선통신사를 기념해 매년

구레항 전경

조선통신사 재현 축제를 연다.

일본에서 조선통신사 축제를 여는 도시는 세 곳이다. 세토나카이 일대 구레 시모카마가리와 토모노우라, 그리고 멀리 쓰시마對馬島다. 쓰시마는 여름에, 시모카마가리와 토모노우라는 가을에 통신사 행렬을 재현한다. 수백 년이 흘렀어도 조선통신사가 남긴 흔적과 영향은 여전히 현재 진행형이다. 노 재팬 운동과 코로나19 팬데믹 시기에 잠시 중단되기도 했지만, 이들 도시에서 조선통신사 행렬 재현 축제는 여전히 중요한 자산이다.

임진왜란 이후 조선과 관계 회복 필요성을 절감한 도쿠가와 이에야스는 조선통신사 파견을 요청했다. 에도막부는 조선인 포로를 돌려주며 화친 의지를 보였다. 조선 입장에서 일본과 국교 재개는 달갑지 않았으나, 포로 송환이라는 현실적 과제와 재침략에 대한 우려를 고려해 통신사 파견을 수용했다.

조선 정부는 포로 송환을 위해 '회답겸쇄환사回答兼刷還使'를 보내고, 동시에 조선통신사를 파견했다. 이후 200여 년 동안 조선통신사는 양국을 오가며 가교 역할을 했다. 당시 열악한 교통수단을 고려할 때 한양에서 에도까지는 왕복 4,000킬로에 이르는 험난한 여정이었다. 소요 시간만 짧게는 5개월에서 길게는 1년이 필요했다. 풍랑과 해적 위험까지 생각하면, 통신사 여정은 결코 가벼운 출장이 아니었다.

이런 이유로 조선 관료들 사이에서 조선통신사 선발은 달갑지 않았다. 반대로 중국 황제를 알현하는 사행단에는 경쟁자가 몰렸다. 중국은 당시 동아시아 최고 문명을 자랑했고, 사대에 익숙한 조선 사대부에게 중국은 '반드시 가 보고 싶은 선진국'이었다. 오늘날 외교관들이 미국·유럽 부임은 선호하면서 저개발 국가는 기피하는 관행을 떠올리면 이해하기 쉽다.

흥미로운 건, 조선 관료들의 이런 속내와 달리 일본 지식인 사회의 열기는 아주 뜨거웠다. 조선통신사를 맞이하는 영접은 성대했고, 행렬이 지나가는 곳마다 글과 그림을 얻으려는 이들로 인산인해를 이뤘다. 사행록에는 "요청이 너무 많아 다 들어줄 수 없어 애를 먹었다"는 기록이 자주 뜨인다.

일본 지식인들은 조선통신사 일행이 남긴 글씨와 그림을 소장하는 것을 큰 자랑으로 여겼다. 이 때문에 행렬이 지나가는 길목마다 말 그대로 '조선 붐'이 일었다. 통신사는 당시 일본 사회에서 유행을 이끄는 존재였다. 오늘날 한류 열풍과 크게 다르지 않은 풍경이다.

조선통신사는 1811년을 끝으로 중단됐다. 네덜란드, 포르투갈, 미국, 프랑스 등 다양한 창구를 통해 서양 문물을 흡수하며 근대화를 도모한 일본에 조선통신사는 더 이상 필요치 않았다. 메이지유신 이후에는 더할 나위 없었다. 조선 말고도 지식과 문물을 얻을 수 있는 창구는 여러 통로였기에 조선은 효용 가치를 잃었다. 어쩌면 한일 관계 비극은 통신사 중단에서 비롯됐는지도 모를 일이다. 통신사 왕래가 끊긴 100년 뒤 일본은 조선을 식민 지배했다.

통신사 왕래가 활발하던 당시 에도막부는 조선통신사를 극진히 환대했다. 문제는 비용이었다. 400~500명에 이르는 대규모 사절단을 맞이하느라 일본 지방정부는 재정난에 휘청였다. "조선통신사가 오면 섬이 가라앉을 정도로 성대하게 치렀다"는 표현은 과장이 아니었다. 조선통신사 행렬이 지나는 길목에 있는 지방정부마다 몸살을 앓았다.

후쿠야마 항구마을 토모노우라의 석조 등대 조야토

옥스퍼드대학 제임스 루이스 교수는 당시 접대 비용을 일본 전체 쌀 수확량의 12퍼센트 수준으로 추산했다. 상상을 초월하는 규모다. 오늘날 대규모 스포츠 이벤트나 국제 행사를 유치한 뒤 재정난으로 후유증을 앓는 것과 다르지 않은 역설이 그때도 있었다는 게 흥미롭다.

지금도 시모카마가리섬 주민들은 사물놀이와 전통음악에 맞춰 조선통신사 행렬을 재현한다. 축제에는 그때처럼 넉넉한 마음이 그대로 담겨 있다. 이처럼 태평양전쟁 시기 군사도시였던 구레는 이전에는 조선통신사가 머물던 평화의 땅이었다. 그 두 얼굴이 한 도시에 겹쳐 있다.

마지막 일정은 후쿠야마福山에 속한 작은 어촌, 토모노우라다. 구레에서 토모노우라까지는 약 116킬로, 자동차로 2시간 거리다. 비는 조금 잦아들었지만, 여전히 운전하기는 편치 않았다. 토모노우라에 가까워질수록 하늘은 서서히 개었다. 마을 입구에 들어서자, 다행히 폭우는 멎었다. 토모노우라 또한 조선통신사 행렬이 머물며 교류했던 곳이다. 이곳 후쿠젠지福禪寺 다이초로對潮樓에는 당시 흔적이 남아 있다.

1711년, 토모노우라를 방문한 종사관 이방언은 후쿠젠지에 들러 "일동제일형승日東第一形勝"이라는 글씨를 남겼다. 일본 동쪽 지역에서 가장 빼어난 경관을 지닌 곳이라는 뜻이다. 토모노우라 주민들은 이 문장을 각별히 아끼며 지역 홍보 문구로 적극 활용하고 있다. 동쪽에서 가장 아름답다는 표현에 100퍼센트 동의하지는 않지만, 적어도 '그 말이 나올 법하다'는 것에는 수긍한다. 그만큼 토모노우라 풍광과 조선통신사의 인연은 아름답다. 어딘들 자신이 사는 땅이 아름답지 않은 곳이 있으랴마는 토모노우라 주민들이 갖는 자긍심은 각별하다.

성신교린 외친 '세계시민' 아메노모리 호슈

조선과 일본 사이 선린외교를 이야기할 때마다, 아메노모리 호슈雨森芳洲(1668~1755)를 빼놓을 수 없다. 일본인 유학자이자 외교관이었던 그는 이렇게 말했다. "성신은 서로 속이지 않고, 다투지 않고, 진심으로 교류하는 것이다." 그리고 덧붙였다. "성신 교류를 실천하려면 이웃 나라 사정을 잘 아는 것이 첫걸음이며, 말로만 하는 교류는 아무 소용이 없다."

호슈는 '성신교린誠信交隣'이라는 외교 철학을 실천한 일본 관료였다. 26세에 쓰시마 외교 담당 문관으로 부임해, 쓰시마에서 88세에 생을 마쳤다. 그 사이 그는 조선 유학자들과 깊이 교류했고, 스스로 조선식

이름인 '우삼동雨森東'을 사용하며 경상도 사투리까지 유창하게 구사했다. 지금 기준으로 봐도 쉽지 않은 '친한파'였다.

그는 쓰시마와 부산을 오가며 양국 간 신뢰 구축에 온 힘을 쏟았다. 조선통신사를 형식적으로 접대하는 데 그치지 않고, 조선의 역사·풍속·지리·학문까지 깊이 파고들었다. 상대를 제대로 알지 못하면 진정한 외교도 불가능하다는 확신 때문이었다.

특히 감동적인 대목은, 그가 당시 조선 기득권층에게 홀대당하던 언문(한글)까지 배웠다는 사실이다. 조선의 언어와 문자를 이해해야 그 사회를 온전히 이해할 수 있다고 믿었기 때문이다. 아메노모리는 문화적 상대주의를 실천한 세계인이었다.

아메노모리 덕분에 조선과 일본 관계는 한동안 안정된 시기를 보냈다. 상대를 존중하고 배려하는 아메노모리의 태도는 18세기 기준으로 봐도 상당히 앞서 있었다. 그는 시대를 앞선 진정한 의미의 '세계 시민'이었다.

'울창한 숲에 비가 내리고, 넓은 대륙에 꽃향기가 번진다'는 뜻을 담은 그의 이름처럼, 언젠가 한국과 일본 사이에도 다시 한번 호우시절이 찾아오길 기대한다. 야마토 전함을 보며 군국주의 향수에 젖는 일본 기성세대들과 달리 조선통신사와 아메노모리가 열었던 평화의 길을 기억하는 청년 세대가 소중하다. 좋은 비는 때를 알고 내리는 비다. 한일 양국에도 좋은 때가 오리라 믿는다.

원폭 도시 히로시마가
꿈꾸는 평화

원폭 도시, 히로시마

히로시마는 세계인이 아는 도시다. 뉴욕, 파리, 로마, 런던, 베이징, 도쿄, 홍콩과 지명도에서 전혀 뒤지지 않는다. 히로시마는 유행을 선도하는 도시도, 파리처럼 예술 도시도, 교토처럼 전통 도시도, 로마처럼 박물관 도시도 아니다. 그럼에도 세계인의 머릿속에 깊게 박힌 이유는 단 하나, 인류 최초로 원자폭탄이 떨어진 도시라는 상징성 때문이다.

히로시마가 첫 번째 타깃이 된 데는 군사도시라는 정체성이 결정적 역할을 했다. 메이지 시대부터 히로시마는 육군·해군의 거점이었고, 청일전쟁 당시에는 육군 대본영이 설치된 곳이다. 메이지 천황은 전쟁 기간 일곱 달 남짓을 히로시마에서 보내며 전쟁과 '동행'했다. 2차 세계대전 때도 히로시마에는 육군·해군 근거지와 병기창이 집중돼 있었다. 군사도시 히로시마는 미군이 고려한 원폭 투하 1순위였다.

역설적이게, 참혹한 한 번의 선택으로 히로시마는 '평화 도시'로 거듭났다. 지금 세계인들은 히로시마를 평화의 도시로 기억하며 찾는다.

히로시마를 걷다 보면 백인 관광객, 그중에서도 미국인이 유독 눈에
띄게 많다. 일본인들이 식민 지배했던 한국을 찾아 옛 시절을 회고하
듯, 미국인들 또한 히로시마에서 자신들의 우월감을 확인하는 건 아닌
지 싶다. 원폭을 투하한 당사국 국민으로서 이 도시를 걷는 기분은 어
떨지 궁금하다.

히로시마는 "어떠한 군사시설도 없는 비무장 도시"임을 강조한다.
하지만 평화라는 건 생각보다 허약한 존재다. 조금만 방심하면 언제든
폭력으로 기울 수 있다. 다카이치 사나에는 총리 취임 이후 국방비를

히로시마 도심

늘리고, 자위대 계급을 일반 군에 맞춰 바꾸는 작업을 진행 중이다. 2·8 총선에서 개헌이 가능한 단독 과반 의석을 확보한 다카이치 총리는 자위대의 지위를 헌법에 명시하는 개헌을 추진할 태세다. 그래서 히로시마의 평화는 늘 아슬아슬한 경계선 위에 서 있다. 평화 도시와 1시간 거리에 동북아 공중 전력의 핵심 거점인 이와쿠니 미군기지가 있고, F35 배치 논의가 끊이지 않는다. 핵 없는 세상을 지향한다면, 이 도시는 형식과 내용 모두에서 평화 도시답게 살아가는 길을 스스로 증명해야 하는 과제를 안고 있다.

〈오펜하이머〉가 던진 불편한 질문

번화가 혼도리本通를 걷다 자연스럽게 영화 〈오펜하이머〉를 떠올렸
다. 혼도리는 원폭 당시 가장 큰 피해를 입었던 곳이다. 제2차 세계대
전 말기, 전쟁을 어떻게 끝낼지 고민하던 미국에 핵폭탄은 떨치기 어려
운 유혹이었다. 그들은 '맨해튼 프로젝트'라는 금단의 열매를 손에 쥐
었고, 일본 열도에서 마침내 판도라 상자를 열어젖혔다.

그 직전 1945년 3월 9일, 미군은 도쿄를 융단폭격했다. 일본 제국
주의의 기를 꺾기 위한 선제 타격이었다. 결과는 처참했다. 도쿄 시민
10만여 명이 한꺼번에 목숨을 잃고, 100만 명이 넘는 사람이 순식간
에 이재민이 됐다. 도쿄는 말 그대로 구석기 시대로 돌아갔다. 그러나
일본 군부는 항복 대신 '1억 옥쇄'를 외치며 결사 항전을 택했다.

당황한 미국은 원자폭탄 개발에 속도를 냈고, 지옥의 문을 향해 달
려갔다. 독일이 먼저 핵 개발에 나섰다는 소식에 '나치보다 앞서야 한
다'는 조바심까지 더해졌다. 1945년 7월 16일, 미국은 첫 핵실험 성공
을 확인했다. 그리고 그로부터 20여 일 뒤, 히로시마와 나가사키 하늘
위에서 상상을 실행에 옮겼다.

히로시마와 나가사키에 떨어진 두 발의 폭탄엔 '리틀 보이Little Boy'
와 '팻 맨Fat Man'이라는 장난스러운 이름이 붙었다. 가공할 참상을 희
화화하고, 죄책감을 살짝 덜어 보고자 했던 작명일지도 모른다. 태풍
위원회가 매미·종다리·돌핀·노을처럼 순한 이름을 붙여 공포를 희석한
것과 비슷하다. 하지만 현실에서 원자폭탄은 그런 유머를 허락하지 않
았다. 두 도시에서만 최초 사망자 30만 명이 속출했다. 희극처럼 포장
된 비극이었다.

영화 〈오펜하이머〉는 '맨해튼 프로젝트'를 지휘한 한 사람의 삶을 통해 질문을 던진다. 그는 인류를 파멸로 몰아넣은 재앙의 사자인가, 아니면 인류에게 '불'을 가져다준 프로메테우스인가. 죄책감 때문이었을까, 오펜하이머는 원자폭탄보다 더 강력한 수소폭탄 개발에는 반대했다. 그렇다고 그가 지은 원죄가 가벼워지는 건 아니다. 영화는 핵 개발을 둘러싼 윤리의식과 사회적 책임을 집요하게 묻는다.

군사도시 히로시마와 동학농민혁명

메이지 시대 이후 일본 군부는 히로시마를 '육군 도시'이자 '상무 도시'로 키웠다. 1888년에 제5사단 사령부가 설치됐고, 청일전쟁(1894년 7월~1895년 4월) 중에는 육군 대본영이 히로시마로 옮겨 왔다. 대본영은 지금으로 치면 국방부와 육해군 참모본부를 합친, 군 지휘부의 심장이다.

일본 군부가 히로시마를 택한 이유는 분명했다. 청일전쟁이 벌어진 조선과 가깝고, 보급선이 짧으며, 군수물자 수송이 편리한 항구와 철도망을 갖췄기 때문이다. 대본영이 옮겨 온 이틀 뒤, 메이지 천황도 히로시마로 거처를 옮겼다. 그는 1895년 4월 전쟁이 끝날 때까지 이곳에 머물며 전쟁을 '현장 지원'했다. 군부 입장에선 천황의 권위와 상징을 이용한 여론전이었다. "천황이 함께하는 전쟁"이라는 이미지는 곧 전쟁 명분과 정당성을 확보하는 장치였다. 메이지 신정부에서 천황의 지위는 꼭두각시나 다름없는 허수아비였다.

청일전쟁 동안 히로시마에서 출발해 조선으로 파견된 일본군은 17만 1,098명에 달한다. 이들이 조선 땅에서 벌인 일 가운데 가장 참혹한 장면은 동학농민군 학살이다. 히로시마 대본영에서 내려온 명령은 "모조리 살육하라"는 한 줄이었다. 들판을 깨끗이 쓸어버린다는 '청야淸野 작전' 아래, 일본군은 동학군을 무차별 도륙했다.

1894년 겨울, 마지막 격전지였던 충남 논산에서 동학농민군은 말 그대로 추풍낙엽처럼 쓰러졌다. 소총과 무라타 기관총으로 무장한 일본군 앞에서 삼베옷에 죽창을 든 농민군은 애초에 상대가 안 됐다. 이노우에 가츠오는 『일본, 한일병합을 말하다』에서 동학농민군 희생자를 최소 10만 명, 최대 30만 명으로 추정했다. 그는 "일본 군부는 동학농민군을 제거하지 않고는 조선 식민지화도, 청일전쟁 승리도 불가능하다고 판단했다"고 적었다.

동학농민혁명 100주년이던 1994년, 전북 일대를 돌며 동학혁명을 취재한 적이 있다. 100년이 지났는데도 취재원들은 좀처럼 속내를 털어놓지 않았다. 오랜 시간이 흘렀어도 집안은 풍비박산 나고, 피붙이들은 몰살당한 트라우마에 갇혀 있었다. '동학군에 가담했다'는 사실은 대를 이어 숨기고 싶은 상처였다. 그들은 조상 이야기를 입 밖에 내지 않으며 100년을 견뎠다. 히로시마 군사도시의 결정은 조선 농민들의 운명을 바꿔 놓았다.

오코노미야키 한 접시

토모노우라에서 시작된 가을비는 오후 들어 힘을 더했다. 가을치고 드문 장대비였다. 와이퍼가 버거울 정도라, 전방 시야 확보만으로도 애를 먹었다. 예정된 시간보다 늦게 히로시마에 도착했으나 폭우 탓에 오후 일정은 다음 날로 미뤘다.

저녁이 되어도 굵은 비는 계속됐다. 숙소를 나와 오타太田 강변을 걸었다. 빗방울과 네온사인 불빛이 강물에 겹겹이 내려앉아 여행자의 마음을 흔들었다. 여섯 개 섬이 모여 형성된 히로시마는 '물의 도시'답게 어디를 가도 강을 볼 수 있다. 강과 다리, 비에 젖은 거리, 그리고 퇴근길 직장인들. 원폭 도시라는 네 글자는 어느새 뒷전으로 밀려났다.

밤거리는 은은한 오코노미야키 냄새에 젖었다. 오코노미야키는 히로시마를 대표하는 소울 푸드다. 양배추와 돼지고기, 해산물, 계란, 우동 면을 한데 얹어 철판 위에서 볶는다. 우리의 해물파전과 비슷하면서도 완전히 다른, '한 접시 한 끼' 메뉴다. 한국에서 파전은 술안주인 반면, 히로시마에서 오코노미야키는 당당한 메인 요리다. 해산물과 야채를 좋아하는 내게 오코노미야키는 흔한 말로 취향 저격이었다.

전주에 가면 전주비빔밥과 콩나물국밥을 먹듯, 히로시마에 왔다면 오코노미야키는 필수 코스다. 오코노미야키 전문점이 몰려 있는 '오코노미 무라村'는 퇴근한 직장인들로 가득했다. 히로시마에만 오코노미야키 음식점이 2,000여 곳이나 된다고 한다. 해가 지고 어둠이 내려앉으면, 직장인들은 이곳에서 오코노미야키를 안주 삼아 술잔을 기울이며 하루를 마감한다.

오코노미야키에 더해 욕심을 낸다면 굴 요리를 곁들이면 금상첨화다. 히로시마 굴은 크고 육즙이 풍부해 별도 메뉴로 충분한 존재감이 있다. 오코노미야키와 굴 한 점을 번갈아 맛보면, 히로시마라는 도시가 혀끝에 맴돈다. 오코노미 무라에서 만난 정장 차림의 직장인과 활기찬 거리 풍경을 떠올리면, 비극과 일상을 동시에 품고 있는 히로시마라는 도시가 다시 보인다.

원폭평화기념공원, 전쟁이 남긴 상처

다음 날, 서둘러 아침 식사를 마치고 원폭평화기념공원으로 향했다. 예상대로 이른 시간부터 미국인 관광객이 많았다. 참전 세대는 아니겠지만, 가해국 국민으로서 이 도시를 걷는 마음은 복잡할 것이다. 승자로서 우월감일지, 가해자로서 죄책감일지, 아니면 그 사이 어딘가일지 궁금했다. 어느 쪽이 됐든 전쟁의 본질은 비극에 더 가깝다.

12만 2,100제곱미터에 달하는 원폭평화기념공원은 생각보다 넓다. 두 강 사이에 조성된 공원 곳곳에는 셀 수 없이 많은 기념비와 위령비가 들어서 있다. 평화의 종, 평화의 시계탑, 원폭 아동 동상, 평화 관음상, 폭풍 속의 모자상, 평화 도시 기념비, 국립 히로시마 원폭희생자추도평화기념관, 히로시마 평화기념자료관, 손해보험협회 위령비, 국민학교 교사·학생 추모비, 히로시마현립 제2중학교 위령비, 한국인 원폭희생자 위령비까지 이름도 사연도 가지가지다.

전쟁은 늘 약자에게 잔인하다. 국민학교 교사와 학생 추모비는 그날 아침, 원폭으로 초등 1~2학년생 2,000명과 교사 200여 명이 목숨을 잃은 걸 기억하는 기념물이다. 추모비는 어린 학생을 두 손으로 받쳐 안고 한 발 내딛는 여교사를 형상화했다. 동상 앞에 서자 참담했을 광경이 떠올랐다. 히로시마현립 제2중학교(현 관음고) 1학년생 321명 또한 그 순간 사라졌다.

어른끼리 벌인 전쟁에서, 전혀 다른 인생을 살아야 할 아이들은 영문도 모른 채 숨졌다. 전쟁의 비극은 단지 많은 사람이 죽었다는 데만 머물지 않는다. 피우지 못한 삶, 열리지 못한 생명을 어떤 방식으로도 보상할 수 없다는 데 있다.

원폭평화기념공원의 사망자 위령비

희생자는 있지만 실체는 없는 한국인 피폭자

'국립 히로시마 원폭희생자추도평화기념관'에 지금까지 세 번 다녀왔다. 이곳은 "잘못된 국가정책으로 원폭을 맞았다"며 국가 책임을 일부 인정한다. 하지만 그 국가가 누구인지, 어떤 잘못을 했는지 주어는 빠져 있다. 책임 주체가 흐릿하면, 같은 잘못은 얼마든지 반복될 수 있다. 일본 정부가 평화헌법 개정에 집착하고 재무장을 서두르는 이유도, 결국 과거를 끝까지 직시하지 않았기 때문일지 모른다.

이미 일본의 군사력은 '방어만 하겠다'던 초기 자위대 이미지와는 거리가 멀다. 미국 군사력 평가 전문기관 글로벌파이어파워(GFP)가 145개국을 대상으로 발표한 '2025 군사력 순위'에서 일본은 세계

8위를 차지했다. 일본이 평화헌법 제9조를 손보려는 이유는 자위대에 '합헌' 딱지를 붙이고, 군비 증강의 법적 토대를 마련하기 위해서다. 힘을 가지면 쓰고 싶어진다는 건 국가도 사람도 크게 다르지 않다. 그래서 더 우려스럽다.

원폭 참상을 적나라하게 마주하는 곳은 '평화기념자료관'이다. 개관 30년을 맞은 이곳은 동관과 서관으로 나뉘어 피폭 당시 사진, 피폭자 유품, 후유증에 시달리는 피해자 사진과 기록을 전시하고 있다. 평화공원을 찾는 이들이 가장 먼저 향하는 곳도 이곳이다.

나는 다른 어떤 전시물보다도 입구에 설치된, 히로시마 시가지를 촬영한 대형 사진에 눈길이 갔다. 하나는 평범한 도시의 아침, 다른 하나

는 모든 것이 잿더미가 된 풍경이다. 두 장을 번갈아 보면, 비극은 훨씬 구체적으로 다가온다. 산업전시관(현 원폭 돔) 주변으로 출근하는 직장인들, 등교하는 학생들. 사진 속 이들은 잠시 뒤, 원폭 한 방으로 통째로 사라진다. 그런 생각에 미치면 두 사진이 대비하는 평화와 죽음은 실재적이다.

전시관 안쪽으로 걸음을 옮길수록 참혹함의 농도는 짙다. 80년 가까운 세월이 흘렀지만, 유품과 사진은 여전히 현재형이다. 그중에서도 눈을 떼기 어려운 건, 불에 탄 세발자전거다. 안내판은 이 자전거를 세 살배기 아이가 탔고, 원폭으로 아이는 그 자리에서 숨졌다고 알렸다. 같은 프레임 안에서 밝게 웃는 아이 사진과, 뼈대만 남은 자전거를

평화기념자료관에서 마주한 폭격 직후 폐허로 변한 당시 히로시마 시가지 사진

히로시마 평화기념자료관

동시에 바라보는 일은 생각보다 버겁다. 부모도 함께 목숨을 잃었으니 슬픔은 덜할까 하다가도, 이 도시를 둘러싼 트라우마는 영원히 지워지지 않을 것이라는 사실을 거듭 깨닫는다.

공원 안쪽, '한국인 원폭 희생자 위령비'로 발길을 옮겼다. 높이 5미터, 무게 10톤, 거북 모양 받침대 위에 검은 비석을 세우고, 두 마리 용을 새긴 머릿돌을 올렸다. 비석은 한국에서 제작했다. 앞면은 한자로 '한국인 원폭 희생자 위령비', 뒷면은 한글로 '위령비 유래'라고 새겼다.

비문은 이렇게 시작한다. "제2차 세계대전이 끝날 무렵 히로시마에는 약 10만 명의 한국인이 군인, 군속, 징용공, 동원 학도, 일반 시민으로 살고 있었다. 1945년 8월 6일 원폭 투하로 2만여 명의 한국인이

한국인 원폭 희생자 위령비에서 참배 중인 여성

순식간에 소중한 목숨을 잃었다……." 히로시마 20만 희생자의 10분의 1이 한국인이었다는 말이다. 한국원폭피해자협회는 당시 히로시마에 조선인 14만여 명이 거주했고, 이 가운데 3만여 명이 숨졌다고 한다. 일본이 일으킨 전쟁에서, 왜 조선인이 희생되어야 했을까.

위령비는 1970년 4월, 재일동포 단체인 민단 히로시마 본부가 세웠다. 처음 자리는 평화공원 밖이었다. 히로시마시는 "공원 안에 이미 위령비가 너무 많다"며 공원 내 건립을 허가하지 않았다. 표면상 이유는 '공간 부족'이었지만, 속내는 12만 2,100제곱미터 어디에도 한국인 위령비만큼은 들이고 싶지 않았던 옹졸함이었다. 이 비가 평화공원 안으로 들어오기까지 꼬박 29년 걸렸다.

위령비 앞에서 한국인 중년 여성이 두 손을 모으고 있었다. 그는 누

히로시마 원폭을 상징하는 원폭 돔

구를 떠올리며 기도하고 있을까. 공원에서 100미터 떨어진 '원폭희생자추도평화기념관'에서는 한국인 피폭자 이름을 검색할 수 있다. 화면에 뜨는 이름 하나하나가 곧 한 사람의 생명이다. 모토야스元安강 너머로 보이는 원폭 돔은 그날의 참상을 압축적으로 상징한다. 유네스코는 1996년 원폭 돔을 세계문화유산으로 등재하며 "다시는 비극을 반복하지 말자"는 뜻을 함께 새겼다. 강물에 비친, 뼈대만 남은 돔 그림자는 언제 봐도 을씨년스럽다.

한국인 피폭자를 위해 50년째 싸우는 사람들

일본 시민단체들이 한국인 피폭자 문제를 '일본 정부의 책임'으로 끊임없이 제기하고 있다는 점은 위안이자 희망이다. 이치바 준코(65세) 회장이 이끄는 '한국 원폭 피해자를 구원하는 시민 모임'은 50년째 일본 정부를 상대로 싸우고 있다. 그는 1975년 대학 재학 시절, 한국인 피폭자 실태를 접하고 활동에 뛰어들었다. 재일한국인에 대한 차별이 심하던 시절이었다. 지금 이 모임에는 600여 명의 회원이 함께하고 있다.

시민 모임은 의미 있는 변화를 몇 번이나 만들어 냈다. 첫 번째 성과는, 한국으로 돌아간 피폭자도 일본 정부의 치료와 보상 대상이 되도록 한 것이다. 준코 회장은 한국을 찾아 원폭 피해자 실태를 조사하고 집단 면접을 통해 일본 책임을 세세히 기록했다. 두 번째 성과는, 일본 정부가 한국인 피폭자 문제 해결을 위해 기금을 출연하게 만든 일이다. 일본 정부는 1991년 40억 엔 규모의 기금을 내놓았다. 중단됐던 치료·보상 책임을 되살린 것도 이들의 소송 덕분이었다.

원폭피해자단체협의회 '니혼 히단쿄日本被団協'는 이런 공로를 인정받아 2024년 노벨 평화상을 수상했다. 정부에 맞서 끊임없이 책임을 묻고 약자의 편에 서는 시민들은 보편적 인류애를 실현하는, 일본 사회를 떠받치는 또 다른 힘이다.

오바마의 헌화, 히로시마의 미래

2016년 5월 27일, 히로시마 G7 정상회의에 세계의 이목이 쏠렸다. 그날 버락 오바마는 종전 71년 만에 미국 대통령으로서는 처음으로 원폭 희생자 위령비에 헌화했다. 그는 핵무기 종언을 촉구하는 연설을 한 뒤 피폭자를 끌어안고 위로했다. 1970년 독일 빌리 브란트 수상이 폴란드 바르샤바에서 무릎을 꿇고 사죄했던 모습을 떠올리게 하는 장면이었다. 국제사회는 "브란트가 무릎을 꿇음으로써 독일이 일어섰다"고 했는데, 오바마에게도 비슷한 의미가 더해졌다.

7년 뒤 2023년 5월, 다시 히로시마에서 열린 G7 정상회의에서는 한일 정상이 함께 한국인 위령비에 참배했다. 일본 총리가 한국인 위령비에 공식 참배한 건 처음이었다. 한국 언론은 기시다 총리의 행보를 '용기 있는 결단'으로 평가했다. 역사는 늘 이렇게 한 걸음씩, 때로는 한 사람의 선택으로 조금씩 나아간다. 김대중 대통령은 1998년 10월 일본 국회 연설에서 "기적은 기적적으로 이뤄지지 않는다"고 했는데, 한일 관계에서 이 같은 현실 인식은 중요하다.

유네스코는 1996년 원폭 돔과 함께, 히로시마 앞바다에 있는 미야지마宮島 이쓰쿠시마嚴島 신사를 세계문화유산으로 등재했다. 원폭 돔과 신사는 겉보기엔 완전히 다른 이미지를 갖고 있다. 원폭 돔이 전쟁

썰물 때 드러나는 이쓰쿠시마 신사 도리이

과 핵의 참상을 상징한다면, 이쓰쿠시마 신사는 생명과 평화를 상징한다. 유네스코는 왜 상반되는 두 곳을 동시에 세계유산으로 등재했을까.

내가 내린 해석은 이렇다. 원폭 돔에서는 참혹했던 과거를 잊지 말라는, 이쓰쿠시마 신사에서는 향후 인류가 함께하는 생명과 평화를 생각하라는 메시지가 아닐까 싶다.

이 도시의 시간은 그렇게 흘러간다. 원폭 돔과 평화공원, 이쓰쿠시마 신사와 사이조西条 양조장 사이를 오가며 히로시마는 앞으로 나아간다. 비극과 일상, 죄책감과 위로, 전쟁과 평화가 뒤섞인 채로 히로시마는 여전히 우리에게 묻고 있다. "당신은, 그리고 우리는, 어떤 미래를 선택할 것인가." 그 질문에 답하는 건 오늘을 사는 우리 몫이다.

히로시마 이쓰쿠시마 신사 전경

이쓰쿠시마 신사에서 만난 기모노 차림 여성들

구체적으로는 싸우는 군대를 위해 평화헌법 개정을 만지작거리는 일본 극우 세력과 우익 정치인들이다. 그들이 역사에서 교훈을 얻지 못한 채 또다시 어리석음을 반복한다면, 누구도 손을 내밀지 않을 것이란 사실을 분명히 하고 싶다. 반대편에 서 있는 일본 시민단체는 희망이다.

독도를 일본 땅이라고 우기는 시마네

스러지는 여름, 가을이 예쁜 시마네

하늘 아래 영원한 건 없다는 걸 실감하는 요즘이다. 한낮 40도를 찍으며 화염방사기를 방불케했던 뜨거운 여름도 어느새 저만치 물러났다. 입추가 지나면 여름 내내 달궈진 공기는 눈에 띄게 식는다. 그렇게 계절이 바뀌는 길목에 시마네현으로 왔다.

가을에 더 빛난다는 시마네에서 일정은, 여름 내내 지쳐 있던 마음을 조용히 다독이는 시간이다. 모든 가을은 깊지만, 일본의 가을은 유독 그윽하다. 조금만 더 지나면 일본 산들은 활활 불타며 온 산을 붉게 물들일 것이다. 일본은 우리보다 계절이 반 발쯤 먼저 시작된다. 그 때문인지 단풍 빛깔은 더 진하고 곱다. 시마네에서 돗토리鳥取, 오카야마岡山로 이어지는 창밖 풍경은 살아 있음에 감사하는, 눈물 나도록 아름다운 풍광이다.

동해에 붙어 있는 시마네는 '깡촌'이다. 조금은 후줄근하고, 그래서 더 애잔한 시마네는 의외로 단아하다. 현청 소재지 마쓰에松江를 조금만 벗어나면 한낮에도 사람을 마주치는 게 쉽지 않다. 시마네는 일본에서 인구가 두 번째로 적은 광역단체이기도 하다. 65세 이상 노인 비율 35퍼센트, 100세 이상 고령 인구 전국 1위. 이런 숫자만 나열해도 어떤 곳일지 감이 온다. 동네 편의점이나 우동 가게에서 만나는 10명 중 3.5명이 노인이라는 뜻이다.

시마네는 땅만 작은 게 아니라 경제력도 왜소하다. 지역 내 총생산은 전국 47개 도도부현 중 45위로 살림살이는 변변치 않다. 흔한 백화점도 없고, 고속철 신칸센新幹線도 비켜 가는 변방이다. 시마네에서 유일했던 이치바타一畑 백화점마저 2024년 1월 문을 닫았다. 백화점에서 쇼핑이 가능한 소비층이 얇어진 데다 젊은이들은 대도시로 떠났기 때문이다. 이제 시마네는 야마가타山形, 도쿠시마德島와 함께 '백화점 없는' 세 광역단체에 속한다.

이쯤이면 장수는 축복이 아닌 재앙에 가깝다는 말에 절로 수긍하게 된다. 백화점 하나 지켜 내지 못할 만큼 기초 체력이 바닥난 늙은 도시. 그런 곳이니 주민들 표정이 밝을 리 없다. 제 몸 하나 건사하기도 버거운데 남을 배려할 여유가 없다. 흔히 "소멸하는 모든 것은 아름답다"고 말하지만, 시마네는 머무는 내내 아름다움보다 애잔함이 먼저 다가왔다. 그래도 '텅 빈 여유'를 즐기고 싶다면 시마네와 돗토리는 꽤 훌륭한 여행지다.

신지코와 미술관이 만든 풍경

이렇게 못 사는 동네가 왜 독도 분쟁 한가운데 있는지 궁금했다. 지역경제 활성화라든지, 어떻게 하면 지방 소멸을 최소화할 수 있을지 현실적인 문제에 집중해도 모자랄 판국에 쓸데없는 문제에 빠진 배경은 뭔지 의아했다. 내가 동해에 접한 변방 시마네를 찾겠다고 마음먹은 이유다. 결론부터 말하자면 그러기에 오히려 독도 분쟁에 뛰어든 건 아닌지 싶었다. 중앙정부로부터 뭐라도 얻어 내야 하는 처지에서 독도 영유권 분쟁은 자민당이 집권한 중앙정부에 어필하는 좋은 소재다. 먹고살기 위한 불가피한 선택과 함께 역사적, 지리적 배경도 한몫했다. 독도와 어떤 역사적, 지리적 사연이 있는지 하나씩 짚어 본다.

히로시마를 출발해 시마네 마쓰에에 가려면 혼슈를 남에서 북으로 가로질러야 한다. 180킬로, 자동차로 약 2시간 30분. 만만치 않은 거리다. 나는 일본에서 운전하는 걸 즐기는 편이다. 내 의지와 판단으로 낯선 곳을 찾아가는 설렘에 편안한 도로 설계, 안전을 중요하게 생각하는 운전 문화 때문이다. 일본에서 운전 경험이 있는 이들이라면 이런 주장에 고개를 끄덕일 것이다.

일본 고속도로는 우선 주변 풍광이 빼어나다. 산이 많은 지리적 특성상 어느 고속도로에 접어들든 자연 친화적인 도로 환경에 만족한다. 법규를 잘 지키는 일본인 특성상 과속하는 차량도 찾아보기 힘들다. 한순간도 방심하기 어려운 우리나라 고속도로와는 확실히 다르다. 매사에 규칙에 순응하는 일본인답게, 그들은 제한 속도를 '칼같이' 지킨다. 이러니 한국에서 운전하기보다 훨씬 편하다. 개인적으로 일본 고속도로에서 운전할 때마다 힐링하는 기분이다. 이런 일본의 고속도로 설계와 운전 문화는 부럽지만, 비싼 통행료는 단점이다. 대략 우리나라에 비해 70퍼센트가량 비싼 느낌이다. 가끔 삭막한 우리나라 고속도로를 달리다 보면 일본 고속도로가 그리울 때가 있다.

시마네현립미술관

마쓰에 시내에 들어서자 가을빛이 완연한 신지코宋道湖가 성큼 다가왔다. 동서 17킬로, 둘레 47킬로에 달하는 신지코는 일본에서 일곱 번째로 넓은 호수다. 시마네현 재정은 열악해도 신지코 주변 도로는 말끔하게 정비돼 운전하는 맛이 있다. 마쓰에에 진입하기 전 지나온 나카우미코中海湖(일본에서 다섯 번째로 넓은 호수)와 함께 두 호수는 시마네를 대표하는 경관 자원이다. 신지코와 우미코 덕분에 시마네에서는 탁 트인 시야와 함께 마음도 절로 넉넉해진다.

신지코와 나란히 자리한 시마네현립미술관은 수려한 외관으로 단박에 눈길을 붙잡는다. 1999년 문을 연 미술관은 '석양을 품은 미술관'으로 유명하다. 블로거마다 '세상에서 가장 아름다운 미술관'이라며 격찬을 아끼지 않는 미술관이다. 호수를 배경으로 서 있는 미술관은

신지코가 보이는 시마네현립미술관 내부

네덜란드 화가 요하네스 페르메이르가 그린 '델프트 풍경'과 겹쳐 떠오른다. 때로는 미술관 하나가 도시 풍경 전체를 바꿔 놓기도 하는데 시마네현립미술관이 그렇다.

외관은 은빛 티타늄으로 마감해 우주선처럼 매끈하다. 완만한 물결 모양 로비와 천장까지 이어진 유리벽은 꽤 과감한 발상이다. 관람객의 시선은 자연스럽게 미술관 내부에서 호수로 빠져나간다. 1층 로비에 들어서면, 유리 너머로 넘실대는 신지코가 마치 쓰나미처럼 안으로 밀려드는 느낌이다.

해 질 녘, 미술관에서 바라본 노을은 말 그대로 장관이었다. 호수 위로 번져 가며 스러지는 석양이 미술관 내부까지 붉게 물들이자, 탄성이 절로 터졌다. 그 석양을 보기 위해 미술관을 찾는 사람들도 적지 않다. 이곳에 오면 고단한 삶도 잠시 위로받을 수 있겠다 싶었다. 살림살이는 넉넉지 않아도, 미술관 하나로 도시 풍경을 바꾸어 낸 시마네현이 새삼 달리 보였다.

시마네현립미술관은 일본 최대 우키요에 소장 미술관으로써 컬렉션을 차별화했다. 전통 판화인 우키요에 작품으로 특화한 미술관이다. 우키요에는 16세기 유럽에 '자포니즘' 열풍을 일으킨, 일본을 대표하는 문화 상품이다. 미술관은 우키요에 거장 우타가와 히로시게歌川廣重(1797~1858)와 가쓰시카 호쿠사이葛飾北齊(1760~1849) 작품을 가장 많이 소장하고 있다.

〈가나가와 해변의 높은 파도 아래〉를 비롯해 후지산 36경 시리즈는 설명이 필요 없는 명작이다. 〈가나가와 해변의 높은 파도 아래〉는 역동적이고 호쾌해 보는 사람을 휩쓸어 버리는 힘이 있다. 그중에서도 〈남풍, 맑은 하늘〉은 우리에게도 눈에 익은 작품이다. 간결한 구성과 제한된 색상만으로 후지산의 장엄함을 잡아낸 걸작이다. 그 작품을 배경으로 사진을 찍으며 후지산에 끌렸다.

한적한 지방 미술관이 수준 높은 컬렉션을 갖게 된 건 뜻있는 지역 유지들의 '취향'과 '집념' 덕분이다. 구체적으로는 시마네 출신 사업가 신조 지로(1901~1996)와 호쿠사이 연구가 나가타 이쿠지(1951~2018)다. 한 사람은 돈을 대고, 한 사람은 작품을 선별하는 방식으로 수준 높은 미술관 컬렉션을 꾸렸다. 돈은 이렇게 쓰라고 있는 거구나, 새삼 깨닫는다.

일본 열도를 다니다 보면 이 같은 사연을 지닌 미술관을 흔히 만난다. 시마네현 아다치 미술관은 물론이고, 오카야마 구라시키倉敷에 있

시마네현립미술관에서 만난 우키요에 대가 호쿠사이의 작품 후지산

는 오하라大原 미술관, 도쿄 네즈根津 미술관은 대표적이다. 이들 모두 한 개인이 사업을 통해 부를 축적한 뒤, 자비를 들여 미술관을 짓고 작품을 매입했다는 공통점이 있다. 관람 비용은 만만치 않다. 그렇지만 덕분에 훌륭한 미술 작품을 감상하면서 위안을 얻고 가니 감사한 일이다.

우리나라 간송 미술관도 이런 경우에 속한다. 간송 전형필全鎣弼 (1906~1962)은 일제강점기와 6·25전쟁 와중에 사라질 위기에 놓인 문화재를 사비로 지켜 냈다. 그 덕분에 수많은 국보와 보물이 지금까지 살아남았다. 누군가의 '덕후'와 '집념'이 역사를 바꾼 것이다.

400년을 버틴 마쓰에성, 시민이 지켜 낸 유산

미술관을 나와 국보급 문화재인 마쓰에성으로 발걸음을 옮겼다. 마쓰에성은 일본 전체를 통틀어 단 12곳만 남아 있는 천수각天守閣을 보존한 성 가운데 하나다. 지상 5층, 높이 30미터의 천수각에 올라서자

정원이 작품이 되는 시마네현 아다치 미술관

신지코와 시마네현 청사, 시가지가 한눈에 들어왔다. 1611년에 건축했으니 400년 넘도록 버틴 셈이다. 마쓰에성에 대한 시민들의 자부심은 각별하다.

성 아래로 오하시가와大橋江강이 에둘러 흐른다. 강은 적의 침입을 막는 해자垓字 역할을 한다. 봄날, 성 주위로 벚꽃이 만개하면 사람들은 강과 어우러진 풍경에 취한다. 호리카와 유람선을 타고 30여 분 동안 성 주변을 돌았다. 마쓰에성과 주변 무사마을을 돌아보는 유람선은 도심에서 만끽하는 여유다. 뱃사공이 노를 젓기에 벚꽃 피는 봄밤이면 훨씬 정취 있다.

성 주변, 무사마을 '시오미 나와테 전통 미관지구'는 여행자들이 가장 많이 찾는 곳이다. 공방과 찻집이 어우러진, 에도시대 정취를 느낄수 있는 소박한 동네다. '일본의 길 100선'에도 선정된 바 있다. 그렇기에 찬찬히 걷기만 해도 묘하게 기분이 좋아지는 곳이다. 이곳 야쿠모 안八雲庵 이즈모 소바는 '일본 3대 소바'로 입소문 난 맛집이다. 이곳에서는 "음식은 입으로만 먹는 게 아니라 눈으로도 먹는다"는 말을 절로 실감한다. 정원 풍광이 빼어나다.

철거 위기에 처한 마쓰에성을 살려 낸 주인공은 지역 주민들이다. 메이지 정부는 1873년 전국에 '폐성령'을 내려 대부분 성을 철거했다. 그때 마쓰에 지역 유지들이 나서 마쓰에성을 지켜 냈다. 이들은 십시일반 돈을 모아 성을 매입하고 철거 위기를 넘겼다. 시민 힘으로 문화유산을 지킨, 일종의 내셔널트러스트 운동이다. 메이지 신정부에서 폐성령으로 일본 전역에 소재한 수많은 국보급 성이 유실된 건 두고두고 아쉬움이 남는다. 우리도 조선 말기, 흥선대원군이 전국에 있는 서원을

마쓰에성 주변을 도는 호리카와 유람선

철폐하는 과정에서 수많은 유산이 유실됐다. 만일 그때 서원을 보존했다면 오늘날 문화 한류에 크게 기여했을 게 분명하다.

시마네현 관광객 1위는 한국인

여기까지가 시마네의 여유롭고 넉넉한 풍광이다. 이제 복잡하고 미묘한 독도 문제로 들어간다. 시마네는 독도 영유권을 놓고 한국과 각을 세우는 유일한 광역단체다. 그들은 독도를 다케시마竹島라고 부르며, 매년 2월 22일을 '독도의 날'로 기념한다. 독도의 날에는 중앙정부 고위 관료까지 참석해 분위기를 잡는다. 또 시마네현 청사 안에 '독도 자료실'을 설치하고 노골적으로 우리를 자극한다.

앞서 다녀온 마쓰에성 바로 옆에 시마네현 청사가 있고, 독도 자료실은 도로변에 위치해 접근하기 좋다. 독도 자료실 방문은 불편하지만, 한국인이라면 반드시 들러야 할 곳이다. 도대체 그들은 왜 독도를 일본 땅이라고 우기는 것이며, 어떤 억지를 부리고 있는지 확인할 필요가 있다. 그래야 허약한 논리를 깰 근거를 마련하고 정확한 대응을 할 수 있다.

아이러니한 건, 관광산업은 시마네현에서 핵심 '캐시카우'다. 관광산업이 차지하는 비중이 크다는 뜻이다. 앞서도 살펴봤듯 변변한 산업 기반이 없는 시마네현에서 관광은 사실상 유일한 돈줄이다. 시마네현을 찾는 외국인 관광객 가운데 한국인은 압도적인 1위다. 전체 외국인 가운데 무려 25~30퍼센트를 한국인이 차지한다. 쉽게 말하면 한국인 덕분에 지역경제가 겨우 돌아간다고 해도 과언 아니다.

그런데 시마네현은 한국인들이 가장 민감하게 생각하는 영토 문제

시마네현 독도 자료실 입구

를 거론하며 자극하고 있다. 어리석고 아이러니한 대목이다. 독도를 자신들 땅이라고 우기고, 지역경제에 반하는 자해 행위를 계속하고 있다. 사실 현지에서 만난 시마네현 주민들은 독도 문제에 관심 없었다. 독도의 날 제정은 정치 행위에 불과한 것이다. 왜 시마네현은 한국을 자극하는 독도 영유권 문제에 집착할까. 그것도 시민단체 차원이 아니라 지방정부에서 직접 나섰으니 이해하기 어렵다. 시마네 여행은 이 같은 질문에서 시작됐다.

독도 영유권 분쟁, 시마네현 뒤에 숨은 중앙정부

시마네현은 2005년 3월 16일 조례로 '독도의 날'을 제정한 이후 20년째 '독도의 날' 행사를 개최하고 있다. 일본 중앙정부는 매년 독도의 날에 차관급 인사를 보내 독도 영유권 분쟁을 부채질하고 있다. 2025년에는 차관급 아래 이마에 에리코今井絵理子 정무관을 보냈지만 이전까지 12년 연속 차관급이 참석했다. 일본 정부가 참여 인사의 직급을 한 단계 낮춘 건, 이시바 총리 체제에서 우호적인 관계를 의식한 것이다. 양국 관계에 따라 독도 영유권 분쟁은 언제든 휘발성 높은 이슈임에는 변함없다.

가미카와 요코上川陽子 외무상이 2025년 국회 연설에서 "역사적 사실과 국제법상으로도 독도는 일본 고유 영토이며, 의연하게 대응하겠다"고 주장하고, 보수 언론이 거든 것만 봐도 그렇다. 『요미우리讀賣신문』은 "한일 관계는 개선되고 있지만 한국이 불법 점거하고 있는 독도 문제는 진전이 없다"며 우리 정서와 정면 배치하는 논조를 펼치며 일본 정부를 압박했다. 『산케이産經신문』 또한 "독도 반환 운동에 임하는 정부 자세가 너무 약하다"고 강경 대응을 촉구했다.

'고유 영토' '한국의 불법 점거' '의연한 대응' 같은 표현은 황당하다 못해 기묘하다. 역사적·지리적·국제법적으로 독도가 대한민국 영토라는 사실은 이미 수차례 입증됐다. 고지도 『동국지도』는 울릉도와 독도의 위치와 크기를 또렷이 표기하고, 『세종실록지리지』는 우산국(울릉도)과 함께 독도를 조선 땅으로 기록했다.

에도막부는 1696년 독도를 조선 영토로 인정하면서 일본 어부들의 조업을 금지했다. 해방 이후 이승만 정부는 1952년 독도를 우리 영토라 선포했고, 지금까지 실효 지배를 이어 오고 있다. 역사·지리·국제법 어느 기준으로 봐도 독도는 다시 논쟁할 여지조차 없는 한국 땅이다.

허술한 '독도의 날' 지정

일본이 내세우는 근거는 1905년 2월 22일, 시마네현 고시告示다.

'독도는 일본 땅이며 행정구역상 시마네현 오키노시마隱岐の島에 속한다'는 내용이다. 당시 고시는 대한제국에는 알리지도 않은 일방적 편입이었다. 한반도 침략을 본격화하던 시기 일본은 국제법을 무시한 채 군사기지 용도로 독도를 '슬쩍' 가져갔다.

이런 허술한 고시를 근거로 시마네현 의회는 2005년 3월 '독도의 날'을 제정했으니 황당하다. 한국 입장에서 독도의 날은 '도발의 날'이나 다름없다. 이어 시마네현은 2007년에는 현청사에 독도 자료실을 설치하고 왜곡된 역사를 꾸준히 유포하고 있다. 독도 자료실은 어렵지 않게 찾을 수 있다. 한국 블로거 사이에 "한국인은 관람 불가"라는 말이 돌아 살짝 긴장했으나 다행히 제지는 없었다. 입구에 들어서자 '다케시마는 우리나라(일본) 고유 영토입니다' '한국에 의해 불법 점거되고 있는 다케시마'라는 대형 문구와 독도 사진이 한눈에 들어왔다. 말로만 듣던 억지스러운 장면을 눈앞에서 본 것이다.

2층 전시실은 일본어 자료와 함께 한글 안내 자료도 여러 종류 비치돼 있다. 왜곡된 내용을 한글 자료로 작성했다는 건, 한국인의 반응 따위는 개의치 않겠다는 의도로 읽혔다. 전시물은 자신들에게 유리한 고문서와 지도를 중심으로 구성했다. 초등학생 독도 글짓기 작품도 여럿 걸려 있었다. 잘못된 역사를 가르치고, 잘못된 내용을 주입하는 '외눈박이 역사 교육' 현장을 보는 기분이었다.

시마네현은 여기서 멈추지 않았다. 2016년에는 시치루이항七類港에서 100킬로 떨어진 오키노시마에도 독도 역사관을 추가 개관했다. 마쓰에 시민들과 달리 오키노시마 주민들은 독도가 자신들 땅이라고 굳게 믿고 있는 눈치였다. 행정지도에도 버젓이 독도를 자신들 영토로 표

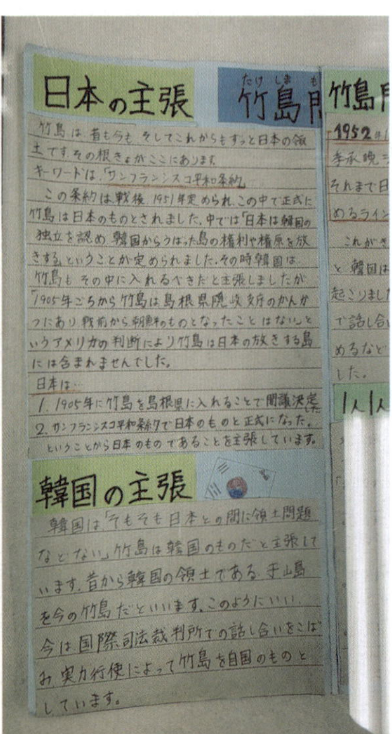

◀ 독도 자료실 내부 전시물
▶ 일본인 초등생이 만든 한국과 일본의 비교 주장

기하며 분쟁의 최전선을 자처하고 있다.

우리 헌법은 북한이 실효 지배 중임에도 이북 5도를 여전히 대한민국 영토로 명시하고 있다. 또 이북 5도 지사를 임명하고 있는데, 이런 행정행위는 한반도와 부속 도서를 우리 영토로 한다는 상징적인 몸짓이다. 일본이 독도를 오키노시마 관할로 편입한 것 또한 한국의 실효 지배를 인정하지 않겠다는 뜻이다.

오키노시마 주민들은 마쓰에 주민과 달리 독도 문제에 훨씬 민감하다. 그렇다고 드러내 놓고 반한 감정을 보이는 건 아니다. 한국인 블로

'독도는 시마네현의 보물 같은 영토' 일본 포스터

거 사이에서 "한국인을 받지 않는 식당·가게·숙박업소가 있다" "독도 역사관은 아예 한국인 출입을 허가하지 않는다"는 이야기가 있으나 현실과 다르다. 반일 감정을 부추기려는 의도에서 과장한 건 아닌가 한다. 다만 육지 쪽 시마네현보다 섬 주민들이 다소 예민한 건 사실이다. 영호남 갈등이 첨예할 때 "전라도 주유소에서는 경상도 번호판을 단 차량에는 기름을 팔지 않는다"고 했던 선동과 다르지 않다. 한일 관계에서 성숙한 자세는 "저들이 낮게 갈 때 우리는 높게 간다"는 미셸 오바마의 말을 떠올리는 것이다.

울릉도에서 독도까지는 87킬로, 오키노시마에서는 독도는 157킬로. 일본 쪽이 두 배나 멀다. 그러니 우리는 객관적인 데이터와 신뢰

할 수 있는 역사적 사실을 근거로 차분하게 대응하는 게 바람직하다. 덩달아 흥분하다 보면 독도를 분쟁 지역화함으로써 국제 이슈화하려는 일본의 의도에 말려드는 실수를 범하게 된다. 소설가 이문열은 2005년 '독도의 날' 조례가 통과되자 「시마네현 촌것들 다스리는 법」이라는 칼럼에서 "꼴사납지만 울릉군 의회 수준에서 천둥벌거숭이 같은 시마네현 촌것들을 추상같이 다스리는 조례를 제정하라"고 일갈했다. 한국인이라면 비슷한 감정을 공유하고 통쾌하겠지만, 이런 대응으로는 한계가 있다.

분쟁이 계속되자 경상북도도 시마네현과 자매결연을 끊었다. 시마네가 계속 독도 문제를 들고나온다면 한국 관광객은 돌아설 수밖에 없다. 한국과 시마네 사이에는 이미 직항 항공편과 배편까지 열려 있다. 인천에서 출발한 항공기와 동해에서 출항한 여객선은 각각 돗토리현 요나고米子 공항과 사카이미나토境港항 노선을 운항하고 있다. 시마네까지는 자동차로 20~30분 거리다.

시마네가 앞장서 독도 영유권 분쟁을 거론하는 건, 중앙정부의 관심을 끌어내 재정 지원을 얻어 내려는 계산이 깔려 있다. 하지만 그들이 놓치고 있는 게 있다. 인구 65만 명 남짓한 시마네현은 일본 중앙 정치권에서 볼 때 우선순위가 아니다. 극우 정치인의 말장난에 휘둘리는 대신 한국 관광객 유치에 나서는 게 경제적으로 훨씬 이득이다. 시마네현 주민들이 안쓰러운 이유다. 한국인 관광객도 떠나고 중앙정부 지원도 받지 못한다면, 시마네현은 퇴보하게 된다. 하루속히 '독도의 날'이 자해 행위라는 걸 깨달아야 한다.

센카쿠와 독도를 대하는 이중 잣대

일본은 센카쿠尖閣 열도(중국명 댜오위다오)를 두고 중국과 대치하고 있다. 센카쿠 열도는 일본이 실효 지배 중이다. 2024년 4월, 일본 국회의원 5명이 탄 순시선이 센카쿠 열도에 상륙하는 과정에서 중국 순시선과 충돌 직전까지 가는 상황이 벌어졌다. 일본은 "일본 영토이기에 조사를 위해 상륙한다"고 주장했고, 중국은 완강하게 막아섰다.

일본이 센카쿠 열도를 자국 영토로 편입한 건 청일전쟁 직후다. 미국의 위임통치 시기에는 센카쿠 열도가 오키나와沖縄 관할이었다. 미군이 1972년 오키나와를 일본에 반환하면서, 센카쿠 열도는 일본이 실효 지배하는 '자기 땅'이 되었다. 일본이 독도와 센카쿠를 다루는 태도는 모순됐다. 독도는 한국의 실효 지배를 인정하지 않으면서, 센카쿠는 자신들의 실효 지배를 주장하는 것이다. 쉽게 말해 "독도도 내 땅, 센카쿠도 내 땅"이라는 식이다. 만약 우리가 센카쿠 열도를 "중국 땅이다"라고 편든다면 일본이 납득할지 묻고 싶다. 실효 지배를 자신들 입맛에 맞게 해석하는 이중 잣대는 모순이다.

시마네현에서 떠올린 기축옥사

마쓰에松江라는 지명에서 고교 국어 시간에 배웠던 송강松江 정철鄭澈이 떠올랐다. 정철의 호와 마쓰에는 한자가 같다. 정철은 기축옥사己丑獄事 당시 호남 선비들을 무더기 죽음으로 내몬 인물이다. 분당 정치의 한복판에서 파당을 심화시킨 장본인이기도 하다.

서포 김만중이 「관동별곡」 「사미인곡」 「속미인곡」을 "우리나라에서 참된 글은 이 세 편뿐이다"라고 극찬했을 정도로 정철의 가사문학은 빼어났다. 하지만 인품과 정치 행보는 다른 문제였다.

정여립鄭汝立이 모반을 꾀했다는 고변에서 시작된 기축옥사는 1,000여 명에 달하는 호남 선비의 목숨을 앗아 갔다. 그때 찍힌 '반역의 땅'이라는 낙인은 지금까지도 지역감정의 뿌리로 남아 있다. 정철은 그 한가운데 있었다. 정여립 모반이 실제였는지조차 명확하게 드러나지 않은 상황에서 정철은 정여립과 호남을 확신범으로 몰아갔다. 한 사람의 무모한 확신과 집착이 얼마나 큰 상처를 남기는지 보여 주는 사례다.

독도를 자기 땅이라 우기는 일본도 그릇된 확신에 사로잡혀 있다. 특정 지역을 반역의 땅으로 낙인찍은 정철과 남의 땅을 자기 땅이라고 우기는 일본은 다를 게 없다. 둘 다 그릇된 신념이 낳은 집단적 망상이다. 시마네현에서 뜬금없이 기축옥사를 떠올렸지만, 알고 보면 닿는 지점이 있다.

시마네를 떠나며 나는 혼잣말을 반복했다. "독도만 아니라면……."

시마네현 사람들이 이 마음을 언젠가 알아줄까 싶다. 젊은 여행자들이 가볍게 떠났다가 돌아와도 공감할 수 있는 도시, 그리고 우리와 덜 어색하게 마주 볼 수 있는 도시. 역사와 사실 앞에 겸손한 시마네를 만날 날은 언제일까.

차별과 배제의 바다,
마이즈루

시마네현에서 돗토리현으로

시마네현을 떠나는 아침, 옷깃을 여미게 하는 찬 바람이 불었다. 하늘은 당장이라도 비를 쏟아 낼 듯 잔뜩 흐렸다. 오늘은 돗토리현을 거쳐 교토 마이즈루舞鶴까지 300킬로 가까이 달리는 긴 코스다. 가는 길에 비가 내려도 좋고, 내리지 않아도 좋다고 생각했다. 여행자는 날씨를 골라 다닐 수 없다. 비가 내리면 내리는 대로, 맑으면 맑은 대로 받아들이고 감사할 뿐이다. 다행히 동해를 끼고 이어지는 해안도로는 생각보다 아름답고, 풍경은 끊임없이 바뀌어 심심할 틈을 주지 않았다.

'새를 잡는다'는 재미난 지명, 돗토리현은 이웃 시마네현과 함께 일본에서 가장 낙후된 지역이다. 혼슈 동북부 끝인 데다 도시 규모도 작다. 행정구역은 분명 광역지방단체인데 인구는 고작 55만 명 남짓이다. 우리나라 웬만한 기초 지자체에도 못 미친다. 전주시 인구가 65만여 명이니 돗토리현이 얼마나 작은지 알 수 있다. 신칸센 노선도 지나지 않는다. 이러니 일본 여행을 꽤 다녔다는 이조차 돗토리는 생소한다. 많은 이들이 '시마네'를 '시네마'로 잘못 알고, '돗토리'는 '도토리가 많이 나는 곳' 정도로 착각한다.

현지 주민에게 낙후와 소외는 달갑지 않은 꼬리표다. 하지만 '느림의 미학'을 즐기는 여행자에게는 이보다 좋은 곳이 없다. 고속철도도, 대도시의 화려한 간판도, 북적이는 인파도 없다. 그저 바다와 산, 오래된 마을이 있을 뿐이다. 이시바 시게루石破茂 전 총리가 돗토리현 출신이다. 이시바 총리는 고향 돗토리현의 자존심을 한껏 끌어올렸다. 오지나 다름없는 곳에서 국가 지도자가 나왔으니 돗토리 사람들이 가졌을 자부심이 가늠된다.

요괴의 거리 사카이미나토

사카이미나토境港부터 찾았다. 시마네현 마쓰에를 출발해 돗토리현 사카이미나토에 가려면 에시마江島 대교를 건너야 한다. 대교는 블로거 사이에서 이름난 '인생샷 포인트'다. 가파른 대교를 배경으로 사진을 찍으면 하늘로 치솟는 자동차 사진을 건질 수 있다. 보기만 해도 아찔하다. 그러나 실제는 생각만큼 가파르지 않다. 망원렌즈가 만든 착시 효과일 뿐이다. 대교 주변에 이르자 'SNS용 사진'을 찍으려는 여행자들로 소란스러웠다.

외진 사카이미나토에 굳이 들른 이유가 있다. 인구 3만 명 남짓한 소도시가 어떻게 연간 300만 명을 불러들이는지, 그 비결이 궁금했다. 사카이미나토는 메이지 시대 무역항으로 성장했으나 산업화 과정에서 뒤로 밀렸다. 지방정부는 돗토리 출신 만화가 미즈키 시게루를 전면에 내세워 반전을 꾀했다. 다행히 찾는 사람이 늘면서 관광산업은 흥행에 성공했다.

미즈키 시게루는 일본 요괴 만화의 전형을 만든 거장이자, 〈게게게의 키타로〉를 탄생시킨 작가다. 사카이미나토는 그가 만든 요괴 캐릭터를 거리 곳곳에 풀어놓았다. 기차역 이름은 아예 '키타로역'으로 바꿨고, 역 주변 거리는 만화 캐릭터 조형물로 도배했다. 여러 가지 형태 요괴 동상과 캐릭터 조형물은 여행객을 반긴다. 조형물이 늘어선 '미즈 시게루 로드'는 '미즈키 시게루 기념관'과 함께 여행객을 불렀다.

"만화 캐릭터로 뭘 하겠냐"는 냉소도 없지 않았지만, 결과는 숫자가 말해 준다. 매년 300만 명 가까운 사람들이 이 작은 항구도시를 찾는다. 망가漫畫의 나라 일본다운 탁월한 결정이었다. 현지인이 몰리면서 외국인 관광객도 덩달아 늘었다. 일본 만화에 관심이 없는 내 눈에는 장난스럽고 유치해 보였지만, 누군가에게는 어린 시절을 통째로 품은 세계인 것이다. 아무리 내가 젊은 척해도 이럴 때 세대 차이를 느낀다.

무더위 때문일까. 사카이미나토를 찾은 날, 미즈키 시게루의 요괴 캐릭터도 힘이 빠진 듯 거리는 한산했다. 한적한 거리를 걷다 허름한 청과물 가게에 들러 방울토마토 한 봉지를 샀다. 거동이 불편한, 여든은 훌쩍 넘겼을 듯한 노인이 계산대 뒤에서 졸고 있었다. 방울토마토 또한 쇠락한 동네처럼 여기저기 물러 터져 있었다. 방울토마토를 입에 물고 걸으며 "사람들은 다 어디로 간 걸까" 생각에 잠겼다. 사카이미나토는 도시도, 가게도, 할머니도 서서히 늙어 가는 중이었다. 시간이 흐르면 단단한 바위도 한 줌 모래로 흩어진다. 한때 사카이미나토를 떠들썩하게 했던 사람들의 꿈과 희망, 한숨도 그렇게 모래처럼 흩어졌다고 생각하니 애잔하다.

마이즈루, 귀환과 생환이 교차한 항구

사카이미나토를 떠나 돗토리 사구와 모래미술관으로 운전대를 돌렸다. 해안도로는 놀랄 만큼 한산했다. 왼편으로는 줄곧 동해가 나타나고, 오른편으로는 소박한 마을이 이어졌다. 2시간가량 달려 도착했다. 사구에 가까워질수록 모래바람은 시야를 가리고, 도로에도 모래가 부쩍 눈에 띄었다. 돗토리 사구는 '독특하다'는 말로는 부족한, 경이로운

돗토리 사구

곳이다. 국토의 70퍼센트 이상이 산림인 일본에서 모래사막은 상상 밖

풍경이다. 동서 16킬로, 남북 2.4킬로에 달하는 모래언덕은 바람과 파

도가 빚어낸 거대한 모래밭이다. 20여 년 전 다녀왔던 두바이 사막과

비교됐다. 중동 지역에서 사막은 어디서든 볼 수 있는 흔한 풍경이다.

그러나 일본에서 사막이라니, 전혀 예상하지 못했기에 놀라운 경험이

었다.

돗토리 사구 모래미술관

돗토리 사구를 출발해 다시 3시간 남짓 달려 목적지 교토 마이즈루
舞鶴에 닿았다. 항구도시 마이즈루는 이름 그대로라면 '춤추는 학舞鶴'
이 떠올라야겠지만, 실제 풍경은 삭막했다. 낭만적 이름과 달리 어딘
가 후줄근하고, 오래된 벽돌 건물들로 쓸쓸한 첫인상을 받았다.

행정구역상 전통 사찰이 즐비한 교토부에 속해 고즈넉한 분위기를
기대했지만, 교토와는 전혀 다른 분위기였다. 기요미즈데라清水寺가 있
는 교토를 놔두고 군이 마이즈루를 찾은 이유가 있다. 이곳 마이즈루
앞바다에서 벌어진 불편한 기억을 찾아서였다.

80여 년 전, 마이즈루 앞바다에서는 죽음과 삶이 극단적으로 엇갈
렸다. 한 무리는 이곳에서 의문 모를 죽음을 맞았고, 다른 한 무리는
극적으로 생환했다. 죽음을 맞은쪽은 식민 지배에서 벗어나 고향으로
돌아가던 조선인들이고, 생환의 기쁨을 누린 쪽은 시베리아 수용소에
서 돌아온 일본인 포로들이었다. 시점은 1945년 8월, 일본의 패전 직

후였다.

생명의 무게는 누구에게나 같다. 그러나 식민지 조선인의 죽음은 가볍게 소비됐다. 반면 일본인 포로들은 국가 정책에 필요한 선전 도구로써 존중받았다. 일본은 귀환한 자국민을 전쟁의 참혹함을 알리는 선전 수단으로 한껏 활용했다. 마이즈루는 이런 기억이 뒤엉켜 있는 곳이다.

전쟁의 참혹함 알리는 히키아게 기념관

먼저 패전국 일본인 귀환 과정부터 보자. 일본은 1945년 8월 패전 직후, 시베리아 수용소에 억류된 자국민 포로와 해외에 잔류한 민간인과 군인을 데려오는 송환 작전에 착수했다. 일본 정부는 이를 위해 마이즈루 포함 전국 18개 항구를 귀환 전용 항으로 지정했다. 대부분 항은 1950년 전후로 귀환 업무를 마무리했지만, 마이즈루항은 가장 늦게 1958년까지 귀환자를 받아들였다. 일본인들이 마이즈루항을 '히키아게引揚(귀환)' 전용 항구로 기억하는 건 이 때문이다. 우리말로 인양引揚은 '물에서 건져 올린다'는 뜻인데, 일본은 전쟁 후 송환을 히키아게로 불렀다. 죽음이 도사린 시베리아에서의 송환을 그렇게 해석했나 보다.

이곳 마이즈루 '히키아게 송환 기념관'은 시베리아 수용소에서 포로로 있다가 돌아온 이들의 고난과 송환 과정을 전시하고 있다. 마이즈루는 1945년 10월부터 1958년 9월까지 13년 동안 히키아게 전용 항구로 운용됐다. 그 기간 군인과 민간인 66만 4,531명이 돌아왔다. 당시 마이즈루항에서는 매일 눈물겨운 상봉 장면이 연출됐다. 우리에게 익숙한 KBS 이산가족 찾기 〈이 사람을 찾습니다〉와 다르지 않았다. 자식을 전쟁터로 보낸 어머니, 남편을 군에 보낸 아녀자들은 마이즈루 항에서 선창을 바라보며 눈물을 흘렸을 것이다.

마이즈루는 관광도시가 아니다. 볼거리도, 먹을거리도 많지 않다. 과거 일본제국의 해군기지였고, 지금은 해상자위대 마이즈루 지방대가 주둔한 군사도시에 지나지 않는다. 패전 무렵 해외에 거주하던 일본인은 군인을 포함해 약 660만 명으로 추정된다. 일제는 전쟁 막바지까지

'대동아공영권' 건설이라는 명분으로 자국민을 속여 만주와 몽골 등지로 보냈다. '만몽개척단滿蒙開拓団'이라 불린 농민 이주단은 현지에서 지배자로 군림하며 반짝 위세를 떨쳤다. 그러나 패전과 함께 패전국 국민으로 전락했고, 국가는 이들을 버렸다.

만주와 몽골로 갔던 이들은 소련군 포로가 되어 폭력과 강간, 살해 위협에 시달렸다. 살아남은 사람들은 시베리아 수용소에 갇혀 혹독한 강제 노역에 내몰렸다. 일부는 국가권력에 의해 집단 자결을 강요당하

마이즈루항에 정박 중인 해상자위대 전함

포로 송환을 소개한 마이즈루 히키아게 기념관

기도 했다. 국가가 만든 비극 위에 또 다른 비극이 겹친 것이다.

일본에서 선교사로 활동하는 홍이표 목사는 인터넷 매체 『뉴스 조이』에 기고한 「일본에서 만난 수많은 세월호」(2018년 8월 30일)라는 글에서 효고현 탄토丹後 사례를 소개했다. 그에 따르면 정부 정책에 따라 1944년 만주로 떠났던 농민 476명은 이듬해 패전과 함께 국가로부터 버림받았다. 이 가운데 345명은 서로 몸을 묶고 돌을 매단 채 물에 뛰어들어 집단으로 목숨을 끊었다. 홍 목사는 "무책임하고 야만적인 국가권력은 힘없고 죄 없는 농민을 사지로 내몬 뒤 돌아섰고, 비석 하나를 세워 주는 것으로 침묵을 대신했다"고 비판했다. 비정한 국가권력을 향한 날카로운 고발이었다.

늦은 오후, 마이즈루를 상징하는 붉은 벽돌 건물이 늘어선 옛 해군

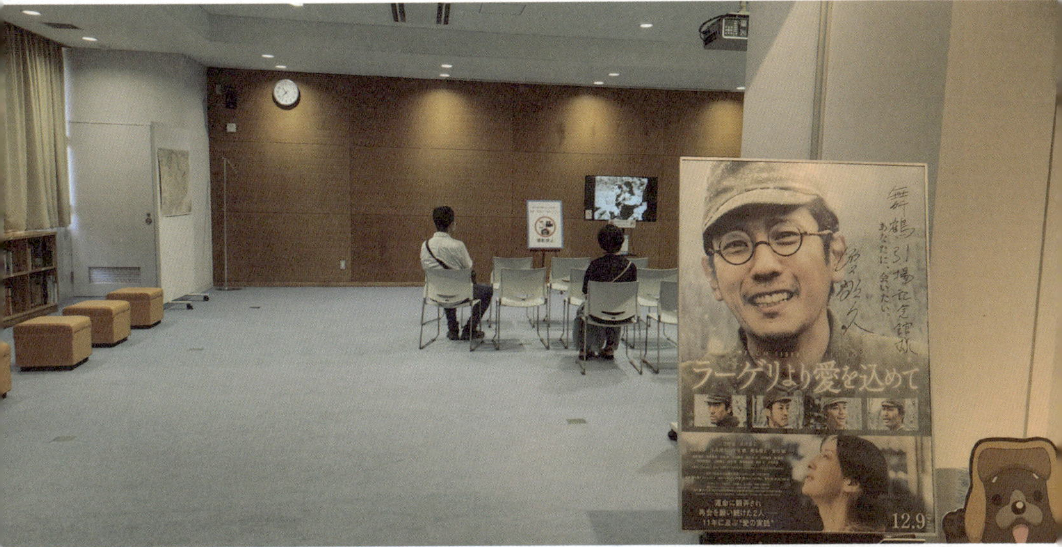

히키아게 기념관 내부

병기창을 지나 히키아게 기념관에 도착했다. 기념관에는 귀환자들이 기증한 1만 6,000점에 달하는 방대한 소장품이 전시돼 있다. 시베리아의 추위와 가혹한 강제 노역을 묘사하는 수용소 모형이 눈에 뜨였다. 또 이들이 입었던 해진 옷과 사진, 일기, 편지, 개인 소장품도 빼곡했다. 편지와 일기 570점은 유네스코 세계기록유산이다. 유네스코는 「마이즈루로 생환, 1945~1956 시베리아 억류 일본인의 본국으로 히키아게 기록」을 참혹한 전쟁 기억을 전하는 집단 기록물로 인정했다.

전시물을 둘러보다 '자작나무 일기' 앞에서 걸음을 멈췄다. 깡통을 잘라 만든 펜에 굴뚝 그을음을 묻혀 자작나무 껍질 위에 쓴 일기다. 믿기지 않는 기록 방식이었다. 열악한 환경을 뚫고 쓴 자작나무 일기에서 인간의 집요한 기록 본능을 확인했다.

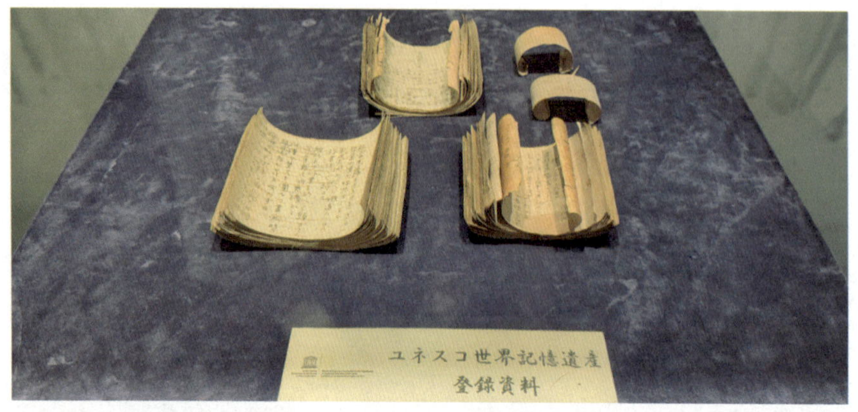

▲ 세계기록유산으로 등재된 자작나무 껍질에 쓴 기록물
▼ 히키아게 기념관을 관람 중인 일본인

뭔가를 쓰고 기록하는 건 인간의 본능이다. 멀리는 알타미라 동굴 벽화부터 가깝게는 전쟁 포로, 민주화 운동으로 수감된 이들까지 치열하게 쓰고 남겼다. 추사 김정희와 다산 정약용은 유배 기간에 방대한 저작물을 남겼고, 김대중과 신영복은 교도소 안에서 깨알 같은 편지를 썼다. 또 간디와 솔제니친, 우루과이 전 대통령 호세 무히카, 빅터 프랭클까지 많은 이들이 자신이 처한 혹독한 상황을 기록함으로써 이겨 냈다. 모두 기록을 통해 자신의 정당성과 존재를 증명했다는 공통점이 있다. 인간은 처한 환경과 관계없이 쓰고 기록함으로써 존엄을 드러내는 존재다. 히키아게 기념관의 기록물 또한 기록의 의미를 일깨웠다.

우키시마마루, 인양되지 못한 조선인의 죽음

이제는 같은 해, 같은 바다에서 벌어진 또 다른 이야기다. 마이즈루 앞바다에 수장된 조선인 강제 동원 노동자와 가족들의 죽음이다. 1945년 8월 24일 오후 5시 무렵, 조선인 5,000~7,000명(조선인 주장)을 태운 일본 해군 송환선 우키시마마루浮島丸호가 마이즈루 앞바다에서 폭발과 함께 침몰했다. 승객들은 반쪽으로 쪼개진 배와 함께 차가운 바다 밑으로 가라앉았다. 고향으로 돌아간다는 기쁨에 들떴을 이들은 한순간 죽음을 맞았다. 고향 땅이 아닌 마이즈루 앞바다에서 떼죽음한 조선인들은 원혼이 됐다.

사고 이틀 전 8월 22일, 조선인을 태운 우키시마마루는 아오모리항을 출발했다. 일본 천황이 항복 문서에 서명한 일주일 뒤였다. 최종 목적지는 부산항이었다. 그런데 알 수 없는 이유로 우키시마마루는 부산이 아닌 마이즈루로 선수를 돌렸다. 우키시마마루 침몰 원인은 분분하다.

일본 정부는 미군이 부설한 기뢰 때문이라고 발표했다. 또 탑승자는 일본 해군 255명을 포함해 총 3,725명이며, 한국인 희생자는 524명이라고 주장했다. 그러나 조선인 생존자들은 "일본 군부에 의한 고의적인 폭침이며, 실제 사망자는 수천 명에 이른다"고 반박해 왔다.

그동안 자료가 없다며 줄곧 공개를 거부했던 일본은 지난해 우리 정부에 75건을 제공했다. 바닷속에 수장됐던 진실이 80년 만에 일부분이나마 드러난 건 일본인 기자 덕분이다. 후세 유진布施祐仁 기자는 일본 정부를 상대로 끈질기게 정보 공개를 요청해 자료가 존재한다는 걸 세상에 알렸다. 행정안전부는 지난해 12월 '우키시마호 명부 분석 3차 경과 보고회'에서 승선자 3,542명, 사망자 528명이라고 발표했다. 일본 정부가 1945년에 발표한 것과 비교하면 승선자는 183명 적고, 사망자는 4명 많다.

승선자와 사망자 수는 확인됐지만 실체적 진실은 아직도 바닷속에 있다. 가장 급선무는 침몰 원인이다. 일본은 줄곧 미군이 투하한 기뢰에 의한 것이라고 주장해 왔다. 그러나 조선인 생존자들은 고의 폭침을 주장하며 수긍하지 않는다. 의혹을 뒷받침하는 정황은 여럿이다. 기뢰에 의한 폭발이라면 선체가 밖에서 안으로 파열되어야 하는데, 인양 사진에서 확인된 선체 손상은 그 반대였다. 선체가 안에서 밖으로 찢겨 있기에 내부 폭발 가능성을 뒷받침한다. 또 하나 석연치 않은 건, 폭침 사실을 보도하지 못하게 한 것이다. 미군 기뢰에 의한 사고라면 적극 알림으로써 자신들 책임을 피할 수 있다. 그러나 일본 정부는 숨기기에 급급했다. "왜 그랬을까?"라는 질문은 자연스럽게 음모 쪽으로 기울 수밖에 없다.

무엇보다도 폭침 이후 9년 동안 선체를 방치했다. 우키시마마루는 포탑 일부만 드러낸 채 9년 동안 마이즈루 앞바다에 잠겨 있었다. 선체 일부만 드러난 모습은, 세월호 상황과도 겹쳐 보인다. 조선인 유해가 바닷속에서 썩어 가는 동안 그 위로 수많은 배가 지나다녔다니 어처구니없다. 일본인 송환자를 태운 히키아게 귀환선 역시 그 바다로 들어왔다. 강제 동원된 조선인도 시베리아 수용소에서 포로로 지낸 일본인도 동일한 생명을 지닌 인간이다. 그럼에도 일본 정부는 조선인들의 죽음을 9년 동안 방치한 것이다. 조선인은 생전에는 '조센징'이라며 차별받고, 죽은 뒤에는 죽음마저 차별받았다.

일본 정부는 1954년에야 우키시마마루를 인양했다. 그마저도 민간 업체에 맡겼다. 업체는 인양한 우키시마마루를 해체한 뒤 고철로 팔아넘겼다. 그 과정에서 진상규명을 위한 중요한 증거물들도 사라졌다. 진실도, 선체와 함께 바다로 가라앉은 셈이다.

책임 규명 외면하는 일본 정부

일본 시민단체 '강제동원 진상규명 네트워크'는 진상규명 노력을 멈추지 않고 있다. 이 단체는 2024년 7월 5일 일본 정부를 상대로 조선인 탑승자 명부를 공개하고, 한국 정부에 전달하라고 촉구했다. 후쿠시마 미즈호 사민당 당수도 시민단체를 거들었다. 그동안 "승선자 명부는 침몰 당시 함께 사라졌다"며 발뺌했던 일본 정부가 뒤늦게 승선자 명단을 공개한 건 후세 유진 기자와 시민단체를 비롯한 이들의 노력 때문이다. 일본 정부의 몰염치를 비난하는 동시에 양심적인 일본 시민들의 행동에 박수를 보내지 않을 수 없다.

한편 조선인 생존자와 유가족들은 1992년 일본 정부를 상대로 손해배상 청구 소송을 제기했다. 일본 대법원은 2004년, 원고 패소 판결을 내렸다. 죽은 사람은 분명히 있는데, 죽음의 책임은 인정할 수 없다는 기묘한 판결이었다.

우키시마마루 참사를 기리는 기념비도 침몰 30년 지난 뒤에야 세웠다. 일본 시민이 참여한 '우키시마 순난자의 비 건립실행위원회'는

1978년 8월 24일 침몰 현장에서 가까운 시모사바카下佐波賀 언덕에 추모비를 건립했다. 부인하는 일본 정부와 달리 일본 시민들은 참회와 반성으로 우키시마마루 사망자의 원혼을 달랬다. 시모사바카 언덕에 올라 '순난의 비' 앞에서 묵념을 올렸다. 시민들이 제작한 기념비는 부산 방향을 향해 있다. 한복 차림 여인은 아이를 안은 채 차가운 바다를 응시하고, 하단에는 조선인 노동자의 모습이 조각돼 있다.

기념비 뒷면에는 이렇게 새겨져 있다. "일본에 강제로 끌려와 전쟁 수행을 위한 노동력으로써 가혹한 노동을 강요당했다. 잊혀서는 안 될 일이라고 생각해 사상과 신념, 종교를 초월해 인도적 차원에서 건립한다." 시민단체는 "강제로 끌려와 가혹한 노동을 강요당했다"고 명시하며 일본 정부의 책임을 분명히 했다.

이곳에서는 매년 8월 24일, 일본 시민과 조총련·민단 관계자들이 합동 위령제를 지낸다. 남북 분단과 대치 상황 속에서 민단과 조총련 인사들이 한자리에 모이는 일은 드물다. 억울한 죽음이 두 갈래로 갈라진 한인 사회를 한곳으로 묶어세운 것이다.

인양되지 못한 역사

우키시마마루 침몰을 다룬 영화와 기록물은 침몰 책임을 끊임없이 묻는다. 북한은 2000년, 우키시마마루 침몰을 다운 〈살아 있는 영혼들〉을 가장 먼저 스크린에 올렸다. 한국의 김진홍 감독도 2019년 다큐멘터리 〈일본은 살인자다, 우키시마호〉를 제작, 일본 군부에 의한 고의적 폭침 가능성을 제기하며 사과와 배상을 촉구했다.

대한변호사협회는 2024년 7월 일본 유텐지祐天寺에서 한국인전쟁희생자추모회를 주도하는 코바야시 키헤이를 초청해 간담회를 가졌다. 유텐지는 우키시마마루 폭침으로 숨진 조선인 유해를 안치한 사찰이다. 변협은 "한일 양국이 80년 가까이 사건을 방치한 것은 중대한 인권 침해"라며 일본 정부에 유해 봉환 등 실질적인 피해 구제를 촉구했다. 우키시마마루 침몰 전모를 밝히고 희생자들을 위로하는 일은 더는 미뤄서는 안 된다. 일본 정부는 왜 침몰했는지 진상을 밝히고 합당한 후속 조치를 취해야 한다.

2016년 8월, 일본 NHK는 〈마을 사람들은 만주로 보내졌다, 국가정책 71년째 진실〉이라는 다큐멘터리를 방영했다. 만주사변과 중일전쟁 당시 일본 정부가 만주와 몽골로 자국민을 이주시킨 실상을 다룬 프로그램이었다. NHK는 빈곤층을 해외로 내보냄으로써 국가 책임을 줄이는 동시에, 식민지를 관리하고 수탈하려는 목적이 있었다고 고발했다. 패전과 함께 이들을 버린 국가의 무책임도 함께 알린 것이다.

마이즈루 히키아게 기념관은 국가권력의 잘못을 희석하는 선전장이다. '가해의 기억'을 '피해의 기억'으로 교묘하게 바꾼 것이다. 죽음의 문턱에서 돌아온 자국민이 소중하다면, 조선인 희생자도 같은 무게로 다뤄야 한다. 설령 사고였다 하더라도 일본 정부는 책임을 피할 수 없다. 당시 일본 해군 병사들은 항로 변경에 대한 의심과 더불어 폭발물이 실려 있다는 사실을 인지한 나머지 승선을 거부하기도 했다. 이를 무시한 채 수천 명을 죽음으로 내몰았으니, 일본은 책임에서 자유롭지 않다.

마이즈루는 끝나지 않은 차별과 배제의 역사를 확인하는 현장이다. 전쟁이 끝난 뒤 해외 거주 일본인들은 죽음의 수용소에서 돌아왔다. 그러나 조선인 희생자들은 아직도 역사적으로 '인양'되지 못한 채, 마이즈루 바다에 갇혀 있다. 일본은 히키아게 송환 기념관을 통해 자신들이 피해자임을 포장하며 전쟁의 참혹함을 선전하고 있다. 그럼에도 조선인 희생은 침묵한다면, 그것은 정의가 아니다. 마이즈루 바다를 떠돌고 있는 조선인 영혼을 위로한다.

'왜?'라는 질문을 품고 살아가는 도시

마이즈루항에서 바다를 응시했다. 잔잔한 수면 아래 보이지 않는 역사적 침전물이 층층이 쌓여 있을 것만 같았다. 바다는 모든 것을 품고 덮어 준다고 하지만, 마이즈루 바다는 달랐다. 이곳 바다는 덮는 대신, 조용히 질문을 되묻는 장소였다. 누구에게는 귀환의 기쁨을 안긴 바다였고, 누구에게는 절망의 바다였다. 같은 물결 위에서 서로 다른 운명이 교차했다는 사실은 마이즈루 항구를 더욱 기묘하게 만들었다.

잠시 바람 소리에 귀를 기울였다. 바람은 항구의 오래된 폐창고 사이를 지나, 녹슨 기중기를 스쳐 지났다. 역사는 때때로 말이 없을 때 더 많은 것을 말한다. 목소리가 없는 자들의 이야기, 기록되지 못한 자들의 이름, 억울함, 침묵 속으로 밀려난 기억들까지 모두 바람에 실린 듯했다.

양심적인 이들은 지금도 우키시마마루 희생자 문제에 관심을 두고 있다. 기념비를 찾는 일본인 노년층 가운데는 어린 시절 폭침 소식을 들었다는 이들도 있고, 당시 항구 주변에서 구조 작업을 도왔던 어부의 후손들도 있다. 그들은 "진실이 무엇이든, 사람이 죽었으니 제대로 추모해야 한다"며 담담한 태도를 보였다. 국가는 책임을 회피해도 평범한 시민들은 인간적 책임을 묻고 있었다.

한 일본 노신사는 "전쟁은 국가가 일으키지만, 죄책감은 시민들이

짊어진다"고 말했다. 그 말이 유난히 가슴에 남았다. 패전국 일본의 시민들은 피해자라고만 여기지 않는다. 오히려 '가해의 시대를 견뎌 낸 세대'로서 복잡한 감정을 품고 살아간다. 그리고 그 감정은 히키아게 기념관 한편에서 조용히 울고 있는 여인들의 사진, 시베리아 수용소에서 돌아온 아버지를 얼싸안는 어린아이 사진과 교차한다. 마이즈루는 그 모든 감정이 동시에 살아 있는 도시다.

우키시마마루 희생자 후손들이 매년 이곳을 찾는 것도 같은 이유다. 그들은 단순히 기념비에 참배하는 게 아니라, 역사 앞에서 부끄러움을 상기시킨다. 생존자에게는 당시 바람, 냄새, 함성, 울음, 물살까지 모두 각인되어 있다. 마이즈루에 발을 디디는 순간, 그 기억이 다시 피어오르고, 말할 수 없는 감정들이 '인양'된다.

역사란 국가 대 국가로만 존재하지 않는다. 얼굴을 맞댄 사람들 사이에서 더 깊고 따뜻하게 작동한다. 마이즈루를 떠나기 전 다시 바다를 바라봤다. 낮은 안개가 깔리며 수면은 희미하게 흔들렸다. 얼핏 보면 평범한 바다지만, 그 아래에서 수천 개의 이름 없는 영혼이 느릿하게 몸을 뒤척이는 듯했다. 그들은 아직도 '왜'라는 질문을 품고 있을 것이다. 그 질문이 해결되지 않는 한, 이 도시는 영원히 춤추지 못하는 학鶴으로 살아갈지도 모른다.

언젠가 역사가 조금 더 선명해지고, 국가가 조금 더 용기를 내고, 인간이 조금 더 인간을 존중할 수 있게 된다면 마이즈루 바다는 비로소 '인양되지 못한 이름'도 품어 올릴 수 있을 것이다. 그럴 때 일본은 비로소 성숙한 나라가 된다. 그런 날을 기대하며 조용히 발길을 돌렸다.

일본 헌병,
안중근을 추도하다

한 줄 기사에서 시작된 질문

1979년 12월 12일 자 『아사히신문』 조간 사회면에 짤막한 기사가 실렸다. "안중근이 처형 직전 일본인 헌병 치바 토시치千葉十七(1897~1965)에게 써 준 유묵 '위국헌신爲國獻身 군인본분軍人本分'이 한국으로 반환된다." 종이 신문 한 귀퉁이에 실린 한 줄짜리 소식은 70년을 건너뛴 기적의 예고편 같은 것이었다. 안중근 의사는 1910년 3월 26일 오전 9시 55분, 사형 집행을 5분 앞두고 일본인 간수에게 마지막 글 한 줄을 남긴다. "군인이 나라를 위해 몸과 마음을 바치는 건 당연한 의무."

죽음과 맞바꾼 이 문장은 일본인 헌병 손을 거쳐 70년 동안 잊혔다가, 어느 날 갑자기 '한국으로 돌아온다'는 보도와 함께 우리 앞에 모습을 드러냈다. 세상을 떠나기 직전, 안 의사는 왜 일본인 헌병에게 이 글을 써 줬을까. 그리고 간수의 집 안쪽에 조용히 걸려 있던 유묵은 어떻게 세월의 먼지를 털고 한국으로 돌아올 수 있었을까.

그 답을 찾기 위해 나는 도호쿠東北 미야기宮城현으로 향했다. 쿠리하라栗原의 작은 절 다이린지와 마쓰시마松島의 고찰 즈이간지瑞巖寺, 두 곳에 실마리가 숨어 있다. 지금 돌이켜 보면, 안 의사의 유묵이 한국에 돌아온 건 '기적'에 가깝다.

지진과 드라마가 만나는 도호쿠 풍경

도호쿠는 후쿠시마福島, 미야기宮城, 이와테岩手, 아오모리靑森, 아키타秋田, 야마가타까지 여섯 개 현을 묶어 부르는 통칭이다. 일본 열도 북동쪽 끝, 산은 깊고 겨울이면 많은 눈이 쏟아지는 땅. 때 묻지 않은 산과 호수, 해안선 덕분에 영화와 드라마 촬영지로 종종 등장한다.

아키타현 다자와田澤 호수도 그중 하나다. 이병헌과 김태희가 주연한 첩보 드라마 〈아이리스〉를 촬영했던 곳이다. 드라마가 대박 나자, 다자와 호수는 현지인과 한국인에게 동시에 명소로 부상했다. 센보쿠仙北

아키타현 센보쿠시 다자와 호수 다쓰코상

다자와코역에서 만난 〈아이리스〉

시는 아예 다자와 호수역 2층에 〈아이리스〉 대본과 소품을 모아 전시
실까지 만들었다. 산골 오지 역에서 오래전 방영이 끝난 한국 드라마
와의 조우는 묘했다. 몇 해 전에는 아키타 가쿠노다테角館 무사마을에
서 〈겨울연가〉 포스터를 발견하고 반가운 마음에 어깨가 절로 올라갔
다. 도호쿠를 배경으로 한 한국 드라마와 영화는 생각보다 많다.

그러나 이 땅은 동시에, 가장 깊은 상처를 안고 있는 곳이기도 하다.
2011년 3월 11일, 도호쿠 대지진이 덮쳤다. 그날 도호쿠 지역에서 1만
9,759명이 목숨을 잃고, 2,553명이 실종됐다. CCTV를 통해 확인하
는 당시 영상은 영화보다 더 영화 같다. 높이 10미터에 달하는 집채 같
은 쓰나미가 농경지와 주택가를 빗질하듯 쓸어버리는 긴박한 상황은
비현실적이며 기괴했다. 대지진으로 23만여 명이 집을 잃었고, 440만
가구는 전기·가스·통신이 끊기는 대재앙을 겪었다.

그중에서도 후쿠시마·미야기·이와테 세 개 현의 피해가 특히 컸다.

전체 사망자의 절반이 넘는 1만 900명(행방불명 1,200명 별도)은 미야기현에서 나왔다. 쑥대밭이 된 도시와 마을의 상처를 치유하고 지역경제를 다시 일으키는 일은 무엇보다 시급했다.

그즈음 '미야기 올레'가 시작됐다. 사단법인 제주올레와 미야기현이 손을 맞잡은 결과물이다. 피해 지역과 주변 유적, 자연경관을 이어 길을 내고, '치유와 상생의 길'이라 붙였다. 사람들은 그 길을 걸으며 아픔을 함께하고, 돈을 쓰며 지역경제에 작은 숨을 불어넣었다. 대지진 이후 15년이 지난 지금, 미야기는 어느 정도 활기를 되찾았다. 그러나 후유증은 여전히 그늘처럼 드리워 있다. 나는 그 상처의 땅을 걸어, 안 의사의 흔적을 쫓아 미야기현으로 들어갔다.

와룡매가 들려주는 400년 역사

미야기현에서 안중근(1879~1910) 의사와 관련된 곳은 두 곳, 마쓰시마 즈이간지와 쿠리하라 다이린지다. 둘 다 불교 사찰이다. 이곳에 가려면 우선 도쿄 북쪽, 센다이仙臺까지 올라가야 한다. 안 의사의 흔적을 따라가는 여정은 생각보다 간단치 않았다.

센다이는 도쿄에서 400킬로, 자동차로 5시간 걸린다. 도쿄역에서 '매'를 뜻하는 신칸센 하야부사에 올랐다. 이름 그대로, 빛처럼 내달린 신칸센 열차는 나를 센다이역에 내려놓았다. 역에서 도요타 프리우스 렌터카를 받았다. 리터당 25킬로 연비 덕에, 일본에 올 때마다 챙겨 타는 단골 차다. 센다이에서 마쓰시마까지 다시 30킬로를 달렸다.

인천 송도松島와 같은 한자를 쓰는 마쓰시마松島는 오래전부터 '일본 3경' 중 하나로 꼽힌다. 앞바다에 떠 있는 260여 개에 달하는 섬은 천연 방파제 역할을 한다. 주민들은 대지진 당시 다른 지역에 비해 상대적으로 쓰나미 피해가 적었던 건 섬들 덕분이라고 말했다. 마쓰시마에 들어서자 "일본 3경 마쓰시마"라는 표지목이 반겼다. 료칸에 들러 체크인을 마치고 곧장 유람선 선착장으로 향했다.

매시 정각에 출발하는 유람선은 마쓰시마 앞바다를 1시간 정도 돈다. 선착장은 이미 현지인과 외국인 관광객으로 붐볐다. 배는 섬 사이를 느릿하게 흘러가듯 부유했다. 파도와 바람이 조각한 섬들이 하나씩 모습을 드러낼 때마다, 사람들 입에서는 "원더풀" "스고이"라는 감탄사가 터져 나왔다. 연인이나 부부, 혹은 친구들과 짝을 이룬 승객이 대부분이었다. 풍경에 넋을 놓다 보니, 낯선 사람들 사이에 혼자 있는 외로움도 잠시 잊었다.

마쓰시마 앞바다는 길을 모르면 운항하기 어려운 미로 같은 곳이다. 베네치아 수로에서 곤돌라를 몰며 밥벌이하는 사람들처럼, 이곳 역시 물길을 꿰고 있어야 한다. 이순신 장군이 12척으로 300척에 이르는 왜군을 격파할 수 있었던 것도 울돌목 물길을 누구보다 잘 알았기 때문이다. 과거 마쓰시마를 침략했던 해적들도 사방에 흩어진 섬들 때문에 고전했다고 한다.

마쓰시마에서 명소는 선착장 근처에 몰려 있다. 국보 사찰 즈이간지와 엔츠인円通院 정원, 바다 위 작은 사당 고다이도五大堂, 섬 전체가 자연 박물관인 후쿠우라지마福浦島까지 모두 걸어서 10~15분 거리다. 늦가을 햇살이 따갑게 내려앉는 골목에서, 붉은 단풍 아래로 지나는 여중생 일행과 마주쳤다. 내가 한국에서 왔다고 하자, 여학생들은 눈빛을 반짝이며 반가움을 표현했다. 한류 덕분인지, 요즘은 어디를 가든

국보 사찰 즈이간지 앞 단풍나무 아래를 걷는 학생들

한국인 대접을 톡톡히 받는다.

유묵 반환 이야기는 잠시 뒤로 미루고, 와룡매 후계목 반환 사연부터 보자. 즈이간지는 임진왜란 당시 진주성 전투에 참전했던 센다이 초대 번주 다테 마사무네伊達政宗(1567~1636)가 재건한 절이다. 국보로 지정된 즈이간지 부엌 외벽은 몬드리안의 추상화를 연상케 한다. 회벽

과 나무 기둥이 만들어 내는 비례미가 탁월하다. 구례 화엄사에도 비례미가 뛰어난 회벽이 있다. 한국과 일본 사찰이 은근히 닮은 구석이 있다는 걸, 새삼 확인하는 순간이다.

즈이간지가 특별한 이유는 다른 데 있다. 이곳 사찰 마당에 길게 누워 있는 홍매와 백매가 주인공이다. 수령 430년 넘은 와룡매臥龍梅는 이름 그대로 용이 누운 형태다. 늙은 매화는 언뜻 보기에도 범상치 않다. 와룡매는 서울 남산 안중근의사기념관 앞에 있는 매화와 모자지간이다. 두 나무 사이 인연을 따라가다 보면 임진왜란과 식민 지배, 그리

미야기현 마쓰시마 즈이간지 본당

고 안중근 의사까지 한 줄로 이어진다.

애초 이 매화나무는 조선 창덕궁 선정전에 있었다. 다테 마사무네는 전후 전리품으로 와룡매를 챙겨 갔다. 값비싼 보물도 아닌 나무 한 그루를 굳이 실어 갈 정도로 와룡매 수형은 빼어났던 모양이다. 왜군은 와룡매를 미야기현까지 싣고 갔다. 여정을 상상해 보자면 한양~부산은 육로, 부산~시모노세키는 바닷길, 그리고 다시 미야기현까지 육로다. 운반 수단도 마땅치 않고 교통수단도 열악했을 당시 나무 한 그루를 향한 집착은 감동적이다. 지금도 와룡매는 즈이간지 앞마당에 뿌리를 내린 채 430년 넘는 질긴 생을 이어 가고 있다.

이 와룡매가 '한국으로 돌아온 날'은 안 의사 순국 89주기가 되는 1999년 3월 26일이다. 조선을 떠난 지 400년 만의 귀환이었다. 즈이간지 히라노 소죠平野宗淨 주지는 일본의 조선 침략을 참회하고 속죄하는 심정에서 후계 묘목을 한국에 보냈다. 쿠리하라 다이린지에서 열린 안 의사 추도 법회에 참석한 게 계기가 됐다.

다이린지는 1981년부터 한 해도 거르지 않고 안 의사 추도 법회를 열고 있다. 초청받아 그 자리에 참석했던 히라노 주지는 안 의사의 삶에 감화돼 후계목 반환으로나마 식민 지배를 반성하고자 했다. 그렇게 서울 남산 안중근의사기념관 앞으로 돌아온 와룡매는 봄마다 화사한 꽃을 피웠다. 그러다 2023년 5월, 강풍에 홍매 밑동이 부러지는 일이 발생했다. 현재는 부러진 홍매 복원을 위해 후계목을 육성 중이다. 조선 창덕궁에서 일본 즈이간지로 갔다가 다시 서울 남산으로 돌아온 와룡매는 안 의사가 이어 준 한국과 일본 사이의 상징물이나 다름없다.

한국 독립운동가와 일본 헌병의 만남

즈이간지를 나서 다이린지로 향했다. 내비게이션 지도에 찍힌 목적지는 즈이간지에서 북쪽으로 74킬로 떨어진 쿠리하라다. 도쿄에서부터 시작하면 500킬로나 떨어진 곳. 작은 절은 1981년 이후 한 해도 거르지 않고 안 의사 추도 법회를 이어 오고 있다. 경내에는 '위국헌신 군인본분' 유묵비도 있다. 법당에는 안 의사와 치바 토시치의 영정과 위패를 나란히 모시고 있다. 자신들이 국부로 떠받드는 이토 히로부미를 사살한 인물을 향한 추모는, 그 자체로 질문이었다. "왜?"

다이린지를 찾아가는 길은 생각보다 쉽지 않았다. 내비게이션이 안내한 길 끝은 사람 그림자 하나 보이지 않는 벌판이었다. 절은커녕 길을 물어볼 사람조차 없었다. 내비게이션 검색창에 새로이 다이린지를 입력하고 리셋하자 센다이 방향을 가리켰다. 다시 1시간 30분을 달려 돌아갔으나 한자 이름만 같은, 다른 다이린지였다. 허탈감이 밀려왔다. 온 길을 되짚어 또다시 3시간을 달리고 헤맨 끝에 겨우 애초 목적지였던 쿠리하라 다이린지에 도착했다. 알고 보니 다이린지는 신칸센이 정차하는 구리코마코겐역에서 멀지 않은 곳에 있었다. 한숨이 절로 나왔다.

다이린지에는 안 의사의 마지막을 지켜본 일본 헌병 치바 토시치의 이야기가 전해 온다. 치바는 하얼빈역에서 안 의사를 체포해 뤼순 감옥으로 압송하고, 최후를 지켜본 간수였다. 그도 처음엔 대부분 일본인과 마찬가지로 안 의사에게 반감을 품었다. 그러나 마지막 5개월을 함께 보내는 동안, 치바는 안 의사의 인품과 신념에 감화됐다. 군국주의 제복과 인간의 도리 사이에서 갈등하던 그는 사형 집행 당일, 안 의사에게 용서를 빌며 사죄했다.

안 의사는 "위국헌신 군인본분"이라는 네 글자를 써 주며 오히려 그를 위로했다. 서 있는 자리는 달라도 각자 나라를 위하는 군인의 길은 다르지 않으니,

다이린지 경내 '위국헌신 군인본분' 유묵비

다이린지 경내 치바 도시치 묘

괴로워하지 말라는 당부였다. 비록 불행한 시대에 적과 적으로 만났지만, 군인으로서 각자 해야 할 일을 했을 뿐이라는 뜻이다.

스물다섯 살 나이에 안 의사를 만난 치바의 삶은 그날 이후 완전히 달라졌다. 안 의사에 대한 존경과 믿음은 그의 생애를 관통하는 축이 됐다. 패전 후 고향으로 돌아온 치바는 유묵과 영정을 집 안 깊숙한 곳에 모시고, 하루도 빠짐없이 안 의사의 명복을 빌었다. 그가 세상을 떠난 뒤에는 아내가 그 일을 이어받았다. 부부에게는 자식이 없었다.

안 의사 탄생 100주년을 앞둔 1979년, 치바의 유족들은 유묵 반환을 결정했다. 한국인에게 영웅인 안 의사의 유묵이 있을 자리는 일본이 아닌 한국이라는 데 모두 공감했다. 유묵 반환을 앞둔 그해 10월 26일, 박정희 대통령이 피살되는 사건이 일어났다. 공교롭게도 70년 전, 안 의사가 하얼빈역에서 이토를 저격한 바로 그날이었다. 유묵은 이듬해 1980년 8월 23일 한국에 왔다. 한국인 독립운동가와 일본 헌병 사이 놀라운 인연이 우리 곁에 돌아온 순간이었다.

이제는 유묵 반환 이후 벌어진 또 다른 이야기다. 다이린지 사이토 다이켄齊藤泰彦 주지는 둘 사이에 얽힌 감동적인 사연에 주목했다. 그는 1981년 사찰 경내에 '위국헌신 군인본분' 유묵비를 세우고, 지역

주민들과 함께 추도 법회를 시작했
다. 당시 미야기현 지사였던 야마모
토 소이치로는 유묵비 뒷면에 "한일
양국의 영원한 우호를 기념하며"라
는 글을 남겼다. 표를 의식해야 하
는 정치인으로서 일본에서 '테러리
스트'로 불리는 조선인 독립운동가
를 기리는 글을 쓰는 일은 쉽지 않
았을 것이다.

다이린지와 사이토 주지가 추도
법회를 이어 가는 이유는 분명하다.
불행한 과거를 뛰어넘어 새로운 미
래를 열자는 뜻이다. 아사히신문 기
자 출신인 그는 『내 마음의 안중근』

안중근과 치바 도시치 위패를 모신 다이린지

이라는 책까지 냈다. 사이토 주지는 지금도 전국을 다니며 일본 제국
주의 침략을 비판하고 동북아 평화를 역설하고 있다. 얼마 전 서점에
서 그가 쓴 책을 발견하고 반가웠다. 그는 갖은 협박과 비난 속에서도
조선인 독립운동가를 존경한다고 말하는 일본인이다. 책을 읽고 진솔
한 마음이 느껴졌다. 한 번쯤 펼쳐 볼 만한 책이다.

시대를 앞선 동양 평화론

유묵과 와룡매는 우여곡절 끝에 한국으로 돌아왔지만, 정작 안 의
사 유해는 아직도 행방을 모른다. 안 의사는 1907년 8월 1일 망명길

에 오르며 두 동생에게 이렇게 말했다. "나라가 회복되는 날에는 형제가 모여 즐기게 될 것이다. 그렇지 않다면 나의 뼈를 어디에서 찾을 수 있을지 모르겠다." 그 예언대로 안 의사의 유해는 117년이 지난 지금까지도 오리무중이다.

일제는 1910년 3월 26일 사형 집행 후, 안 의사 시신을 뤼순 감옥 공동묘지에 묻었다고 했다. 하지만 정확한 위치는 알 수 없다. 1948년 김구와 김일성은 남북 연석회의에서 안 의사 유해 공동 발굴에 합의했다. 그러나 6·25전쟁이 터지면서 흐지부지됐다. 그때 발굴 작업이 진행됐다면 안 의사 유해를 찾을 수 있지 않았을까 하는 아쉬움이 있다.

안 의사는 독실한 천주교 신자였다. 살인을 금지한 가톨릭 교리를 누구보다 잘 알고 있었다. 그럼에도 이토 히로부미를 겨냥했다. 김훈은 소설 『하얼빈』에서 안 의사가 종교적 신념을 어기면서까지 이토를 겨냥할 수밖에 없었던 이유와 재판 과정을 건조한 문체로, 그러나 섬세하게 그렸다.

안 의사의 자기규정은 분명했다. 그는 대한의용군 의병 참모 중장 자격으로 적국의 수괴를 처단한 것이다. 검찰 심문에서도 안 의사는 "이토는 대한의 독립 주권을 찬탈한 원흉이며 동양 평화를 교란한 자임으로, 대한의용군 사령관 자격으로 총살한 것이지 개인 자격으로 사살한 것이 아니다"라고 밝혔다. 그러면서 국권 찬탈 등 15가지 죄목을 들며 전쟁포로로 대우하라고 요구했다.

이토 역시 '동양 평화'를 입에 올렸으나 안 의사의 '동양 평화'와는 근본적으로 달랐다. 안 의사는 각국의 자주독립을 전제로 한 평화를 말한 반면, 이토는 일본의 부국강병과 문명개화를 통제 수단으로 삼는 강요된 평화를 꿈꾸었다. 안 의사가 구상한 동양 평화론은 지금 읽어도 놀랍다. 그는 뤼순을 중국에 돌려주되, 한·중·일 3국이 공동 관리하는 항구를 만들고 그곳에 평화회의를 상설화하자고 주장했다. 또 3국 청년으로 군대를 조직해 상대 언어를 배우게 하고, 공통의 중앙은행과 화폐를 만들자는 구상도 제시했다. 오늘날 유럽연합(EU)을 연상시키는 시대를 앞지른 동양 평화론이었다.

뤼순 감옥에서의 검찰 조사와 재판 기록을 보면, 일본인 검사와 판사들조차 안 의사에 감화됐음을 알 수 있다. 미조부치 다카오溝淵孝雄 검사와 사카이 요시키境喜明 통역관은 안 의사를 끝까지 정중하게 대했고, 인간적인 존경심을 숨기지 않았다.

사이토 주지는 『내 마음의 안중근』에서 안 의사의 면모를 보여 주는 일화를 소개했다. 일본 게이다렌經團聯 부회장이었던 안도 토요로쿠安藤豊祿와 이토를 수행했던 만주철도 이사 다나카 세이지로田中淸次郎 사이에 오간 대화다. 다나카는 하얼빈역에서 안 의사가 쏜 총탄에 중상을 입은 수행원 중 한 명이다. 안도 부회장이 "당신이 지금까지 만난 세계 명사 가운데 가장 훌륭한 인물은 누구냐"고 묻자, 다나카는 잠시 망설인 뒤 이렇게 답했다.

"유감스럽게도, 안중근입니다." "당신을 쏜 사람이 아니냐"는 반문이 이어졌고, 다나카는 다시 한번 "유감스럽게 그렇다"고 말했다. 다나카 이사는 피격 당시를 떠올리며 이렇게 덧붙였다. "이토를 바라보는 안중근의 눈길에는 형언할 수 없는 청량감이 있었다. 나는 총에 맞은 아픔보다 안중근의 눈빛에 정신이 팔렸다. 사건 현장에 있었던 시간은 고작 2분 남짓이었지만, 그 짧은 순간만으로도 비범한 인품에 완전히 감복했다.”

　사이토 주지는 이 이야기를 다이린지 추도 법회에서 안도 부회장에게 직접 들었다고 썼다. 그러면서 안도는 ‘암살’과 ‘테러’라는 표현에도 의문을 제기했다고 한다. “환한 대낮에, 그것도 삼엄한 경비 속에서 태연하고 대담하게 이뤄진 이 사건은 세계 역사 어디에도 없는 특별한 일이다. 단순한 암살이라는 단어는 현장 상황과 맞지 않는다. 전시 상황을 고려해도 테러라고 부르는 것도 어딘가 어울리지 않는다. 게다가 안중근은 항소조차 하지 않았다. 이 사건을 도대체 어떻게 해석해야 할지 모르겠다.” 그의 말에는, 총탄을 쏜 사람과 맞은 사람 사이에 놓인 묘한 존경과 이해가 어려 있었다.

러시아 블라디보스토크 단지동맹비

안 의사는 거사를 앞둔 1909년 2월 7일, 연해주 블라디보스토크에서 동지 12명과 함께 왼손 약지를 잘랐다. 그리고 태극기에 '대한독립' 네 글자를 적고, 이토 저격을 다짐했다. 몇 해 전 블라디보스토크를 찾아 단지동맹 기념비 앞에서 헌화하고 참배했던 기억이 있다. 아득한 연해주 벌판을 배경으로 서 있는 검은 오석 기념비에는, 왼손 약지를 자른 안 의사의 손바닥 도장이 선명하게 새겨져 있다.

블라디보스토크에서 안 의사는 '페치카(난로)'로 불린 연해주 독립운동 대부 최재형의 도움을 받아 이토 저격을 준비했다. 삼엄한 경비를 뚫고 하얼빈역 플랫폼에 오를 수 있었던 것도 최재형이 운영한 『대동공보』 기자증 덕분이었다. 남산 안중근의사기념관은 12개의 기둥으로 형성됐는데, 단지동맹에 참여한 12인을 상징한다.

과잉 애국주의 산물, 조마리아 여사 가짜 편지

안 의사는 항소를 포기한 채 담담하게 죽음을 받아들였다. 그 과정에서 널리 알려진 이야기가 하나 있다. 어머니 조마리아 여사가 보냈다는 편지다. "네가 만약 늙은 어미보다 먼저 죽는 것을 불효라 생각한다면 이 어미는 웃음거리가 될 것이다. 옳은 일을 하고 받은 형이니 비겁하게 삶을 구하지 말고, 대의에 죽는 것이 어미에 대한 효도다."

한국인들 사이에 오랫동안 회자한 명문이다. 글을 읽는 누구라도 아들에 대한 어미의 절절한 당부 말 속에 어린 슬픔을 감지한다. 그러나 도진순 창원대 교수는 「안중근 어머니 조마리아의 '편지'와 '전언', 조작과 실체」라는 논문에서 왜곡·윤색됐다며 문제를 제기했다. 실제로는 말로 세 차례에 걸쳐 뜻을 전했을 뿐, 우리가 알고 있는 그 문장은 후대의 창작에 의한 것이라는 이야기다.

도 교수는 2022년 5월 22일 다이린지에서 사이토 주지를 만나 이를 확인했다고 밝혔다. 사이토는 『내 마음의 안중근』을 집필하면서, 다이린지를 한일 교류의 상징으로 부각하고 한국인 방문을 독려하기 위해 전언을 과장하고 윤색한 측면이 있다고 인정했다. 도 교수는 "사료 조작이나 창작은 악의가 아니라 호의나 선의에서 비롯될 수도 있다"면서도 "걷잡을 수 없이 윤색·확대되는 병리적 현상 뒤에는 광범위한 애국주의가 배양의 온상으로 작동한다"고 경고했다. 이어 "조작된 허구가 '장엄한 역사'로 편입되는 것을 바로잡기 위해, 호의를 지닌 주제일수록 객관을 유지하려는 엄정성, 애국적 주제일수록 비판적 사유가 허용되는 학문적 개방성이 필요하다"고 덧붙였다.

조마리아 여사 가짜 편지 논란은 일본 문제만 나오면 목소리를 높이는 과잉 민족주의를 돌아보게 한다. 안중근은 굳이 미화하지 않아도 이미 충분히 의사義士다. 신화가 아니라, 인간 안중근을 그대로 바라보는 것만으로도 그의 삶과 선택은 이미 압도적이다. 오히려 우리가 눈여겨봐야 할 지점은 다른 데 있다. 안 의사 사후, 자녀들이 어떻게 정치적으로 소비됐는가 하는 것이다.

1939년 10월, 중국 상하이 실업가들로 구성된 '조선시찰단'이 서울에 왔다. 일행 중에는 안 의사의 아들 안준생과 사위 황일청도 있었다. 일제는 안준생을 '화해 선전극'의 주연으로 동원했다. 조선총독부 기관지 『경성일보』는 「아버지의 속죄는 보국의 정성으로」라는 자극적인 제목을 달고, 박문사博文寺에서 이토 영정에 절하며 향을 피우는 안준생을 보도했다.

일제가 1932년 10월 26일, 현 신라호텔 영빈관 자리에 세운 박문사博文寺는 이토 히로부미伊藤博文의 이름을 딴 절이다. 이토를 추도할 목적으로 건립한 박문사에서 안 의사 아들이 잘못했다고 속죄하는 장면은 좋은 소재였다. 아버지는 이토를 향해 방아쇠를 당겼는데, 아들은 그 영정 앞에서 속죄하는 장면을 연출한 것이다. 일제는 이를 통해 안 의사를 욕보였다.

여기서 멈추지 않고 일제는 안준생과 이토의 아들 이토 분키치와의 만남까지 주선했다. 『매일신보』는 「그 아버지들에 이 아들들 있다(其父兄에 此子弟)」는 기사에서, 두 사람이 30년 원한을 풀었다며 화해의 순간을 포장했다. 2년 뒤 1941년에는 딸 안현생과 사위 황일청이 또 박문사를 찾아 이토 영정에 향을 피우고 추도했다.

일제가 안 의사 자녀들을 정치 무대로 끌어낸 목적은 뻔했다. 중일전쟁 이후 부족한 병력을 보충하기 위해 조선과 일본은 하나라는 허울 좋은 구호가 필요했다. 조선 청년들을 전쟁터로 내몰기 위한 연출로서, 안중근 후손과 이토 후손이 화해하는 것만큼 좋은 그림은 없었다. 훗날 김구는 안준생의 처신을 강하게 비판했으니 씁쓸하다. 어쩌면 군국주의 일제의 악랄함은 침략과 수탈을 넘어 독립운동가와 후손을 욕보인 게 아닐까 싶다.

사형 집행 당일 내린 찬 봄비

지난여름, 불볕더위 속에서 도쿄 치요다千代田구에 있는 일본 국회 헌정기념관을 다녀왔다. 『육사, 걷다』라는 책에서 안 의사가 쏜 총탄이 전시돼 있다는 내용을 읽고 확인하고 싶었다. 그러나 헌정기념관 로비와 전시실 어디에도 안 의사가 쐈다는 총탄은 없었다.

대신 헌정기념관 전면을 채운 일본 의회 설립자들의 대형 사진과 대면했다. 이토 히로부미, 이타가키 타이스케板垣退助, 오오쿠마 시게노부大隈重信 3인이다. 『육사, 걷다』 저자는 다나카 세이지로 만주철도 이사의 유족이 하얼빈에서 수거한 총탄을 헌정기념관에 기증했다고 썼다. 한국에 이런 사실이 알려진 뒤 찾아오는 한국인이 늘어나자 철거한 건 아닌지 짐작할 뿐이다.

116년 전, 안 의사는 판사도 검사도 변호사도 통역도 방청객까지도 모두 일본인뿐인 법정에서 이렇게 말했다. "나는 대한국 의병 참모 중장으로서 이토를 처단했다. 나의 의거는 동양 평화를 도모하려는 성심에서 한 것이다."

일본 시인 이시가와 다쿠보쿠石川啄木(1886~1912)는 그 심정을 이런 시로 표현했다. "나는 안다. (중략) 빼앗긴 말 대신 행동으로 말하려는 심정을. 자신의 몸과 마음을 적에게 내던지는 심정을. 그것은 성실하고 열심인 사람이 늘 갖는 슬픔인 것을." 사형을 집행한 날, 뤼순에는 차가운 봄비가 종일 내렸다고 한다. 다이린지를 떠나는 길, 그 봄비 이야기가 오래 귓가에 남았다.

도호쿠의 눈 덮인 산맥과 마쓰시마의 섬들, 400년을 돌아 남산에 뿌리 내린 와룡매, 일본 헌병이 70년 동안 지킨 종이 한 장, 그리고 매년 3월이면 미야기현 작은 산사에 울리는 추도 법회와 목탁 소리. 이 모든 것이 얽히고 겹쳐, 오늘의 우리에게 질문을 던진다.

과거를 미화하지도 지워 버리지도 않은 채, 어떻게 서로 상처를 인정하며 앞으로 나아갈 수 있을까. 안중근이 '동양 평화론'에서 꿈꿨던 세

일본 국회의사당에 있는 일본 헌법 제정과
국회 개원에 기여한 세 인물 동상

상은 아직 도착하지 않았다. 그렇지만 그곳으로 향하는 길 어딘가에서 우리는 여전히 같은 질문을 되묻고 있는지도 모른다. 안 의사 위패와 유묵을 모시고 추모한 일본 헌병, 매년 추도 법회를 여는 다이린지에서 희미한 답을 찾는다.

4부

겨울

혐오 이후, 미래를 묻다

조선을 사랑한
제국주의 변호사

노부부의 친절과 역사 인식

바람이 확실히 차가워졌다. 동북 지역이라서인지, 계절은 눈치도 보지 않고 먼저 겨울을 불렀다. 어젯밤, 쿠리하라 다이린지에서 마쓰시마 숙소로 돌아오는 길은 충만했다. 다이린지를 찾아 헤매던 하루 내내 몸은 고단했지만, 마음은 이상하게도 꽉 채워진 느낌이었다.

내가 묵은 숙소는 70대 노부부가 운영하는 작은 료칸. 그런데 그냥 동네 여관이 아니었다. 외국인 여행자들 사이에서 꽤 이름난 숙소인 듯했다. 블로그까지 운영하는 걸 보고 '꽤나 트인 노인들이구나' 싶었다. 블로그 후기 게시판에는 한국인 관광객이 남긴 글도 적지 않다. 리셉션 데스크 옆 벽면에는 료칸을 다녀간 사람들 사진이 빽빽하게 붙어 있고, 그 속에는 한국인 얼굴도 여러 장 섞여 있었다.

혼자 여행하는 나를 안쓰럽게 봤던지, 노부인은 이런저런 말을 건네며 유난히 관심을 보였다. 늦은 밤, 컵라면에 뜨거운 물을 부어 허기를 달랠 수 있었던 것도 노부인 덕분이었다. "오늘은 어디를 다녀왔느냐"

는 질문에 나는 조심스럽게 "안중근 의사를 추도하는 다이린지에 다녀왔다"고 말했다. 노부인은 눈을 크게 뜨며 깊은 관심을 드러냈다. 그동안 심심치 않게 한국인 여행자들로부터 귀동냥한 모양이었다. 그는 안중근의 행동을 이해한다고 말했다. 그 속에 얼마나 진심이 담겨 있는지, 복잡한 감정이 섞여 있는지는 끝내 알 수 없었다. 일본이라는 나라, 그 나라 사람들의 역사 인식은 항상 한 겹 안쪽에 숨어 있는 듯하다.

후세 다쓰지를 만나러 이시노마키로

다음 날 아침, 료칸을 나서 차에 올랐다. 목적지는 이시노마키石卷. 후세 다쓰지布施辰治(1880~1953) 변호사를 만나러 가는 길이다. 후세는 일제강점기 조선인 독립운동가들을 위해 무료 변론을 맡았던 사람이다. 마쓰시마에서 이시노마키까지는 27킬로, 차로 30분 남짓. 지도만 보면 금세 도착할 거리지만, 내게 이 거리는 단순한 이동이 아니라 하나의 질문을 향해 들어가는 과정이었다.

관광지도 아닌 이시노마키로 굳이 가는 이유는 단 하나, 후세 변호사 때문이다. 그와 더불어 이 책을 쓰겠다고 결심하게 만든 또 한 사람은 요코하마 쓰루미鶴見 경찰서장 오카와 쓰네키치大川常吉(1877~1940)다. 둘 다 일본 제국주의 시스템 안에서 살다 간 일본인 관료였다. 검사와 변호사, 경찰서장은 어느 시대든 신분이 탄탄하게 보장된 직군이다. 더구나 인권과 민주주의 같은 단어가 일반화되지 않던 1900년대 초, 제국주의 시절 검사와 경찰서장은 '권력 그 자체'였다.

이런 자리에서라면, 비록 제국주의 정책이 못마땅하더라도 굳이 드러내지 않으면 편안하게 살 수 있다. 그럼에도 둘은 안정된 신분을 내

던지고 제국주의에 맞서 신념을 행동으로 바꾸었다. 그들은 어떻게 그 길을 택할 수 있었을까. 나라면 과연 그럴 수 있었을까. 무엇이 그들의 등을 떠밀었을까. 이 질문이 꼬리를 물고 이어졌다. 책을 쓰는 내내, 두 사람은 계속해서 내게 말을 걸었다. "너는 어떻게 할 것이냐"고.

이런 생각들을 품고 이시노마키에 들어섰다. 이시노마키는 미야기현 동북 지역에서 가장 큰 도시라지만 인구 14만 명으로, 소도시라고 하기에도 애매한 규모다. 앞서 말했듯 도호쿠 대지진 당시 미야기현에 가장 큰 피해가 발생했는데, 그 중심에 이시노마키가 있었다. 이 도시에서 가장 많은 사망자가 나왔다. 마지막 순간까지 대피를 망설이다 큰 인명 피해로 이어진 것이다. 특히 해안가 저지대인 미나미하마쵸南浜町는 사실상 궤멸에 가까운 피해를 입었다. 사망자 밀도가 가장 높았으며 집채만 한 쓰나미가 그대로 마을을 집어삼켰다.

지금 미나미하마쵸는 지도에서 사라졌다. 주민들은 모두 떠났고, 그 자리에 들어선 것은 '동일본 대지진 쓰나미 전승관'이다. 지름 40미터 크기 원형 건물은 360도 통창으로 설계돼, 어느 방향에서나 바다가 한눈에 들어온다. 창밖으로 보이는 바다는 놀랄 만큼 평온했다. 마치 아무 일도 없었다는 듯 잔잔했다. 전승관은 그날의 기록을 가혹할 정도로 정직하게 전시하고 있다.

영상과 사진은 폐허가 된 마을과 쓰나미에 갇힌 사람들을 생생하게 담고 있다. 상상했던 것보다 훨씬 참혹한 광경 앞에서 말문이 막혔다. 동시에 10여 년 넘게 계속되는 복구와 기억의 작업은 묵직하면서도 깊은 감동으로 다가왔다. 상처를 숨기지 않고, 그대로 남겨 후대에 전하려는 몸짓이다. 황량했던 미나미하마쵸는 그렇게 '지도에는 없지만 계속 존재하는 마을'로 남아 있다.

비현실적인 풍경을 뒤로하고, 식민 지배 시절 이시노마키 출신 변호사를 떠올렸다. 그는 조선을 사랑한 제국주의 변호사, 후세 다쓰지였다.

제국주의 변호사, 조선을 선택하다

이시노마키에서 태어난 후세 다쓰지는 일본인 최초로 대한민국 건국훈장 애족장을 받았다. 지금까지 한국 정부로부터 건국훈장을 받은 외국인은 대략 70명이다. 이 가운데 일본인은 단 두 명뿐이다. 그중 한 명이 바로 후세다. 우리 정부는 그가 세상을 떠나고 50년이 지난 2004년 뒤늦게 건국훈장을 추서했다.

제국주의 일본인 변호사에게 대한민국 정부는 왜 건국훈장을 수여했을까. 또 조선인 독립운동가들은 왜 그를 '후세 선생'이라 부르며 아버지처럼 의지했을까. 그 내막이 궁금해지고, 자연스럽게 후세라는 인물에게 마음이 쏠렸다. 이름부터 간단치 않다. '후세布施'는 '널리 베푼다'는 뜻이다. 그는 일생을 조선 민중을 위해 베풀었다. 조선을 위해 자신의 삶을 내놓은 그의 운명은 어쩌면 태어날 때부터 예고됐는지 모른다.

1926년 2월, 도쿄지방재판소에서는 일본 사회를 뒤흔든 재판이 열렸다. 피의자는 천황 폭살 혐의로 체포된 박열朴熱(1902~1974)과 그의 연인이자 동지였던 가네코 후미코金子文子(1903~1926). 식민지 조선인 남성과 일본 제국주의 여성의 조합, 그것도 천황 암살을 도모한 부부라니. 그 시대 기준으로는 상상하기 힘든 커플이었다. 게다가 둘 다 조선 독립을 위해 목소리를 높였으니, 일본 제국주의 입장에서는 더더욱 이해할 수 없는 존재였을 것이다.

가네코 후미코는 후세와 함께 대한민국 건국훈장을 받은 일본인 두 명 중 한 사람이다. 후세 변호사와 가네코를 떼어 생각할 수 없다. 일본인, 그것도 여성이 대한민국 건국훈장을 받았다는 사실만으로도 그가 어떤 삶을 살았는지 짐작할 수 있다. 재판부는 박열과 가네코에게 사형을 선고했다. 이후 무기징역으로 감형되었지만 두 사람의 운명은 갈렸다. 후미코는 같은 해 7월 옥중에서 의문사했고, 박열은 무려 22년 2개월을 복역한 뒤 1945년 10월 출소했다. 박열은 대한민국 정부 수립 과정에 깊이 관여했으나, 6·25전쟁 중 납북돼 북한에서 생을 마쳤다. 그들의 삶은 대한민국 근대사의 뒤틀린 궤적과 겹쳐 있다.

이들이 체포된 배경에는 1923년 간토關東 대지진이 있었다. 9월 1일 발생한 대지진 피해액은 전년도 일본 국민총생산의 3분의 1에 달할 정도로 엄청났다. 사상자와 실종자는 도호쿠 대지진의 6배, 고베 대지진의 16배 수준으로 막대했다. 간토 대지진은 일본을 통째로 뒤흔든 자연재해였다.

극심한 혼란이 계속되자 일본 제국주의는 조선인을 희생양으로 삼았다. 그들은 "조선인이 우물에 독을 풀었다" "조선인이 폭동을 일으킨다"는 유언비어를 유포했고, 군과 자경단은 대대적인 조선인 사냥에 나섰다. 당시 조사에 따르면 간토 일대에서만 6,600여 명에 달하는 조선인이 일본인에 의해 학살됐다.

이 와중에 일제는 박열과 후미코를 천황 폭살 혐의로 체포했다. 흉흉한 여론을 다른 데로 돌리기 위해 부풀린 사건이었다. 일본 여론은 폭발했고, 일제는 이를 적극적으로 활용했다. 일본에서 천황은 예나 지금이나 신과 같은 존재다. 지금도 정치적으로는 진보와 보수로 나뉘어 싸워도 천황 문제만큼은 한 몸처럼 움직인다. 1989년 히로히토 사망 직전까지 벌어진 '1억 총자숙總自肅'은 일본 사회에서 천황이 차지하는 현실을 극명하게 보여 줬다. 일본 언론은 병세를 매일 상세히 보도했다. 방송은 예능 프로그램 방영을 중단했고, 상점들은 자발적으로 장사를 접었다. 병적이며 기이하나 일본에서는 자연스럽다. 이런 나라이니 1920년대 천황의 권위는 말 그대로 '절대 영역'이었다.

그렇기에 천황 암살을 시도한 혐의를 받은 국사범 박열·후미코 재판에 일본 사회의 시선이 쏠린 건 당연했다. 그러나 이 재판은 '국사범 재판'으로만 머물지 않았다. 재판정에서 벌어진 두 사람의 언행은 연일 화제를 불렀다. 박열은 재판부에 "죄인으로 부르지 말라"고 요구했고, 재판장과 같은 높이에서 재판받게 할 것, 조선 관복을 입고 조선어로 재판 등을 요구했다. 재판부는 일부를 받아들였다. 첫 공판에서 박열은 조선 관복을 입고, 후미코는 무명 저고리를 입고 재판정에 섰다. 둘은 수감 중에 포옹까지 했고, 이 장면을 찍은 사진이 유출되면서 일본 사회는 발칵 뒤집혔다. 중범죄자라고 보기에 두 사람은 너무 당당하고, 자유로웠다.

사진을 찍은 담당 판사는 해임됐고, 사건은 내각 총사퇴로 번졌다. 당시 『동아일보』는 「법정에서 태연 포옹, 감방에서 양인 동거」라는 제목으로 이 장면을 전했다. 재판정에서 박열은 "나는 박열이다"라고 조선어로 이름을 밝혔고, 후미코는 "박문자"라는 이름을 쓰며 스스로를 조선인으로 재정의했다.

이 세기의 재판에서 두 사람을 변론한 변호사가 후세 다쓰지였다. 그는 박열과 후미코의 혐의를 단순한 형사 사건이 아닌, 제국주의에 맞선 항일 투쟁으로 규정했다. 검찰의 기소를 "간토 대지진 조선인 학살을 덮기 위한 수작"으로 비판했고, 일본군과 자경단의 조선인 학살을 집요하게 지적했다.

후세는 1926년 3월, 『시대일보』에 「한 일본인으로서 모든 조선인 형제에게 사죄한다」는 글을 발표했다. 또 『동아일보』에는 「조선인들에게 정중히 사과하고 책임을 통감한다」는 글을 실었다. 그가 조선 독립운동의 정당성을 공공연히 주장하기 시작한 건 1911년부터였다. 「조선 독립운동에 경의를 표함」이라는 논문에서 후세는 조선 의병 운동을 다루며, 독립운동은 정당한 저항권 행사라고 규정했다.

일본 군국주의가 기세를 떨치던 시대에 일본인 관료가 이런 글을 쓰고, 행동했다는 게 믿기 어려운 일이다. 후세는 재판정 밖에서도 박열과 후미코를 계속해 도왔다. 두 사람의 옥중 결혼을 주선했고, 후미코가 옥중에서 의문사하자 유해를 수습해 박열의 고향인 경북 문경으로 이장을 주도했다.

진보와 보수 뛰어넘는 박열이 남긴 유산

후세와 박열의 이야기는 나를 문경으로 이끌었다. 서울에서 경북 문경 샘골 '박열의사기념관'까지는 164킬로, 2시간 10분가량 소요됐다. 기념관은 2012년 10월 문을 열었다. 이곳은 박열과 후미코의 뜨거운 독립운동 의지를 조용하면서도 강렬한 메시지로 전하고 있다.

기념관 옆에는 박열이 사랑했던 연인이자 동지, 후미코의 묘가 있다.

차가운 늦가을 햇살이 묘비를 비추고 있었다. 두 사람의 유해는 남북으로 나뉘어 있다. 박열은 북한, 후미코는 남한에 묻혔다. 상황은 다르지만 죽어서 따로 묻힌 또 다른 부부도 있다. 조선 정조 때 황사영 백서 사건으로 순교한 황사영과 아내 정란주도 각각 경기도 파주와 제주도 대정읍에 누워 있다. 죽어서 함께하지 못하는 인연은 애달프다. 박열과 후미코 사이의 공간적 거리는 멀지만, '저승에서는 하나일 것'이라고 생각했다.

이승에서 두 사람은 불같은 삶을 살았다. 박열은 해방 이후 재일조선인거류민단 초대 단장을 맡았고, 이승만 정부에서는 국무위원으로 위촉됐다. 대한민국 정부 출범에 일부분 기여한 것이다. 그러나 박열은 6·25전쟁 중 납북돼 북한에서 생을 마쳤다. 1974년 1월 사망 당시 직함은 '재북평화통일촉진협의회장'이었다. 같은 해 2월 8일, 서울 명동 YWCA 강당에서 박열 추도식이 열렸다. 이 자리에는 진보와 보수를 가리지 않고 1,000명 넘는 인사가 모였다. 남북 대치 상황에서 북한 인사의 죽음에 이렇게 많은 이들이 모인 건 의외였다. 이념을 넘어선 추도식은, 박열이 남긴 상징적 유산이었다.

경북은 보수 색채가 짙은 땅이다. 이곳에 '월북 인사'를 기리는 기념관이 있다는 건 상징적이다. 박열은 남과 북이란 이념을 넘어섰다. 강제 납북, 그리고 누구도 부인할 수 없는 독립운동 행적이 있었기에 가능했다. 남남갈등을 촉발했던 광주 정율성 역사공원 조성 사업을 떠올리면 박열이 남긴 유산은 한층 선명하다.

정율성은 중국 인민해방군가와 북한 군가를 작곡한 인물이다. 그를 기리는 역사공원 조성을 놓고 진보와 보수 진영은 강하게 대립했다.

6·25전쟁과 중국군 참전의 상흔을 안고 있는 이들에게 정율성은 받아들일 수 없는 이름이었다. 반면 박열은 진보와 보수 모두 기릴 수 있는 인물인 것이다.

후세 변호사는 『운명의 승리자 박열』이라는 책으로 박열을 알리기도 했다. 이념 대립 속에서 박열이라는 인물이 역사 속으로 사라지지 않도록 붙들어 준 사람은 후세 다쓰지였다.

2·8 독립선언에서 간토 학살까지

후세와 조선인의 인연은 1919년 도쿄 한복판에서 열린 2·8 독립선언으로 거슬러 올라간다. 조선인 유학생들은 제국주의 심장부에서 독립을 외쳤고, 일본은 그 대담함에 충격받았다. 이때 후세는 조선 유학생들 변호를 맡았다. 그는 법정에서 "조선 식민 지배는 불법이며, 조선 독립운동은 정당한 저항권 행사이자 무죄"라고 주장했다. 그 한 문장은 시대를 거슬러 올라가 지금도 여전히 유효한 변론이다.

이후 후세는 조선총독부 폭파를 시도한 의열단 김시현, 황궁에 폭탄을 투척한 김지섭을 차례로 변호했다. 간토 대지진 이후에는 "일본 군인과 자경단이 조선인을 조직적으로 학살했다"며 진상 조사를 촉구했다. 광복 후에도 후세는 재일 조선인의 권리 확보와 차별 철폐에 앞장섰다. 「간토 대지진 백색테러 진상」이라는 글에서는 국가권력에 의한 학살임을 분명히 했다.

광복 후에 그는 「조선건국헌법초안사고」까지 집필했다. 해방 이후 대한민국 정부가 새 나라를 설계하는 과정에도 참여한 것이다.

이런 행보에 대한 대가는 혹독했다. 일제는 두 차례에 걸쳐 후세의

변호사 자격을 박탈했다. 후세는 2년 실형을 받고 징역을 살았으며, 살해 위협에도 시달렸다. 그러나 물러서지 않았다. 조선 유학생들은 후세의 아내가 운영하는 하숙집에 기숙하며 연대와 지지의 뜻을 보냈다. 마치 소설 속에나 나올 법한 이야기지만, 이 모든 게 실화라는 점에서 놀랍다.

후세는 조선을 여러 차례 방문했다. 1923년 7월에는 『동아일보』 후원으로 조선 땅을 밟았다. 폭염도 아랑곳하지 않고 그를 맞이하려는 인파로 서울역은 북새통을 이뤘다. 그는 전국 각지를 순회하며 '독립 강연회' 강단에 섰다. 후세는 조선 독립의 정당성을 일본인 변호사의 입으로 외쳤다. 일본인이 식민지 조선에서 조선 독립을 지지하는 상상할 수 없는 영화 같은 장면이었다.

국내 유일 일본식 사찰 군산 동국사

1926년 3월 방문에서 후세는 일제에 의한 토지조사사업의 문제점을 신랄하게 비판했다. 1927년에는 조선공산당 관련 재판을 맡기 위해 조선을 다시 찾았다. 그는 피고인과 변호인 관계를 넘어 깊은 인간적 신뢰를 쌓았다. 지금 기준으로 봐도 쉽지 않은 일이었다.

전북 군산에는 국내 유일한 일본식 사찰 동국사가 있다. 2016년 9월, 후세 서거 63주기를 맞아 뜻있는 한국인들이 이곳에 모여 그를 추모했다. 후세가 떠난 지 70년이 넘었으나 아직 그를 기억하는 사람들이 있다. 후세는 식민 지배 시절 어두운 기억을 뚫고 나온 의인이다.

후세는 이렇게 말했다. "법관 스스로 양심의 목소리에 귀를 기울여야 사법권 독립을 지킬 수 있다. 가슴에서 울리는 정의의 목소리를 듣기 바란다. 인간에게는 그렇게 명령하는 양심이 있다고 믿는다." 일제

사법부를 향한 날카로운 양심 고백이었다.

이 말은 우리 사법 역사에도 그대로 겹친다. 가인 김병로金炳魯(1887~ 1964)는 초대 대법원장으로서 한국 사법부의 기틀을 다진 인물이다. 그는 서슬 푸른 이승만 정권을 향해 "이의 있으면 항소하라"며 결기를 굽히지 않았다. 전주 덕진공원에는 '법조 3성'을 기리는 흉상이 있다. 김병로 대법원장과 최대교 서울고검장, 김홍섭 서울중앙법원장이 주인공이다. 흉상은 김대중 정부 당시 건립했다. 이들은 혼란기에도 양심을 잃지 않은 법조인들이었다. 모두 전북 출신이다. 건국 초기에 이런 법조인들이 있었다는 건 대한민국에는 행운이었다. 후세 변호사처럼 우리 사회에도 양심에 귀 기울인 법조인이 존재했다는 뜻이다. 오늘날 정치권력에 흔들리는 초라한 사법부를 생각하면 이들의 행적은 도드라진다.

김병로는 생전에 "법관이 국민으로부터 의심받게 된다면 그것이야말로 최대 명예 손상"이라고 했다. 그의 고향 전북 순창에 있는 '대법원 가인연수관'은 초임 판사들이 '법관의 양심'을 배우는 곳이다. 연수관 지하에 김병로의 행적을 기리는 전시 공간이 있다. 권력 앞에서 당당했던 김병로의 삶을 확인하는 일은 오늘을 사는 우리에게 여전히 유효하다.

살아도 민중, 죽어도 민중과 함께

이시노마키에서 후세와 관련된 두 곳을 다녀왔다. 한 곳은 그의 법복과 자필 유물을 전시하는 시민문화회관, 또 한 곳은 "살아야 한다면 민중과 함께, 죽어야 한다면 민중을 위해"라는 유언을 새긴 현창비가 있는 아케보노 미나미 공원이다.

이시노마키 시민문화회관은 찾는 이가 드물어 적막했다. 전시실 한편에는 후세의 사진과 글, 당시 재판 관련 자료가 전시돼 있었다. 오랜 세월이 흐른 탓인지 그의 이름은 점점 잊히는 듯했다. 일본인도 한국인도 후세 다쓰지를 기억하는 이는 많지 않다. 현창비가 있는 아케보노 미나미 공원 또한 다르지 않았다. 찾아가는 것부터 쉽지 않았다.

세차 중인 모녀에게 길을 묻자, 세차를 중단한 채 앞장서 안내해 주었다. 주택가 어귀, 100평 남짓한 작은 공원에 현창비가 있었다. 늦가을 오후 시간 때문인지 찾는 사람은 없었다. 나는 그 앞에서 "살아야 한다면 민중과 함께, 죽어야 한다면 민중을 위해"라는 글을 여러 번 되뇌었다. 동네 주민에게 부탁해 현창비 앞에서 사진을 찍었다. 마을 주민은 한국인들이 가끔 이곳을 찾는다고 했다. 그는 후세를 "훌륭한 사람"이라며 엄지를 치켜세웠다. '후세 다쓰지 추모협회'는 매년 9월 13일 이곳에서 추도식을 연다고 한다.

아케보노 미나미 공원의 후세 다쓰지 변호사 현창비

후세 다쓰지 변호사가 잠든 도쿄 죠자이지

지난해 9월, 도쿄에 갔다가 후세가 잠든 죠자이지常在寺를 찾았다. 이케부쿠로池袋역에서 200미터 정도 떨어진 곳에 있는 작은 사찰에 그의 유해가 묻혀 있다. 구글 지도로 찾는 게 어려워 애를 먹었다. 결국 파출소에 들어가 경찰관의 도움을 받았다. 사찰은 주택가 한가운데 있었다. 우리와 달리 일본은 도심에 절과 납골 묘를 두고 있다. 절은 '남묘호렌게교南無妙法蓮華經'를 외우는 니치렌 계통 종파였다.

한국에서 왔다고 말하자, 70줄에 접어든 키요노리 네기시根岸淸憲씨가 사찰 뒤편 묘지로 안내했다. 한국 같았으면 '혐오시설'이라며 민원이 쏟아졌을 법한 곳에 일본인들은 납골묘를 두고 있다. 주택가에 납골묘, 일본에서는 자연스럽다. 삶과 죽음을 한 덩어리로 받아들이는 일본의 장례 문화는 우리보다 성숙하게 느껴졌다.

키요노리는 유창한 영어로 후세의 묘와 가족묘를 설명했다. 그러면서 이틀 전 기일에도 한국인들이 추도식을 치렀다고 했다. 내가 방문한 날은 기일에서 이틀 지난 15일이었다. 살짝 어긋난 날짜가 아쉬웠다. 후세의 묘 앞에서 마음속으로 인사를 건넸다. "당신 같은 사람이 있었다는 것, 감사하며 기억하겠습니다."

균형을 잃지 않기 위한 기억

일본 우익에게 후세는 불편한 존재다. 조선 독립을 지지하고, 천황제를 비판하고, 조선인 학살을 고발했으니 그럴 것이다. 그가 남긴 행적은 일본 극우에게는 달갑지 않다. 우리라면 그럴 수 있었을까 자문해보면 쉽지 않은 일이다. 그것은 단순한 용기에만 머무르지 않는다. 모든 것을 바칠 각오가 아니라면 도무지 엄두 낼 수 없는 삶이다.

우리마저 후세를 기억하지 않는다면, 그의 삶과 유산은 허공으로 흩어질지 모른다. 동시에 우리는 양심적인 일본 지식인과 시민을 통해 일본을 이해하고 미래로 나아갈 발판을 마련할 기회를 놓치게 된다. 나는 〈박열〉 〈노량해전〉 〈하얼빈〉 같은 '국뽕 영화'도 필요하지만 균형 있는 역사 인식을 견지할 수 있는 영화도 제작되어야 한다고 생각한다. 상처받은 자존심을 위로하고 고통스러운 역사를 잊지 않아야 하겠지만, 후세 같은 인물도 기억하고 조명할 때 균형을 유지할 수 있다.

불행한 과거에만 매달린다면, 현재도 미래도 불행하다. 영국과 프랑스는 오랫동안 전쟁을 치렀으나 지금은 EU 안에서 협력하며 공존한다. "용서하되 잊지는 말자"는 유대인들의 자녀 교육에서 우리는 무엇을 배울까. 물론 진정성이 뒷받침되지 않는 형식적인 태도는 오히려 걸림돌이 될 뿐이다. 영국과 프랑스가 하는 일을 우리라고 못할 이유가 있을까. 일본 제국주의의 만행을 잊어서는 안 된다. 동시에 그 제국주의를 비판하고 성찰하는 일본인들도 함께 기억하는 건 중요하다. 역사

이케부쿠로 죠자이지 후세 다쓰지 묘

는 균형 있게 바라볼 때 비로소 실체를 드러낸다.

2019년 아케보노 미나미 공원 추모식에서 박용민 당시 센다이 총영사는 "한국에서는 가르치지 않기 때문에 모르는 사람이 많지만, 인류의 일원으로서 그를 기리는 노력을 하고 싶다"며 후세 변호사를 기렸다. 젊은 세대에게 필요한 균형감이다.

외눈박이 역사는 일본이나 한국이나 경계해야 할 지점이다. 과거에만 갇혀 비난만 한다면 미래는 보이지 않는다. 우리가 기억해야 할 건 군국주의 만행, 역사 왜곡, 사죄와 반성을 외면하는 일본 정치인들이다. 도쿄 죠자이지 후세의 묘비 앞에서 나는 기원했다. 조선인을 사랑한 제국주의 변호사, 후세 다쓰지를 기억하는 이들이 늘어나 과거와 미래를 잇는 다리가 되어 주기를.

북송선과
니가타항에 내리는 겨울비

눈과 쌀과 술의 도시, 니가타

겨울, 니가타新潟에는 많은 눈이 내린다. 니가타를 '설국雪國'이라고 부르는 데는 그만한 이유가 있다. 바람 한 점 없는 날, 니가타에서는 솜뭉치 같은 눈이 수직으로 떨어진다. 바람에 날리는 눈송이만 보고 자란 내게, 눈도 빗방울처럼 수직으로 떨어진다는 걸 알려 준 니가타. 니가타에 눈이 많이 내리는 이유는 습기를 머금은 쓰시마 난류와 시베리아 찬 공기가 만나면서 폭설로 바뀌기 때문이다. 백설기처럼 보드라운 눈은 겨우내 쌓이고 또 쌓여 도시를 부드럽게 덮는다. 니가타에는 홋카이도와 나가노 다음으로 스키장이 많다. 아이들이 어릴 때 니가타에서 스키를 탔다.

일본에서 가장 긴 시나노信濃강(367킬로)은 니가타를 관통해 동해로 흘러든다. 강폭은 한강 못지않게 넓고, 강 하류 비옥한 평야에서는 최고급 쌀 '고시히카리越光'가 자란다. 니가타는 좋은 물과 좋은 쌀을 재료로 최상급 사케를 빚는다. 에도시대, 후루마치古町는 밤이면 게이샤

일본에서 가장 긴 시나노강이 관통하는 니가타

가 피어나는 꽃밭이었다. 돈을 좀 만졌다 싶은 니가타 상인들은 후루마치에서 게이샤를 품는 꿈을 꿨다. 이제 후루마치에는 옛 영화는 사라지고, 쓸쓸함만 남았다. 관광지로 전락한 옛 사이토齋藤 별저別邸에서 한때 영화를 확인할 뿐이다.

이 도시에는 다른 장면도 있다. 한때 니가타에서는 북송선 만경봉호가 출항했다. 또 사도佐渡 광산 유네스코 세계문화유산 등재를 놓고 우리와 갈등을 빚기도 했다. 센다이에서 니가타로 향하는 길목에 후쿠시마와 야마가타가 있다. 반다이 아즈마盤梯吾妻 스카이라인과 야마데라山寺 릿샤쿠지立石寺, 무라카미村上 해안, 긴잔銀山 온천, 모

가미最上강에서 벅찬 감동을 느꼈다. 눈과 산, 온천과 바다, 역사가 한데 뒤섞인 여정이었다.

반다이 아즈마 스카이라인에서의 감동

센다이를 출발해 1시간쯤 달리자 후쿠시마 오자소大笹生 IC가 나타났다. 고속도로를 빠져나와 국도와 지방도를 30여 분 더 달려 반다이 스카이라인이 시작되는 다카유高湯 온천 입구에 도착했다. 스카이라인은 반다이 산맥을 촘촘히 누비며 고도 1,600미터 산길을 28킬로 동안 달리는 산악 도로다. '일본의 길 100선' 중 하나이자, 그 가운데서도 으뜸으로 꼽히는 길. 일본 최초 산악 도로다운 존재감 덕에 사계절 내내 사람들이 몰린다.

스카이라인에 진입하자, 후쿠시마 오염수 논란은 어느새 먼 나라 이야기처럼 아득해졌다. 도로를 뒤덮은 울창한 숲 사이로 푸른 하늘이 간간이 비치고, 나무 향은 그윽했다. 다카유는 400년 숨결을 지켜 온 온천 마을이다. 다카유에 들어서자 흰 연기가 피어오르고, 유황 냄새가 코를 찔렀다. 반다이 스카이라인은 화산지형과 단풍을 동시에 즐길 수 있어, 특히 가을에 북적인다.

스카이라인은 11월 중순부터 4월 초순까지 통제한다. 눈 때문이다. 눈이 내리기 시작하면 버스 높이만큼 쌓이고, 초봄에는 '눈 기둥'을

후쿠시마 아즈마 코후지 분화구

사이로 달리게 된다. 여름에는 푸른 숲이 터널을 만들고, 가을에는 단풍이 도로를 감싼다. 산길은 강원도 대관령이나 진안 곰티재처럼 구불구불 이어졌다.

30분쯤 올랐을까. 갑자기 시야가 확 열렸다. 조금 전까지 차창 밖을 가득 채운 울창한 숲 대신, 잿빛 민둥산과 황량한 풍경이 펼쳐졌다. 생뚱맞다 싶었는데, 묘하게 아름다웠다. 산 중턱 죠도다이라淨土平 휴게소에 주차한 뒤 아즈마 코후지吾妻小富士에 올랐다.

아즈마 코후지는 해발 1,705미터. 이름을 풀어 보면 아즈마吾妻는 '내 아내', 코후지小富士는 '작은 후지산'이니 통째로 읽으면 '내 아내를 닮은 작은 후지산'이다. 나무 계단은 분화구 정상까지 이어져 있다. 가쁜 숨을 몰아쉬며 정상에 섰다. 지나온 길이 명주실처럼 산을 감으며 뻗어 있다. 정상의 대형 분화구는 심연을 가늠하기 어려웠다. 검은 입 속으로 뛰어들고 싶은 충동을 간신히 눌렀다. 백두산 천지처럼 분화구에 물이 고여 있다면 지금보다 아름답겠다고 상상했다. 원뿔 모양 분화구 주변을 40분가량 돌았다.

정상에서 두 팔을 벌리고 바람을 맞았다. 서늘한 바람이 온몸을 훑고 지나갔다. 짧은 순간이었지만, 산 아래에서 벌어지는 시기와 질투, 음해 등 오만 것들이 얼마나 부질없는지 헤아렸다. 하산하는 길, 인간사의 소음이 산바람에 씻겨 내려가는 기분이었다.

신들의 거처, 야마데라

아즈마 코후지를 출발해 야마가타현 야마데라山寺로 향했다. 137킬로, 2시간 거리. 여운은 채 가시지 않았지만, 아쉬움을 남겨야 다시 올

수 있다며 스스로 다독였다. 야마가타山形는 이름에서 알 수 있듯 산으로 둘러싸인 곳이다. 일본은 사방이 바다인데, 야마가타에서는 좀처럼 바다를 보기 힘들다. 야마카타 역시 한쪽 면은 동해에 접해 있지만 깊은 산으로 둘러싸인 내륙 도시 느낌이 더 강하다.

야마데라는 산 전체가 수행과 기도의 공간이다. 일본에서 신사는 대부분 평지에 자리 잡고, 사찰은 대체로 깊은 산중에 있다. 우리나라와 비슷하다. 그래서인지 신사보다 사찰 풍광이 더 뛰어난 경우가 많다. 신사는 접근성이 좋고, 사찰은 풍광이 빼어나다. 모시는 신도 각기 다르다. 사찰은 부처님을, 신사는 온갖 신을 모신다. 둘 다 "잘 되게 해 달라"고 비는 건 같지만, 어느 신이 더 영험한지는 각자 신심에 달려 있다.

야마데라는 수십 개 사찰이 모여 있는 영험한 산이다. 그 가운데 압권은 릿샤쿠지立石寺다. 이름에서 드러나듯, 거대한 바위산 위에 사찰을 세웠다. 지금까지 다녀온 일본 신사와 사찰을 통틀어 볼 때 릿샤쿠지는 단연 최고였다. 이 절을 연 스님은 앞서 다녀온 미야기현 마쓰시마 즈이간지를 창건한 지카쿠 대사다. 그는 우리나라 원효대사만큼이나 도력이 깊은지 전국을 돌아다니며 유서 깊은 사찰을 열었다.

산 아래서 릿샤쿠지로 오르는 시작점은 야마데라에서 간판 역할을 하는 콘폰츄도根本中堂다. 이 법당에 있는 '불멸의 등불'은 1,200년째 타고 있다고 전해진다. 사실인지 아닌지는 그다지 중요하지 않다. 법당을 가득 메운 사람들의 간절한 기도에서 그렇다고 믿는 게 속 편하다.

릿샤쿠지 본당까지 계단은 1,050개에 이른다. 무릎이 약한 사람에게 이 계단은 악명 높다. 울창한 숲을 헤치며 기도하는 마음으로 한 계단씩 오르다 보면 숨이 턱턱 막힌다. 계단 옆으로는 이끼를 뒤덮은 삼나무와 석등, 불상이 줄지어 서 있다. 전북 고창 선운사와 충남 서산에서 봤던 마애불을 떠올리게 하는 부처도 있다. 저렇게 가파른 벼랑에 어떻게 부처를 새겼을까, 인간의 신심이란 놀랍기만 하다.

수행하듯 한 걸음 한 걸음 옮기다 보니 어느새 정상이다. 기암괴석 사이에 아슬아슬하게 서 있는 릿샤쿠지는 기도처로는 최고다. 바위를 깎아 건물을 앉혔는데, 백미는 카이잔도開山堂와 고다이도五大堂다. 카이잔도는 높은 바위기둥 위에 세운 작은 사당인데, 멀리서 보면 하늘에 떠 있는 붉은 연꽃 같다. 왜 굳이 저 자리에 사당을 올렸을까, 뜻은 다 헤아리지 못해도 절로 옷깃을 여미게 했다.

카이잔도 옆으로 난 바위굴을 지나 고다이도에 올랐다. 이곳에서 보는 풍경은 한층 드라마틱하다. 2층 다락 구조인데 누각 위에서 내려다보는 산 아래 마을과 단풍으로 불타는 먼 산은 한 폭의 그림이다. 여행자 차림의 미국인 부부는 풍광을 담느라 연신 카메라 셔터를 눌렀다.

다시 산길을 되짚어 내려오니 야마데라가 또 한 번 눈에 들어왔다. 시인 고은은 "내려갈 때 보았네, 올라갈 때 보지 못한 그 꽃"이라고 했는데, 그 말이 딱 맞았다. 우리 삶도 그렇다. 한창때는 거만하고 실수도 잦다. 그러나 나이를 먹어 뒤돌아볼 때쯤 비로소 보인다. 하지만, 정작 그때는 늦은 경우가 많다. 잘나갈 때 겸손해야 한다는 진리를 되새긴 산행이었다.

야마데라를 떠나는 길, 과수원 앞을 지났다. 잘 익은 사과로 세 가지 품종을 섞어 여덟 알을 샀다. 우리 돈 1만 원, 태어나 먹은 사과 가운데 가장 맛있었다고 하면 과장일까. 사흘 내내 사과를 먹으며 "더 살걸"하고 몇 번이나 후회했는지 모른다.

야마데라 릿샤쿠지 카이잔도

수년 전 아오모리에서 아내와 사과 따기를 체험했을 때, 우리는 "역시 사과는 아오모리 사과"라며 감탄했었다. 그런데 야마가타 사과를 먹은 뒤 생각이 바뀌었다. 상큼한 향, 아삭한 식감, 단맛과 산미의 균형. 지금도 야마가타 사과를 떠올리면 입안에 침이 고인다. 서늘한 산 공기, 투명한 햇살, 맑은 물이 키운 사과라서 그렇다고 생각한다.

쌀 창고로 유명한 사카타酒田에서 하룻밤을 보냈다. 사카타는 두 번째 방문이다. 사카타는 낡고 볼품없는 쌀 창고를 훌륭한 관광자원으로 바꿔 놓았다. 농업을 근간으로 한 우리 또한 농촌마다 공동 쌀 창고가 즐비했다. 그러나 언제부터인지 후줄근하고 보기 싫다는 이유로 대부분 철거했다. 우리는 산업화 과정에서 '촌스럽고 불편하다'는 이유로 옛 건물과 골목을 깡그리 없앴다. 어린 시절 뛰놀던 정겨운 골목도 이제 사진 속에나 남았다.

반면 일본의 소도시는 옛것을 끈질기게 붙들고 있다. 그래서 부럽다. 군산과 목포, 서울 북촌, 안동 하회마을에 사람들이 몰리는 이유도 결국 같다. 우리가 한때 "촌스럽다"며 버렸던 것들을 다시 보기 위해서다. 서울 성수동이 젊은이들 사이에 핫 플레이스로 부상한 것 또한 다름 아니다. 그들은 낡고 촌스러운 건물 안에서 커피와 술을 마시며 희희낙락댄다. 이제 옛것은 아름다운 것을 넘어 돈이 되는 시대다.

소설가 박완서는 『그 많던 싱아는 누가 다 먹었을까』에서 지나간 것들에 대한 절절한 그리움을 토로했다. 정말 그 많은 옛것을 누가 서둘러 없애 버렸는지 원망스러울 때가 종종 있다. 이제는 더 개발하지 않고 놔뒀으면 하는 마음이 간절하다. 어쩌다 시골에 갔다가 깡그리 밀고 현대식으로 바꾼 광경에 실망하곤 한다. 얼마 전 들린 여주 강천섬

야마가타 사카타 산쿄 쌀 창고

은 아날로그 감성을 찾아 나선 이들로 북적였다. 고층 아파트와 빌딩 사이에서 우리는 길을 잃었다. 늦은 밤까지 겨울비는 천천히, 그러나 끊임없이 내렸다.

눈물겹게 아름다운 사사가와나가레 해안도로

사카타를 벗어나 니가타로 떠나는 아침, 하늘은 말끔히 개었다. 몸도 덩달아 가벼워졌다. 오늘은 '일본 드라이브 100선' 중 하나인 사사가와나가레笹川流れ 해안을 달리는 날이다. 사카타에서 무라카미로 이어지는 해안도로는 지금 생각해도 '감동'이라는 말밖에 떠오르지 않는다. 이탈리아 아말피 해변, 프랑스 니스 해안도로도 운전해 봤지만 무라카미 해안도로만 못하다. 사사가와나가레 해안도로는 꿈꾸듯 아름다운 도로다. 오히려 고즈넉함에서는 더 매력적이다.

무라카미시에 가야겠다고 마음먹은 건 같은 이름을 쓰는 소설가 무라카미 하루키村上春樹 때문이다. 하루키는 『노르웨이의 숲』을 비롯한 많은 소설과 에세이로 한국에서도 사랑받는 일본 작가다. 매년 노벨 문학상 후보로 거론될 정도다. 유감스럽게 나는 하루키가 쓴 소설을 한 권도 읽어 보지 않았다. 또 무라카미시와 작가 무라카미 하루키 사이엔 아무런 연관도 없다. 다만 '무라카미'라는 단어가 주는 어감과 문학적 상상력을 좇아 이곳을 목적지로 정했을 뿐이다. 별다른 정보도 없이 잡은 동선이었지만, 결과적으로 탁월한 선택이었다.

인구 6만 명 규모, 무라카미는 동해를 마주한 소도시다. 연어 요리가 명물이다. 그러나 나를 사로잡은 건 11킬로에 이르는 사사가와나가레 해안도로였다. 해안도로를 달리는 내내 접한 풍경은 눈부셨다. 입안에서는 "아름답다"라는 말밖에 나오지 않았고, 그마저도 부족하게 느껴질 정도였다.

해안도로는 구불구불 이어졌고 커브를 돌 때마다 기암괴석과 푸른 바다, 어촌 마을이 반복해 나타났다. 갓길에 차를 세우고 멍하니 바라보다 출발하길 반복했다. 해 질 무렵, 붉게 물든 사사가와나가레 해안은 눈물겹도록 아름다웠다. 살아 있고, 그래서 이런 풍경을 볼 수 있다는 데 감사했다. 돌아보면 혼자라서 유난을 떨었을 수도 있지만, 다시 가도 같은 감동에 젖을 듯하다. "일본에서 가장 아름다운 해안도로가 어디냐"고 묻는다면, 나는 주저 없이 무라카미 사사가와나가레 해안을 꼽겠다.

무라카미에는 연어 요릿집이 많다. 한 집 건너 연어 요릿집이다. 전주에 가면 전주비빔밥과 콩나물국밥 가게가 흔전만전하듯 무라카미에서는 연어 요릿집이 그랬다. 이곳 연어 요리는 헤이안 시대까지 거슬러 올라간다. 천 년 가까운 레시피가 쌓이면서 살과 내장, 뼈, 머리, 껍질, 아가미까지 버리는 부위 없이 모든 부분을 활용하는 연어 요리로 탄생했다. 발효와 숙성만으로 깊은 맛을 내는 연어 요리는 수십 종이다. 15대째 가업을 잇는 '밀레니엄 연어 킷카와'는 대표적이다.

연어를 건조하는 덕장 또한 여행자들에게 호기심을 불러일으킨다. 연어 수십 마리를 꿰어 시래기 말리듯 천장에 매달았는데, 이 또한 좋은 볼거리다. 누군가에게는 일상이지만, 누군가에게는 신선한 감동이 되는 게 여행이다. 헤이안 시대, 연어는 주요 수입원이었다. 벼농사가 흉작일 때 이곳 주민들은 연어로 배를 채우고, 남은 연어는 세금으로 냈다고 한다.

사사가와나가레에서 느낀 감동은 연어 덕장에서 다른 감정으로 바뀌었다. 바다와 바람, 햇빛과 노동이 뒤섞인 공간에서 눈부셨던 풍광은 고단한 노동과 장인 정신으로 변주됐다. 무라카미시를 떠난 지 한참 지났어도 사사가와나가레 해안도로의 감동과 여운은 여전했다.

무라카미시 어촌 마을 네야

니가타 사케와 사도 광산

먼 길을 돌아 니가타에 도착했다. 이 도시를 한마디로 정리하면 '눈과 쌀, 사케의 도시'다. 소설가 현진건은 식민지 시기 지식인의 무기력함을 『술 권하는 사회』로 표현했지만, 니가타에서 술은 조금 다르다. 이곳에서 술은 우울한 시대의 도피처라기보다, 자연의 선물을 농축해 흥겹게 나누는 매개체에 가깝다.

니가타 사케는 일본에서도 최고 수준으로 회자한다. 최상급 쌀과 맑은 물이 그 비결이다. 최상품 쌀 고시히카리 재배지가 바로 니가타다. 설국답게 눈이 많이 내려 물이 좋은 것도 한몫한다.

니가타에서는 사케 주점이 '전주식당'만큼 흔하다. 사케 사랑은 니가타역 안에 있는 '폰슈칸'에서부터 체감된다. 폰슈칸은 사케 자판기 시음장이다. 니가타현에서 빚은 수십 종에 달하는 사케를 저렴한 가격에 맛볼 수 있는, 술꾼들에게는 흥겨운 자판기다. 시음 방법은 간단하다. 100엔짜리 코인으로 교환한 뒤 원하는 사케 자판기에 잔을 올려놓고 누르면 된다. 골라 먹는 재미가 있다.

자동판매기 왕국답게 술까지 자판기로 마실 수 있도록 고안한 놀라운 발상이다. 평일 한낮인데도 니가타역 폰슈칸은 사케 자판기를 누르는 이들도 북새통을 이뤘다. 게임하듯 사케를 마시는 중년의 일본 여성들 얼굴에 장난기가 가득했다.

그러나 니가타에는 기분 좋은 취기만 있는 건 아니다. 이 도시에는 조선인 강제징용과 재일교포 북송이라는 어두운 그림자가 겹쳐 있다. 유네스코 세계유산위원회는 2024년 7월 사도 광산을 세계문화유산으로 결정했다. 사도섬 주민과 일본 열도는 환호했다. 2015년 하시마

니가타역 폰슈칸 사케 자판기

탄광에 이은 두 번째 '쾌거'였다.

한국인에게는 하시마 탄광도 사도 광산도 고통스러운 현장이다. 한국 정부는 강제 동원 사실을 명시하는 조건으로 막판 동의했다. 일본은 사도섬 아이카와相川 향토박물관에 조선인 노동자 관련 전시장을 설치하고, 조선인 노동자 기숙사 터에 안내판을 세우고, 관광 안내 책자에 관련 내용을 수록하겠다고 약속했다. 그러나 일본은 성실한 약속 이행을 기피했다.

향토박물관은 사도 광산에서 2킬로가량 떨어져 있다. 박물관 2층에는 '조선 반도 출신자를 포함한 광산 노동자의 생활' 코너가 마련됐다. 일본은 "최선을 다했다"고 말했지만, 진정성과 지속성에 물음표가 붙었다. 일본 유네스코 대사는 "위원회 결정과 관련해 일본의 약속을 명심하며, 특히 한반도 출신 노동자를 포함한 사도 광산 노동자를 진심

니가타 사도 광산 홍보 전시관

으로 추모한다"고 발언했다. 그러나 '명심'이라는 말은 희한할 만큼 모호하다.

2015년 하시마 탄광 때도 일본은 "조선인들이 자기 의사에 반해 동원되어 강제로 노역했다"는 내용을 표기하겠다고 약속했지만, 지키지 않았다. 이번에도 '명심'만 하고 구체적인 약속 이행에는 소극적이다. 우리 정부와 강제 동원 희생자 유족들이 우려하는 부분이다.

박물관 측 설명에는 "국민징용령으로 1,000명 이상 한국인 노동자가 위험한 작업에 동원되었고, 여기에 조선총독부가 관여했다"는 언급 정도는 들어갔다. 그러나 우리가 원한 강제 동원의 구체적 실상은 담지 않았다. 일본 정부는 '국민징용령'이란 용어를 앞세움으로써 마치 '합법적 동원'이라는 착시를 불러일으켰다.

사도기센 니가타항 여객터미널

유네스코 세계유산, 지역경제 마중물 기대

니가타 여객선 터미널에서 사도행 쾌속선을 탔다. 쾌속선은 일반 여객선보다 1시간 30분가량 빠른 대신 요금은 두 배 비싸다. 검푸른 파도를 가르며 한 시간 정도 달려 사도 료츠兩津항에 도착했다. 출발할 때 니가타 여객터미널에서 봤던 '축! 유네스코 세계유산' 플래카드가 이곳에도 나부끼고 있었다.

항구 앞에서 사도 광산행 시내버스를 올랐다. 버스 창밖 풍경은 스산했다. 사도 광산은 에도시대 세계 최대 금 생산지로, 한때 전국에서 10만 명이 몰려들어 흥청거렸던 곳이다. 1990년대까지만 해도 인구 12만 명, 연간 관광객 100만 명이 넘을 정도로 활기찼다. 그러나 지금 인구는 5만 명 남짓. 그중 절반 이상은 65세 이상 고령층이다. 게다가 도쿄와 사도를 잇는 항공 노선도 10여 년 전부터 중단됐다. 말 그대로 쇠락한, 벽지·오지로 전락했다.

855제곱킬로미터의 사도섬은 본토를 제외한 일본 섬 가운데 두 번째로 크다. 그러나 지금은 꺼지기 직전 촛불 같다. 섬 주민들이 세계문화유산 등재에 목숨을 건 이유도 여기에 있었다. 유네스코 등재를 계기로 여행객이 몰리고, 덕분에 지역경제가 회생하기를 기대한 것이다.

여객터미널에서 출발한 지 70여 분, 사도 광산에 도착했다. 이곳 소다유宗太夫 갱도와 도유道遊 지하갱도, 1.5킬로 구간 두 곳을 공개하고 있다. 흐릿한 날씨 탓인지 외국인은 나뿐이고, 대부분 일본인 관광객이었다. 이 먼 섬까지 끌려와 강제 노역에 시달렸을 조선인 노동자를 떠올리자, '축 유네스코 세계유산' 플래카드는 다른 톤으로 다가왔다.

세계유산 등재 이후 사도섬에는 다소 활기가 돌았다. 하지만 지역 소멸을 거꾸로 돌리기는 역부족이었다. 지난해 유네스코 세계유산 등재를 축하하는 첫 행사는 우리 측 반발로 퇴색됐다. 우리 정부는 합의 내용을 제대로 지키라며 일본에 문제를 제기한 상태다. 이렇게 사도섬은 과거의 영화를 되찾고 싶은 욕망과 강제 동원 역사가 부딪치며 뒤엉켜 있다. 기록에 따르면 1,500여 명에 달하는 조선인이 사도 광산에서 일했다. 일본 우익 정치인들은 "자발적 노동"이라고 주장하지만, 공허하다.

버스를 타고 사도 광산으로 가는 길, '다이와大和'라는 지명을 만났다. '크게 화합한다'는 다이와는 일본인들이 즐겨 쓰는 단어다. 그러나 지난 역사를 회고할 때, 그들이 크게 화합하는 일을 했다는 데 동의하기 어렵다. 오히려 일본은 동아시아 화합을 해치는 일에 적극적이었다. 버스가 정차하자 옆 좌석에 초등학생 아이가 앉았다. 그 아이가 성인

이 될 때쯤이면 한국과 일본이 크게 화해하는 날이 올까. 료츠항으로
돌아가는 길, 텅 빈 들판 위로 차가운 겨울비만 하염없었다.

아직도 진행 중인 북송 재일교포 문제

오후 늦게 니가타항으로 돌아왔다. 밤늦은 항구는 겨울비에 젖어
한층 을씨년스러웠다. 이곳은 100여 년 전 조선인 노동자를 사도섬으
로 실어 날랐고, 1959년부터는 재일교포를 '지상낙원'이라던 북으로
떠나보냈던 곳이다.

1959년 12월, 첫 북송선에 오른 재일교포는 975명. 이후 1984년까
지 북송 사업이라는 이름 아래 9만 3,340명에 달하는 재일조선인이
만경봉호에 올랐다. 그들은 일본과 북한이 공모한 사기극에 휘말린 피
해자였다.

1945년 패전 후, 일본은 60만 명에 이르는 재일조선인 처리를 두고
골머리를 앓았다. 노동력이 필요했던 북한과 재일조선인을 정리하고
싶었던 일본의 이해관계는 맞아떨어졌다. 북한은 '지상낙원'이라고 선
전했고, 일본은 부채질했고, 재일교포들은 그 말을 믿었다.

그러나 북으로 간 재일교포들을 기다리던 건 '째포' '쪽바리'라는 멸
칭과 차별, 굶주림과 폭력, 추위였다. 가와사키 에이코川崎榮子는 고3
때 북송선을 타고 북한에 갔다가 43년 만에 탈북해 일본에 정착한 일
본인이다. 그는 『일본에서 북한으로 간 사람들의 이야기』에서 참혹한
실상을 폭로했다. 믿기 힘들 만큼 비참한 이야기였다.

가와사키는 현재 '모두 모이자'라는 단체를 꾸려 북한을 상대로 손
해배상 소송을 진행 중이다. 일본 도쿄고등재판소는 2023년 10월,

북송 피해자에 대한 재판 관할권이 일본 법원에 있다고 판결했다. 이 단체는 우리나라 진실화해위원회(진실·화해를위한과거사정리위원회)에도 북송에 따른 인권유린 사건 조사를 의뢰했다.

북송 재일교포 상당수는 지금도 북한에서 '주변인'으로 떠돌고 있다. 설령 재판에서 승소하고, 진실화해위원회에서 인권유린 판정을 받는다 해도 망가진 삶을 되돌리기엔 너무 오랜 세월이 흘렀다. 일제가 남긴 식민 지배 상처는 이렇게 재일교포 북송 문제로까지 이어지고 있다. 질기고 모진 악연이다.

이처럼 눈과 사케의 도시 니가타에는 강제 동원과 북송, 그리고 이

니가타항 야경

산의 고통이 겹겹이 포개져 있다. 설국의 흰 눈 아래, 보이지 않는 어두운 역사가 함께 쌓여 있는 것이다. 젊은 세대에게 이런 이야기가 무겁게만 다가가지 않기를 바랄 뿐이다. 북송 재일교포의 고통도, 사도광산의 강제 동원 뒤처리도 현재 진행 중이다. 아름다운 풍경 뒤편에 어떤 서사가 숨어 있는지 돌아본 니가타는 가볍게 떠났다가 무거운 발걸음으로 돌아온 여정이었다. 수많은 이야기를 품고 있는 니가타항에는 밤늦도록 차가운 겨울비가 뿌렸다. 언제나 뒤틀린 역사가 바로 설지 생각한다.

설국에 아른거리는
천황주의

설국의 고장, 에치고 유자와

드디어 『설국』의 땅, 에치고 유자와越後湯澤에 왔다. '드디어'라는 말을 쓴 건, 니가타에서 가장 가고 싶었던 곳이 이곳이기 때문이다. 에치고 유자와는 산골이라지만, 강원도 정선처럼 아주 깊은 산속은 아니다. 도쿄에서 신칸센으로 1시간 20분. 주말에 훌쩍 다녀올 수 있는 거리다. 번화하지는 않고, 그렇다고 '깡촌'이라고 부르기도 애매한 곳이다.

생각해 보면 소설이나 영화 속 무대가 실제 공간이 되는 순간, 그 도시는 핫플레이스가 된다. 에치고 유자와도 그런 케이스다. 예전에 경기도 양평 소나기 마을에 다녀온 적 있다. 황순원의 『소나기』를 좇아간 여행이었다. 그곳에 가면 잔망스러운 윤초시네 손녀와 때 묻지 않은 산골 소년을 만날 것만 같았다. 또 김승옥의 『무진기행』을 읽고 안개도시를 떠올리며 순천만을 찾았고, 『혼불』을 손에 들고 청암 부인의 기품이 서려 있는 남원 서도를 걷기도 했다. 군산을 방문하는 모든 이들은 예외 없이 영화 〈8월의 크리스마스〉의 무대인 초원사진관을 찾는다. 사람들은 카메라 뷰파인더 너머로 정원(한석규)과 다림(심은하)의 애틋한 사랑을 떠올리며 감상에 젖는다. 소설과 영화가 남기는 여운은 이렇듯 길고, 집요하다. 하물며 그 장소가 노벨 문학상을 받은 소설 속 무대라면 두말할 필요가 없다.

에치고 유자와에 사람들이 몰리는 이유 또한 노벨 문학상을 받은 『설국』을 좋아서다. 나 역시 예외는 아니었다. 이곳에서 눈 속에 파묻힌, 환영처럼 아름다운 『설국』을 느끼고 싶었다. 소설 속 여주인공 고마코駒子는 시마무라島村에게 에치고 유자와의 겨울을 이렇게 설명한다.

"이틀이면 금방 여섯 자는 쌓여요. 계속 쏟아지면 저 전봇대 전등이 눈 속에 파묻혀 버리죠. 당신 생각을 하며 걷다간 전깃줄에 목이 걸려 다치기 십상이에요."

걷다가 전깃줄에 목이 걸릴 정도의 '여섯 자 눈'은 대체 얼마나 되는 걸까. 기껏해야 허리춤까지 쌓이는 눈만 보고 살아온 내게 그 정도 높이 설국은 완전히 다른 세계였다.

가와바타 야스나리川端康成(1899~1972)는 『설국』으로 1968년 노벨 문학상을 받았다. 일본인 최초이자, 아시아 전체로 넓혀도 인도 시인 타고르에 이은 두 번째 수상이었다. 스웨덴 한림원은 "자연과 인간의 운명이 가진 유일한 아름다움을 우수 어린 회화적 언어로 묘사했다. 동양과 서양의 정신적 가교를 만드는 데 기여했다"며 선정 이유를 밝혔다. "우수 어린 회화적 언어", 분명하지는 않아도 무슨 말을 하려는 건지 대략 수긍이 간다.

야스나리의 노벨상 수상은 경제 발전과 함께 일본을 단숨에 문화국가 반열에 올려놓았다. 그전까지만 해도 서구 사회는 일본을 '돈만 좇는 경제적 동물(economic animal)' 정도로 폄훼했다. 하지만 『설국』을 통해 일본을 재평가했다. 훌륭한 작가 한 명, 빼어난 소설 한 권이 국가 이미지 개선에 얼마나 크게 기여하는지 보여 준 사례다. 우리 역시 2024년 한강의 노벨 문학상 수상을 계기로 비슷한 문화적 잔영을 기대하게 됐다. 노벨 문학상은 그 나라가 오랫동안 쌓아온 인문학과 지적 산물인 것이다.

야스나리는 도쿄와 에치고 유자와를 오가며 『설국』을 구상하고 집필했다. 이곳 다카한高半 료칸에 머물며 글을 썼고, 그래서 다카한 료칸과 에치고 유자와는 『설국』과 분리해서 생각할 수 없다. 『설국』은 한 번에 쓴 장편이 아니라 여러 단편을 길게 붙여 완성한 작품이다. 1935년 집필을 시작해 1937년 초판을 냈고, 이후 뒷이야기를 덧붙여 1947년에 지금 형태로 완성했다. 무려 12년이란 시간이 『설국』 안에 켜켜이 흐르고 있는 셈이다. 소설 속 시마무라와 고마코는 현실에서 야스나리와 게이샤 마쓰에松榮를 투영한 인물이다. 야스나리가 다카한 료칸에서 마쓰에를 만나 깊은 정을 나누었고, 그 감정을 소설 속으로 옮긴 것이다.

현실 속에서 탄생한 강렬한 첫 문장

에치고 유자와에 가기 전, 책장에서 빛바랜 『설국』을 꺼내 다시 읽었다. 처음 읽은 건 40여 년 전, 대학 시절이었다. 그때보다는 조금 나아졌지만, 이번에도 『설국』은 여전히 모호했다. 이 소설에는 커다란 사건도, 반전도 없다. 스펙터클한 전개에 익숙한 독자에게 『설국』은 "도

대체 무슨 얘기를 하려는 거지?"라는 인상을 준다. 나처럼 실망했다는 사람들이 주변에 적지 않다. "재미없다" "밋밋하다" "이해하기 어렵다"는 평이 대부분이다.

그나마 여러 문학 평론가가 다양한 각도에서 『설국』을 파헤쳐 준 덕분에 조금은 감이 잡힌다. 시인이자 언론인인 허연 매일경제 기자는 "『설국』은 인과관계가 분명한 여타 소설과는 다르게 읽어야 한다"고 조언한다. 우리에게 익숙한, 줄거리 위주로 읽는 방식이나 기승전결을 찾는 독법을 그대로 적용하면 『설국』에 숨겨진 암시와 장치를 놓치기 쉽다는 것이다.

그의 말대로 『설국』은 줄거리 소설이 아니라 '이미지 소설'이다. 주인공들의 섬세한 심리 변화와 계절의 결을 따라 움직이는 자연 풍광, 그리고 그것을 묘사하는 문체에 주목해야 한다. 그래서 『설국』은 일본 탐미주의 소설의 정수로 불린다. 솔직히 말해, 『설국』의 메시지를 완벽하게 해독하는 건 여전히 어렵다. 하지만 '성에 낀 차창 너머 흐릿한 풍경'처럼, 문체만큼은 부인할 수 없을 정도로 아름답다.

첫 문장만 봐도 그렇다. "국경의 긴 터널을 빠져나오자, 설국이었다. 밤의 밑바닥이 하얘졌다. 신호소에 기차가 멈춰 섰다."

『설국』을 읽지 않은 사람도 이 문장만큼은 안다. 솔직히 말해, 야스나리는 이 세 문장으로 노벨 문학상을 받은 게 아닐까 싶을 정도로 강렬하다. 짧고 강하지만 눈 덮인 설국이 머릿속에 바로 떠오르는 매혹적인 문장이다.

소설 속 터널은 '이쪽 세계와 저쪽 세계'를 가르는 경계이자 통로다. 현실 속에서는 다니가와 다케谷川岳가 군마현과 니가타현을 구분 짓는 경계다. 이 산을 관통하는 터널은 두 개다. 하나는 자동차용 간에쓰關越 터널, 다른 하나는 열차가 다니는 시미즈淸水 터널이다. 시미즈 터널은 1931년 개통 당시 아시아 최장(11킬로)이었다. 소설 속에서 묘사한 터널은 바로 시미즈 터널로써, 이 구간을 잇는 열차 노선은 조에쓰上越선이다. 나는 자동차를 운전해서 간에쓰 터널을 이용해 에치고 유자와에 갔다.

그리고 터널을 벗어나는 순간, 소설 속 문장이 현실로 나타나는 풍광을 눈앞에서 목도했다. 터널을 빠져나오자 거짓말처럼 '설국'이 펼쳐졌다. 터널 반대편 하늘은 멀쩡했는데, 터널을 통과하는 순간 은빛 설원이 나타난 것이다. 10여 분 전과는 전혀 다른, 다른 나라에 온 듯한 풍경. 이곳에 와서야 "국경의 긴 터널을 빠져나오자, 설국이었다"는 첫 문장은 작가의 상상이 아니라 현실에서 탄생한 문장이었다는 걸 알았다.

에치고 유자와는 동해에 접한 마을이다. 사방은 1,500~3,000미터 높이 에치고 산맥으로 둘러싸여 있다. 겨울이면 시베리아에서 건너온 계절풍이 산맥에 부딪혀 눈구름을 만들고, 폭설을 퍼붓는다. 눈은 한 번 내리기 시작하면 2미터가 넘기 일쑤다. 내가 이곳을 찾은 건 초겨울이라 폭설은 아니었지만, 터널 저편과 전혀 다른 풍광만으로도 "아, 지금 내가 『설국』 속으로 들어왔구나"를 실감하기에 충분했다.

야스나리는 눈이 내리기 직전 온천 마을을 이렇게 그렸다. "이 지방은 나뭇잎이 떨어지고 바람이 차가워질 무렵, 쌀쌀하고 찌푸린 날이 계속된다. 멀고 가까운 높은 산들이 하얗게 변한다. 이를 '산돌림'이라고 한다. 또 바다가 있는 곳은 바다가 울고, 산이 깊은 곳에서는 산이 운다. 먼 우레와 같다. 이를 '몸 울림'이라고 한다. 산돌림이 보이고 몸 울림이 들리면 눈이 가까웠음을 안다."

에치고 유자와를 방문한 12월 초, 딱 그 묘사 그대로인 날이었다. 나뭇잎은 대부분 떨어졌고, 차가운 바람은 살을 에듯 매서웠다. 하늘은 잔뜩 찌푸려 낮게 내려앉아 있었고, 언제든 눈이 퍼부어도 이상하지 않을 기세였다. '산돌림'과 '몸 울림'이라는 정확한 의미를 다 알지는 못해도, 산이 울고 바다가 운다는 느낌은 충분히 전해지는 날씨였다. 그날 나는 에치고 유자와역과 설국관, 다카한 료칸, 스와 신사를 오가면서 줄곧 산과 바다가 우는 소리를 들었던 것 같다.

스키어 천국, 나에바와 갈라 유자와

에치고 유자와에는 스키장이 무려 10개나 있다. 도시 규모와 인구에 비하면 과하다 싶을 정도다. 도쿄에서 가깝고, 겨울이면 눈밭으로 바뀌는 자연환경 덕분이다. 이 조건이면, 스키장을 만들지 않는 게 오히려 이상하다. 그래서 겨울 에치고 유자와는 도쿄에서 몰려온 스키어들로 북적인다.

특히 에치고 유자와역 인근 갈라 유자와역은 스키어들에게는 성지다. 이 역은 겨울에만 열차가 서는 계절 한정 역이다. 더 흥미로운 건, 역 대합실에서 바로 리프트를 타고 스키장으로 올라갈 수 있다는 것. 역 밖으로 한 걸음도 나가지 않고 슬로프에 오를 수 있는 구조다. 상상해 보자. 도쿄 직장인이 정장 차림으로 야근을 마치고 신칸센에 올라, 갈라 유자와역에서 스키복으로 갈아입은 뒤 곧바로 야간 스키를 즐기는 장면. 현실이지만 영화 같은 장면이다.

오래전에 나는 에치고 유자와 인근 나에바苗場 스키장에서 스키를

탈 기회가 있었다. 각기 다른 슬로프는 호기심을 자극했고, 목화솜 같은 자연설을 맞으면 감탄했다. 눈보라를 헤치며 해발 1,789미터 정상에서 내려오는 짜릿함은 지금도 선명하다. 나에바 스키장은 슬로프만 45개 코스에 달하며, 최장 활주 거리는 6킬로에 이른다.

우리나라에서 최장 슬로프는 전북 무주리조트 실크로드 코스로 길이 6.1킬로다. 무주와 나에바 두 슬로프를 비교하며 눈밭을 가르는 것도 또 다른 재미다. 강원도의 눈과 니가타의 눈, 설질과 풍광을 비교하면서 스키를 타면 분명한 차이를 느낄 수 있다.

야스나리와 마쓰에의 만남이 소설로

야스나리가 『설국』을 집필한 1930~1940년대만 해도 에치고 유자와는 한적한 온천 마을이었다. 『설국』의 자취를 따라 걷는 여정은 에치고 유자와역에서 시작한다. 얼마 전 니가타역에서 즐겼던 사케 시음

소설 속 무대 에치고 유자와역

장 폰슈칸은 이곳에서도 인기 만점이다. 사케 자판기 앞은 즐거운 표정을 짓는 관광객들로 북적였다. 한자리에서 수십 종의 사케를 맛볼 수 있으니, 주당들에겐 흥미롭다. 앞서 니가타를 '술 권하는 도시'라고 했는데, 폰슈칸 입구에 서 있는 인형은 그 캐릭터를 완벽하게 보여 줬다. 넥타이를 느슨하게 풀고 "한 잔 더?"라고 유혹하는 몸짓이다. 벽에 손을 짚은 채 비틀거리는 만취한 인형, 바닥에 쓰러져 있는 인형까지 '술 권하는 도시'의 해학과 유머를 담고 있다. 에치고 유자와에서는 아무래도 『설국』을 떠올리며 사케를 한두 잔 기울여야 할 것 같은 기분이 들었다.

색색의 한지에 소량씩 쌀을 포장해 파는 아이디어도 눈길을 끌었다. 고시히카리 산지다운, 쌀에 대한 자부심이 묻어나는 상술이었다. 역에서 멀지 않은 '설국관雪國館'으로 향했다. 다카한 료칸 안에 있는 가와바타 야스나리 '설국 기념관'과는 다른 곳이다. 설국관은 『설국』 관련

에치고 유자와역 폰슈칸과 술 권하는 인형

자료뿐 아니라 향토 문화 전시까지 겸하고 있다. 정식 명칭은 '유자와 마치 역사 민속자료관, 설국관'이다.

안으로 들어서자 재현한 전통 가옥이 반겼다. 화로와 주전자, 각종 생활용품과 농기구를 함께 전시하고 있다. 눈이 많이 내리는 에치고 유자와 지역의 겨우살이를 엿볼 수 있는 공간이다. 1층에는 『설국』을 주제로 한 일본화가 걸려 있다. 여주인공 고마코를 그린 대형 인물화인데, 말을 걸어올 듯 생동감 있다. 야스나리가 입었던 옷과 그가 사용했던 찻잔, 회중시계, 그리고 "국경의 긴 터널을 빠져나오자, 설국雪國이었다. 밤의 밑바닥이 하얘졌다"는 야스나리가 쓴 친필 족자도 전시돼 있다.

이곳 '고마코의 방'에는 창가에 앉아 누군가를 기다리는 고마코 모형이 있다. 이 설국관 자리에 고마코의 모델인 게이샤 마쓰에가 살았던 숙소가 있었다. 1930년대에 열차 조에쓰선이 개통되면서 온천과 스키장을 찾는 손님이 급증했다. 게이샤들은 도쿄 등 도회지 손님을 맞기 위해 이곳에 머물렀다고 한다. 그들이 대기했던 숙소가 지금 설국관 자리다. 야스나리는 35세, 마쓰에는 19세일 때 둘은 이곳에서 처음 만났다. 그 만남은 훗날 『설국』으로 다시 태어났다.

소설 『설국』을 집필한 다카한 료칸

야스나리가 『설국』을 집필하며 묵었던 다카한 료칸은 마을에서도 꽤 높은 곳에 있다. 료칸 안으로 들어서면, 건물 전체가 『설국』과 가와바타 야스나리로 가득 채워져 있다는 느낌이 든다. 2층은 작가가 생전에 읽었던 책을 모아 놓은 서재와 기념관이다.

그 가운데 '가스미노마(안개의 방)'라는 이름이 붙은 집필실은 단출하다. 앉은뱅이 의자 하나, 책상 하나, 경대 하나가 전부다. 화려한 인테리어 대신, 창밖 풍경이 모든 걸 설명한다. 이 방에서 내려다보면 눈 덮인 마을이 한눈에 들어온다. 겨울이면 진짜 '설국'이 창틀 안에 액자처럼 걸린다. 이런 곳에서 글을 쓴다면, 무딘 상상력에도 불꽃이 튈 것 같았다.

아쉬운 건, 야스나리가 실제 머물던 당시 다카한 료칸 모습이 온전히 남아 있지는 않다는 것이다. 이전 3층 목조 건물은 불에 타 사라졌다. 지금은 시멘트 콘크리트로 지은 6층 현대식 건물이다. 온천장 입구에 설치한 '설국 문학 산보도散步道'라는 안내판이 없었다면, 이곳이 『설국』이 태어난 료칸이라는 걸 알아차리기 쉽지 않았을 것이다.

야스나리가 소설 『설국』을 집필한
에치고 유자와의 다카한 료칸

원래 다카한 료칸은 900년에 달하는 역사를 자랑하는 유서 깊은 온천 여관이었다. 헤이안 시대 말에 문을 열어 오랜 시간을 이어 왔지만, 1930년대 화재로 소실됐다. 그 자리에 시멘트 건물을 올렸다. 흔히 "일본인은 옛것을 잘 보존한다"고 말하는데 다카한 료칸은 그렇지 않다. 콘크리트 건물로 개축한 뒤, 뒤늦게 야스나리의 서재와 집필 방을 복원했다. 그나마라도 야스나리의 자취를 느낄 수 있는 공간이 남아 있다는 게 다행이다.

2층 서재와 집필실에 가려면 료칸 1층에서 입장권을 끊고 올라가야 한다. 마침 한국에서 온 단체 관광객들로 소란스러웠다. 야스나리의 손때가 묻은 서재에 앉아 노벨 문학상 무대 한가운데에 와 있다는 감회에 젖었다. 서재에서 집필실 '가스미노마'로 가는 통로에 일본식 정원이 있다. 모래가 깔린 정원에 돌다리를 놓았다. 야스나리는 이 방에서 마쓰에와의 추억을 떠올리며 그를 고마코에 입혀 소설을 썼다.

『설국』은 게이샤 고마코에 매혹된 유럽 무용비평가 시마무라가 눈 덮인 유자와 온천장을 찾는 이야기다. 여기에 청순한 분위기를 지닌 요코葉子가 등장해 미묘한 삼각관계를 형성한다. 에치고 유자와의 겨울 풍경과 인물의 심리를 아름답고도 차가운 문체로 묘사한 『설국』은 지금까지도 많은 이들의 입에 오르내린다.

작품을 지배하는 정서는 '허무'다. 무기력해 보이는 시마무라의 행적, 사랑하는 사람을 뒤로한 채 시마무라에 마음을 쏟아붓는 고마코, 그들 사이를 서성대는 요코까지. 모든 인물의 움직임에는 어딘가 텅 빈 그림자가 따라붙는다. 야스나리는 소설 마지막에 요코의 죽음을 배치하고, 그 죽음을 은하수로 흘러 들어가는 이미지로 미화했다.

다카한 료칸의 가와바타 야스나리 문학관

가와바타 야스나리가 집필했던 서재

야스나리 문학을 좋아하지 않는 이들은 이를 두고 "미학적인 문장으로 이미지만 부풀렸다"고 비판한다. 또 다른 일본인 노벨 문학상 수상자 오에 겐자부로大江健三郎(1935~2023)는 대표적인 비판론자다. 야스나리가 죽음과 허무에 천착했던 건, 그의 삶의 궤적과 완전히 분리해서 보기 어렵기 때문이다.

야스나리는 어린 나이에 부모와 누이를 잃고 조부모 손에서 자랐다. 또 15세 이전에 부친·모친·누이·조모·조부를 모두 떠나보냈다. 병약한 체질과 외로운 성장기는 허무주의로 체화됐다. 작은 체구, 큰 눈망울을 가진 야스나리의 사진에서 쓸쓸함이 느껴지는 건 이 때문이리라. 그는 1972년 4월, 자살로 생을 마감했다.

천황주의와 군국주의 뿌리, '칠생보국'

야스나리는 후배 작가 미시마 유키오三島由紀夫(1925~1970)에게도 영향을 끼쳤다. 미시마 유키오는 30대 후반에 이미 노벨 문학상 수상자 후보에 올랐고, 야스나리의 추천으로 문단에 발을 들였다. 훤칠한 외모, 도쿄제국대학 졸업, 사법고시·행정고시 합격. 스펙만 놓고 보면 전형적인 '금수저'다. 그는 공직을 그만두고 전업 작가를 택했지만, 작품만큼이나 기행으로 유명했다.

그는 오늘날 베스트셀러 작가 무라카미 하루키에게 버금가는 인기를 누렸다. 유키오는 1970년 11월, 할복자살로 생을 마감했다. 문단의 중심에 있던 작가의 할복자살은 일본 사회에 커다란 충격이었다. 그날 유키오는 도쿄 육상자위대를 찾아가 평화헌법(제2장 제9조) 폐기를 요구하는 연설 뒤, 배를 갈랐다. 자살 방식도 충격적이었지만, 전후 25년

이 지난 시점에 사무라이 정신과 평화헌법 폐기를 운운하며 '무장봉기'를 선동했다는 건 뜬금없었다.

유키오는 자위대원들에게 이렇게 외쳤다. "너희들은 사무라이다. 자신을 부정하는 평화헌법을 왜 지키느냐. 나를 따를 사람은 없는가." 그러나 호응한 자위대원은 단 한 명도 없었다.

할복 사건은 음지에 있던 극우주의자들이 양지로 나오는 계기가 됐다. 시대착오적이라는 비판이 거셌지만, 유키오의 죽음은 일본 우익이 세를 불리는 자양분이 됐다. 아베 정권에서 평화헌법 개정을 시도한 것도 같은 맥락 위에 있다. 야스나리는 유키오의 장례위원장을 맡아 개인적 인연과 문학적 관계를 마지막까지 지켰다.

유키오는 할복자살 당시 머리에 '칠생보국七生報國'이라는 띠를 둘렀다. '일곱 번 태어나고 일곱 번 죽더라도 천황을 위해 목숨을 바치겠다'는 천황주의와 군국주의가 농축된 글이다.

일본 역사를 거슬러 올라가 보면, 이 글의 기원에 닿는다. 일본은 1185년 가마쿠라鎌倉 막부 이후 약 700년 동안 사무라이들이 지배한 무사 정권이다. 1868년 메이지유신으로 막부가 무너지기 전까지, 천황은 실권 없는 상징적 존재였다. 유일한 예외가 고다이고 천황(1318년 즉위) 시절 왕정복고 시도였다.

이때 오사카를 근거지로 하던 무장 마사시게 구노스키楠木正成(1294~1336)는 고다이고 천황을 위한 왕정복고에 나섰다. 그는 전투에서 패하자 자결했다. 그때 천황을 위해 목숨을 바치는 의미로 내건 기치가 바로 '칠생보국'이었다. 고다이고 천황은 자신의 왕정복고를 도운 마사시게에게 국화 문장을 하사했다. 마사시게는 여기에 흐르는 물을 더해 가문의 문장紋章 '기쿠스이菊水'를 완성했다. 물 위에 떠 있는 국화 문장, 기쿠스이는 천황을 향한 일편단심을 상징한다. 기쿠스이에서 국화는 '천황', 물은 충성을 바치는 '백성'을 의미한다.

마사시게 일화는 태평양전쟁 시기, 맹목적 광기로 소환됐다. 그의 '칠생보국'은 일본 극우 정치인들에게 정신적 지침이 됐다. 전북 군산 '일제강점기 군산역사관'에도 일장기 위에 '칠생보국'이라고 쓴 전시물이 있다. 울산 방어진 심상고등소학교 졸업식 사진에서도 '칠생보국'이라는 글귀를 확인할 수 있다. 일제가 식민 지배 시절 조선인에게 천황숭배를 강요하며 '칠생보국'을 주입한 흔적들이다. 이 네 글자는 천황 중심 군국주의의 깊고 넓은 뿌리를 상징한다.

메이지 신정부에서 '칠생보국'은 지배 이념으로 자리 잡았다. 일본 군국주의자들은 천황을 중심으로 대동단결해야 한다는 논리를 포장하는데 '칠생보국' 상징을 적극 활용했다. 천황을 위한 죽음은 '숭고한 희생'이라는 명분을 얻었고, 개인의 삶은 집단을 위한 소모품으로 전락했다. 중일전쟁·러일전쟁·만주사변·태평양전쟁까지 황군을 전장으로 몰아넣는 구호 뒤에는 늘 '칠생보국'이 있었다.

태평양전쟁 말기 젊은이들을 자살특공대로 내몬 광기 역시 같은 뿌리에서 나왔다. 가미카제 특공대와 유인 어뢰정 가이텐 특공대원은 모두 '칠생보국' 머리띠를 두른 채 죽음으로 나아갔다. 가고시마 치란특공평화회관에는 출격을 앞두고 칠생보국 머리띠를 두른 채 찍은 사진들로 빼곡하다. '칠생보국'이란 강요된 죽음 앞에서, 개인은 존재하지 않았다.

17세 소년까지 오염시킨 그릇된 극우 이념

'칠생보국'은 일본 우익의 핏속에 끊임없이 흐르고 있다. 미시마 유키오 할복에 앞서, 1960년 10월 12일에도 충격적인 사건이 있었다. 그날 사회민주당 위원장 아사누마 이네지로浅沼稲次郎(1898~1960)는 우익 테러로 목숨을 잃었다. 그는 방송사 공개 토론에서 미·일 안보협정을 비판하던 중 극우 성향 청년의 칼에 찔려 현장에서 숨졌다. 가해자는 17세, 야마구치 오토야山口二矢였다. 진보 정치인을 대낮에 살해한 사건은 일본 사회에 큰 충격을 던졌다. 지난해 가을, 일본 국회를 방문했다가 당시를 기록한 사진을 봤다. 국가주의를 이념화한 천황주의에 심취한 소년이 자행한 살인은 믿기 어려웠다. 자신과 생각이 다르다는 이유만으로 상대를 죽이는 정치 테러는 일본만의 이야기는 아니다. 해방공간 한국에서도 많은 이들이 비슷한 방식으로 목숨을 잃었다. 김구, 여운형 등이다.

오토야는 도쿄 소년감호소 수감 한 달 만에 스스로 목숨을 끊었다. 그는 죽기 전 유서에 "칠생보국, 천황폐하 만세"라고 썼다. 마사시게의 '칠생보국'은 이렇게 17세 소년 오토야에게까지 전해졌다. 그리고 노벨 문학상 후보였던 작가 미시마 유키오의 머리띠로 이어졌다. 극우 단체는 오토야를 '열사'로 추켜세우고, 그가 죽은 11월 2일에 매년 추모제를 연다. 할복자살한 미시마 유키오 역시 함께 추모한다. 제정신으로 보기 어려운 망동이다.

극우 청년 오토야가 아사누마 이네지로 위원장을
칼로 찌르는 장면을 포착한 사진

오에 겐자부로는 이 사건을 모티브로 한 소설 「정치소년 죽다」를 1961년 『문학계』에 발표했다. 극우 단체는 오에를 협박하고 책을 전량 회수해 폐기했다. 오에는 평생 일본 군국주의와 조선 식민 지배를 강하게 비판하며 참회를 요구한, 일본의 양심이었다.

『설국』의 야스나리, 『우국』의 유키오는 일본인들에게 어떤 이미지로 각인돼 있을까. 오에 겐자부로와 미시마 유키오의 상반된 신념은, 전후 80년이 지난 오늘까지도 '진보'와 '극우'라는 이름으로 계속 충돌하고 있다.

『설국』을 좇아 떠난 에치고 유자와 여행은, 일본 우익의 뿌리를 확인하고 일본의 양심을 떠올리는 일정으로 마무리됐다. 에치고 유자와를 떠나며 『설국』의 한 구절을 되뇌었다. "시마무라가 허무한 애수에 젖어 있을 때 따스한 불빛이 켜지듯 고마코가 들어왔다. 그 웃음소리는 슬프도록 높고 맑아 백지처럼 들리지는 않았다."

참으로 아름다운 문장이다. 온통 흰 것뿐인 설국에서 이 문장을 읽으며 천황주의의 뿌리를 떠올리는 심사가 착잡하다. 올겨울, 니가타에 다시 폭설 소식이 들려오면 에치고 유자와 거리와 그곳을 걷던 고마코가 그리울 것 같다.

조선인을 죽이려거든
나를 넘어라

잿더미 위에서 일어난 도쿄

에치고 유자와를 출발해 도쿄로 향했다. 간에쓰 터널을 지나자마자 풍경이 확 바뀌었다. 군마群馬현 쪽 하늘은 거짓말처럼 맑고, 산빛도 좀 전과는 딴판이다. 같은 곳인데, 터널을 사이에 두고 전혀 다른 풍경이 펼쳐졌다.

도쿄는 1945년 태평양전쟁의 잿더미에서 출발한 인공 도시나 다름없다. 도쿄의 옛 이름은 에도다. 도쿠가와 이에야스는 세키가하라 전투에서 승리한 뒤 에도를 수도로 정했다. 이후 에도막부는 264년 동안(1603~1867) 이곳을 근거지로 지배했다. 당연히 도쿄에는 에도시대 유물이 많았다. 그러나 1923년 9월 간토 대지진과 1945년 3월 도쿄 대공습으로 옛 정취는 흔적도 없이 사라졌다. 관광객들이 즐겨 찾는 센소지淺草寺나 메이지明治 신궁도 재건한 건물이다.

20년 간격으로 발생한 두 사건은 도쿄를 이해하는 핵심 키워드다. 그나마 미군이 교토를 폭격하지 않은 게 다행이었다. 일본은 패전 후

19년 만(1964년)에 도쿄 올림픽을 개최했다. 기적이라는 말도 과하지 않은 눈부신 성장이었다. 국제사회는 "폐허에서 일어난 기적"이라며 주목했다. 기적 뒤에는 한국전쟁과 베트남전쟁이 있다. 우리도 6·25전쟁 이후 35년 만인 1988년 서울 올림픽을 치렀다. 서울과 도쿄는 "잿더미 위에 세운 기적"을 공유하고 있다.

도쿄는 뉴욕, 런던과 함께 세계 3대 도시다. 도쿄 마루노우치丸の內와 오다이바お台場, 긴자銀座, 오모테산도表参道 힐즈, 롯폰기六本木 힐즈, 시부야渋谷를 걷다 보면 이 도시가 80년 전엔 폐허였다는 사실이

도쿄역과 마루노우치 빌딩 숲

믿기지 않는다. 도쿄는 규모나 콘텐츠 면에서 서울을 압도한다. 도쿄를 서울 정도로 생각했다간 길을 잃기 딱 좋다. 도쿄 한복판을 걷다 보면 어쩔 수 없이 서울이 떠오른다.

화려한 도쿄 거리를 두 발로 걷기

도쿄에서 가장 번화한 긴자와 오모테산도, 신주쿠, 메이지 신궁 일대를 걸었다. 도시를 가장 잘 이해하는 방법은 걷는 것이다. 자동차 창 밖으로 스치는 도시는 늘 반쪽짜리다. 내 발로 내딛지 않으면 한 걸음도 나갈 수 없는 게 걷기다. 내가 해외에 나갈 때마다 지키는 원칙 또한 걷기다. 가까운 거리가 됐든 먼 거리가 됐든 택시를 타지 않는다. 걸어서 도시를 몸과 마음에 새기되, 그렇지 않으면 전철이나 지하철·버스 등 대중교통을 이용한다.

꽤 오랜 시간이 흘렀어도 내가 러시아 상트페테르부르크나 독일 뮌헨 슈바빙, 덴마크 코펜하겐 항구, 카자흐스탄 알마티 아르바트 거리, 중국 베이징 천안문 일대를 선명하게 기억하는 건 걸었기 때문이다. 아마 그때 택시를 타고 다녔다면 시간과 함께 기억도 사라졌을 것이다. 지난해 추석 연휴에도 아내와 홍콩 침사추이와 본섬을 두 발로 걸었다. 몸은 피곤해도 걸으며 만나는 도시는 흥미로웠다.

걷기 철학을 논하자면 베르나르 올리비에를 빼놓을 수 없다. 베르나르는 신문기자 생활을 접고 61세에 튀르키예 이스탄불에서 중국 시안까지 4년 동안 걸어서 횡단했다. 그 결과물을 『나는 걷는다』 세 권에 담았다. 권당 400쪽이 넘는 책은 사진 한 장 없는데도 술술 읽힌다. 내게 걷기 철학을 일깨운 교과서 같은 책이다. 책을 읽고, 언젠가는 스페인 카미노 데 산티아고나 일본 시코쿠 순례길, 제주 올레길을 걸어야겠다고 각오를 다졌다. "베르나르 따라 하기"인 셈이다. 언젠가 세 곳에 갈 생각으로 버킷리스트에 올려놓았다.

인파에 떠밀리다시피 하며 오모테산도를 걸었다. 강남대로나 명동은 저리 가라 할 정도로 북적였다. 도로를 가득 메운 보행자의 절반은 외국인이다. 국적은 제각각이어도, 이곳에서 공유하는 기억은 비슷하리라. 이렇게 많은 이들이 도쿄를 찾는 걸 보면 아직 일본은 건재하다. 부자가 망해도 3대는 간다는데, 잃어버린 30년을 뒤로한 뚝심이 느껴졌다.

도쿄 시부야 메이지 신궁

　오모테산도 거리는 화려하다. 내로라하는 명품 브랜드가 즐비하다. 구찌, 페라가모, 루이비통, 샤넬, 에르메스, 셀린느, 프라다, 펜디, 돌체앤가바나, 보테가 베네타, 버버리, 알렉산더 맥퀸, 파텍 필립 등 이름만으로도 주눅 드는 명품 상점이 줄지어 있다. 수백수천만 원짜리 명품이 아무렇지 않게 팔리는 오모테산도는 자본주의의 첨병이다.

　반면 오모테산도 인근 신주쿠는 서민적이고 소박하다. 메이지 신궁 주변이라서 개발을 제한한 탓인지 비교적 옛 분위기를 지니고 있다. 저렴한 물건을 파는 골목 상권은 활기차다. 차갑게 반짝이는 명품 숍과 정감 있는 로드 숍을 함께 만나는 곳이 도쿄다. 한 도시에서 전혀 다른 분위기를 동시에 경험할 수 있다는 건 도쿄가 지닌 매력이다.

　또 다른 명품 상점가 긴자 거리는 오모테산도와는 미묘하게 결이 다르다. 오모테산도가 '벼락부자'의 놀이터라면, 긴자는 선대로부터 재산을 물려받은 '찐 부자'가 즐기는 곳이라는 느낌이다. 강남과 강북

도쿄 긴자 명품 쇼핑 거리

도쿄 오모테산도 명품 쇼핑 거리

에서 느끼는 차이다. 어쨌든 화려한 겉모습은 일본 경제가 '잃어버린 30년'과는 무관한 것처럼 보인다. 국가는 무기력해도 나는 예외라는 몸짓으로 읽혔다. 도쿄 스카이라인은 일본 경제가 잘나가던 시절에 세운 빌딩들이다. 도쿄의 밤은 예나 지금이나 화려하다.

아베 총리는 재임 당시 외국인 관광객 2,000만 명 유치를 내걸었는데, 현실이 됐다. 일본의 연간 관광객은 2,000만 명을 넘어선 지 오래다. 이런 변화에 한국인도 한몫했다. 외국인 관광객 가운데 4분의 1이 한국인이다. 도쿄 번화가를 걷는 네 사람 중 한 명은 한국인이라는 계산이다. 이처럼 화려한 도쿄 이면에는 불행한 역사가 자리한다. 도쿄 대공습과 간토 대지진으로 도쿄를 읽는다.

도쿄 대공습은 전쟁 범죄

1945년 3월 9일 밤 10시 30분, 미군 폭격기 300여 대가 도쿄 상공을 뒤덮었다. 폭격기는 '미팅 하우스 작전' 명 아래 도쿄 시가지를 낮게 비행하며 네이팜탄을 퍼부었다. 이틀 동안 폭격으로 도시는 불바다가 됐다. 에도시대 유산은 잿더미가 됐고, 석기시대로 되돌아갔다.

흔히 태평양전쟁 기간 중 일본 본토가 가장 큰 타격을 입은 곳으로 히로시마와 나가사키를 떠올린다. 그러나 실제는 도쿄 대공습이 훨씬 컸다. 도쿄 대공습 피해 규모는 민간인 사망자 12만여 명, 가옥 27만여 채 파괴, 이재민 100만여 명에 달했다. 민간인 사망자를 포함해 단독 작전에 따른 공습 피해로는 역사상 최대 규모였다. 네이팜탄은 군사시설과 민가를 가리지 않았다. 공습 직후 촬영한 풍경은 참혹하다. '이곳에 사람이 살았나' 싶을 만큼 믿기 기괴하다. 집과 도로는 쟁기질하듯 파헤쳐졌고, 생명체는 흔적도 없다. 시신을 장작더미처럼 쌓아 놓은 사진에서는 인간이라는 존재에 회의를 느낄 수밖에 없다.

얼마 전에도 비슷한 사진을 봤다. 트럼프 대통령의 중재로 휴전에 합의한 팔레스타인 가자지구를 촬영한 사진이다. 2년 반 넘는 전쟁 동안 이스라엘군은 가자지구를 쑥대밭으로 만들었다. 이스라엘군은 군사시설과 민간 시설을 가리지 않았다. 이 기간 4만 명 넘는 민간인이 숨졌고 도시는 폐허로 변했다. 그곳에 누군가 살고 있었고, 또 웃음소리가 있었다고 생각하면 비인도적인 공격 앞에 분노하게 된다.

민간인을 대량 학살했다는 점에서 도쿄 대공습을 전쟁범죄로 보는 시선도 존재한다. 그러나 책임진 미군은 한 명도 없다. 미국은 2차 대전 후 도조 히데키를 비롯한 A급 전범 7명, B급·C급 1,061명을 사형에 처했다. 그러나 도쿄 대공습 책임은 묻지 않았다. 미군은 공습에 앞서 피해를 최대화하기 위한 시뮬레이션까지 마쳤다. 민간인이 밀집한 스미다구를 목표로 정하고 600~700미터 저공비행을 하며 네이팜탄을 투하했다. 네이팜탄은 목조 주택을 불태웠고 대규모 화재로 번졌다. 그러나 공습을 기획하고 실행에 옮긴 사람은 있지만 책임은 묻지 않았다. 판단 기준은 옳고 그름이 아니라 누가 승자이고 패자냐였다. 역사는 승자가 쓰는 기록이라지만 주저되는 부분이다.

미군은 대규모 민간인 피해를 예상했다. 그럼에도 공습을 강행하고 10만 명 넘는 민간인 희생자를 초래했다. 밤늦은 시간, 모두가 잠든 새벽 시간을 택해 목조 주택 밀집 지역에 네이팜탄을 쏟아부은 건 전쟁이라기보다 학살에 가까웠다. 공습을 기획한 지도부 책임을 묻는 건 상식이다. 그러나 미군은 승자라는 이유로 책임을 피했다.

도쿄 대공습을 전쟁범죄 관점에서 바라보는 시각을 오해하면 안 된다. 일본을 편들자는 게 아니다. 보편적인 양심을 말하는 것이다. 우리 역시 6·25전쟁 때 미군에 의해 민간인 수백 명이 숨진 사건이 있었다. 충북 영동 노근리에서 양민 200~300명이 미군의 기총 사격으로 목숨을 잃었다. 그러나 미군은 관련자를 처벌하지 않았다. AP통신 보도로 논란이 되자 클린턴 대통령은 2001년에야 유감이라고 했다. 미국 정부의 이런 태도를 수긍할 유족은 없다.

도쿄 대공습과 노근리 양민 학살의 본질은 같다. 군에 의한 의도적, 조직적 학살이라는 것이다. 그렇다면 진상규명과 책임자 처벌은 당연하다. 그러나 당연한 일을 외면하고 있다. 태평양전쟁 당시 일본은 수많은 전쟁범죄를 저질렀다. 조선인 6,600명을 학살한 간토대학살과 사망자만 30만 명으로 추정하는 난징대학살은 대표적이다. 여기에 가담한 일본 책임을 추궁하듯 도쿄 공습에 대한 책임도 따져야 한다. 팔레스타인에 대한 이스라엘 학살 또한 마찬가지다.

전쟁범죄가 끊이지 않는 건 엄정한 책임을 묻지 않기 때문이다. '미라이 학살'은 베트남전쟁 기간 미군에 의해 민간인 500여 명이 숨진 사건이다. 미군은 어린이와 여성 500여 명을 집단 학살했다. 탐사 보도에 의해 실체가 드러나자, 미군은 지휘관 윌리엄 칼리 중위만 종신형에 처했다. 그나마도 3년 가택 연금 이후 석방돼 도덕성 논란을 촉발했다. 한국군 또한 베트남전쟁 기간 민간인 학살 사례가 여러 건 보고됐다. 우리 정부는 의도적, 조직적 학살은 확인되지 않았다는 공식 입장을 견지하고 있다. 그러나 서울중앙지법은 2023년 국가 책임을 인정하는 1심 판결을 내놓았다. 베트남전쟁 중 국가 책임을 인정한 첫 판결이었다. 우리 정부가 항소해 상급심 절차가 진행 중인데 국제인권법은 어떤 경우에도 민간인 학살을 용인하지 않는다.

미국과 동맹이라는 이유로 도쿄 대공습을 용인한다면 궁색하다. 도쿄 대공습 이면에 담긴 문제의식에 도달하는 건 친일이냐 반일이냐 문제가 아니다. 정의와 인권의 문제다. 도쿄 대공습 희생자 가운데는 조선인도 있다. 그들은 죽어야 할 아무런 이유가 없다. 단지 그때, 그곳에 있었을 뿐이다.

도쿄 대공습 피해가 컸던 건 목조 주택 때문이다. 다닥다닥 붙은 목조 주택 밀집 지역에 떨어진 네이팜탄은 기름통에 던진 성냥과 다르지 않았다. 불기둥은 최고 30미터까지 솟구쳤고, 때마침 강풍이 불어 시가지는 거대한 불길에 휩싸였다. 서기 64년 로마 시가지 3분의 2를 불태운 로마 화재 역시 건조한 기후와 함께 목조 건물을 빼놓을 수 없다.

도쿄 명소인 센소지 사찰도 그때 불탔다. 시민들은 부처의 보살핌을 기대하며 센소지로 피신했다. 센소지는 오랜 역사 속에서 한 번도 불타지 않았기에 안전할 것으로 믿었다. 그러나 믿음은 참극이 됐다. 절은 거대한 장작더미가 됐고, 피난민들은 그대로 화장됐다. 전후 시민 모금으로 재건한 센소지는 오늘날 일본 재건과 평화의 상징이지만 참극의 현장이었다.

센소지와 가까운 요시와라吉原 공창가에서도 수많은 접대부가 숨졌다. 감시 목적으로 설치한 철문에 막혀 그 자리에서 불탔다. 전북 군산 집창촌에서도 2000년과 2002년 비슷한 사건이 있었다. 그때도 철창에 갇힌 여성 19명이 불구덩이에서 빠져나오지 못한 채 목숨을 잃었다. 요시와라 공창가와 군산 집창촌 희생자가 처한 상황은 달랐으나

도쿄 센소지 야경

천민자본주의와 성 착취 문화가 낳은 비극이었다.

도쿄는 지금도 매년 3월 10일 대공습 희생자를 추도한다. 도쿄 대공습을 전쟁범죄라고 강조하는 일본의 주장이 정당성을 획득하려면 간토대학살과 난징대학살을 참회해야 한다. 대공습 희생자를 추도하는 동시에 간토대학살 희생자를 추도하는 게 성숙한 이성이다.

아시아판 홀로코스트, 간토 대지진

도쿄 대공습이 일본인에게 비극이었다면, 간토대학살은 조선인에게 비극이었다. 도쿄 대공습에 앞서 1923년 9월 1일, 간토 지역을 강타한 대지진으로 도시는 완파됐다. 사망자는 도쿄 대공습에 맞먹는 10만 명, 파괴된 주택은 190만 채, 이재민은 340만 명에 달했다. 일본 노년 세대에게 간토 대지진은 도쿄 대공습과 함께 깊은 트라우마로 남아 있다.

간토 대지진은 단순한 자연재해로 끝나지 않았다. 지진 이후 벌어진 조선인 학살은 인간의 이성이 얼마나 취약한지를 여실히 보여줬다. 광기에 휩싸인 일본은 조선인을 향한 집단 학살, 즉 제노사이드로 치달았다.

왜 자연재해가 조선인 학살로 이어졌을까. 민병래는 『1923 간토대학살, 침묵을 깨라』에서 당시 일본은 자국민 폭동 가능성을 두려워한 나머지 조선인을 희생양으로 삼았다고 분석했다. 대지진 4년 전, 3·1운동이 일어나고 상하이임시정부가 수립됐다. 두 사건에 힘입어 조선인이 식민 지배에 항거하는 분위기가 됐다. 일제 입장에서는 자연재해에서 촉발한 자국민의 불만을 두려워하는 한편 조선인들의 집단 움직임을 배제하기 어려웠다.

일제가 분출구로 택한 건 조선인 이주 노동자였다. 재일 사학자 강덕상에 따르면 일본 내각부는 "조선인이 방화한다" "조선인이 우물에 독을 풀었다"는 유언비어를 조직적으로 유포하며 조선인에 대한 공포를 조장했다.

타민족을 희생양으로 삼는 이런 방식은 낯설지 않다. 14세기 페스트가 휩쓸 때 유럽 사회는 "유대인이 우물에 독을 풀었다"고 선동했다. 나치 또한 "유대인이 일자리를 빼앗았다"고 부추겼다. 그로 인해 유대인에 대한 집단 학살과 따돌림은 당연시됐다. 유대인들은 학살을 피해 네덜란드와 미국 등지로 대거 옮겨 갔다. 그러나 조선인들은 미처 피하기도 전에 죽임을 당했다. 간토대학살은 조선인이라는 사회적 약자를 대상으로 한 국가 폭력이었다.

당시 내각부는 지방정부에 조선인을 경계하라는 공문을 하달했다. 경찰의 묵인 아래 자경단自警團이 설립됐다. 자경단은 단순한 자치 조직이 아닌, 경찰의 하부 조직이었다. 전국적으로 3,700개가 넘는 자경단이 동시다발로 조직됐는데, 경찰 승인과 지원 없이 불가능한 규모였다. 구성원 또한 독립운동가와 동학농민군 학살 경험이 있는 예비역 군인들이 주축이었다. 그들이 조선인을 어떤 관점에서 바라봤을지 짐작할 수 있다.

심지어 군과 경찰은 자경단에게 무기까지 제공했다. 일본인 사학자 시미즈 이쿠타로清水幾太郎는 『간토 대진재』에서 군경의 묵인 아래 살인 면허를 받은 자경단이 조선인 학살에 가담했다고 고발했다. 그는 간토대학살은 우발적 민중 폭동이 아니라, 일본 정부가 기획하고

군과 경찰이 자경단을 동원해 실행한 조직적 학살이라는 점을 분명히
했다.

이 같은 정황은 당시 계엄령 선포문에서도 확인된다. 내각부는 "조
선인이 폭동을 일으킬 조짐이 있다"며 간토 일대에 계엄령을 선포했다.
내전이나 외부 침략이 아닌 자연재해를 이유로 계엄령을 선포한 것부
터 비상식적이었다. 당시 간토에 거주한 조선인은 2만여 명으로 추산
한다. 이들은 일본에 온 지 1~2년에 불과한 이주 노동자였다. 하루하
루 먹고살기 고단한 이주 노동자들은 일본 정부를 상대로 항거할 힘
도, 이유도 없었다.

간토대학살은 조선인을 상대로 한 국가 범죄이자 홀로코스트였다.
여러 증언을 종합하면 일본인들은 조선인을 닥치는 대로 죽였다. "주
고엔 고주센(15엔 50전)" 같은 발음하기 어려운 말을 시킨 뒤, 조선인인
지 아닌지를 가려냈다. 발음이 어눌한 사람은 이유도 묻지 않고 죽였
다. 잔혹하면서도 기괴했다. 이 와중에 사흘 동안 조선인 6,600여 명
이 목숨을 잃었다.

광풍이 지나간 뒤 일본 정부는 책임을 자경단에게 떠넘겼다. 일제
는 자경단원 일부를 검거했지만, 그마저도 증거 불충분을 이유로 모두
풀어 줬다. 당시 한국 신문은 일제의 방관과 조직적 지원을 보도했다.
『동아일보』는 1923년 10월 15일 기사에서 "사이타마현 자경단이 조
선인 남녀 100여 명을 학살했다", 20일에는 "사이타마현 학살이 더욱
심한 건 현에서 보낸 통지문 때문"이라고 알렸다.

간토대학살 이후 100여 년이 흘렀다. 일본 정부는 아직도 국가 책임
을 인정하지 않는다. 고이케 유리코小池百合子 전 도쿄도지사는 재임 당

시 조선인 희생자 추도식에 추도문을 보내지 않았다. 그나마 추도문이라도 보냈던 이전 도지사들과는 다른 행보였다. 자신들을 피해자라고 인식하는 그들에게 반성과 참회는 찾아보기 어렵다.

광기의 시대, 한국인을 구한 쓰네키치 서장

광기의 시대에 요코하마 쓰루미 경찰서장 오카와 쓰네키치는 예외였다. 그는 간토대학살 한복판에서 조선인 300여 명을 지켰다. 당시 1,000여 명이 넘는 자경단원은 경찰서를 에워싸고 "조선인을 내놓으라"고 협박했다. 흥분한 군중은 한번 달아오르면 쉽게 폭도로 변한다. 그들 앞에서 쓰네키치는 "먼저 나부터 처치한 뒤에야 조선인을 죽일 수 있다" "조선인이 우물에 독을 풀었다면, 그 물을 가져와라. 내가 마시겠다"며 굽히지 않았다.

자경단이 "조선인이 도망가면 어쩔 거냐"고 따지자, 그는 "한 명이라도 도망가는 자가 있다면, 내 배를 갈라 사죄하겠다"고 맞섰다. 책상머리에서 정의를 말하는 것과 분노한 군중을 눈앞에 두고 정의를 말하는 것 사이에는 엄청난 차이가 있다. 대부분 그 간극 앞에서 침묵한다. 쓰네키치 서장은 폭도들과 정면으로 맞섰다.

그의 행동은 한국과 일본 사회에 널리 회자한다. 그를 두고 2차 세계대전 당시 유대인 1,200여 명을 구한 오스카 쉰들러에 빗대는 이들도 있다. 간토대학살이 수습된 뒤 살아남은 조선인 300명 가운데 8명은 쓰네키치 서장에게 감사 편지를 보냈다. 한글과 한자를 섞어 쓴 편지 끝에 그들은 자신들 이름을 적고 고마움을 표했다.

쓰네키치 서장이 세상을 떠난 뒤 1953년 3월, 그가 잠든 요코하마

조선인들이 오카와 쓰네키치 서장에게
감사하는 마음을 담아 세운 비석

도젠지東漸寺에 '감사비'를 세웠다. 도쿄에서 도젠지가 있는 요코하마까지는 한달음이다. 그러나 요코하마에 도착해 도젠지를 찾는 건 생각처럼 쉽지 않았다. 여러 번 헤매다 정원 작업 중인 남성에게 길을 물었다. 그는 하던 일을 멈추고 자기 차로 안내했다. 과잉 친절이라 할 수도 있지만, 이런 친절을 만나면 누구라도 감동한다. 미야기현에서 후세 다쓰지 변호사 현창비를 찾을 때도 그랬는데, 도쿄에서도 마찬가지였다. 간토대학살을 저지른 자경단과 이들이 같은 일본인이라는 게 믿기지 않았다. 일본인의 친절은 비록 다테마에(겉 마음)일망정 감동적이다.

도젠지 조선인들이 세운 감사비 앞에 섰다. 비석은 투박하지만, 한 사람에 대한 존경과 애정을 담고 있다. 비문은 "간토 대지진 당시 유언비어에 의해 격앙된 폭민이 조선인을 학살하려는 위기가 있었으나, 오카와 쓰네키치 서장은 죽음을 무릅쓰고 대응해 300여 명의 생명을 구했다. 그 공덕을 영원히 찬양한다"고 적고 있다. 과장도, 미화도 없다. 오로지 쓰네키치라는 한 인간에 대한 담백한 존경만 있다.

나도 그 앞에 고개를 숙이고 추도했다.

이런 사연이 화제가 됐을 때 쓰네키치의 손자 오카와 유타카大川豊 (72세)가 서울을 방문했다. 그는 이런 말을 남겼다. "따뜻하게 맞아 주셔서 말문이 막힙니다. 그런데 할아버지가 하신 일이 이토록 칭찬받을 일인가요. 당시 일본인은 한국과 조선인에게 입에 담기 힘든 짓을 자행했기에, 당연한 행동이 미담이 돼 버린 것 같습니다. 일본인으로서 제가 드릴 수 있는 말은 이것뿐입니다. 미안합니다."

할아버지는 당연한 일을 했고, 그런 만행을 저지른 일본인으로서 미안하다고 사죄하는 유타카는 어쩌면 지극히 상식적인 일본인일지 모른다. 그런 일본인들마저 적으로 돌리고, 덮어놓고 외치는 반일은 무엇을 위한 반일인지 묻지 않을 수 없다. 군국주의 일제와 전후 양심적인 일본 시민을 구분해야 한다는 상식마저도 친일로 몰아간다면 도리 없다. 일본 사회에 이런 사람들이 존재한다는 현실은 포기하고 싶지 않다.

봉선화(호센카), 기억을 잇는 사람들

일본 정부는 "사실관계를 확인할 기록이 없다(2017년 아베 총리)"며 간토대학살을 부인하고 있다. 그럼에도 내부에서의 비판 목소리는 꾸준하다. 간토대학살 100주년을 맞는 2023년에는 조선인 학살을 공식 보고한 가나가와현 정부 문서가 공개되기도 했다.

자민당 출신 후쿠다 야스오福田康夫(89) 전 총리는 2024년 9월 1일 추도식에서 "일본 사람들은 안타깝게도 간토대학살을 잘 모른다. 간토대학살은 역사적 사실이기에 조사가 필요하다"고 당부했다. 여당 출신, 전 총리로서 용기 있는 주장이었다. 민주당 출신 하토야마 유키오 鳩山由紀夫(78) 전 총리 역시 다큐멘터리 〈1923 간토대학살〉에서 "당시 내무성이 조선인에 대한 유언비어를 유포했다"고 고백했다.

김태영 감독은 일본 중앙방재회가 발간한 「간토 대진재 보고서」를 토대로 군경에 의한 조선인 학살이 있었음을 입증하는 다큐멘터리를 제작했다. 영상은 당시 『뉴욕타임스』가 보도한 "가능한 많은 조선인을 죽이라는 공식 명령이 내려졌다" "조선인 250명이 5명씩 묶인 채 산 채로 불태워졌다"는 내용을 담고 있다.

2년여 동안 일본 과거사 현장을 다니며 느낀 게 있다. 국가는 부인해도 시민들은 끝까지 기억을 붙들고 있다는 것이다. 사이타마현 소메야 染谷 강대흥 묘비도 그런 경우다. 간토대학살 당시 주민들에게 살해된 조선인을 기리는 묘비는 조선인에 대한 차별과 편견을 반성하고, 일본 정부의 책임을 정면으로 겨냥한다. 일본에서 보기 드문 직설적 비문이다. 사이타마현 지사는 "헛소문에 근거한 조선인 학살이 있었다는 사실에 깊은 아픔을 느낀다"며 사죄했다.

시민단체 활동도 집요하다. '간토 대지진 조선인 희생자를 추도하는 모임 봉선화(호센카)'는 40년 넘게 간토대학살의 진상을 규명하고 조선인 희생자를 추모하고 있다. 이들은 도쿄 아라카와荒川 강변에서 벌어진 조선인 학살의 진상규명과 유골 발굴 및 증언 수집에 많은 시간을 쏟았다.

아라카와는 나리타 국제공항에서 도쿄 시내로 들어갈 때 건너는 강이다. 도쿄를 오갈 때마다 수도 없이 건넜던 강이다. 이곳에서 조선인 학살이 있었고, 추모비와 자료관까지 있다는 사실을 뒤늦게 알았다.

이후 아라카와를 건널 때마다 마음은 편치 않았다.

초등학교 교사 출신 기누타 유키에絹田幸惠(1930~2008)는 처음 아라카와 현장 조사에 나선 일본인이다. '봉선화' 모임을 결성해 아라카와 조선인 학살 희생자들을 추모하고 유골 발굴 활동을 벌였다. 그는 마을 노인들의 기억을 바탕으로 1982년 '봉선화' 모임을 꾸렸다.

'봉선화'는 그해 9월 2일, 아라카와 요츠기 다리(현 기네가와 다리) 인근 둔치를 발굴했다. 유골은 찾지 못했지만, 그 자체로써 커다란 반향이 있었다. 이후 중학교 교사 출신 니시자키 마사오西崎雅夫가 가세했다. 둘은 10년 동안 100여 명이 넘는 증언자를 만나 2020년에 『간토 대지진 조선인 학살 기록, 1,100여 건의 증언』을 펴냈다. 학교도, 사회도, 가정도 가르치지 않는 역사를 일본인이 기록한 것이다. 한국 역사 학계나 언론이 해야 할 일을 일본 시민이 대신한 것이어서, 고맙고도 부끄러웠다.

모임은 한때 아라카와 강변에 추모비 건립을 시도했다. 비록 자치단체가 하천법을 이유로 불허했으나 의미 있는 시도였다. 취지에 공감한 주민들과 봉선화는 인접한 자투리땅을 매입해 2009년 3월 추모비와 자료관을 세웠다.

추도비는 앞면에 '슬퍼할 도悼' 자를 크게 새겼고, 왼쪽에 '간토 대지진 때 한국 조선인 추도비'라고 적었다. 뒷면에는 "1923년 간토 대지진 때 일본의 군대, 경찰, 그리고 유언비어를 믿은 민중에 의해 많은 조선인이 살해됐다. 고향을 떠나 일본에 와 있던 조선인들은 이름도 남기지 못한 채 생명을 빼앗겼다. 희생자를 추도하고 인권 회복과 두 민족의 화해를 염원하며 이 비를 세운다"고 새겨 있다. 학살 책임자를 분명히 하고, 화해를 향한 염원을 담은 글이다.

니시자키 마사오 봉선화 회장은 교직을 내려놓은 뒤 10여 년 가깝게 간토대학살 참상을 알리는 일에 시간을 보내고 있다. 그의 휴대전화 번호 뒷자리는 1923, 이메일 주소에도 1923이 들어가 있다. 간토대학살이 일어난 1923년을 잊지 않겠다는 뜻이다. 그는 내게 "일본인들이 조선인을 차별하고 죽인 것을 사죄한다"며 조용히 머리를 숙였다.

『1923 간토대학살, 침묵을 깨라』에는 많은 이야기가 담겨 있다. 그 가운데 재일교포 오충공 감독의 작업은 울림이 깊다. 그는 〈감춰진 손톱자국〉〈불하받은 조선인〉〈1923 제노사이드, 조선인 대학살 100년의 역사 부정〉 등 간토대학살 관련 다큐멘터리 세 편을 제작했다.

첫 작품 〈감춰진 손톱자국〉은 아라카와 유골 발굴 현장에서 시작한다. 학살을 목격한 일본인과 생존자의 증언을 담고 있다. 두 번째 작품 〈불하받은 조선인〉은 제목부터 충격적이다. 지바현 나라시노 수용소에 수감된 조선인을 마을 자경단에게 '불하'해 살해한 사건을 다뤘다. 사람을 죽이라고 자경단에게 줬다는 사실은 괴이하다.

평생 일본 제국주의 범죄를 추적한 야마다 쇼지는 『관동 대지진 조선인 학살에 대한 일본 국가와 민중의 책임』에서 이렇게 고백했다. "강대흥 묘 앞에 섰을 때 깨달았다. 그에게도 조선에 육친이 있었을 것이다. 그는 육친을 떠올리며 어떤 기분으로 죽어 갔을까. 또 고향에 있는 육친은 돌아오지 않는 아들을 어떤 마음으로 기다렸을까." 피해자 입장에 선 참회록이다.

간토대학살 이후 100년이 지났으나 아직 돌아오지 못한 유골은 허다하다. 학살한 일본인 후손에게도, 학살당한 조선인 후손에게도 희미한

기억이 되고 있다. 가해자는 말이 없고, 피해자는 세상에 없다. 일본 정부는 책임을 부인하고 학교와 사회, 가정은 침묵한다. 그렇다고 사실은 사라지지 않는다. 누군가는 끝까지 기억하고, 계속 말해야 한다.

도쿄의 동상은 우익 정서를 발신하는 상징물이다. 우익 정치인들은 고쿄皇居의 구스노키 마사시게楠木正成, 우에노 공원의 사이고 다카모리, 야스쿠니 신사의 오무라 마스지로大村益次郎 동상 앞에서 우익 정서를 다진다. 박보균 전 문화체육부 장관은 "마사시게는 천황주의자, 다카모리는 정한론자, 마스지로는 군국주의자"라면서 "셋은 도쿄를 관통하는 세 가지 지배 이념, 즉 천황주의와 군국주의, 조선 정벌을 상징한다. 과거로 돌아가고 싶어 하는 이들이 기웃거리는 출입구다"라고 분석한 바 있다.

©Wikipedia

◀ 우에노 공원의 사이고 다카모리 동상
▶ 야스쿠니 신사의 오무라 마스지로 동상
▼ 고쿄의 구스노키 마사시게 동상

한국과 중국, 아시아에서 침략 전쟁을 수행한 제국주의 일본을 관통하는 혼네(본심)는 '일본인이 전쟁의 가장 큰 피해자'라는 것이다. 이런 인식은 좌파와 우파를 가리지 않는다. 반전주의자 미야자키 하야오 감독과 자살특공대 가미카제를 소재로 소설 『영원의 제로』를 쓴 극우파 하쿠타 나오키는 제국주의 전쟁에 대해서는 정반대 입장이다. 그러나 일본인이 피해자라는 인식만큼은 일치한다. 개헌 의석을 확보한 다카이치 사나에 내각은 강한 일본을 지향한다. 아베 정부를 잇는 그들은 '강한 일본'을 앞세워 평화헌법마저 개정할 태세다.

도쿄를 떠나며 쓰네키치 서장이 잠든 도젠지와 조선인을 학살한 아라카와 강변을 떠올렸다. 한 곳은 인류애를 실행에 옮기고, 다른 한 곳은 광기가 판친 곳이다. 도쿄는 에도막부 이후 400년 넘게 일본 수도다. 도쿄에서 무엇을 볼지는 각자에게 달려 있다. 화려한 긴자 거리와 오모테산도를 걷는 동시에 아라카와 강변 학살과 쓰네키치 서장을 떠올릴 때 비로소 균형을 갖출 수 있다. 과거로 회귀하려는 '강한 일본'에 그런 의지가 있는지 의문이다. 간토대학살과 난징대학살을 참회하는 열린사회를 기대하지만 난망이다.

원시와 수탈의 땅,
홋카이도

일본 같지 않은 홋카이도의 첫인상

자연경관이 아름다운 홋카이도는 다소 이질적이다. 분명 일본인데 혼슈나 규슈와는 살짝 결이 다른 느낌이다. 홋카이도를 한 번이라도 다녀온 사람이라면 무슨 말을 하려는지 알 것이다. 산과 들이 그렇고, 사람들 외모나 옷차림·말투 또한 미묘하게 다르다. 최북단 왓카나이는 아예 도로 표지판에 일본어와 러시아어를 함께 쓴다. 영어권인데도 공식어는 프랑스어이고, 프랑스 정취가 풍기는 캐나다 북쪽 퀘벡과 비슷하다.

홋카이도에 머무는 동안 야생 사슴을 허다하게 봤다. 또한, 야생 곰과 여우 출현을 경고하는 안내판도 곳곳에서 만났다. 이곳이 때 묻지 않은 원시의 땅임을 보여 주는 징표들이다. 홋카이도는 한여름에는 보랏빛 라벤더, 겨울에는 순백의 자작나무 숲과 유빙으로 시선을 사로잡는다. 텅 빈 들에 눈이 쌓이고 고요가 깃들면 떨치기 힘든 유혹이다.

"홋카이도에 가지 않은 사람은 있어도 한 번만 다녀온 사람은 없다"

는 말처럼, 홋카이도는 언제 찾아도 좋은 너른 품이다. 그 품 안에는 자연이 주는 위로와 어두운 역사가 함께한다.

홋카이도의 매력은 오랫동안 이곳이 원주민의 땅이라는 것이다. 메이지유신 이전까지 본섬 사람들은 홋카이도를 자신들 영토로 여기지 않았다. 원주민들 또한 고유한 관습과 언어를 지키며 자유로운 삶을 영위했다.

일본 정부가 홋카이도를 행정구역에 편입하고 개발에 나선 건 메이지유신 직후 1869년부터다. 러시아 남하를 의식해 뒤늦게 홋카이도의 전략적 가치에 눈을 뜬 것이다. 그때까지만 해도 원주민들은 본토 내지인을 와진和人으로, 내지인들은 원주민을 에조蝦夷로 부르며 구분 지었다. '에조'는 새우와 오랑캐다. 내지인들이 원주민을 어떤 시각에서 바라봤는지 알 수 있다.

일본 정부가 에조치蝦夷地에서 홋카이도로 행정 명칭을 바꾼 건 1869년이다. 그러니 일본 영토로써 홋카이도 역사는 채 150여 년에 지나지 않는다.

강제 동원 역사를 압축한 징용의 땅

소설小雪 즈음해 강제 동원 현장을 찾아 홋카이도에 왔다. 잔뜩 흐린 하늘은 폭설을 예고했다. 기록에 따르면 1934~1945년까지 홋카이도에서 노역에 종사한 조선인 노동자는 15만여 명, 이 가운데 3,200여 명이 숨졌다. 일본 역사 연구가 다케우치 야스토竹內康富의「전시 조선인 강제노동 조사 자료집」에 따르면, 홋카이도 강제노동 현장은 250곳에 달했다. 이곳에 강제노동 현장이 집중된 게 놀랍다. 그 이유가 궁금

경관 농업 1번지 홋카이도 풍경

할 수밖에 없다.

조선인 노동자들은 댐 축조, 도로와 비행장 활주로 건설, 탄광 채탄에 투입됐다. 작업환경은 열악했고, 혹독한 추위와 폭행으로 많은 이들이 목숨을 잃었다. 상당수는 제대로 된 장례조차 없었다. 80여 년이 흘렀으나 유골조차 찾지 못한 이도 허다하다. 홋카이도를 마지막 취재 여행지로 정한 건 홋카이도 징용 역사가 강제 동원 역사를 압축하고 있기 때문이다.

다행히 이곳에서 불행한 과거와 맞서는 일본 시민들을 만났다. 한국인들이 가장 많이 찾는 여행지 홋카이도에서 어두운 과거와 마주한다는 건 불편했지만, 동시에 미래를 향한 작은 희망을 발견한 여정이었다. 홋카이도 시민 모임은 수십 년째 자국 정부를 상대로 사과와 책임을 묻고 있다. 또 강제노동 실태 조사, 유골 발굴, 한국으로 안장까지 치열하다. 그들은 내게 역사란 무엇인지, 시민은 어떠해야 하는지를 일깨웠다. '홋카이도 포럼'과 '동아시아 시민네트워크' '무로란 시민 모임'에 경의를 표한다.

'개척'의 다른 이름 '수탈'과 '착취'

치토세千歳 공항에서 가까운 홋카이도 박물관부터 찾았다. 홋카이도 역사를 착취와 수탈로 설명하는 박물관이다. 공항에서 45킬로, 자동차로 40분을 달려 도착했다. 한겨울이라서인지 주차장은 한산했다. 많은 이들이 홋카이도를 '유랑의 땅'으로 부른다. 그러나 보다 정확한 표현은 '수탈'과 '착취'의 땅이다. 박물관의 미덕은 객관과 균형을 유지한다는 점이다.

홋카이도 박물관

홋카이도 박물관 관람객

내부 구성은 아이누 원주민과 조선인 노동자 수탈과 착취에 초점을 맞췄다. 두 민족의 희생 위에 홋카이도가 세워졌다는 게 박물관의 기본 인식이다. 박물관은 본토인의 홋카이도 진출을 아이누 자유와 독립을 훼손하는 과정으로 설명한다. 1869년, 일본 영토로 편입된 뒤 홋카이도에는 급격한 변화가 시작됐다. 원주민은 주변부로 밀려났고, 폭력과 학살이 뒤따랐다. 또 수렵과 토착어 사용 금지, 황국 식민화 작업이 진행됐다. 고유한 아이누 문화와 관습은 '야만'으로 폄하됐고, 극심한 차별과 배제가 일상이 됐다.

본토인이 대거 이주하면서 원주민 비중은 극적으로 감소했다. 도카치 원주민의 경우 1883년 67.4퍼센트에서 1903년 4.8퍼센트로 격감했고, 다른 지역 상황도 크게 다르지 않았다. 내지인 진출 20여 년 만에 토착민은 급격하게 주변부로 밀려났다. 북아메리카 인디언과 잉카제국 원주민 또한 문명과 개척이라는 명분 아래 대량 학살과 함께 소수로 전락했다. 오늘날 홋카이도에서 아이누의 존재감은 희미하지만, 아이누의 희생 위에서 홋카이도가 세워졌다는 사실만은 부인하기 어렵다.

박물관은 애틋한 시선으로 아이누 역사를 조명한다. 반면 이웃한 '홋카이도 개척촌'은 홋카이도 진출을 개척이라는 이름으로 정당화한다. 아이누의 고통과 애환을 외면한 이곳은 영화 촬영 세트장을 방불케 한다. 개척 초기 근대 건축물로 치장하고 자신들 행동을 분칠한다. 서울 여의도공원 두 배 이상에 달하는 개척촌에서 아이누 원주민들의 고난과 슬픔은 찾아보기 어렵다. 대신 개척이란 명분 아래 자신들이 일군 선전물을 나열하고 있을 뿐이다. 개척촌에 근대는 있을지 몰라도

홋카이도 개척촌

홋카이도 개척촌에 복원된 삿포로역

원주민의 역사와 삶은 없다.

아이누 원주민에게 개척은 수탈이자 착취였다. 원주민들은 터전에서 쫓겨났고, 죽임을 당했고, 차별받았다. 홋카이도 박물관과 홋카이도 개척촌에는 '슬픈 에조치' 역사가 어려 있다. 근대 일본에게 에조치는 개척해야 할 미개한 땅이었을지 몰라도 원주민들에게는 재앙이었다.

개척촌 파출소 건물에서 제복 차림 순사巡査를 만났다. 일제는 '순사'를 앞세워 원주민들을 '착취'하고 '수탈'했다. 훗날 순사는 조선과 대만에서도 악명을 날리며 식민지 지배를 공공하게 다지는 앞잡이 역할을 했다. 일제시대 순사는 치 떨리는 이름이었다. 어쩌면 홋카이도 개척 역사는 훗날 동아시아에 드리운 불운한 징조의 시작이었는지 모른다.

부족한 노동력을 메운 조선인 노동자

조선인 노동자는 어떤 경로로 홋카이도에 왔고, 어떤 대우를 받았을까. 박물관은 홋카이도 100년 개척 역사에서 조선인 노동자의 희생을 명시하고 있다. 조선인 노동자들은 광산과 탄광에서 노역에 시달리며 홋카이도 개척에 일조했다. 일본 정부는 강제 동원을 부인하고 있지만 홋카이도 박물관은 조선인 노동자의 희생과 고통을 가감 없이 드러냈다.

박물관은 조선인 노동자의 홋카이도 유입을 '강제 동원'으로 못 박았다. 일본 정부는 2024년 11월 25일 사도 광산 추도식에서 '강제 노역'을 인정하지 않았다. 정부를 대표해 참석한 아키코 외무성 정무관은 "모든 노동자에게 감사한다"면서 추도식 성격까지 바꿨다. 강제

노동 희생자를 추도하는 자리가 아닌, 감사 자리로 왜곡한 것이다. 우리 정부가 문제 제기와 함께 불참을 선언하면서 첫 추도식은 파행을 겪었다.

내부 전시물 가운데 1930년 중일전쟁을 확대하면서 노동력 공백을 메우기 위해 일제가 조선인을 강제 동원했다는 안내문이 눈에 들어왔다. '1939년 가을 조선 각지에서 모집된 조선인들이 홋카이도에 왔다' '각지 광산과 탄광에서 조선인들이 작업을 거부하는 사건이 계속됐다'는 신문 기사도 있다. 조선인들이 홋카이도에 오게 된 경위와 이후 상황을 보여 주는 자료들이다.

「1939년 10~12월 조선인 노동자 관계 쟁의」 패널은 열악한 당시 환경을 담고 있다. '미쓰비시三菱 테이네手稲 광산에서 조선인 293명이 7개 요구 조건을 내걸고 작업 거부' '스미토모住友 코노마이鴻之舞 광산에서 조선인 노동자를 구타한 것에 항의하는 쟁의 발생' '미쓰비시三菱 비바이美唄 광산에서 압사 사고에 항의하는 98명 작업 거부' 패널 등이다. 일상적 구타가 있었고 열악한 음식 제공과 차별이 노동쟁의 원인임을 알리는 기록들이다.

또 정부 주도로 강제 동원이 이뤄졌음을 추정케 하는 자료도 있다. 1939년 조선인 필요 숫자를 8만 5,000명이라고 명시한 '노동 동원 각의(국무회의) 결정서'가 그것이다. 정부 차원에서 필요 인력을 산정하고 동원했음을 입증하는 자료다. 일제는 아이누 원주민을 착취하고 수탈하면서 축적한 경험을 식민지 조선에 그대로 적용했다. 조선인 노동자와 아이누 원주민은 홋카이도 개척사에서 착취와 수탈이라는 슬픈 그림자를 공유하고 있다.

유령도시로 전락한 유바리와 비바이

삿포로札幌 스스키노薄野역 주변에 숙소를 잡았다. 일대는 역동적이며 활기찼다. 역 주변은 늦은 밤까지 젊은이들로 휘청댔다. 서울 강남 못지않은 열기다. 그들 가운데 이곳이 100여 년 전 원시림으로 뒤덮인 아이누 땅이었고, 조선인 노동자들의 애환이 서린 땅이라는 걸 아는 이가 있는지 묻고 싶다.

삿포로 인구는 270만 명으로, 홋카이도 전체 인구(500만 명) 중 절반이 몰려 있다. 그래서인지 삿포로와 두 번째 도시 아사히카와旭川를 벗어나면 좀처럼 사람 만나는 게 쉽지 않다. 삿포로에서 불과 50킬로 떨어진 유바리夕張 탄광과 비바이 탄광으로 가는 내내 도시다운 도시를 보지 못했다.

유바리 인구는 6,224명으로, 유령도시나 다름없다. 거리는 인적이 끊겼고 빈집은 즐비했다. 이곳 석탄박물관에서 만난 직원 서넛이 유바리에서 만난 유일한 주민이다. 유바리는 한때 탄광 도시로 떠들썩했다. 그 흔적을 살펴보기 위해 석탄박물관부터 찾았다. 석탄박물관으로 향하는 길, '유바리의 희망'이라고 쓴 탑을 봤다. 을씨년스러운 배경을 뒤로한 채 서 있는 탑은 역설적으로 '유바리의 절망'으로 읽혔다. 석탄산업이 흥하던 1960년대, 유바리 인구는 무려 12만 명에 달했다. 믿기지 않는다. 그 많은 사람은 도대체 어디로 갔을까.

유바리는 국제 판타스틱영화제와 멜론, 그리고 첫 지자체 파산 도시로 알려져 있다. 올해로 36회째를 맞는 영화제는 지역 재생 프로젝트의 일환으로 1990년부터 시작됐다. 영화제는 상징적 문화 자산으로 기능해 왔다. 그러나 중단과 축소를 반복할 만큼 재정은 순탄치 않다.

유바리 석탄박물관 지하 전시실

유바리는 2007년 일본 지방자치단체 첫 재정 파탄을 선언했다. 탄광 산업이 붕괴하면서 시 재정이 바닥난 것이다. '탄광에서 관광으로'라는 기치를 내걸고 테마파크에 눈을 돌렸지만 흐름을 되돌리기엔 역부족이었다. 이후 공무원 감축과 공공시설 폐쇄가 잇따랐다. 문 닫은 석탄박물관도 2018년에야 재개관했다. 가동을 멈춘 놀이공원 역시 언제 개장할지 기약하기 어렵다.

한창때 유바리 지역 탄광은 24곳에 달했다. 그때는 탄광산업에 힘입어 흥청댔다. 1990년 미나미 오오유바리南大夕張 탄광을 끝으로 모든 탄광은 폐쇄됐다. 첫 탄광에 불을 밝힌 지 100년 만이었다. 짧은 영광 뒤에는 조선인 노동자가 있었다. 1939~1945년 유바리 탄광에서 일한 조선인 노동자는 1만여 명에 달한다. 그들의 땀과 눈물로 유바리 탄광은 불을 밝혔다. 석탄박물관 지하 1층에 복원한 탄광 갱도가 있다. 실감 나게 재현했으나 조선인 노동자의 흔적은 찾아보기 어렵다. 나이 든

홋카이도 유바리시 스에히로 공동묘지
신령지묘

안내인만 지키는 석탄박물관은 과거의 영화에만 머물러 있다.

석탄박물관에서 가까운 '신령지묘 神靈之墓'를 찾았다. 유바리 탄광에서 일하다 숨진 조선인 노동자가 묻힌 곳이다. 탄광에서 함께 생활했던 조선인들이 세웠다. 묘지로 가는 길은 쓸쓸했다. 묘비 뒷면에 새긴 발기인 가운데 조선인은 8명이다. 그들은 공동묘지 후미진 언덕에 먼저 간 동료를 위해 비를 세우면서 어떤 심정이었을까. 머지않아 자신들도 뒤따를 것이란 생각으로 착잡했을 것이다. 마른 덤불을 헤치고 이국땅을 떠도는 조선인 노동자를 추도했다.

다시 30분을 달려 비바이 탄광 메모리얼 삼림공원에 도착했다. 비바이 탄광 폐광 이후 1972년 조성한 공원이다. 이곳에서도 폭발 사고로 조선인 노동자 수십 명이 숨졌다. 삼림공원 또한 조선인 노동자의 자취는 찾아보기 어렵다. 깊은 산속 삼림공원은 적막했다. 시민 휴식 공간으로 조성한 걸 시비할 일은 아니지만 사실을 제대로 알리지 않으니 유감이었다. 도로 사정은 그때보다 나아졌으나 유바리 탄광과 비바이 탄광 가는 길은 여전히 험하다. 100여 년 전 조선인 노동자들도 산길을 달려왔다. 사방이 아득한 산속에서 그들은 무슨 생각을 했을까.

폐광 이후 공원으로 변한 비바이 메모리얼 삼림공원

슈마리나이 강제노동박물관

다음 목적지 호로카나이幌加内 슈마리나이朱鞠内로 향했다. 이곳에는 조선인 강제 동원을 알리는 강제노동박물관이 있다. 조선인 노동자들은 슈마리나이에서 우류雨龍 댐을 쌓다 숨졌고, 주변 공동묘지에 묻혔다. '슈마리나이 강제노동박물관'은 일본에서 유일하게 '강제노동'이란 표현을 쓴다. KBS는 2015년 〈70년 만의 귀향〉이라는 특집 프로그램을 방영했다. 이곳에서 숨진 조선인 노동자 유골 115구가 한국으로 돌아오기까지의 여정을 담은 다큐멘터리다. 슈마리나이는 홋카이도 전역에 흩어진 강제 동원 현장 가운데 핵심이다.

일본 시민단체는 슈마리나이에서 조선인 강제 노역 실태를 파헤치

홋카이도 슈마리나이 강제노동박물관

고, 또 유골을 발굴해 한국에 안치했다. 방치된 유골을 발굴해 한국으로 안치하기까지는 한 편의 드라마다.

슈마리나이로 향하는 길, 풍광은 아득했다. 아사히카와에서 슈마리나이까지는 82킬로, 1시간 30분 거리다. 산과 평야를 번갈아 연결한 편도 1차로 지방도는 아스라하다. 은빛 자작나무와 검은 가문비나무가 교차하는 숲은 신령스럽다. 슈마리나이로 가는 3시간 동안 마주친 차량은 20여 대에 불과했다. 온통 원시림으로 뒤덮인 풍광만 가슴 시리게 아름다웠다.

슈마리나이는 겨울이면 눈은 4미터 높이로 쌓이고, 기온도 영하 40도까지 떨어진다. 혹한의 땅이다. 통상 10월 중순부터 눈이 내려 이듬해 5월까지 잔설을 볼 수 있다. 한참을 달렸을까. 산을 넘어야 하는 곳에 이르러 무인 교통 통제 차단기를 만났다. 작은 글씨로 '10월 25일부터 통행금지'라고 적혀 있었다. 아직 눈은 내리지 않았으나 매뉴얼에 따라 통행을 금지한 것이다. 왔던 길을 돌아 나와 우회했다. 그래도 불평은커녕 광활한 자연이 주는 풍광에 만족했다.

내비게이션은 슈마리나이 박물관 위치를 잡지 못한 채 겉돌았다. 서울 '평화디딤돌'에 연락해 주소를 확인했다. 가까스로 도착한 박물관은 한국어로 '슈마리나이 강제노동박물관', 일본어로 '사사노보효笹の墓標 강제노동박물관'이라는 플래카드를 내걸고 있었다. 사사笹

강제노동박물관 내부

는 조릿대 숲을 뜻하는데, 사망자 유골이 이곳에 묻혀 있었다. 박물관 내부는 강제노동을 알리는 패널과 희생자 부장품으로 빼곡했다.

박물관 자리는 애초 조선인 노동자 유골을 보관한 고켄지光顯寺 사찰이었다. 도노히라 요시히코殿平善彦 주지가 사찰을 매입해 박물관으로 바꿨다. 2020년 겨울, 폭설로 붕괴한 박물관을 한일 양국 시민들 성금으로 2024년 9월 다시 세웠다. 박물관을 짓는 데 소요된 6억 5,000여만 원을 한국과 일본에서 모금했다. 양국 시민들은 이어서 강제노동 실태 조사, 유골 발굴, 포럼을 통해 화해와 평화를 모색하고 있다. 박물관이 내건 '화해와 평화의 숲'은 양국이 가야 할 방향이다.

　홋카이도 포럼과 동아시아 공동 워크숍, 평화디딤돌, 동아시아 시민 네트워크는 홋카이도에서 활동하는 시민단체다. 모두 도노히라 스님이 관여하고 있다. 그는 1976년 고켄지 사찰에 조선인 노동자 위패 80기가 있다는 걸 알고 난 뒤 조사에 나섰다. 그 결과 희생자 사망 시기가 1935~1943년에 집중됐고, 대부분 10~40대임을 확인했다.

　슈마리나이 우류 댐(1938~1943)과 메이우센名雨線 철도(1935~1939) 공사 기간과 사망 시기가 일치했다. 도노히라는 이곳 시민 모임과 함께 인근 공동묘지에서 첫 유골 6구를 발굴했다. 이후 4년 동안 16구를 발굴해 1992년 천안 '망향의 동산'에 2구를 안치했다. 유골 신원 확인과 한국에 있는 유족을 찾기까지는 숱한 난관이 뒤따랐다.

홋카이도 전력 우류 댐

　1997년부터 시작한 한일 대학생이 참여하는 '동아시아 공동 워크숍'은 중국, 대만, 아이누 청년들로 확대됐다. 이들은 매년 슈마리나이에서 가해자와 피해자, 국가와 민족, 입장을 뛰어넘어 동아시아 평화를 한목소리로 기원한다. 워크숍 참가자들은 유골도 함께 발굴했다. 왓카나이 인근 아사지노 일본 육군 비행장에서는 유골 34구를 찾아냈다.

　야지마 쓰카사 관장은 "박물관을 중심으로 한국·일본뿐 아니라 다양한 국가의 시민과 단체들이 연대하고 있다. 지난 40년간 한일 민간단체는 의미 있는 결과를 만들었다"며 각별한 의미를 부여했다. 이어 박물관 명칭에 '강제노동'이 들어간 것에 대해 "일본 정부가 단순히 '옛 조선 반도 출신 노동자'라고 표현하는 것에 대한 항의의 뜻을 담고 있다. 강제로 끌고 왔다는 사실을 감추려 하기에 이를 박물관 이름에 넣었다"고 강조했다.

박물관을 나와 위쪽 슈마리나이 호수로 올라갔다. 흰 자작나무와 은빛 물결로 눈부신 겨울 호수는 평온했다. 댐 정상에서 '순직 위령비'와 마주했다. 순직은 자발적으로 일하다 숨진 사람을 뜻한다. 그러니 강제 동원 현장에 어울리지 않는다. 위령비는 누가, 언제, 어떻게 사망했는지는 언급하지 않은 채 '홋카이도 전력'이라고만 표기했다. 책임을 외면한 것이다.

조선인 노동자 유해가 묻힌 공동묘지에 올랐다. 마른 겨울바람이 스쳤다. 떼가 벗어진 봉분 앞, '메이우센 철도 공사·우류 댐 공사 희생자 묘' 표지목과 평화디딤돌이 세운 명판이 차갑게 빛났다. 메이우센 철

홋카이도 슈마리나이 인공 호수

도 공사와 우류 댐 공사에 끌려온 조선인은 3,000여 명에 달한다. 이 가운데 200여 명이 목숨을 잃었다. 지금까지 40여 구를 발굴했으니 아직도 상당수는 조릿대 숲 어딘가에 묻혀 있다. 그들이 망자로서 이름을 얻고 고향으로 돌아갈 날은 언제일까.

홋카이도 우류 댐 공사 희생자
조선인 묘지

한국 시민단체 '평화디딤돌'과 일본 시민단체 '동아시아 시민네트워크'는 유골 발굴과 박물관 건립에 함께했다. 이들은 2015년 9월, 유골 115위를 70년 만에 한국에 안치했다. 유골은 일본 열도를 종단했다. 삿포로를 출발해 도쿄와 교토, 오사카, 히로시마, 야마구치, 시모노세키를 거쳐 부산까지 생전에 왔던 길을 되짚어 돌아왔다. 두 단체는 서울시립묘지에 유골을 안장함으로써 70년 만의 귀향을 마쳤다.

『70년 만의 귀향』에서 도노히라 스님은 "일본인은 과거에 대해 사죄하거나 배상하거나 반성하지 않고 전후를 살아왔다. 그렇게 된 이유는 기억의 삭제 때문이다. 일본의 전후 지배층은 의식적으로 기억 삭제를 유도했다. 일본인들은 기억의 삭제에 편승해 전후를 살아왔다"면서 "식민 지배의 상징인 유골을 발굴하는 작업은 망각을 강요당한 시민이 스스로 뉘우치고 기억을 회복하려는 노력이며, 시민으로서 깨어나는 실천 과정이다. 강제 동원 희생자 유골을 발굴하는 일은 일본인 스스로 과거와 현재를 자각하는 실천 과제"라는 말로써 유골 발굴이 망각과의 싸움임을 분명히 했다.

작은 섬나라는 자기만족일 뿐

이제 슈마리나이를 떠나 최북단 왓카나이로 향했다. 쉬지 않고 달려도 3시간이 넘는 거리다. 가는 내내 쉼 없는 감동이 계속됐다. 막막한 아름다움이 있다면 이런 걸 말하는 것이리라. 길은 과하다 싶을 정도로 잘 정비됐다. 열도 끝까지 연결한 실핏줄 같은 도로망은 통행량과 관계없이 자신들 땅이라는 표식이다.

왓카나이에 들어서자 오후 4시를 넘겼을 뿐인데 이른 어둠이 깔렸다. 인적이 끊긴 밤거리에서 겨우 늦은 저녁 식사를 마쳤다. 다음 날 아침 왓카나이 공원에 올랐다. 이곳에도 어김없이 수탈과 약탈을 정당화하는 '개척 100년 기념탑'이 서 있다. 아이누 원주민들도 개척 100년 기념탑을 자랑스러워할까. 아마 그렇지 않을 것이다. 해무에 잠긴 왓카나이 시가지는 아스라했다. 오호츠크해에서 불어오는 겨울바람으로 이마와 볼은 따가웠지만, 일본 최북단에 왔다는 설렘은 추위마저 잊게 했다. 이곳 소야宗谷곶은 말 그대로 일본 땅끝이다. 남쪽 끝에서 이곳까지는 철로로만 3,200킬로에 이른다.

마지막 여정이 될 무로란室蘭 신일본제철로 운전대를 돌렸다. 소야곶에서 무로란까지는 500킬로, 7시간가량 걸리는 거리다. 단숨에 가는 게 무리라 삿포로를 중간 기착지로 잡았다. 삿포로 스스키노까지도 350킬로, 5시간 거리다. 삿포로~왓카나이까지는 일반 열차로 11시간, 특급열차로는 5시간이나 걸린다. 우리는 흔히 일본을 작은 섬나라라고 얕잡는데 착각이다. 일본은 남한의 3.7배 크기이며, 인구도 두 배다. 최북단 왓카나이에서 최남단 이부스키까지는 3,200킬로, 서울~부산 거리의 6배가 넘는다.

'작은 섬나라' '왜놈'은 한국인 관념 속에만 있는 자기만족이다. 국제사회에서 일본인을 이상하다고 여기는 나라는 있어도 우습게 보는 나라는 없다. 우리만 일본을 얕잡고 함부로 대한다. 짜릿한 정신 승리일지 모르겠으나 상대를 객관화하는 데는 걸림돌이다.

샷포로까지 동해를 따라 해안도로를 달렸다. 232번, 239번 국도를 번갈아 탔다. 남으로 향하는

일본 최북단을 알리는
표지석과 안내판

외길은 하염없었다. 일본의 도로 휴게소는 관광지라고 해도 손색없다. 대부분 지역 특산물을 판매하는데, 친근한 오일장 분위기다. 가는 내내 대형 화물차가 꼬리를 물었다.

열다섯 소년공의 죽음과 신일본제철

다음 날 아침, 마지막 일정이 될 무로란 신일본제철소로 향했다. 시원하게 뚫린 고속도로는 통쾌했다. 무로란寶蘭은 샷포로에서 128킬로,

2시간 거리에 있는 보석과 난초라는 이름에 걸맞은 아름다운 해안 도시다. 무로란은 태평양전쟁 시기 제철과 제강, 조선, 정유시설이 집적된 군산 복합도시였다. 도시 성격은 지금도 마찬가지인데, 포항과 비슷한 제철 도시다.

시가지에 들어서자 가장 먼저 신일본제철 무로란 제철소가 눈에 들어왔다. 무로란에서 신일본제철은 지역경제를 지탱하는 중심축이다. 면적만 418만 제곱미터, 도쿄돔 86배 크기에 달한다. 이곳에서 근로자 510명이 연간 150만 톤에 달하는 철을 생산한다.

신일본제철(신일철주금) 무로란 제철소는 1909년 가마이시釜石 제철소가 시작이다. 가마이시 제철소는 1934년 야하타八幡 제철소, 와니시輪西 제철소와 합병해 일본제철이 됐다. 미군정에 의해 강제 분리됐으나 1970년 합병으로 몸집을 키워 신일본제철로 거듭났다. 피해 보상을 요구하는 유족들에게 신일본제철은 "그건 옛 일본제철에서 일이며, 지금은 신일본제철이다"며 발뺌했다. 하지만 회사 홈페이지에서 설립 연도를 찾아보면 가마이시 제철소에서 유래한다고 소개하고 있다. 손바닥으로 하늘을 가리는 것이니, 유족들이 분노하는 건 당연했다.

포스코POSCO와는 오랜 인연이 있다. 지금은 경쟁 관계지만 최근까지도 기술 전수, 지분 보유 등 전략적 파트너 관계를 유지했었다. 포스코 기술 연수생들은 1972년 1월~6월까지 신일본제철에서 실무 기술을 습득한 인연도 있다. 기술 연수는 포스코가 세계적인 철강회사로 발돋움하는 토대가 됐다. 또 양사는 2000년대 초 전략적 제휴 관계를 맺고 상호 주식을 보유했다. 그러나 2012년 신일본제철이 포스코를 상대로 특허·영업비밀 침해 소송을 제기하면서 관계는 틀어졌다. 포스

무로란 제철소

코는 2015년 약 300억 엔(3,000억 원)을 지급함으로써 분쟁을 마무리했다. 신일본제철과 포스코는 2024~2025년 상대 회사 지분도 전량 처분했다.

신일본제철 무로란 제철소가 한국 언론에 회자한 건, 1945년 7월 미 해군 폭격으로 숨진 조선인 소년공 유골 3구를 방치해 왔다는 사실이 알려지면서였다. 소년공 보도는 패망을 한 달 앞둔 시점에다가 15~17세라는 나이 때문에 감성을 자극했다. 신일본제철은 소년공 유해를 인근 사찰에 방치했는데, 한국으로 돌아오기까지 반세기 넘게 걸렸다.

사토 에이사쿠佐藤榮作 총리는 1965년 국회에서 소년공 유골 처리에 관한 질의를 받고, 한일회담이 타결됐기에 곧바로 돌려보내겠다고 했다. 하지만 유골은 2008년 2월에야 돌아왔다. 유골 반환까지는 도노히라 스님과 홋카이도 포럼, 무로란 시민 모임, 서울 봉은사 명진 스님이 물밑에서 움직였다. '홋카이도 포럼'과 '무로란 시민모임', 한국 진상규명위원회는 2015년 무로란 제철소에서 첫 현장 조사를 벌였다.

무로란 시민모임은 당시 "기업과 국가는 사죄하지 않았지만, 대신 우리가 마음을 다해 유골을 보내드렸다"며 고개를 숙였다. 앞서 시민모임은 주민들에게 편지를 쓰고, 2년 동안 427명으로부터 121만 7,193엔을 모금해 천안 망향의 동산에 유골을 안치했다. '무로란 시민모임' 회원은 30여 명에 불과하지만, 선한 영향력은 한계가 없다.

우리는 아직도 식민지인가

무로란을 끝으로 2년여에 걸친 여정을 마쳤다. 그동안 현장에서 확인한 사실이 있다. 일본 정부와 우익 정치인들은 좀처럼 과거사를 인정하지 않는다는 것이다. 그들은 조선인 강제 동원도 위안부도 없었으며, 오히려 자신들이 피해자라고 주장한다. 나아가 청나라로부터 조선을 독립시켰고 식민지 지배 동안 근대화로 이끌었다고 강변한다. 태평양전쟁 또한 미개한 동아시아 국가를 발전시키기 위한 대동아전쟁으로 미화한다.

일본 주류 정치인과 우익들은 이 같은 정서를 공유하며 신념화하고 있다. 일본 정부는 2018년 한국 대법원의 강제 동원 피해자 배상 판결을 지금껏 인정하지 않는다. 또 '징용공'을 '한반도 출신 노동자'로 에둘러 표현하고, 2021년부터는 아예 교과서에서 '강제' 표현마저 삭제했다. 군마현은 2024년 1월 조선인 노동자 추도비를 끝내 철거했다.

이는 아베 정부에서 시작한 '강한 일본'과 전쟁할 수 있는 '보통 국가'라는 그릇된 애국심과 궤를 같이한다.

유홍준은 〈빛은 한반도로부터〉 강연에서 "일본은 고대사 콤플렉스 때문에 역사를 왜곡하고 한국은 근대사 콤플렉스 때문에 일본을 무시한다"는 통찰을 보여 준 바 있다. 일본은 근대 군국주의 침략 전쟁 또한 인정하지 않는다. 그들은 자신들이 공유하는 내부 정서를 '와和'로 여긴 채, 여기에 반하는 행위를 '메이와쿠(불편함, 폐)'로 규정한다. 강제 동원도 위안부도 없었고, 식민 지배를 조선 근대화라고 믿는 그들에게 한국의 사과와 반성 요구는 '메이와쿠'일 뿐이다.

이제는 일본과 대등한 관계 속에서 좌표를 설정해야 한다. 한국은 더 이상 식민지 조선도, 1960년대 낙후된 한국도 아니다. 이미 많은 지표에서 일본에 앞서 있다. 반도체와 가전제품, 조선, 무기 등에서 일본을 압도하고 있다. 반도체 시장에서 삼성전자와 SK하이닉스는 일본을 완벽하게 제압했다. 대기업 신입 사원 연봉 또한 한국이 일본보다 높다. K팝을 비롯한 한류는 일본 전역을 뒤덮었다. 그렇다면 덩치에 걸맞게 의식도 성숙해졌는가.

책은 아직도 80년 전에 머물러 있다는 인식에서 출발했다. 우리 세대 일본관은 반일反日에서 극일克日, 지일知日로 진화했다. 그러나 여전히 일본 콤플렉스에서 벗어나지 못한 채 일본을 적대·악마화하는 수준에 머물러 있다. UN은 2021년 한국을 선진국 그룹으로 분류했다. 한국은 원조받는 나라에서 원조하는 나라가 됐다. 국제사회 평가와 달리 우리는 일본 문제를 자신 있게 대하지 못하고 있다. 진영과 이념을 막론하고 감정적으로 대하고 있는 게 현실이다.

에이미 추아는 『제국의 미래』에서 제국의 탄생과 몰락을 '관용'으로 설명했다. 그에 따르면 역사상 모든 제국은 타자를 포용하는 능력, 즉 관용을 유지할 때 흥했다. 로마는 다양한 민족에게 시민권을 부여하고 종교와 문화에도 관대함으로써 제국을 유지했다. 몽골제국 또한 종교의 자유를 보장하고 기술자와 상인을 우대했다. 미국이 제국이 된 배경 또한 다르지 않다. 적극적인 이민자 수용과 글로벌 인재가 밑바탕이 됐다.

반대 경우 제국은 몰락했다. 로마제국, 몽골제국, 대영제국, 스페인제국 모두 초창기 관용을 버리고 이민족을 탄압하고 종교를 억압하다 사라졌다. 노골적인 이민자 탄압 정책 때문에 트럼프 정부가 몰락할 것이라는 예측은 이런 관점에서 설득력 있다. 우리는 김대중 정부에서 관용과 개방의 힘을 경험한 바 있다. 일본 문화 개방에 힘입어 한류는 도저한 흐름이 됐다.

일본 또한 메이지유신 즈음 열린 자세로 근대화에 도달했다. 조총을 받아들이고 난학을 배우며 새로운 세계와 만났다. 사쓰마와 조슈는 경쟁적으로 영국에 유학생을 보냄으로써 바깥 세계에 눈을 떴다. 이와쿠라 사절단은 1년 2개월 동안 서구 12개국을 일주하며 근대 제도와 산업 시스템을 수용했다. 그러나 이후 일본은 주변국을 침탈하는 배타적이며 폐쇄적인 군국주의로 치닫다 패망했다.

관용은 자신감에서 출발한다. 한국은 경제력 규모 세계 10위, 국방력 6위의 선진국이다. 한류는 지구촌을 뒤덮고 있다. 식민지 콤플렉스에서 벗어나 80년 전 시각을 정리하고 새로운 80년을 준비할 때다. 일본과 대등한 관계 속에서 장점은 받아들이고 잘못된 점은 준열하게 비판해야 한다. 나는 책을 통해 덩치는 선진국인데 언제까지 식민지 피해의식에만 머물러 있을 것인가 묻고 싶었다.

현장에서 만난 양심적인 일본 지식인과 시민단체는 소중한 동행이다. 그들은 일본 우경화를 제어하고 그릇된 '와'를 교정하는 마지막 보루다. 우리가 만나야 할 일본 또한 여기에 있다. 덮어놓고 비난하는 과잉 민족주의를 경계하는 건 우리 몫이다. 일본 우익들의 '역사 부정론' 또한 우리가 당당하게 손을 내밀 때 설 자리를 잃는다.

조만간 홋카이도에는 많은 눈이 내릴 것이다. 그 설원 위에서 과거를 성찰하는 일본 시민과 미래를 여는 한국 청년들이 함께 걸어갈 수 있다면 슈마리나이 강제노동박물관, 공동묘지의 작은 비석, 그리고 최북단 바닷바람 속에서 떨고 있는 위령탑들이 조금은 덜 쓸쓸하지 않을까 위안을 삼는다. 더불어 우리의 자세를 생각한다.

길 위에서 다시 쓰는 다짐

긴 여정을 끝냈다. 이부스키에서 출발해 왓카나이에 이르기까지, 나는 일본의 남과 북을 잇는 길을 걸었다. 그 길 위에서 만난 사람들, 기억, 풍경은 내게 많은 질문을 남겼다. 어떤 질문은 여전히 답을 찾지 못했고, 어떤 질문은 다시 내게 돌아와 새로운 성찰을 요구했다.

나는 이 책을 쓰면서 일본을 단순한 '나라'로만 보지 않게 되었다. 일본은 수많은 얼굴을 가진 사람들이 살아가는 공간이고, 그들의 목소리 속에는 과거의 무게와 미래의 가능성이 동시에 담겨 있었다. 전쟁을 미화하는 전시관을 나서며 분노했지만, 작은 추모비 앞에서 눈시울을 붉히는 일본 시민을 보며 마음이 움직인 순간도 있었다.

한일 관계는 흔히 '국가 대 국가'의 외교로만 이야기된다. 하지만 현실에서 우리가 만나는 일본은 늘 사람의 얼굴을 하고 있다. 하카타 항구에서 만난 상인, 도쿄 광장에서 목소리를 높인 청년, 홋카이도에서 조선인 희생자를 기념하는 시민운동가. 여러 시선 속에서 그들은 내게 분명한 인상을 남겼다.

"우리가 만나야 할 일본은 바로 이런 일본이다."

앞으로의 길은 쉽지 않을 것이다. 역사 문제는 여전히 해결되지 않았고, 정치적 갈등은 반복될 것이다. 그럼에도 우리는 일본을 외면할 수 없다. 오히려 더 자주 만나야 하고, 더 깊이 이해해야 한다. 그래야만 혐오와 증오의 악순환을 끊고, 새로운 미래를 열 수 있다. 나는 군국주의 일본과 양심적인 일본인을 구분하고자 한다. 누군가는 토착 왜구라고 힐난하고, 역사의식이 부족하다고 비판할 수 있다. 어떻게 조화시키느냐는 각자 몫이다.

빅터 프랭클은 『죽음의 수용소에서』에서 "인간에게 모든 것을 빼앗을 수는 있어도, '어떤 태도를 취할 것인가'라는 마지막 자유는 빼앗을 수 없다"고 했다. 혹독한 아우슈비츠 수용소에서 살아남은 프랭클은 어떤 사람은 살아남고, 어떤 사람은 무너졌는지 체감했다. 그것은 체력이 강한 사람도, 지능이 뛰어난 사람도 아니었다. 살아야 할 '이유(의미)'를 놓지 않은 사람만 살았다. 우리가 36년이란 식민 지배에도 불구하고 끝내 광복을 성취한 건 독립할 의지를 버리지 않은 수많은 독립지사와 민중들이 있었기에 가능했다. 지난 2년은 그들의 발자취와 이름 없이 스러진 희생을 좇는 여정이었다.

이 책을 덮는 순간, 독자 여러분의 마음속에도 아마 하나의 질문이 남을 것이다.

"나는 일본을 어떻게 만나고 싶은가?"

그 답은 각자의 삶 속에서 다를 것이다. 그러나 한 가지는 분명하다. 일본을 다시 만나려는 그 마음이야말로, 우리와 일본 모두가 미래로 나아갈 수 있는 첫걸음이 될 것이다.

나는 그 길 위에 서 있겠다. 독자 여러분도 언젠가 그 길에서 함께 만나길 바란다.

다시 묻는다. "당신은 어떤 일본을 만나고 싶은가?"

2026년 3월

임병식

R. 태가트 머피, 『일본의 굴레』, 윤영수·박경환(역), 글항아리, 2021
강성종, 『아베의 아름다운 나라?』, 상상, 2019
구로다 가쓰히로, 『누가 역사를 왜곡하는가』, 7분의언덕, 2022
김경화, 『같은 일본 다른 일본』, 동아시아, 2022
김교수, 『굿바이 일본』, 그린하우스, 2019
김시덕, 『일본인 이야기 1: 전쟁과 바다』, 메디치미디어, 2019
김정운, 『일본 열광』, 프로네시스, 2007
김종대, 『이순신, 신은 이미 준비를 마치었나이다』, 시루, 2020
김찬훈, 『다시 보는 일본, 일본인』, 나라아이넷, 2017
김훈, 『하얼빈』, 문학동네, 2022
나리카와 아야, 『지극히 사적인 일본』, 틈새책방, 2025
도노히라 요시히코, 『70년 만의 귀향』, 지상(역), 후마니타스, 2021
모리시마 미치오, 『왜 일본은 몰락하는가』, 장달중 외(역), 일조각, 1999
박탄호, 『일본 소도시 여행』, 플래닝북스, 2017
박훈, 『위험한 일본책』, 어크로스, 2023
성호철, 『와!(和) 일본』, 나남, 2015
시마다 슌페이, 『700명 마을이 하나의 호텔로』, 김범수(역), 황소자리, 2023
신상목, 『학교에서 가르쳐주지 않는 일본사』, 뿌리와이파리, 2017
염종순, 『일본 관찰 30년』, 토네이도, 2020
요시미 슌야, 『헤이세이(平成) 일본의 잃어버린 30년』, 서의동(역), AK커뮤니케이션즈, 2020
유민호, 『일본직설』, 정한책방, 2016
유영수, 『일본이 선진국이라는 착각』, 휴머니스트, 2021
유홍준, 『나의 문화유산답사기 일본편 1』, 창비, 2013
유홍준, 『나의 문화유산답사기 일본편 2』, 창비, 2013
유홍준, 『나의 문화유산답사기 일본편 3』, 창비, 2014
유홍준, 『나의 문화유산답사기 일본편 4』, 창비, 2014
윤형돈, 『일본졸업』, 지식공장장, 2020
이광훈, 『상투를 자른 사무라이』, 따뜻한손, 2011
이광훈, 『조선을 탐한 사무라이』, 포북, 2016
이명찬, 『일본인들이 증언하는 한일역전』, 서울셀렉션, 2021
이민진, 『파친코 1』, 이미정(역), 문학사상, 2018
이민진, 『파친코 2』, 이미정(역), 문학사상, 2018
이순신, 『교감완역 난중일기』, 노승석(역), 여해, 2019
이승철, 『나쁜 나라가 아니라 아픈 나라였다』, 행성B, 2020
이영채·한홍구, 『한일 우익 근대사 완전정복』, 창비, 2020
이영훈 외, 『반일 종족주의』, 미래사, 2019
이찬수, 『메이지의 그늘』, 모시는사람들, 2023
이창민, 『지금 다시, 일본 정독』, 더숲, 2022
정재환, 『큐우슈우 역사기행』, 갈라북스, 2017
조용준, 『메이지 유신이 조선에 묻다』, 도도, 2018
코스믹출판, 『일본 전국시대 130년 지정학』, 전경아(역), 야베 겐타로(감수), 이다미디어, 2022
한명기, 『역사평설 병자호란 1』, 푸른역사, 2013
한명기, 『역사평설 병자호란 2』, 푸른역사, 2013
한명기, 『최명길 평전』, 보리출판사, 2019
한민, 『선을 넘는 한국인 선을 긋는 일본인』, 부키, 2022
후지나미 다쿠미, 『젊은이가 돌아오는 마을』, 김범수(역), 황소자리, 2018

이부스키에서 왓카나이까지, 기억과 성찰의 2,600km

일본을 걷는 이유

초판 1쇄 인쇄 2026년 3월 3일
초판 1쇄 발행 2026년 3월 10일

지은이 임병식

펴낸이 김연홍
펴낸곳 디오네

출판등록 2004년 3월 18일 제313-2004-00071호
주소 서울시 마포구 성미산로 187 아라크네빌딩 5층(연남동)
전화 02-334-3887   팩스 02-334-2068

ISBN 979-11-5774-794-8 03810

※ 잘못된 책은 구입처에서 바꾸어 드립니다.
※ 값은 뒤표지에 있습니다.

디오네는 아라크네 출판사의 인문·문학 분야 브랜드입니다.